KB236825

韓國 實存主義 小說 研究

張良守 著

새미

머
리
말

1950년대에 한국에 實存主義文學이 소개된 이후 우리 문학에는 주목할 만한 實存主義小說 작품들이 활발하게 발표되었고 그에 대한 연구도 적잖이 있었다. 그러나 지금까지의 연구에는 몇 가지 문제와 한계가 있었다.

첫째, 實存主義小說에 대한 언급들이 다분히 인상비평적인 短評 또는 時事的인 평론에 머문 것이 대부분이었고 본격적인 강단비평적인 연구 실적은 찾아보기 어려웠다. 實存主義가 일과성의 유행사상이 아닌 것이 명백해진 지금 그러한 소설에 대한 보다 집중적이고 심도 깊은 비평 작업이 이루어져야 할 것이다.

둘째, 최근에는 實存主義小說에 대한 학위논문들이 발표되는 등 연구가 다시 활기를 띠기 시작하고 있지만 그것이 대부분 어느 특정 작가의 특정 작품에 국한된 것이어서 한국 實存主義小說 전체를 조망하고 분석, 정리하는 종합적인 연구가 이루어져야 할 필요가 있다.

셋째, 지금까지의 實存主義小說에 대한 연구는 1950~60년대에 발표된 작품에 한정되어 이루어져 왔다. 그런데 實存主義小說은 그 이후에도 꾸준히 발표되어 왔고 1950~60년대의 작품들이 사상의 肉化가 제대로 이루어지지 않은 것들이 많았던 반면 李淸俊의 〈벌레 이야기〉, 김훈의 〈칼의 노래〉에서 볼 수 있는 바와 같이 최근의 작품들은 상대적으로 그 사상이 內面化되고 문예물로서의 세련이 이루어진 우수한 것이 많다. 따라서 이제 1950년대에서 오늘에 이르기까지의 작품 전체상을 종합적, 체계적으로 究明할 필요가 있다고 생각한다. 위와 같은 동기와 목적에서 쓴 이 서투른 글이 한국 實存主義小說 연구범위의 확대, 연구의 체계화에 조금이라도 기여가 되었으면 하는 것이 필자의 바람이다.

바쁘신 중에 조잡한 글을 책으로 간행해 주신 정찬용 사장님께 진심으로 감사를 드린다.

2003년 2월 柿嶺 東窓에서 著者 識

차
례

제1부

죽음 – 자기파탄과 참 삶의 길

죽음으로 벗은 人間冒瀆의 重荷

끔찍스런 동족상잔의 비극, 6 · 25사변의 포화가 휴전 조인으로 멎은 직후, 정식으로 문단에 얼굴을 내민 지 불과 3년 여 밖에 되지 않은 한 신인작가가 발표한 한 편의 단편소설이 당시의 한국 문단에 큰 화제를 불러일으켰다. 발표되자마자 찬사와 비판이 한꺼번에 엇갈려 쏟아져 나온, 문제소설이 張龍鶴의 〈요한詩集〉이었다.

張龍鶴은 1921년 4월 咸鏡北道 富寧에서 태어났다. 1942년 일본 무稻田大學 商科에 입학한 그는 그 해 학도병으로 입대했다가 해방이 되고 나서 귀국했다. 1946년 한 때 淸津에서 중학교 교사로 근무하고 있던 그는 같은 해에 본격적인 작가 수업을 하겠다는 뜻을 가지고 서울로 올라왔다. 그는 1948년 그의 처녀작 〈肉囚〉를 쓰고 이듬해 12월 하순에는 『연합신문』에 〈戲畵〉를 연재했다. 그러나 그가 문단에 정식으로 데뷔한 것은 그 뒤였다. 곧 1950년 〈地動說〉이 『文藝』 5월호에 1차 추천이 되고 1952년 같은 문예지 1월호에 〈未練素描〉가 2차 추천을 받음으로써 등단하게 된 것이다. 1955년 〈요한詩集〉을 발표해 하루아침에 화제의 작가가 된 그는 이후 단편 〈現代의 野(『思想界』 1960년 3월호)〉, 장편 〈圓形의 傳說(『思想界』 1962년 3월호~1967년 11월호)〉 등을 잇달아 발표했다. 한 때(1967년~72년) 작품활동을 중단하고 있던 그는 1973년 단편 〈殘忍한 季節(『文學思想』 11월호)〉로 활동을 재개하고 1986년에는 중편 〈山房野錄(『東西文學』 2월호)〉을 발표했다.

그는 소설 쓰기 외에도 교육계, 언론계에서 활약해 왔다. 1951년에
는 舞鶴女高 교사, 1961년에는 德成女大 교수로 후진을 가르쳤다. 또
그는 1962년 이후 『京鄕新聞』『東亞日報』 등에서 논설위원으로 일하
기도 했다.

〈요한詩集〉은 6·25사변에서 입은 한민족의 내적 상처를 다루고
있는 소설이다. 이 소설은 6·25사변 당시 그가 피난지 부산에서 쓴 것
으로 알려져 있다. 그는 어느 날 한 서점에서 거제도 포로수용소 생활
의 수기를 읽은 것이 이 소설의 창작 동기라고 말하고 있다. 그 수기는
사람을 바위로 으깨어 죽이고 눈을 뽑고 코를 도려내고 사지를 뜯어내
변소에 처넣었다든지 하는 끔찍한 것이었다 한다. 그는 그 글들을 읽
고 울고 싶은 전율을 안고 寶水洞 뒷산으로 올라가 저 멀리 희미한 거
제도의 그림자를 바라보았을 때 그 섬은 바로 세계사의 2대 조류가 맞
부딪친 20세기의 도가니로, 얼마든지 큰 작품이 나올 만한 곳이라고
생각하게 되고 거기서 창작 의욕을 얻게 되었다고 한다.[1]

작가에 의하면 이 소설의 발표는 문제작의 탄생답게 상당한 진통을
겪은 난산이었던 모양이다. 그는 처음 이 소설을 『自由世界』에 기고했
는데 정부환도에 따라 출판사가 서울로 이사를 하는 외중에 원고가 분
실되었다 한다. 초고를 다시 정리하여 『文學藝術』『思想界』『現代公
論』 등을 찾았으나 「곤란하다」는 말로 거절당하거나 잡지사의 폐간 등
으로 빛을 보지 못하다가 1955년 『現代文學』 7월호에 겨우 지면을 얻
어 발표하게 되었다 한다.

문제작이라고 불리는 작품이 흔히 그렇듯 〈요한詩集〉에 대한 평가
는 극단적으로 상반된 찬반양론으로 나타났다. 긍정적으로 본 견해로

---

1) 張龍鶴, "實存과 요한詩集", 『韓國戰後問題作品集』(新丘文化社, 1962), p.400.

는「實存하는 人間을 찾기 위한 빛나는 노력의 기록」이라 한 김현의 말이나[2], 「새로운 리얼리즘의 可能性을 개척한 것으로 보인다」고 한 張文平의 말을 예로 들 수 있을 것이다.[3]

한편 부정적인 시각에서의 비판은 상당히 신랄한 것들이었다. 어떤 사람은 이 소설을 가리켜「관념의 유치한 유희」라 했고[4]「공허한 觀念의 遊戲에 가깝다」고 해 그와 같은 견해를 보인 사람도 있었다.[5]

또 당시 이미 한 사람의 중진작가이던 金東里도 張龍鶴을「피투성이 된 감각의 觸手로 觀念의 短劍을 휘두르며 마귀의 詩를 읊는 사람」이라 하여 못마땅한 눈으로 보았음을 말해 주고 있다.[6]

〈요한詩集〉에 대한 평가가 긍정, 부정의 어느 쪽이었던 간에 이 소설이 화제작, 문제작이었다는 것은 누구도 부정할 수 없다. 白鐵은 張龍鶴을「가장 난해한 작품을 쓰는 新人」이라 하고[7]〈요한詩集〉은 50년대 新文學에서 異質的인 文學이라고 말했다.[8]

김현도 〈요한詩集〉의 작가 張龍鶴은「50년대 作家들 중 가장 問題視된 作家」라고 말했다.[9]

또 任軒永은 〈요한詩集〉이「韻文으로 된 소설, 스토리 있는 논문, 철학의 르뽀르따쥬」라고 했다. 그는 작가가 사르트르에게서 實存을 배웠고 알레고리는 카프카를 닮았으며 니이체와 도스토예프스키 사상의 사생아로 정통적 소설문학의 배반자라고 말했다.[10]

---

2) 김 현, "에피메니드의 逆說", 『現代韓國文學全集』4(新丘文化社, 1972), p.411.
3) 張文平, "虛無의 美學", 『新韓國文學全集』23(語文閣, 1979), pp.534~535.
4) 李俊宰, "存在의 苦惱와 自由의 意味", 『現代』1963년 12월호, p.280.
5) 金教善, "張龍鶴의 小說", 『全北大 국어국문학』1976, p.6.
6) 金東里, "現代에의 神話意識", 『서울신문』1955년 10월 24일.
7) 白 鐵, "新人과 現代意識", 『朝鮮日報』1955년 10월 22일.
8) 白 鐵, 『韓國戰後問題作品集』(新丘文化社, 1962), p.381.
9) 김 현, op. cit., p.403.
10) 任軒永, "아나키스트의 幻歌,張龍鶴論", 『現代文學』1966년 3월호, p.307.

이 소설의 문제성은 주로 기교상의 특성과 작품의 사상성이란 양면에서 지적되었다. 이 소설은 첫머리에 작품의 전체 분량을 생각할 때 상당히 긴 것이라 할 만한 寓話가 등장해 처음부터 독자의 눈길을 끌고 있다. 또 문장 속에 적지 않은 한자어가 그대로 노출되고 있는 점, 갈피를 잡을 수 없는 환상, 관념의 어지러운 서술 같은, 소설의 외적인 면이 당혹과 혼란을 주면서도 독자의 호기심을 자극하고 있다.

한편 〈요한詩集〉은 외국의 문학을 통해서만 눈과 귀에 익었던 實存主義小說을 우리 문학작품에서 처음으로 대하게 되었다는, 작품의 내적인 면에서 문단과 일반독자의 비상한 관심을 끌었다.

문제소설이라 불린 작품 중에는 한 때 센세이셔널리즘의 소용돌이 속에 휘말려 들었다가 세월이 흐르고 나면 거품처럼 사라져 버리고 독자들로부터도 까마득히 잊혀져 버리는 경우가 없지 않았다. 그런데 〈요한詩集〉은 발표된 지 반 세기 가까운 세월이 흐른 지금까지 여전히 문제소설로 논의의 대상이 되고 있다.

당시 한 때의 사상적 유행과 같이 받아들여지기도 했던 實存主義哲學, 實存主義文學도 이제 세계는 물론 우리의 정신사, 예술사에서 한 확고한 자리를 차지하고 있다. 또 그 후 〈요한詩集〉 정도는 크게 파격일 것도, 신기할 것도 없다 할 만큼 새로운 기법의 소설도 적잖이 시험되었고 지금도 발표되고 있다. 필자는 한 민족의 문학사란 입장에서 보아 귀하지 않은 버력은 버리라는, 망각을 재촉하는 40 여년 풍우가 지난 지금 〈요한詩集〉에는 과연 어떠한 평가가 내려져야 할 것인가를 살펴보기로 했다.

1. 낯선 記號로 된 難解한 觀念語群

이 소설에 대한 비상한 관심과 큰 찬사, 높은 목소리의 비난은 상당부분 이 소설에서 구사되고 있는 창작기법과 관련이 된 것이다. 새롭게 시도된 기교는 그것을 이단으로 보면 비난의 대상이고 낡은 껍질을 깬 참신한 노력으로 보면 찬사의 대상이 된다. 어쨌든 그가 파격적인 기교에 능한 작가임은 분명하다 할 것이다.[11]

소설 〈요한詩集〉에서는 다른 작가, 다른 작품에서 찾기 어려운 창작 테크닉 중 특히 다음과 같은 몇 가지가 눈에 띈다.

첫째, 독특한 命名(appellation)이 우리의 눈길을 끈다. 張龍鶴은 본래 특이한 命名法을 구사하는 작가로 알려져 왔다. 이 작품의 경우도 예외는 아니어서 먼저 〈요한詩集〉이란 작품의 표제부터가 그렇다. 성경《新約》에 등장하는 인물의 이름을 그대로 따온, 이 引喩的 命名에는 작가의 깊은 의도가 숨어 있다. 이 이름에는 소설 전체의 핵심적인 의미가 응축되어 있다. 그리고 산문장르의 대표라 할 소설의 제목에 「詩集」이란 이름을 붙인 것도 이채로운 것이라 하지 않을 수 없다.

또 작가에 의해서 주인공이 아니라고 해, 주동인물로서의 역할이 미리부터 부정되고 있지만, 그렇더라도 작중의 중요인물임이 분명한 「누혜」의 이름도 예사롭게 들어서는 안 될 것이다. 김현은 이 이름에 주목하여 「누혜」는 그 음의 유추에 의해 누에를 연상시켜 어떤 변신, 탈바꿈의 이미지를 느끼게 한다고 말했고, 廉武雄도 「누혜」란 이름은 「누에」에서 나온 것으로 이는 「나방이로의 脫皮를 準備하는 요한的 存在」로 볼 수 있다고, 거의 같은 견해를 보였다.[12] 이 이름이 암시하고

---

11) 최창록은 그가 傳統에 대한 저항을 한 스타일리스트라고 말하고 있다. 최창록, 「韓國小說의 文體論的 硏究」(형설출판사, 1981), pp.197~198.

있듯 누혜는 소설 속에서 일대 변신을 하고 있고 그것이 이 소설의 주제의 형상화에 결정적인 역할을 하고 있다.

훌륭한 작가란 일반인이 무심히 생각하는 디테일 하나에도 소홀한 법이 없다. 따라서 命名에도 여간한 마음을 쏟는 것이 아니라고 보아야 할 것이다. 등장 인물의 이름은 그 소설에 생명을 부여하는 기능을 하기 때문이다.

그런데 〈요한詩集〉의 경우는 그것이 뛰어난 命名인가 아닌가는 차치하고라도 거기서 작가 특유의 기교를 발견할 수 있다는 것만은 사실일 것 같다.

둘째, 작가는 이 소설에 소설외적인 요소를 대담하게 차용하고 있다는 것을 들 수 있을 것 같다.[13] 그 중 하나가 이 소설의 첫머리에 한 토막의 寓話를 등장시키고 있다는 것이다. 동굴 속을 낙원으로 알고 있던 한 마리의 토끼가 바깥 세계를 그리워하여 기어이 밖으로 나왔으나 강한 태양광선에 시력을 잃고 그 곳에서 죽고 말았다는 것이 이 寓話의 간추린 줄거리이다. 어린이를 상대로 한 존대법 문장의 이 寓話는 일찍이 한국의 다른 소설에서는 찾을 수 없었던 것이다. 이에 대해서는 寓話를 개인이 자의적으로 만들면 독자가 이를 신용하지 않고 반발을 사기 쉽기 때문에 기존의 것을 빌려 써야지, 창작해서 쓰는 것은 바람직하지 못하다는 견해를 말한 사람도 있다.[14] 필자의 견해로는 이러한 비판은 온당하지 않은 것 같다. 작가가, 이 寓話가 소설에서 분리되어 나와 寓話集같은 데라도 실리기를 바랐다면 그러한 비판을 받아 마땅하겠지만 이 소설에서의 寓話는 한 편의 寓話를 짓고자 하여 창작한

---

12) 廉武雄, "實存과 自由-요한詩集", 『현대한국문학전집』 4(新丘文化社, 1967), p.430.
13) 廉武雄, op. cit., p.427.
14) 金允植, 「(속)韓國近代作家論攷」(一志社, 1981), p.386.

것이 아니다. 작가는 이를 하나의 독립된 寓話로 읽기를 바라고 쓴 것이 아니다. 이 寓話는 소설 〈요한詩集〉의 의미구조의 필요에 의해서 지어진 것이다.

寓話는 하나의 통일된 이야기로서, 그것은 가공의 외관 속에 어떤 의미를 예시하여 밝혀 주며, 그 가공의 껍데기를 벗길 때 저자의 목적이 드러난다. 그래서 그 가공의 베일 속에서 무엇인가 바람직한 것이 발견된다면 寓話를 짓는 일은 뜻 있는 것이 된다.[15] 작가는 寓話의 이 속성을 알고 그가 창작한 이 寓話 한 토막을 소설 속에 끌어들여 어떤 깊은 의미를 부여하려 한 것이다. 그리고 필자가 볼 때 작가의 그러한 의도는 어느 정도 성공하고 있는 것 같다.

또 한 가지의 테크닉은 이 소설에 소설 장르 외적인 요소를 차용하고 있다는 것이다.

그 奴隸도 自由人이 아니라 自由의 奴隸였다. 자유가 있는 한 人間은 奴隸여야 했다! 自由도 하나의 數字 拘束이었고 强制였다.

위와 같은 구절은 소설 속의 어떤 지문이라기보다는 重隨筆의 일부를 옮겨 온 것 같다. 이를 두고 이화감, 이질감을 주는 행위라고 비난할 수도 있겠지만 어쨌든 독특한 기교의 일단임은 분명하다 할 것이다.

셋째, 〈요한詩集〉에 나타난 서술의 초점, 시점도 여느 소설과는 다른 특이한 데가 있다. 보통 소설의 시점이 빈번하게 이동하는 경우는 있지만 1인칭시점과 3人인칭시점으로 이리저리 바뀌는 경우는 보기 어렵다. 이 소설의 시점을 1인칭과 3인칭이 혼합된 복합시점이라 한

---

15) John, MacQueen, 「알레고리 (宋洛憲 譯)」 (서울大學校 出版部, 1972), p.57.

지적도 그래서 나온 것이다.[16] 그런데 〈요한詩集〉의 서술은 자세히 살펴보면 단순히 1인칭과 3인칭시점의 그것이라고만 말할 수 없는, 좀 더 복잡한 것이라 함을 알 수 있다. 이 소설의 서술은 전지적 작가시점 1인칭시점 1인칭관찰자시점이 섞바뀌고 있는데 여기다 또 그 시점의 나레이터도 이리저리 바뀌고 있다.

소설 도입부의 寓話는 전지적 작가시점의 서술로 되어 있다. 그것도 「이 얼마나 기상천외(奇想天外)의 착안(着眼)을 끝내 해낸 것입니까.」라고 하고 있는 데서 알 수 있듯이 작가가 자신의 존재를 직접 드러내면서 작품 자체에 대해 직접적인 논평을 하는, 이른바 논평적 전지(editorial omniscience)의 시점으로 서술하고 있다. 寓話에 이어지고 있는 「上」편의 서술은 동호가 누혜 어머니를 찾아가 그 어머니의 죽음을 목도하기까지 동호의 1인칭관찰자시점으로 서술되어 있다. 「下」편은 전후반의 나레이터가 다르다. 전반부는 누혜의 유서로, 그가 출생해서 자살을 하게 되기까지의 정신적, 육체적 체험과 고뇌, 갈등, 자살 결심의 경위를 밝히고 있는 1인칭시점으로 서술되어 있다. 후반부 역시 1인칭시점이지만 이번에는 나레이터가 동호로 바뀐다. 동호는 여기서 자기 존재의 실상을 깨닫는 재탄생을 1인칭 서술로 말하고 있는 것이다. 짧은 분량의 단편소설에서 나레이터와 서술의 초점이 이렇게 자주 전이하고 있는 경우는 이 소설을 두고는 찾기 어렵지 않을까 한다.

이 소설에서는 의식의 흐름, 自動記述法과 같은 특수한 서술을 여러 곳에서 발견할 수 있다. 동호가 누혜 어머니가 사는 바라크 앞에 도착했을 때의 서술은 그의 自由聯想을 옮겨 놓은 것이다.

---

16) 金允植, 「韓國現代文學史」(一志社, 1976), p.52.

이제 보니 지붕까지 〈레이션〉 상자가 아닌 것이 없다. 집으로 변장한 레이션 상자 속에 누혜의 어머니는 살고 있었던 것이다.

내 눈망울에는 레이션 상자가 여기 저기에 널려 있던 전쟁터의 광경이 떠오른다. 그것은 2년 전 어느 일요일이다.

발광한 이리떼처럼 〈人民軍〉은 일요일을 잘 지키는 〈美帝〉의 진지로 돌입하였다. 여기 저기에 흩어져 있는 레이션 상자 속에는 먹다 남은 칠면조의 찌꺼기가 들어 있는 것도 있었다.

여기에 이어서 동호는 그가 포격에 날아가 부상을 입고 포로가 되기까지를 되살리고 있다. 레이션 상자가 한바탕 연상의 그물조직(associative network)을 펼쳐 보여 주고 있는 것이다.

또 누혜 어머니의 싸늘한 손에 손을 잡힌 동호의 다음과 같은 1인칭의 서술은 그의 의식의 흐름을 轉寫한 것으로 볼 수 있다.

사실은 내가 죽어 가고 있는 것이 아닌가! 그렇지 않으면 왜 내 육체가 이렇게 자꾸 차가와지는가? 구리(銅) 같아지는 내 손의 차가움…… 팔과 어깨를 지나 가슴으로…… 穴居地帶로, 穴居地帶로, 나는 자꾸 靑銅時代로 끌려드는 鄕愁를 느낀다…… 아이스 케이크를 사먹다가 〈동무〉에게 어깨를 붙잡힌 나의 가련한 모습. 그런데 그 〈동무〉의 얼굴에는 왜 여드름이 그렇게도 많았던가. 온통 얼굴이 여드름 투성이였다. 그래서 남으로 남으로 수류탄을 차고 이동하던 밤길 개구리가 살아있었다. 개구리는 왜 저렇게 우노?…… 돌격이다! 꽝! 돌배나무가 포물선을 그린다. 나는 그리로 끌려가서 포로가 되었다. 이 無意味! 이것이 갈매기 우는 남쪽 바다의 섬인가! 변소의 손. 눈구멍에서 뽑혀 드리운 누혜의 눈알.

　이 소설에서는 슈르레아리즘의 가장 핵심적 창작방법으로 알려져
있는 自動記述法과 같은 구절도 발견된다.

　　그러나 세계는 고요한 대로 언제까지 있을 수 없다. 한편으로는 벌
　써 소란해지고 있었다. 낙원은 흔들리기 시작한 것이다. 푸드득 푸드
　득, 하늘로 날아 오르는 부엉새의 떼무리…… 눈먼 새의 뒤에는 사람
　의 그림자가 따르는 법이다.
　　나뭇가지를 타고 침입해 들어오는 猿人. 아직 쭉 펴지 못하는 허리
　에 차고 있는 것은 또 그 돌도끼이고 손에는 횃불이다. 그가 배운 재
　주는 그것밖에 없다는 말인가.

　自動記述法은 의식이 의식의 아래에서 솟아오르는 분류와 순간적
으로 합류할 때의, 의식의 특수한 운동에서 일어나는 것이다. 이는 假
睡眠狀態에서 말하는 것을 받아 적어 놓은 것 같은 것으로 거기에 논
리성이나 인과성 같은 것도 없는 것이 특징이다. 우리는 위의 인용문
에서 바로 그와 같은 성격을 볼 수 있다.
　마지막으로 〈요한詩集〉이 보여 주는 기법상 특성은 한자의 사용이
다. 소설에 한자어를 마음대로 쓰고 띄어쓰기를 무시한 李箱과 같은
이단이 잠깐 얼굴을 내민 적이 있기는 했지만 李光洙의 〈無情〉 이래
한국문학에 있어서 소설 문장은 한글을 전용으로 한다는 것이 불문율
로 지켜져 왔다. 그러던 그 불문율이 張龍鶴에 와서 깨뜨려졌다. 다음
의 〈요한詩集〉의 일절에서 보는 바와 같이 그는 소설 문장 속에 한자
어를 거침없이 노출해 쓰고 있다.

　　이 세계에는 二律背反이 없다. 무수의 律이 마치 穹隆의 星座처럼

서로 범함이 없이, 고요한 詩의 밤을 밝히고 있다. 王者도 없고 奴婢
도 여기에는 없다. 憂慮가 없다. 그러니 妥協이 없다. 風習이 없으니
頹廢가 없다. 만물은 스스로가 자기의 原因이고, 스스로가 자기의 자
(尺)이다. 太陽이 반드시 동쪽에서만 솟아야 할 이유가 여기에는 없
다. 늘 새롭고 늘 아침이고 늘 봄이다. 아아 젊은 太陽……

　그의 문장에 대해, 시대 역행이라느니 일본어투라느니[17] 하는 비난
도 없지 않았지만 그는 그런 말에 개의하지 않았다. 오히려 그는 당당
히 한자 사용의 당위성을 강조하고 있다. 그는 表意文字보다 表音文
字가 더 발달된 글자라는 것만이 금과옥조가 아니고 感覺語보다 槪念
語가 더 발달된 단계의 것이라는 것도 그에 못지 않게 금과옥조라고
주장했다. 그는 한 걸음 더 나아가 한글 전용의 울타리를 벗어나는 것
이 새 한국소설이 서야 할 출발점이라고까지 말했다.[18] 부정적인 비판
에도 나름대로 근거는 있지만 이야기 중심의 소설 아닌, 인간의 본질
을 탐구하는 사유와 관념이 성한 〈요한詩集〉과 같은 소설에서의 한자
사용은 반드시 잘못된 일이라고만 하기도 어렵지 않을까 한다.
　이상과 같은 몇 가지 창작 기교는 이 소설이 무성한 화제를 불러일
으키는 데 한 몫을 한 것이 사실이다.

2. 죽음으로 얻은 救援 — 絶對自由

　〈요한詩集〉은 그 작품 내적인 면, 곧 이 소설이 우리 손으로 쓰여진

---

17) 金允植, 「(속)韓國近代作家論攷」(一志社, 1981), p.388.
18) 張龍鶴, "긴 眼目이라는 幽靈", 『世代』 1964년 8월호, p.201.

최초의 實存主義小說이라는 데서 높은 관심을 불러 일으켰다. 이제 實存主義란 어떤 사상이며 實存主義小說이란 어떤 작품인가, 또 〈요한詩集〉은 實存主義小說이라 할 수 있는가를 살펴보기로 하겠다. 그리고 이것은 유보적인 문제이지만 만약 이를 實存主義小說이라 할 수 있다면 어떤 점에서 그 근거를 찾을 수 있는가를 알아보고자 한다.

張龍鶴은 〈요한詩集〉을 實存主義文學의 영향을 받고 쓴 첫 작품이라고 말하고 있다. 그는 1953년 피난지 부산에서 한 학생의 권유로 사르트르의 〈嘔吐〉를 읽고 거기에 사로잡혀 그것이 한 계기가 되어 쓴 것이 이 소설이라고 했다.[19]

實存主義란 어떤 사상인가를 알려면 먼저 「實存」이란 무엇인가부터 알아보는 것이 편리할 것 같다. 「實存」이란 인간에 대한 새로운 파악으로 「現實存在」의 준말이다. 實存은 그전까지 철학사에서 우위를 점해 온 추상적이고 일반적인 존재도, 形而上學的으로 거대화 내지 신격화된 존재도 아니다. 實存은 현실적이며 구체적인, 진실하고 하나뿐인 개별적인 존재인 「제 각각의 나 자신」을 의미하는 것이다. 그리고 그것은 그저 있는 「나」가 아니라 되어 가는 「나」이며 창조하는 「나」, 志向하는 직접적인 존재로서의 「나」이다. 實存이란 객관화될 수 없고 대상화될 수 없는 내면성, 주체성을 지닌 존재다. 거기서는 자기 이외의 아무도 자기의 진리에 관해서 파악할 수 없다. 그러니까 實存主義란 주체성 곧 내면적인 자율성이 강조되는 사상이라 할 수 있다.

사르트르에 의하면 實存主義者에는 두 갈래가 있다. 그는 야스퍼스, 가브리엘 마르셀로 대표되는 기독교인으로서의 實存主義者와 하이데거와 사르트르 자신을 들 수 있는 무신론적 實存主義者가 그것이

---

19) 張龍鶴, "實存과 요한詩集", 『韓國戰後問題作品集』(新丘文化社, 1962), p.400.

라는 것이다.[20] 기독교인 곧 유신론적 實存主義者들은 사람이 자기 이상으로부터의 人格神의 구원을 믿는 신앙을 절대화함으로써 참된 자신의 삶의 뜻과 가치를 찾으려 했다. 한편 무신론적 實存主義者들은 신의 구원 없이 자기의 의지를 절대화시켜 자기 實存의 의의와 가치를 찾으려 한 사람들이다. 張龍鶴의 경우는 이 중 후자, 곧 사르트르류의 무신론적 實存主義思想에 가까운 것으로 보인다.

여기서 사르트르류의 무신론적 實存主義에 대해서 좀 더 자세히 알아보기로 하겠다. 왜냐하면 〈요한詩集〉은 그러한 사상을 이 소설 육질의 상당부분으로 하고 있기 때문이다. 그 사상의 핵심에 닿는 데는 「實存은 本質에 先行한다」는 명제에 접근하는 것이 지름길이 될 것 같다. 現實存在가 사물인 경우 만물은 본래의 實在 곧 만물의 원형으로서의 이데아에서 파생된 것이다. 그러므로 이때의 만물은 이데아를 원형으로 하여 만든 模作, 실물에 대한 그림자, 그림, 영상이다. 곧 존재는 밖으로 나타나 있는 구체적, 현실적인 것이다. 그러므로 존재에 앞서 본질이 있다.

그러나 사물 아닌 인간의 경우는 사정이 다르다. 인간은 인간이므로 책상이나 책 같은 물건처럼 代替할 수 없다. 사람은 단순한 존재나 생존에 그치지 않고 한 사람, 한 사람 어느 누구와도 바꿀 수 없는, 자기의 존재를 의식하면서 그 존재의 방식을 스스로 선택해 갈 수 있는 現實存在다. 곧 사람은 現實存在로 개별성과 주체성을 가지는 것이다. 인간의 본질이란 그 개별성과 주체성을 제거하고 일반화할 때 성립한다. 일반화되지 않은 인간의 現實存在는 본질의 밖으로 나와서 각자가 독자적인 방식으로 자기를 형성해 나간다. 이러한 인간에 대해서는

---

20) 사르트르, 「實存主義는 휴머니즘이다(方坤 譯)」(文藝出版社, 1992), p.13.

「그것이 무엇인가?」가 아니고 「그것은 누구냐?」고 물어야 한다. 이 물음에 대한 답으로서의 개별적인 인간은 만들어진 것이 아니라 만드는 자요, 더구나 여러 대상을 만드는 자인 동시에 자기 자신도 만들어 가는 존재다. 만일 신이 존재한다면, 신이 인간을 창조했다면 인간의 본질은 신의 마음 속에 이미 정해져 있은 것이라 할 수 있다. 그러나 사르트르 등 무신론적 實存主義者에게는 신은 없다. 그러므로 인간 존재는 개념에 의해 규정되기에 앞서 먼저 實存하고 다음에 스스로 생각하고 행위함으로써 자기 자신을 만들어 간다. 이러한 사람에 있어서 본질은 본래 정해져 있은 것이 아니다. 그것은 스스로 정해 가는 것이다. 사르트르가 「사람은 스스로가 만들어 가는 것 이외에 아무 것도 아니다. 이것이 實存主義의 제1원리이다.」라고 한 말에[21] 그 사상이 응축되어 있다.

〈요한詩集〉은 實存으로서의 인간이 스스로를 만들어 가는 과정을 보여주는 이야기, 바로 그것이다. 그런 의미에서 이 작품은 實存主義小說이라 할 수 있는 것이다. 〈요한詩集〉의 첫머리에 등장하는 寓話는, 사람은 이끼나 부패물이나 꽃, 양배추가 아니라 무엇보다 주관적으로 자기의 삶을 이어나가는 하나의 志向的 존재라고, 사르트르가 위에서 한 말을[22] 좀 더 부연한 것을 이야기로 들려주는 것이다. 寓話를 좀 더 자세히 살펴보면, 다음과 같은 줄거리로 되어 있다.

옛날 깊은 산속 굴 속에 토끼 한 마리가 살고 있었다. 토끼는 일곱가지 무지개 색의 그 굴 속에서 그 곳을 낙원으로 알고 살아간다. 그러다 사춘기를 맞은 토끼는 빛이 흘러들어 오는 굴 바깥 세상을 동경하게 된다. 그 생각은 그로 하여금 불편 없던 굴 생활을 갇힌 생활로, 낙원으

---

21) 사르트르, 「實存主義는 휴머니즘이다(方坤 譯)」(文藝出版社, 1977), p.20.
22) 사르트르, 「實存主義는 휴머니즘이다(方坤 譯)」(文藝出版社, 1981), p.16.

로 알았던 굴을 감옥으로 알게 만들고 만다. 토끼는 살이 터져 피투성이가 되면서도 기어이 밖으로 기어 나온다. 그러나 토끼는 바깥으로 나온 순간 갑작스런, 강한 태양 광선에 눈이 멀어 소경이 되고 만다. 토끼는 그 곳을 떠나지 않고 있다 거기서 죽었는데 그 자리에 버섯이 하나 났다. 토끼의 후예들과 다른 짐승들은 그것을 '自由의 버섯'이라고 부르고 어려운 일이 있을 때마다 그곳에서 제사를 지낸다는 것이다.

이 寓話에서 바깥 세상을 모르고 살 때의, 사춘기 이전의 토끼는 쇼펜하우어의 용어를 빌려 말하자면 일상적 자아라 할 수 있다. 키엘케골은 이를 비개성적 익명의 세계의 존재라고 했다. 그에 의하면 이러한 존재는 근원적인 고독과 불안을 깨닫지 못하며 갇힘과 닫힘의 존재로서 자아를 인식하지 못한, 깨어나지 못한 존재다. 다른 표현으로 말하자면 그 때의 토끼는 현실에 만족하고 있는 卽自意識의 존재다.

사춘기를 맞은 토끼가 바깥 세상을 동경하게 되는 것은 그가 유년의 暗愚에서 깨어남을 의미한다. 키엘케골의 말에 따르면 자아를 인식한 개성적 존재가 되려 한 것이다. 토끼는 현실에 만족, 안주하지 않고 자아를 깨달아 對自意識의 존재가 되려 하고 있는 것이다.

우리는 이 때의 토끼에게서 사르트르가 말한 志向(project)을 보게 된다. 그것의 실현은 토끼가 굴 밖으로 나가려 하는 것이다. 사르트르에 의하면 志向의 방법은 「오려냄(dé coupage)」과 「無化(néatiser)」로 나타난다. 토끼가 밖으로 나가려고 창으로 손을 뻗었을 때 그의 가슴이 방안이 떠나갈 듯이 고동치는 것은 「오려냄」이다. 또,

그러면서 이상했던 것 같은 생각이 들어 손을 다시 그 창으로 가져가면서 뒤를 돌아보았습니다. 그만 소리도 못 지르고 소스라쳤습니다. 방안이 새까매졌던 것입니다.

라고 한 것은 「無化」를 보여준 것이다. 토끼는 두려움과 고통을 무릅쓰고 기어이 굴 밖으로 나간다. 토끼는 결국 눈이 멀고 거기서 죽게 되지만 그는 굴 밖을 향해 기어 나가기 시작한 그 순간부터 더 이상 卽自的 存在가 아니었다. 그는 그 때부터 새로운 존재가 된 것이다.

이 寓話에서 토끼는 요한적 존재다. 그는 일상적 삶을 사는 갇힌 존재이기를 거부하고 참 삶을 찾아 나섰지만, 불구로 죽게 되고 그가 죽은 자리에 난 버섯을 보며 바깥 세상의 삶을 향유하는 것은 그의 후손들과 다른 짐승들이라는 의미에서 그렇게 볼 수 있을 것이다.

이 寓話는 독자에게 제시된 이 소설에의 길 안내로서의 알레고리다.[23] 작가는 寓話에 이어지는 본격 이야기에서 먼저 토끼의 자리에 누혜를, 그 다음에 동호를 앉힌다. 그리하여 이번에는 짐승 아닌 인간의 의식 변혁 과정이 독자 앞에 펼쳐진다.

그런데 누혜와 동호, 두 인간의 의식 변혁은 누혜의 그것이 훨씬 극적이지만 작가는 동호의 그것에 초점을 맞추고 있다. 누혜는 그의 변혁이 동호를 깨달음에 이르게 하는 데서 의미가 끝나고 있다는 점에서 그는 이 소설의 제목에 등장하는 성경 속의 인물, 요한이다.

이제 누혜가 寓話 속의 토끼적 변신을 하는 전말을 살펴보기로 하겠다. 누혜의 육체적, 정신적 역사는 그가 남긴 유서에 나타나 있다. 「나는 한 살 때에 났다.」고 한 유서의 첫 문장은 시니컬한 어조로 들린다. 여기에는 그가 우연의 존재라 함이 은근히 비쳐져 있다. 사르트르에 의하면 본질적인 것, 그것은 우연성이다. 그러니까 누혜는 우연성에 의해 이 세상에 있게 된 본질로서의 존재다. 누혜는 태어나자 곧 不條理의 세계에 던져진다. 출생 닷새 후에 그에게 이름이 지어 주어진다. 이 이름은 호적에 얹히게 되고 그 이후 그는 이 세상의 한 분자가 된다.

---

23) 辛卿得, 「韓國戰後小說研究」(一志社, 1988), p.157.

이름이 公簿에 등재됨으로써 그는 그의 뜻과 상관없이 조직에 편입된다. 이름을 붙임은 개성화의 작업이 아니다. 여기에서의 이름은 동원하기, 부리기, 다스리기에의 편이를 위한 기호로, 이 기호가 그에게 붙음으로써 그는 획일화, 기계화하고 만다. 소학교에 입학했을 때 누혜는 등교시간이란 시계의 명을 거슬렀다 하여 벌을 받게 됨으로써 또 하나, 그를 얽매는 족쇄를 경험한다. 중학교에 진학한 누혜는 소매 끝과 모자에 두 개의 흰줄을 두르게 되고 거기서 소학교 때보다 더한 속박을 받는다.

> 그러는 사이에 중학생이 되었다. 소매 끝에와 모자에는 흰 두 줄이 둘렸다. 그 줄 저쪽으로 나서면 안 된다는 것이다. 그 대신 그 이쪽에서는 아무 짓을 해도 좋다는 것이다. 나는 二重으로 매인 몸이 되었다.
>
> 어느 날 아침 조회 때, 천명이나 되는 학생들의 가슴에 달려 있는 단 추가 모두 다섯 개씩이라는 것을 발견하고 현기증을 느꼈다. 무서운 사실이었다. 주위를 살펴보니 주위는 모두 그런 무서운 사실 투성이였다. 어느 집에나 다 창문이 있고, 모든 연필은 다 기름한 모양을 했다.

위에서 우리는 누혜가 개성이 없는 일반화, 획일화된 인간으로 그러한 세계에 살고 있음을 보게 된다. 획일화는 흔히 19세기 초 러시아 農奴 吹奏樂隊의 樂士에 비유된다. 20명으로 짜인 이 악대의 구성원은 각각 도 레 미…… 등 음계 중 자기 고유의 음 하나만을 정한 시간에 정한 순서에 따라 일정한 길이로 내야 하게 되어 있었다. 이 악대의 農奴 한 사람, 한 사람은 그에게 배당된 음으로 불렸다. 예를 들면 저기 A지주의 「도」가 지나간다, B지주의 「레」가 지나간다 하는 식이었다. 그는 한 사람의 개성을 가진 개별적인 인간이 아니고 한 개의 배당된 음일 뿐이었다. 현대사회의 인간은 당시의 지주와 農奴의 관계와 같은 데가 있다. 자본주의 사회에 있어서는 자본가와 노동자의 관계가 그렇고 공산주의 사회에 있어서는 전체주의 통치자와 그 구성원의 관계가 그렇다. 특히 전시에는 모든 인간은 어떤 부대에 어떤 계급의 구성원으로, 기계의 한 부품과 같은 존재로 전락하게 된다. 이와 같은 不條理 앞에서 인간은 存在論的 嘔吐를 느끼게 된다. 창조되지도 않고 존재 이유도 없고 다른 존재와의 어떤 관계도 없는 그 자체로 있는 존재, 그것은 무의미한 것으로 嘔吐를 일으키는 것이다. 위의 인용문에서의 방점 친 (방점은 필자가 친 것임) 「현기증」은 바로 그러한 嘔吐다. 嘔吐를 부르는, 不條理란 문자 그대로 不調和의 뜻이다.[24] 그것은 이성과 實存의 알력으로부터 비어져 나가는 경험인데 구체적으로 말하자면 인생의 깊은 존재이유의 부재, 일상의 바쁜 생활의 헛됨, 人生苦의 무의미함에서 느끼는 그 무엇이다. 카뮈는 인생이 不條理하다는 결론이 나왔을 때 사람은 자살과 반항이란 두 가지 상반된 태도를 취한다고 했다.[25] 그러나 누혜는 처음 이 중 어떤 한 가지 태도도 보이지 않는다. 그는 不條理를 不條理인채 받아들이려 한다. 중학생 누혜는 그렇게 하는 것이 편하다고 판단해 상급생에게 신이 나서 경례를 한다. 그는 「人民의 벗」으로 사는 것이 편한 삶이라는 생각에서 공산당에 들어가고 6·25 사변이 일어나자 용감히 싸워 최고훈장을 받은 「인민의 영웅」이 된다. 그는 던져진 존재, 본질로서의 인간, 卽自意識의 인간으로 살아가려

---

24) 이는 John Russell Taylor가 한 말이다. Arnold P.Hinchliffe, 「不條理文學(黃東奎 譯)」(서울大學校 出版部, 1986), p.1.
25) 朴異汶, "自殺과 反抗", 『文學思想』 1973년 7월호, p.294.

한다. 그러다 그는 포로가 되어 거제 수용소에 수용된다. 그는 그 포로 수용소 내에서 또 한번의 잔인하고 참혹한 전쟁에 휘말려 든다. 포로들끼리 좌우로 갈라서서 살육전을 벌인 것이다.

그것은 人間의 限界를 넘은 싸움이기도 하였다. 그렇게 사람을 죽이는 법은 없는 싸움이었다. 아무리 악하고 미워서 견딜 수 없는 적이라 해도 죽음 이상의 벌을 주지 못하는 것이 人間이다! 아무리 독하고 악한 사람이라 해도 죽음 이상의 벌을 받지 않는 것이 人間이다! 그렇게 되어 있는 것이 人間이라는 이름이다. ― 中略 ―

그런데 거기서는 시체에서 팔다리를 뜯어내고 눈을 뽑고, 귀, 코를 도려냈다. 아니면 바위로 쳐서 으깨어 버렸다. 그리고 그것을 들어서 변소에 갖다 처 넣었다.

누혜는 위와 같은 「인간 밖」의 세계에서 부자유를 자유의사로 받아들이고 있는 자신이 노예라 함을 깨닫게 된다.

奴隸. 새로운 自由人을 나는 노예에 보았다. 차라리 노예인 것이 자유스러웠다. 不自由를 自由意思로 받아들이는 이 第三奴隸가 現代의 英雄이라는 認識에 도달했다. 그 認識은 내 호흡과 꼭 맞았다. 오래 간 만에 생각해 보니 나의 이름이 지어진 이래 처음으로 나는 나의 숨을 쉬었고 나의 육체는 그 자유의 숨결 속에서 기지개를 폈던 것이다.

그러나 그것도 한 때의 기만이었다.

누혜는 이제 진정한 자유를 찾으려 한다. 삶 자체가 인간을 짐승 이

하의 존재로 만드는 세계, 그 곳에서의 자유, 그것은 노예의 자유라 함을 깨달은 그는 참 자유를 찾으려 하는 것이다. 사르트르에 의하면 의식이 없는 존재, 즉 卽自的 存在가 그 자체로서 충족함에 반해 의식이 있는 존재 즉 對自的 存在는 그 자체 내에 부족, 결함을 내포하고 있는 존재다. 인간은 의식을 가짐으로써 자신에 대하여 불만과 공허를 느끼게 된다. 이 때 인간은 그 불만을 채우려고 하는 노력을 하게 되는데 사르트르는 이를 「自由」라고 불렀다.[26] 누혜는 그러한 자유, 곧 진정한 자유, 「絶對自由」를 찾으려 한다. 그에 있어서 그 자유를 찾는 길은 죽음이었다. 그는 「하나의 試圖」요 「마지막 期待」로 죽음을 택한다. 그래서 누혜는 포로수용소의 철조망에 목을 매 자살을 한다.

　張龍鶴의 소설에는 죽음, 특히 자살이 많이 등장하고 있다.[27] 그런데 누혜의 죽음은 1920년대 한국 소설에 흔했던, 일상적인 의미에서의 그것과는 다른 성격을 보여 주고 있다. 보통의 경우 인간의 죽음은 모든 것의 종말, 無에의 환원, 소멸을 의미한다. 거기에는 공포 · 비애 · 허무의 감정이 따르게 마련이다. 그러나 누혜의 죽음은 그런 것과는 다른 의미를 띤다. 그의 자살의 의미는 하이데거의 철학에서 찾을 수 있다. 그에 의하면 인간은 던져져 있는 존재다. 그러나 인간은 그저 던져져 있기만 하는 존재에 그치지 않고 앞을 향하여 던지기도 하는 존재다. 내던진다(投企 = Entwerfen)는 것은 미래를 향하여 기획하고 계획한다는 뜻이다. 이 때의 인간은 던져졌다는 과거적 필연에 그저 밀리기만 하거나 아무 하는 일 없이 막연히 미래를 기다리고 만 있는 것이 아니라 진지하게 나의 미래를 스스로 결정하면서 살아 나간다. 던져져

---

26) 朴異汶, "不條理한 存在", 『文學思想』 1973년 3월호, p.372.
27) 등장인물이 자살을 하는 경우는 〈요한詩集〉의 누혜 외에도 〈人間終焉〉의 상화, 〈遺皮〉의 이기야, 〈孵化〉의 기을하, 〈扶餘에 죽다〉의 하다나까, 〈地動說〉의 춘란, 〈殘忍한 季節〉의 아내, 〈羅馬의 달〉의 옥화 등이다.

있으면서 앞으로 내던지는(被投的 投企 = geworfener Entwurf) 존재
는 죽음에 대해서도 앉아서 기다리거나 불안에 허덕이고만 있는 것이
아니라 스스로 앞질러(先驅 = Vorlaufen) 죽음을 떠맡을 것을 결의함
으로써 「죽음에서의 자유」가 된다.[28] 누혜는 인간을 어떤 짐승보다 못
한 것으로 모독하는 현실에서 탈출하는 길로 자살을 택한 것이다. 그
의 자살은 그가 육체로부터 해방되는 자유, 새로운 탄생, 구원에 이르
는 絶對自由를 얻는 길이었다. 곧 인간 토끼, 누혜의 죽음은 卽自的
存在態에서 對自的 存在態로의 志向이요, 있는 그대로의 본질에서
實存에로의 이행을 의미한다.

　작가가 밝히고 있듯 〈요한詩集〉의 주인공은 동호다. 이 소설의 초
점은 누혜의 자살이 계기가 되어 동호가 어떤 깨달음을 얻어 다시 태
어나는 과정에 모아져 있다. 누혜의 죽음 이전의 동호는 우연히 태어
나 이 세상에 던져져 있는 존재, 그것에 불과하다. 그는 포로수용소 안
에서 「반편」으로 취급되는 인간이다.

　　얼마 후, 나는 여기저기 살이 찢어져 피를 줄줄 흘리면서 닭다리
　를 손에 꼭 쥔 채로 〈일요일의 포로〉가 된 내 동호를 거기에서 발견
　했다.
　　가슴에 걸린 〈pow〉라는 꼬리표를 턱 아래에 보았을 때 동호의 눈
　에서는 서러운 눈물이 수없이 흘러 떨어졌다. 턱 받기, 침을 흘리던
　어린 시절의 그리운 눈물이 그 꼬리표를 적시고 있었다.

　동호는 위에서 보는 바와 같은 위인이었으므로 피비린 싸움을 벌이

---

28) 韓筌淑, "實存主義", 「現代의 哲學(韓筌淑 · 車仁錫 共著)」 I (서울大學校 出版部, 1982),
　　p.21.

고 있는 수용소 내의 좌우, 어느 쪽도 그에게 한쪽 편에 서서 싸우기를 강요하지 않았다. 그래서 그는 서로 죽고 죽이는 생지옥 속에서도 최대한의 자유, 누혜가 말한 노예의 자유를 누리고 있었다. 그러한 동호에게 큰 충격이 온다. 그의 유일한 친구 누혜가 노예의 자유를 거부하고 자살을 한 것이다. 충격은 거기에서 끝나지 않는다. 극렬 공산주의자들은 그들의 편에 서서 그 살인극에 가담하지 않았을 뿐 아니라 그들의 영웅이기를 거부하고 죽음을 택한 누혜의 시체에 보복을 가한다. 시체를 토막내어 변소에 버리고 눈을 뽑아 동호로 하여금 해가 뜰 때까지 밤을 새워 그것을 들고 서 있게 한다. 그 위에 그로 하여금 세상을, 인간을, 자신을 새로이 보게 한 또 하나의 계기가 주어졌다. 동호는 누혜가 절대자유에 이르기까지의 과정을 쓴, 그의 유서를 읽게 된 것이다. 여기서 그는 달라진다. 그는 대상에 대한 새로운 인식을 시작한다. 그는 자신이 무엇을 본다는 것은 시선이 그리로 가서 보는 것이 아니라 그 물체에서 반사된 光波가 망막에 비쳐드는 것이라는 간단한 사실부터 깨닫는다. 이어 그는 자신의 그때까지의 삶에 대해서도 다시 생각해 보게 된다.

내가 나의 주인이 되어 나의 앞장을 내가 서서 나의 길을 걸어본 적이 있었던가? 없다! 한 번도 없었다. 늘 전봇대를 따라 다녔고, 늘 기차 시간을 기다리고 있었다. 그러면서 나는 한번도 기차에 타 본 적이 없었다. 그러나 나는 그래도 기다렸고 그래도 따라 다녔다. 왜? 길에는 전봇대가 있었고 정거장에는 대합실이 있었기 때문이다.

생각하면 비참하고 시시하다. 어째서 살아 있는 것이 그래도 낫고 죽는 것이 그래도 나쁜가?

　동호는 비로소 그 때까지의 자신의 삶이 노예의 삶이었으며 아무런 가치도 없는 것이었다는 자각에 이르게 된다. 여기서 即自的 存在 동호는 對自的 存在로의 이행을 시작한다. 그것은 그의 의식의 분열로부터 비롯된다. 이 때부터 동호는 어떤 대상을 의식할 때 자신이 의식하고 있다는 사실을 또한 의식한다. 이 때의 의식은 대상에 대한 의식과는 전혀 다른 것이다. 전자는 밖의 대상을 향하고 있고 후자는 동호 자신을 향하고 있다. 이 두 가지는 하나의 의식현상에서 일어나고 있다. 둘은 서로 떨어져 있다고도, 하나라고도 할 수 없다. 둘은 無의 심연에 의해 서로 연결되어 있으면서 분열되어 있다. 이 때 無는 존재의 구멍이요 이 無의 출현에 의해서 對自란 구조가 생긴다.[29]

　時計가 가리키는 시간과 位置가 빚어내는 시간. 이 두 개의 시간 사이에 가로 놓여 있는 빈 터. 그것이 얼마나한 출혈(出血)을 강요하든, 우리는 이러한 빈터에서 놀 때 自由를 느낀다. 우리에게 두 개의 시간을 품게 한 이러한 빈터가 결국은 '나'를 두개의 나로 쪼개 버린 실마리였는지도 모른다.

　「동호야……」
　나는 내 이름을 불러 보았다.
　그러나 그 근처에 대답해 주는 소리는 있지 않았다. − 中略 −
　「동호」
　나는 그 소리에 깜짝 놀랐다. 내 소리 같지 않았고, 농담인 줄 알았는데 그 소리는 비감이 어린 비명이었다. 그래서 얼결에 기겁을 먹고 '누구야' 하려고 했다.

---

29) 韓荃淑, op.cit., pp.34~35.

동호는 위와 같은 의식의 분열을 일으킨 끝에 비로소 即自的 存在態에서 對自的 存在態로 변혁을 일으키게 된다. 곧 쇼펜하우어가 말한 이른바 일상적 자아에서 본래적 자아로 바뀌고 있는 것이다. 그리하여 누혜의 어머니를 찾아갔을 때의 동호는 이미 그 전의 동호가 아니다. 그는 그 전에는 무심히 지나쳤던 不條理를 보게 된다. 산기슭에 성곽과 같은 집이 있는데 누혜의 어머니는 조금 떼밀어도 쓰러질 것 같은 하꼬방에서 살고 있는 데서도 그는 그것을 경험한다. 산기슭 부잣집의 세퍼드도 쇠고기를 먹는데 누혜의 노모는 고양이가 잡아오는 쥐를 잡아먹고 명을 이어가야 하는 데서도 그는 不條理를 느낀다.

동호는 하꼬방 안으로 들어가 누혜 노모의, 인간의 생이라 할 수 없는 참담한 모습을 보게된다.

담요 밖으로 기어나와 비비적거리고 있는, 그것은 사람이기는 하였다. 살아 있는 것이기는 하였다. 그러나 그것은 하나의 '過去形'에 지나지 않았다. 과거에 죽은 사실이 없으니까 지금도 살아있는 것으로 되어 있다는 표가 찍혀있는데 지나지 않았다.

아까 그 노파의 눈, 손, 입, 그것은 그 쥐를 먹으려고 하는 눈이고, 손이고, 입술의 꼬물거림이었다!

부풀어올랐던 그 가슴이 푸욱 꺼진다. 멀겋게 헛뜬 눈, 空虛를 문 것처럼 다물지 못하는 입, 옆으로 젖혀진 입술로 걸찍한 침이 가늘게 흘러내리다가 끝에 가서 뚝뚝 떨어진다.

그는 노파의 추한 모습에 혐오감을 느낀다. 그는 그러한 모습으로 생명의 줄을 끈질기게 붙들고 놓지 않으려고 하고 있는 노파에게서 인간의 존엄성이 모욕당하고 있다는 것을 느낀다. 거기서 그는 침을 뱉고 싶은 충동과 함께 「구역」과 분노를 느낀다. 이것은 앞서 말한 實存主義에 있어서의 存在論的 嘔吐라고 할 수 있을 것이다. 간신히 명만 붙어 있는 노파를 보고 있는 동안 동호는 감정이입을 경험하게 되고 노파가 바로 자신이라고 느낀다.

> 보는 사람이 숨이 겨웁고 눈알이 부어오른다. 두렵다. 저 숨소리가 꺼질 때 그 소용돌이에 내 목숨까지 한데 묻혀서 그만 흘러가 버릴 것만 같다.
> 내 가슴을 그슬려버린 죽음의 고동은 귓속에까지 비쳐든다. 귀 안에서 죽음이 운다. 막 우는 진동에 눈동자가 초점을 잃어버린다.

동호는 노파의 목을 눌러 죽이고 싶은 충동을 느낀다. 눈 없는 누혜의 환영과 함께 동호가 지켜보고 있는 가운데 노파는 마침내 숨을 거둔다.

한 석사학위논문은 〈요한詩集〉은 누혜와 누혜 어머니의 對立的 實存 모습을 서술하고 있다고 했는데 이는 이 작품에 대한 논문들 중 가장 핵심에 닿는 말이 아닌가 한다.[30] 여기서의 「대립적」이란 말은 「대조적」이란 말로 표현하는 것이 더 적합할 것 같다. 누혜의 죽음은 앞서 말했듯 노예적, 비인간적 삶을 거부하고 絶對自由를 찾는 적극적, 초월적 죽음이었다. 그에 반해 누혜 어머니의 경우는 수명이란 한계를

---

30) 陳英玉, 「張龍鶴 小說의 觀念 敍述考」(부산대학교 대학원, 1982), p.71.
　　그러나 이 논문은 이에 대해 집중적인 고찰을 하지 않고 가볍게 스쳐가는 말로 하고 있어 아쉬움을 주고 있다.

가진 인간이 인간만이 가진 존엄성이 철저하게 짓밟히고 모욕당한 끝에 짓이겨져 시체로 널브러지는 죽음이다. 동호는 노파의 죽음을 보고 드디어 누혜의 죽음이 참 자유를 찾은 것이었다는 究竟의 깨달음에 이르고 있다. 그리고 그는 이 때 그 자신임과 동시에 누혜다. 그는 비로소 卽自意識의 인간에서 對自意識의 인간으로 재 탄생한 것이다.

밤은 고요히 깊어가는데 누혜의 비단 옷을 빌어 입은 나의 그림자는 언제까지 그렇게 그 고목가지 아래서 설레고만 있는 것이었다.

고 한 구절이 그것을 말해주고 있다. 작가는 이 소설의 주제를 「〈自由〉를 豫言者 요한에 譬한 데 있다」고 했다. 그러나 이는 작가도 자기 작품의 해석에 있어서는 서투를 수도 있다는 것을 보여주는, 핵심을 빗겨난 말이다. 이 소설은 卽自的 存在가 對自的 存在로 재 탄생하여, 絕對自由에 이르는 인간을 그려 보여주는 것이다.

3. 未決로 남은 서투름과 설익음

앞에서도 약간 언급되었지만 이 소설에 대해서는 비판적으로 보는 목소리가 상당히 높았다. 특히 기교 면을 두고 그것이 파격을 넘어 이단이라고 나무라는 사람이 적지 않았다. 작가는 우리 문학에 있어서 최고의 덕은 순수가 아니라 풍부여야 한다고 말하고 그 풍부는 이질적인 것, 이단적인 것이라고 자기 변호를 하고 있지만 〈요한詩集〉에는 확실히 지나친 파격, 서투름, 부자연스러움이 있는 것이 사실이다.

먼저 구성에 있어서 과거의 이야기와 현재의 이야기의 배열도 잘 짜

여 있다고는 보기 어렵다. 「遺書」가 들어가야 할 위치는 이 소설에 있
는 그대로가 가장 바람직한 것일까도 생각해 볼 문제가 아닌가 한다.

　관념적인 서술에서도 문제가 없다 하기 어렵다. 관념적인 어휘가 많
다고 해서 탓할 것은 없지만 그것이 과잉할 때는 문제가 되는 것이다.
그런데 이 소설에서는 지나친 관념들을 곳곳에서 대하게 된다. 그러다
보니 어떤 데서는 독자가 작가의 쓸데없는 언어유희에 얹혀 농락을 당
하고 있는 것 같은 감마저 든다. 예를 들면 광속보다 빠른 비행기를 타
고 가면 밥이 쌀이 되고 그것이 나중에는 벼이삭에 달린다고, 시간의
역행 가능성을 이야기하고 있는 구절같은 것이 그렇다. 「시간도 상대
적인 것이다」는 것을 이렇게 길게 늘어놓을 필요는 없을 것 같다. 광속
에서는 시간은 정지하며 물체의 길이는 짧아진다고 한 아인쉬타인의
상대성이론에서 나온 이와 같은 유의 요설은 1950년대에는 이미 약간
호기심 강한 중학생들도 알고 있은, 별 신기할 것도 없는 상식이었다.
그런 이야기를 현학적으로 장황하게 늘어놓고 있는 것은 작가가 어줍
잖은 지식을 가지고 기고만장하는 경박한 지식인의 모습으로 비치게
한다. 또,

　　여기에 올라오는 길에, 한 노인이 문간에 앉아 쌀, 보리, 콩 같은 것
　　이 뒤섞인 것을 한 알 한 알 골라내고 있었다. 그 황혼 오분 전의 작업
　　을 캔버스에 옮겨 놓는다면 그 제명(題名)은 〈白髮이 原色을 골라내
　　다〉라고 하면 좋겠다. 지금 르네상스의 後裔들이 자기들이 칠하고 칠
　　한 近代畵 塗料를 긁어 벗기는 데에 여념이 없다. 原色을 골라내는
　　鍊金術에 몰두하고 있는 것이다. 그러나 '地理上의 發見' 時代는 이
　　미 지나간 지 오래지 않은가.

라고 한 구절도 변명의 여지없이 별 쓸데없는 말재간이다.

또 이 소설의 어떤 구절은 그것이 꼭 거기에 들어가야 할 필연성도 없고 무슨 의미로 한 말인지도 모를 데가 있다. 자신이 없는 독자는 지레 자신의 약한 해독력을 한탄할 지 모르지만 이 소설의 어떤 구절에서나 그렇게 자신을 탓할 필요는 없다. 경우에 따라서는 작가 자신도 그것이 무엇을 뜻하는지 모를 말을 하고 있는 것도 있고 어떤 구절은 별 뜻도 없이 소설의 분량을 채우는, 補空 이상의 의미가 없는 것도 있기 때문이다.

작품의 내적 구조에 있어서도 따지자면 전혀 문제가 없는 것은 아니다. 작가는 자유도 구세주는 아니며 그 뒤에 올 그 무엇을 위해 길을 준비하는 것에 불과하다고 하고 있지만[31] 그 뒤에 올 것이 무엇인지 지나치게 막연하다. 卽自意識의 동호는 누혜와 그 어머니의 죽음을 통해 對自意識의 동호가 되지만 그것은 누혜가 絶對自由에 이른 것에도 미치지 못하고 있는 것이다. 그 다음의 동호는 어떤 인간인가, 그는 무엇을 할 것이며 무엇을 할 수 있는가, 작가가 제기한 문제는 여기서 「遺書를 쓰는 누혜」 이전으로 되돌아가고 있다.

그리고 보면 「과연 내일 아침에 해는 동산에 떠오를 것인가……」 라고 한 마지막 구절도 공연히 철학적 심각성을 띠게 하려는 조작된 여운이라 할 수밖에 없다. 또 〈요한詩集〉의 등장인물들에서 사르트르나 카뮈 소설의 등장인물에서 보는 참여나 저항 아닌 지나친 허무주의적인 성격을 보게 되는 것도 이 소설의 부정적인 한 측면이라 할 수 있을 것 같다.

이상과 같은 몇 가지 문제를 지적할 수 있지만 그래도 소설 〈요한詩

---

31) 張龍鶴, "實存과 요한詩集", 『韓國戰後問題作品集』(新丘文化社, 1962), p.402.

集〉은 여전히 문제작이자 한국 문학사에서 당당하게 한 자리를 차지
할 만한 가치를 가진 소설임이 분명하다.

〈요한詩集〉의 관념적인 서술은 이후 한국 소설이 스토리텔링의 차
원에서 사상성이 강화되는 차원으로 성장하는 데 기여했다고 할 수 있
다. 金允植은 張龍鶴의 관념적인 서술의 소설 문장은 그 후 崔仁勳에
이어졌다고 말하고 있다.[32] 이는 확실히 일리 있는 말이다. 필자는 이와
같은 張龍鶴의 소설이 있고 나서 崔仁勳의 소설이 있을 수 있었고 나
아가 한국 소설의 구태의연한 스토리텔링, 說話의 차원을 깨끗이 청산
한 李淸俊의 소설이 있을 수 있었다고 생각한다.

이 한 가지만으로도 우리는 소설 〈요한詩集〉을 버려서도 잊어서도
안되리라고 생각한다.

---

32) 金允植, "張龍鶴論", 「(속)韓國近代作家論攷」(一志社, 1981), p.388.

죽음 - 행동하는 인간의 삶 完成

吳尙源은 1930년 平安北道 宣川 생으로 1953년 서울대학교 문리 대 불문과를 졸업했다. 그가 한국 문단에 처음 등장한 것은 1953년 新 劇協議會 희곡 현상모집에 〈녹스는 破片〉이 당선됨으로서였다. 그러 나 그는 1955년 단편 〈猶豫〉가 『韓國日報』 신춘문예에 당선되면서 소 설가로서 본격적인 활동을 하기 시작했다. 張龍鶴·金聲翰·徐基源 등과 함께 흔히 전후세대의 대표로 불리는 그는 1958년 단편 〈謀反〉 이 제 3회 동인문학상을 수상하면서 문단의 주목을 받기 시작했다. 그 의 소설은 행동주의문학과 연계성을 가지고 있다는 말을 듣고 있는데[1] 작가 자신도 앙드레 말로의 〈征服者〉〈人間의 條件〉을 읽는 동안 자 신도 모르게 거기서 마음 속에 힌트를 얻었던 것 같다고 말해[2] 이를 뒷 받침해 주고 있다.

〈猶豫〉는 본격적인 전쟁문학 작품의 하나로 불리고 있는데[3], 그의 중편 〈黃線地帶〉와 함께 뚜렷한 행동주의소설적 성격을 띠고 있다. 이 글은 이 작품의, 그와 같은 성격을 집중 탐구해 보고자 한 것이다.

〈猶豫〉는 한 장교가 적의 포위망에서 탈출하려 눈 덮인 산 속을 헤 매다 포로가 되어 총살을 당하기까지를 서술하고 있다. 작가는 주인공 이 적에게 포위되어 포로가 되기까지의 과거의 회상과 총살형을 선고

---

1) 김상선, "인간존재의 발굴", 「신세대 작가론」(일신사, 1982), p.31.
2) 오상원, "초조한 마음", 『韓國戰後問題作品集』(신구문화사, 1960), p.422.
3) 이광훈, "오상원과 그의 작품", 『韓國文學大全集』 30(學園出版公社, 1987), p.420.

받은 후 죽음을 맞기까지의, 현재의 의식을 펼쳐 보여주고 있다. 이 소설의, 현재를 서술한 부분을 보고 이를 의식의 흐름 소설이라고 하고 있는 사람이 있는데[4] 필자가 보기에는 그것은 잘못된 생각이다. 등장인물의 의식을 펼쳐보인다 해서 모두가 의식의 흐름 소설은 아니다. R. 험프리는 의식의 흐름 소설을 등장인물의 심리적, 정신적 실체를 드러내기 위하여 言表 이전 수준의 의식 상태를 탐험하는 일을 근본적으로 강조하는 유형의 소설이라고 하고 있다[5]. 그래서 그러한 소설은 흔히 內部獨白의 기법을 쓴다. 內部獨白이란 미성숙 단계의 의식의 내용을 제시하는, 체계화되지 않은 말인데 이 소설에서는 그러한 면을 볼 수 없다. 이 소설의 경우는 등장인물의 의식을 劇的 獨白(=舞臺獨白)으로 그려 보여 주고 있다. 그래서 그 스토리도 위와 같이 조금의 혼란도 없이 간단하고 명료하게 정리가 된다.

이제 주인공의 그와 같은 獨白에서 이 소설의 행동주의소설적 성격을 고찰해 보기로 하겠다.

1. 행동인의 죽음으로부터의 自由

행동주의문학이란 不條理한 상황 속에서 인간이 그 극한적인 상황을 행동을 통해서 극복함으로써 자신의 존재를 확인하고 인간성을 옹호하려는 문학이다. 그러한 상황에서 죽음에의 공포와 불안을 적극적인 의지와 행동으로 극복하려 한, 행동주의문학은 앙드레 말로 · 앙리 드 몽테를랑 · 생 떽쥐뻬리 소설들로 대표된다. 이 사상은 사르트르의

---

4) 金允植, "吳尙源 · 吳有權 · 李範宣과 그 文學", 『新韓國文學全集』 50(語文閣, 1984), p.405.
5) Robert Humphrey, Stream of consciousness in the modern novel, University of California Press, Ltd., 1954.

앙가주망론과 연관을 가지고 있어 實存主義의 한 하위개념으로 볼 수 있다. 그것은 實存主義는 사람에게 자기 자신의 행동밖에는 희망이 없다는 것, 사람으로 하여금 살 수 있도록 하는 유일한 것은 행동이라는 것을 말하고 있다고 한 사르트르 자신의 말에 잘 나타나 있다[6].

〈猶豫〉는 그러한 행동주의사상을 극한상황에 처한 한 인간을 통해 뚜렷하게 드러내 보여주는 소설이다. 이 소설에서의 극한상황은 두 경우로 나누어 볼 수 있다. 한 가지 경우는 주인공이 혹한의 날씨에 적에게 포위되어 있는 것이다. 그는 겹겹이 포위되어 탈주로는 차단되어 있고 그 위에 심한 추위와 기아에 시달리고 있다. 원군으로부터의 구원은 바랄 수 없고 곳곳에서 적이 그의 목숨을 노려 총격을 가해 오고 있다. 그가 처한 상황은 카뮈의 〈페스트〉에서 오랑 시민들이 처한 것과 흡사하다. 페스트가 발병하자 당국은 이 도시를 폐쇄해 시민들은 어떤 도움도 받을 수 없고 밖으로의 탈출도 불가능하다. 사람들은 어떤 치료법, 퇴치법의 비방도 없이 그 무서운 질병 앞에 내던저져 절망 상태에 놓여 있는 것이다. 〈猶豫〉의 주인공이 사투를 벌이면서 헤매고 있는 눈 덮인 산은 그, 페스트의 도시 오랑과 같은 곳이다. 이 때 그가 처한 상황은 또 앙드레 말로의 〈王道〉의 주인공 끌로드 바네끄가 헤쳐 나가고 있는, 곳곳에 죽음의 위험이 산재한 크메르의 원시림과 같은 곳이다. 그러한 곳에서는 오직 행동을 통해서만 생존이 가능하다. 이와 같은 상황 설정에서 우리는 이 소설의 행동주의소설적 성격의 일단을 볼 수 있다.

작가는 그러한 상황 하에서의 주인공의 의식과 행동을 보여준다. 주인공은 적에 둘러싸인 채 활로를 찾기 위해서 기진한 몸으로 험준한

---

6) 사르트르, 「實存主義는 휴머니즘이다(방곤 역)」(文藝出版社, 1992), p.34.

산을 기어오른다.

> 그는 기다시피 하여 일어섰다. 부르쥔 주먹이 부블부들 떨고 있다.
> 세 길…… 네 길…… 까마득하다. 그러나 올라가야만 한다. 그는 입술
> 을 악물고 기어오르기 시작하였다. 전신에서 땀이 비오듯 흐른다. 정
> 신이 다자꾸 흐린다. 하늘이 빙그르르 돈다. 그는 눈을 꽉 감고 나무
> 뿌리를 움켜 쥔 채 잠시 정신을 가다듬는다. 또 기어오른다.

위에서 우리는 주인공의 불굴의 인간 의지를 볼 수 있다. 그는 사방
에서 적의 총구가 자신을 겨누고 있는 고립무원의 절망적인 상황에 있
으면서도 절망하지 않는다.

그리고 그는 어디로 가야 할지, 어떻게 해야 할지 모르지만 그 때, 그
때 자신의 판단으로 자신이 취할 바 행동을 결정한다.

> 무릎까지 파묻히는 눈 속을 헤치며 남쪽으로 남쪽으로 걸었다. 몇
> 번이고 의식을 잃고 그대로 쓰러졌다. 때로는 눈보라와 종일 싸워야
> 했고 알 길 없는 방향을 더듬으며 헤매어야 했다. 발이 얼어 감각이
> 없다. 불안과 절망이 그를 엄습하기 시작하였다. 내가 잡은 이 방향이
> 정확한 것인가? 나의 지금 이 위치는? 상의할 아무도 없다. 나 하나
> 뿐. 그렇다고 이대로 서 있을 수도 없다. 그는 한 걸음 한 걸음 눈 속
> 을 헤치며 걸었다. 어디까지 이렇게 걸어야 하는 것인가? 언제껏 이
> 렇게 걸어야 하는 것인가?

위의 인용문은 주인공이 적의 포위망을 벗어나려고 전장을 헤매고
있는 모습을 보여 주고 있는 것인데 여기에는 어떤 상징적인 의미도

있다. 實存主義思想에서는 인간에게 미리 정해져 있는 길이란 없다. 행동하는 인간은 역사 안에 있는 어떤 정해진 목적이나 가치 또는 법칙에 따라 사는 것이 아니다. 인간은 그때 그때마다 스스로의 선택에 따라 어떤 지향점이나 가치를 만들어 가야 한다. 곧 인간은 스스로 참된 의미를 창조할 수 있을 뿐이다. 위에서 주인공은 그러한, 스스로 판단하여 행동하는 인간의 모습을 보여주고 있다고 할 수 있을 것이다.

주인공은 또 인간과의, 따뜻한 피가 통하는 관계를 갈구하고 있다.

다음 날, 해가 어언간 높아졌을 무렵에 그는 눈을 떴다. 그는 순간 놀라지 않을 수 없었다. 바로 눈 앞, C자형으로 산줄기가 돌아나간 그 움푹 파인 복판에 집들이 점점이 산재하여 있는 것이 아닌가! 이것을 모르고 눈 속에서 밤을 보냈다니…… 소복이 집들이 둘러앉은 마을! 가슴이 뭉클하고 눈물이 핑 돌았다. 그는 눈물을 머금으며 마을로 내려갔다. 마을 어귀에 다다랐다. 집 문들이 제멋대로 열어 젖혀진 채 황량하다. 눈이 마을 하나 가득히 쌓인 채 발자국 하나 없다. 돼지우리, 소 헛간, 아 …… 사람들이 사는 곳! 그는 방안으로 들어갔다. 열어젖힌 장롱…… 방바닥 하나 가득히 먼지 속에 흩어진 물건들…… 옷! 찢어진 낡은 옷들! 그는 그 옷들을 주워서 꽉 움켜쥐었다. 아, 사람의 냄새! 때묻은 사람의 냄새! 방안을 둘러본다. 너무도 황량하다. 사람 사는 곳이 이렇게 황량해질 수는 없는 것만 같이 느껴진다. 아무리 몇 번이고 보아온 그것이었다 할지라도…….

위의 인용문은 생 떽쥐뻬리의 소설 〈인간의 대지〉에서 주인공이 리비아사막에 불시착했을 때 밤중, 비행기의 연료로 불을 피워 놓고 누군가가 그의 신호에 응답해 주기를 바라고 있는 장면을 연상하게 한

다. 〈인간의 대지〉와 같이 이 소설은 인간에게 인간만큼 소중한 존재
는 없다는 것을 말해주고 있다. 이 때의 인간은 손을 맞잡을 수 있는,
체온이 서로 통하는 공동적 現存在를 의미한다.

또 한 가지, 이 소설의 주인공의 회상에서 우리가 주목해야 할 장면
이 있는데 그것은 주인공이, 적에게 사살 당하기 직전에 있는, 생면부
지의 한 전우를 발견하고 하는 행동이다.

> 눈앞이 빙빙 돈다. 그는 마치 저 언덕길을 걸어가고 있는 것이 자기
> 인 것만 같았다. 순간 그는 총을 꽉 움켜쥐었다. 내일을 위해 오늘의
> 싸움을 피한다는 것은 비겁한 수단이다. 지금 저 눈길을 걸어가고 있
> 는 피해자는 그가 아니라 나 자신이다. 내가 지금 피살당하러 가고 있
> 는 것이다. 쏴야 한다. 그는 사수를 겨누었다. 숨죽이는 순간, 이미 그
> 의 총구에서는 빗발같이 총알이 쏟아져 나갔다. 쓰러진다. 분명히 두
> 놈이 쓰러졌다. 그는 다음다음 연달아 쏘았다.

적에게 포로가 되어 총살을 당하려 하고 있는 전우를 본 그는 그 전
우를 죽이려 하고 있는 적군을 향해 총을 쏜다. 그는 그와 같은 행동의
결과 자신이 적의 손에 죽음을 당할 것을 잘 알고 있다. 그러나 그는 그
러한 위험, 자신의 죽음을 두려워하지 않고, 피하려 하지 않는다. 그것
은 그가 자의로 선택한, 사르트르가 말한 앙가주망이다. 그것은 곧 나
와 너의 자유의 실현을 위한 행동으로 인류 전체에 대해서 책임을 지
고 선택하는 참여다. 수적으로 상대가 될 수 없는 싸움에 나선 그는 결
국 적에게 붙들려 죽게 된다. 그러므로 그의 행동은 죽음을 스스로 앞
질러 떠맡는, 實存主義에서 말하는 죽음에의 先驅(Vorlaufen)다.

또 하나의 극한상황은 주인공이 이튿날 아침 총살을 당하기까지 1시

간 동안의, 현재다. 그 상황은 그 이튿날 아침 총살을 당하게 되어 있는 주인공 파블로가 벽 속에 감금되어 있는, 사르트르의 소설 〈벽〉의 그것과 흡사하다. 그러나 〈猶豫〉의 주인공이 보여주는 태도는 파블로가 존재의 피안으로 생각을 옮겨 보려 하다 실패하고 있는 〈벽〉의 경우와는 아주 다르다. 實存的 인간, 주인공은 이데올로기의 폭력 앞에서 개개 인간의 고유한 길을 끝까지 지키려 하고 있다. 그를 심문하는 적군으로 대표되는 공산주의자들의 이데올로기는 그를 한 사람의 개성을 가진 개별 인간으로 보지 않는다. 그들은 그를 그의 출신 계급과 그 근성이 나쁘다 하여 그들 이데올로기의 적으로 규정한다. 다음의 인용문은 그들의 그, 전체주의사상이 어떠한 성질의 것인가를 단적으로 말해 준다.

소속 사단은? 학벌은? 고향은? 군인에 나온 동기는? 공산주의를 어떻게 생각하시오? 미국에 대한 감정은? 그럼…… 동무의 말은 하나도 이치에 당치 않소.

여기서 그들의 눈에 비친 주인공은 한 사람의 인간이 아니라 자본주의 체제의 한 부속품에 불과하다. 그들에게 문제가 되는 것은 그가 어떤 인간이냐가 아니라 어느 조직에 속해 있으며 어떤 계급 출신이냐 하는 것이다. 그리고 그들은 그가 대학을 다닌, 부르주아 계급 출신이며 공산주의자가 아니기 때문에 그것이 살려둘 수 없는 죄라고 단정한다. 그들에게는 그 사람이 누구든 공산주의 편에 섰으면 동지고 자본주의 편에 섰으면 적이다. 이 흑백논리 앞에 인간에게는 개성도 자유도 없다.

그러나 實存的 인간은 이데올로기, 체제의 한 齒車로 살기를 거부한다. 주인공도, 주인공 앞에서 총살을 당하기 직전에 있은 전우도 그

런 사람이다. 그것은 그 전우가 총살을 당하러 끌려가면서,

> 「생명체와 도구는 다른 것이오. 내 더 이상 무엇을 말하고 싶겠소? 나는 포로가 되었을 때 비로소 내가 확실히 호흡하고 있는 인간이라는 것을 알았을 뿐이오. 나는 기쁘오. 내가 한 개 기계나 도구가 아니었다는 것, 하나의 생명체인 인간으로서 살아 있었다는 것, 그리고 인간으로서 죽어간다는 것, 이것이 한없이 기쁠 뿐입니다.」

라고 한 말에 잘 나타나 있다. 그들은 자기들과 적대관계에 있는 포로를 그들의 이데올로기로 끌어들이려 한다. 그것은 인간을, 자기 스스로를 만들어나가는 實存이 아닌 어떤 틀 속의 한 부분으로 강제로 편입시키려 함을 의미한다. 그것은 곧 인간을 물체화 하려는 것이다. 그러나 주인공은 그 전우가 그랬던 것과 같이 꼭두각시 또는 하나의 물체가 되기보다는 생명이 있는 한 인간으로서 죽음을 택한다. 여기까지를 보고 이 소설을 한 편의 상투적인 반공문학쯤으로 본다면 그것은 잘못이다. 이데올로기가 인간의 자유를 속박하고 인간다운 삶에 부당한 간섭을 할 때 그것은 어떤 이름의 것이든 악이다. 사르트르는 경화되고 기회주의적이고 보수적이고 결정론적인 이데올로기가 문학의 본질과 충돌한다면 우리는 공산당과 부르주와지에 동시에 반대한다고 한 바 있는데 여기서의 「문학의 본질」은 「인간의 자유로운 삶」과 대치해도 될 것이다. 그는 또 혁명을 방해하는 부르주와지에 반대한다, 그러면서도 현실적으로 사회혁명의 유일한 담당자로 보이는 공산당에도 그 운동의 전개과정에서 사용되는 수단을 궁극적 목적 곧 자유에 부합시켜 나가지 않기 때문에 반대한다고 했다.[7]

그러므로 이 소설에서의 공산주의를 자본주의와 적대관계에 있는

이념으로 의미 한정을 한다는 것은 편협한 해석이라 해야 할 것이다. 여기서의 그것은 주인공의 實存的 생을 압살하는 것으로서의 이데올로기의 하나일 뿐이다. 그러니까 이 소설에서의 주인공은 어떤 이데올로기에 앞장선 사람이라기보다, 죽는 한이 있더라도 어떤 체제의 노예로서보다 본래적 인간으로 살려 하는 인간인 것이다. 그러므로 이 소설 결말 부분의,

> 사수(射手) 준비! 총탄 재는 소리가 바람처럼 차갑다. 눈앞에 흰 눈뿐, 아무 것도 없다. 인제 모든 것은 끝난다. 끝나는 그 순간까지 정확히 끝을 맺어야 한다. 끝나는 일초 일각까지 나를, 자기를 잊어서는 안 된다.
> 걸음걸이는 그의 의지처럼 또한 정확했다. 아무리 한 걸음, 한 걸음 다가가는 걸음걸이가 죽음에 근접하여 가는 마지막 길일지라도 결코 허튼, 불안한, 절망적인 것일 수는 없었다.

고 한 구절은 인간으로서의 존엄성과 품위를 잃지 않고 꺾일지언정 굴복하지 않는 實存人의 모습을 가장 뚜렷하게 보여주고 있다. 그러므로 이 때의 그의 죽음은 단순한 생의 종말, 사멸이 아니라 한 인간의 삶의 완성이라 해야 할 것이다.

---

7) 鄭明煥, "實存主義와 文學", 「20世紀 이데올로기와 文學思想(鄭明煥 外)」(서울大學校 出版部, 1982), p.62.

2. 지나친 虛無의 陰影

〈猶豫〉가 행동주의, 實存主義思想이 짙게 깔려 있는 소설이라는 것은 지금까지 살펴본 바로도 분명해졌으리라고 생각한다. 그러나 그러면서도 이 소설은 實存主義文學 작품으로서는 부정적으로 보지 않을 수 없는 약점도 가지고 있다.

참 인간은 인간만이 가진 굳은 신념과 의지로 행동한다. 그런데 〈猶豫〉에 등장하는 인물들에서는 그런 것 같으면서도 전혀 반대되는 성격을 발견할 수 있다.

먼저, 주인공과 함께 포위망을 뚫으려다 전사하고 있는 선임하사가 그렇다. 그가 그 전쟁에 뛰어들기까지의 삶의 내력에서부터 그러한 면을 엿볼 수 있다.

> 그는 조용히 선임하사의 얼굴을 지켰다. 슬픈 빛이라고는 조금도 없다. 오랜 군대 생활에 이겨온 굳은 의지가 엿보일 뿐이다.
> 선임하사, 그는 2차 대전시 일본군에 소집되어 남양 전투에 종군하다 북지(北支)로 이동, 일본 항복과 더불어 포로생활 2개월을 거쳐 팔로군(八路軍), 국부군, 시조(時潮)가 변전(變轉)되는 대로 이역(異域)을 표류하다 고국으로 돌아와 다시 전선으로 들어선 것이었다.

죽어가는 그의 모습을 「굳은 의지」가 엿보였다고 한 나레이터의 어조(tone)로 보아 그는 주인공의 성격이 뚜렷이 부각되게 하려 등장시킨 인물, 곧 箔(foil)이 아니라 주인공의 한 분신과 같은 인물임이 분명하다. 그런데 그는 이 전쟁까지 네 나라의 군대로 싸우고 있다. 그가 한 싸움은 자신의 어떤 신념에 따라 목숨을 걸고 한 것이 아니라 그때 그

때의 상황에 따라 피동적으로 끌려 가 한 것이었다. 그것을 이 인물이 시대의 격동에 부대낀 것이라 할 수도 있을지 모르겠지만 다음의 인용문은 그런 해석이 부적함을 보여주고 있다.

군대 생활이 무엇보다도 재미있다는 그, 전투가 자기 생활 속에서 제일 신이 나는 순간이라는 그였다.
「사람은 서로 죽이게끔 마련이오. 역사란 인간이 인간을 학살해 온 기록이니까요. 그렇게 생각지 않으시오? 난 전투가 제일 재미있소. 전투가 일어나면 호흡이 벅차고 내가 겨눈 총구에 적의 심장이 아른거릴 때마다 나는 희열을 느낍니다. 그 순간 역사가 조각되고 있는 것같이 느껴지거든요. 사람이란 별 게 아니라 곧, 싸우는 것을 의미하고 싸우다 쓰러지는 것을 의미할 겁니다.」

우선 인류사를 인간 학살의 기록이라 한 그의 세계관 자체부터가 문제가 된다고 하지 않을 수 없다. 인간에게 투쟁의 본능, 속성이 있다는 것은 부정할 수 없다. 그러나 그렇다 해서 인류의 역사를 피비린 학살의 연속이라고 하는 것은 지나치게 僞惡的이다. 더구나 그가 적을 죽일 때마다 희열을 느낀다고 한 대목에서는 인간 사냥을 즐기는 한 사람의 전쟁광의 목소리를 들을 수 있다. 어떤 명분에서든 인간이 인간을 죽이는 일인 전쟁을 무슨 즐거운 유희나 재미있는 鬪技로 생각한다는 것은 있을 수 없다. 그런 의미에서 그가 한평생 전장에서 한 행동은 휴머니즘에 역행하는 병적인 사디스트의 그것이라고 할 수밖에 없다.[8]

---

8) 그러므로 그 선임하사를 가리켜 「전투라는 인간행동에 커다란 의의를 부여하고 있다」고 한, 한 평론의 말은 납득하기 어렵다. 배경열, 「한국 전후 실존주의소설 연구」(대학사, 2001), p.229.

주인공의 경우도 그가 해 온, 또 하고 있는 싸움은 선임하사의 그것
과 큰 거리가 없는 것이다. 그는 인간에 대해,

> 싸우다 끝내는 죽는 것, 그것뿐이다. 그 이외는 아무 것도 없다. 무
> 엇을 위한다는 것, 무엇을 얻기 위한다는 것, 그것도 아니다. 인간이
> 태어난 본연의 그대로 싸우다 죽는 것, 그것뿐이라고 생각하였다.

라고 하고 있다.

사르트르에 의하면 인간은 단순히 무의미한 존재가 아니라 「의미 없
이 있는 존재」다. 이는 의미가 없음에도 불구하고 의미를 만들어야 하
는 불합리한 존재가 인간이라는 말이다. 이 「의미가 결핍된 현재」는
「없으니까 비로소 충족될 수 있는」, 자유 선택의 미래로 파악될 수 있
다. 모든 것이 아무 이유 없이 있다는 이 「無償性」은 인간에게 선택을
불가피하게 하며 책임을 받아들이도록 이끄는 세계 창조의 자유에 대
한 자각을 준다. 다른 말로 하자면 스스로 정립한 대답을 통해 세계와
교섭할 수 있는 자유가 곧 인간이 현실을 개조할 수 있는 근거가 된다.
그리하여 현실 개조에 나서는 것이 곧 참여다. 주인공의 전장에서의
싸움이 의미가 있으려면 그것이 그러한, 현실을 개조하는 참여여야 한
다. 그런데 그는 스스로 그의 싸움에 아무 의미도 없다고 하고 있는 것
이다. 그렇게 되면 그 무의미한 싸움은 죽이고 죽는 바닥 모를 허무에
귀착되고 만다. 허무주의는 그것의 극복을 통해서 인도주의를 되살릴
수 있다. 그리고 인간이 생에 새로운 의미를 부여할 때 허무는 극복된
다. 그런데 주인공의 말처럼 인간은 그렇게 태어난 존재이기 때문에
아무 의미 없이 싸우다 죽는 것이라 한다면 그 허무는 절망으로 이어
지고 그것은 다시 영원히 구원의 길이 없는 厭世로 추락하게 된다. 그

리고 이 소설의 주인공은 바로 그런 인간으로 되어 있는 것이다.

또, 實存主義文學的 성격과 바로 상관되는 것은 아니지만 이 소설은 문예미학적인 면에서 몇 가지 문제를 안고 있다. 〈猶豫〉는 문장, 문체, 시점 등에서 한 편의 사실주의 문학작품으로서 혼란과 투박함, 미숙성을 보여주고 있다. 그의 소설은, 그 문장이 감상성을 제거한 긴박한 템포를 가지고 있다는 등 호의적인 평가도 받고 있다.[9] 다음과 같은 구절은 그 좋은 예가 된다 할 것이다.

> 시간이 된 모양이다. 몸을 일으키려고 움직거려 본다. 잠시 몽롱한 시간이 흐른다. 발자국 소리가 점점 멀어지기 시작하였다. 아무것도 아니다. 아무것도 아닌 것이다. 몹시 춥다. 왜 오다가 다시 돌아가는 것일까? 몽롱하게 정신이 흩어진다.

모두가 單文으로 된 위의 글은 확실히 박진감이 넘치는, 吳尙源 특유의 문체를 보여주는 것이다. 일반적으로 신문기사의 문장에 짧은 單文이 많은데 그의 소설이 그러한 경향을 보이는 것은 그의 저널리스트로서의 경력과 관계 있지 않은가 한다. 그는 1953년 대학을 졸업한 그 해에 『東亞日報』에 입사하여 오랫동안 언론인으로 일한 이력을 가지고 있다. 그의 소설 문장이 대부분 短文으로 되어 있는 것은 그 때의, 그 기자생활에서 몸에 익은 것으로 보인다. 어쨌든 위와 같은 짧은 문장은 죽음을 목전에 두고 있는 한 인간의 의식을 그려 보여 주는 데에 좋은 효과를 거두고 있다 할 것이다.

또 다음과 같은 문장들도 다른 작가들에게서는 보기 어려운 그만의

---

9) 유종호, "청년의 문학", 『동서문학전집』(동서문화사, 1987), pp.517~520.

개성을 가진 것이다.

그들이 정신을 잃고 쓰러졌을 때는 이미 새벽이 가까워서였다. 산속의 새벽은 아름답다. 눈 속에 덮인 산 속의 새벽은 더욱 그렇다. 나뭇가지마다 소복이 쌓인 눈이 햇빛에 반짝인다. 해가 적이 높아졌을 때 그는 겨우 몸을 일으켰다. 선임하사는 피에 붉게 젖은 한 쪽 다리를 꽉 움켜쥔 채, 의식을 잃고 쓰러져 있다. 검붉은 피가 오른편 어깻죽지와 등에 짙게 얼룩져 있다. 그는 급히 선임하사를 부축하여 일으켰다.

위의 예문에 나타난 장소적 배경은 소설론에서 말하는 객관적 자연배경(inverse analogous landscape)이다. 이와 같은 배경은 등장인물과 비정하다 할 만큼 충분한 거리를 유지하고 그에 대한 아무런 연민이나 우의를 보여주지 않는다. 한 인간이 피를 흘리며 죽어가고 있는데 눈 덮인 새벽 산은 아름답기만 한 것이다. 여기서 독자는 역설적으로 더욱 짙은 비극성을 느끼게 된다. 확실히 〈猶豫〉의 위와 같은 면은 이 소설의 작품성을 돋보이게 하는 것이라고 할 수 있다.

그러나 이 소설은 그런 면을 가지고 있으면서도 어설픔도 적잖이 가지고 있다. 첫째, 이 소설에 등장인물의 감정이 심하게 노출되고 있는 것을 하나의 문제로 지적하고 싶다. 이 소설은 곳곳에서 주인공이 적을 「놈」이라고 부르고 있는데 이것은 등장인물의 주관적인, 감정을 드러내 보이는 것이다. 그것이 등장인물의 의식을 펼쳐 보이고 있는 경우에는 그러한 말의 사용이 가능하다. 그런데 이 소설에서는 3인칭시점의 나레이션에서도 적을 그렇게 부르고 있다. 이것은 엄정 중립적, 객관적이어야 할 사실주의 소설로서는 서술상 문제가 되지 않을 수 없다.

또 〈猶豫〉에는 어휘의 부정확, 부적확한 구사도 지나치게 많이 나타나 있다. 「산으로 타고 올라갔다」고 한 구절의 「산으로」는 「산을」이 되어야 할 것이고 「의식이 자꾸 흐린다」고 한 구절의 「흐린다」는 「흐려진다」가 되어야 맞을 것이다. 또 「소대원들은 뿔뿔이 헤쳐져서」에서의 「헤쳐져서」는 「흩어져서」가 정확한 표현일 것이다. 이와 같은 잘못된 어휘 구사는 비교적 짧은 이 소설에서 상당히 많이 발견되고 있다.[10]

또 한 가지, 〈猶豫〉는 그 시점이 혼란을 빚고 있어 그것도 소설작품으로서 하나의 문제로 지적되지 않을 수 없다. 이 소설은 등장인물의 현재의 의식을 서술하고 있는 부분은 1인칭, 과거의 회상부분은 3인칭의 작가관찰자시점으로 되어 있다. 그런데,

> 그러나 절대적으로 불리하다. 놈들은 우리의 위치를 알고 있지만 우리는 적쪽의 위치를 잡을 수 없다. 아무리 밤이라 할지라도 눈 위다. 그들은 산기슭까지 필사적으로 포복을 단행하였다.

고 한, 과거 회상의 글에는 두 시점이 뒤섞여 있다. 제대로 되자면 위에서 방점을 친(방점은 필자가 친 것임)「우리」는 「그들」이 되어야 할 것이다.

그러나 위와 같은 약점은 크게 보면 디테일상의 문제로 전체의 작품성에 결정적인 손상을 입히고 있는 것은 아니라고 할 수 있다. 그러니까 〈猶豫〉는 1950년대 한국의 대표적인 행동주의소설의 한 편이라고 해도 될 것이다.

---

10) 그러므로 이 소설의 문체가 신선하고 확실하다고 한 말은 받아들이기 어렵다. 金允植, "吳尚源과 그 文學", 『新韓國文學全集』50 (語文閣, 1984), p.406.

醜惡한 세상에서의 眞理에의 殉死

1950년 단편 〈無名路〉가 『서울신문』 신춘문예에 당선되어 문단에 나온 金聲翰은 그 후 〈제우스의 自殺〉 〈五分間〉 등의 단편으로 50년 대 중반에 이미 한국의 주목할 만한 신예작가가 되었다. 그가 1956년 에 『思想界』에 발표한 〈바비도〉는 분량으로 보아서는 소품이라 하겠 지만 바로 그 해에 제1회 동인문학상을 받아 이 작가를 일약 유명 문인 이 되게 한, 그의 출세작이자 대표작이다. 중세 영국의 한 하층 노동자 를 주인공으로 한 이 단편은 그 배경과 등장인물의 특이성 때문에 화 제가 되기도 했다. 이 소설은 거짓과 탐리, 야만적 폭압의 중세 기독교 교권에 죽음으로 항거한 바비도란 한 재봉직공의 삶과 죽음을 이야기 하고 있다.

1. 소설로 되살린 基督敎 殘酷史

〈바비도〉에 등장하는 사건은 1410년 영국에서 실제로 있었던 일이 다.[1] 史書들에 나오는, 이 소설의 주인공 이름은 바비도가 아닌, 배드

---

1) 앙드레 모로아, 「영국사(신용석 옮김)」(기린원, 1999), p.179.
　J. F. C. 해리슨은 1409년에 있었던 일이라고 해 서로 1년의 시간상 상거가 있다. J. F. C. 해리슨, 「영국 민중사(이영석 옮김)」(소나무, 1989), p.155.

비(John Badby)다. 이 작품에서 그의 이름이 바비도가 된 것은 작가의
착오, 또는 인쇄상의 오류때문인지, 아니면 그것이 작가가 의도적으로
역사상 실제 인물의 이름을 약간 고친, 이른바 引喩的 命名때문인지
분명하지 않다. 어쨌든 이 인물은 영국 이브셈의 재봉직공으로 빵과
포도주가 예수의 살과 피라는 것을 부정하여 15세기 초에 火刑을 당한
것으로 기록되어 있다. J. F. C. 해리슨은 그가 이단으로 유죄판결을 받
아 통 속에 갇힌 채 火刑에 처해졌다고 하고 있다.[2] 앙드레 모로아도
구체적인 이름은 밝히지 않은 채 「한 불쌍한 재봉사」가 스미스필드에
서 火刑을 당했다고 하고 그 때, 당시의 영국 왕자, 뒷날의 헨리 5세가
그의 주장을 굽히면 목숨을 구해 주고 생활에 도움도 주겠다고 설득했
으나 그는 끝까지 자기 주장을 굽히지 않고 죽었다고 하고 있다.[3]

　해리슨은 1401년에서 1521년 사이에 1백 여명의 롤라드파가 종교재
판을 받고 火刑에 처해졌는데 배드비는 그 중 한 사람이라고 쓰고 있
다.[4] 롤라드파 또는 롤라드주의자들로 불리는 이들은 위클리프(John
C. Wycliffe · 1320~1384)의 기독교 신 교리에 영향을 받은 사람들이
다. 영국 요크셔 출신의 신학자이자 옥스퍼드대학 교수를 역임한 위클
리프는 급진적인 종교개혁가였다. 영국의 궁정사제에 임명된 그는 성
서만이 신앙과 구원에 관한 최고의 권위임을 확신하고 교회 개혁에 몸
을 바쳤다. 그는 스스로 통속어로 설교를 하는 한편 일반 민중이 읽을
수 없는, 라틴어와 프랑스어로 되어 있는 성경을 영어로 번역하여 누
구나 쉽게 읽을 수 있도록 했다. 권위에 도전을 받은 교회가 그를 종교
재판에 회부하려 했으나 그는, 국왕 에드워드 3세와 그 아들의 비호로

---

2) J. F. C. 해리슨, loc. cit.
3) 앙드레 모로아, loc. cit.
4) J. F. C. 해리슨, loc. cit.

이를 모면할 수 있었다. 권위주의 교회의 보복은 그의 사후에 있었다. 기독교 종교회의는 그가 죽은 지 31년 뒤인 1415년 그를 이단으로 규정하고 그의 무덤을 파헤쳐 유해를 꺼내 그의 저서와 함께 불태웠다. 그러나 그의 종교개혁의 의지는 후대에 계승되었다. 옥스퍼드대학에서 위클리프의 신학강의를 들은 체코인 제자, 프라하대학 교수 요하네스 후스는 스승과 같은 목소리로 교회의 세속화를 맹렬하게 비난했다. 교황에 대항한 그는 결국 1415년 火刑을 당했다. 후스를 존경하던 체코인들은 이에 격분, 교회와 수도원을 습격하여 그것이 소위 후스전쟁의 발발로 이어졌다. 힘에 밀린 교회측은 결국 1436년 반군과 화의를 맺었다. 그 결과 교회측은 설교의 자유 인정, 후스파의 인정, 승려의 청빈, 교회의 재산 몰수 등을 약속해 반란의 목적과 후스파의 주장은 사실상 모두 관철되었다.[5] 위클리프의 뜻은 위에서 본 바와 같이 그 제자와, 그 제자의 추종자들에 의해 크게 이루어졌다.

롤라드파는 바로 그 위클리프의 교리에 영향을 받은 사람들로 14세기 후반에서 1530년까지 존속했다. 근로자 계층인 몇 사람의 롤라드파의 주장을 들어보면 그들의 사상이 어떤 것이었던가를 대강 알 수 있다. 배드비가 죽음을 당한 그 무렵 방앗간 주인 존 스킬러는, 어떤 사제도 성체성사에서 예수의 육신을 빵으로 만들 권능이 없다, 로마교황은 반 기독교적이며 누구를 속박하거나 풀어줄 권능을 가지고 있지 않다, 사제가 뿌리는 聖水도 강물이나 샘물보다 나을 것이 없다고 했다. 또 당시 한 바퀴제조공의 처 마지리는 미사에서 봉헌하는 빵은 예수의 육신이 아니라고 했다.[6]

배비드의 火刑이란 비극적 사건을 소재로 한 것이 분명한 이 소설의

---

5) 張文平 編譯, 『大世界史』 5(玄岩社, 1971), pp.411~413.
6) J. F. C. 해리슨, op. cit., pp.152~153.

상당 부분은 바비도란 한 진실한 인간의, 허위와 탐욕으로 얼룩진 기독교 전횡의 세상, 인간에 대한 비판과 투쟁을 그려 보여주고 있다. 독자는 거기서 삶, 세계의 不條理性을 볼 수 있다. 그리고 바비도의 그러한 세계와의 대결은 인간이 인간답게 사는 길, 죽는 길은 어떠한 것인가를 깊이 생각하게 해 준다. 이 소설 첫머리의 다음과 같은 구절은 바비도가 산 세상이 어떻게 잘못되어 있었던가를 말해 주고 있다.

> 일찍이 위대하던 것들은 이제 부패하였다.
> 사제는 토끼 사냥에 바쁘고 사교는 회개와 순례를 팔아 별장을 샀다.
> 살찐 수도사들을 외면하고 위클리프의 영역 복음서를 몰래 읽는 백성들은 성서의 진리를 성직자의 독점에서 뺏고 독단과 위선의 껍데기를 벗기니 교회의 종소리는 헛되이 울리고 김빠진 찬송가는 먼지 낀 공기의 진동에 불과하였다. 불신과 냉소의 집중공격으로 송두리째 뒤흔들리는 교회를 지킬 유일한 방패는 이단 분형령(異端 焚刑令)과 스미스필드의 사형장뿐이었다.

위 예문에서의 사제의 토끼 사냥 이야기는 역사에 그대로 기록되어 있는 것이다. 앙드레 모로아는 중세의 사제들은 신자의 교화보다는 인근의 밭에서 토끼 사냥에만 열을 올렸다고 하고 있다.[7] 이는 당시의 성직자들이 교직은 외면한 채 사사로운 이익에만 몰두했었다는 것을 단적으로 말해 주는 것이다. 또 사교는 회개와 순례를 팔아 별장을 샀다는 구절도, 있었던 그대로의 史實이다. 역사서는 당시에는 부주교가 주교관구 내의 거주자로서 도덕적인 범죄, 특히 간통을 범한 죄인을

---

7) 앙드레 모로아, op. cit., p.175.

법정에 세울 권한을 가지고 있었는데 그들은 죄인들에 매수되기도 했다고 기록하고 있다.[8] 이 소설에서 주인공 바비도가 자신을 심문하는 사교를 향해 프란시스코의 처가 간통을 저질렀을 때 당신이 돈을 받고 용서해 준 것이 옳은 일이었느냐고 따지고 있는 것도 그러한 비리를 말한 것이다. 종교재판의 처벌에는 건강한 정신을 회복하도록 참회하게 하거나 사회생활을 반듯이 하게 하기 위해 순례를 하게 하는 것이 있었는데 교직자들은 돈을 받고 그들을 사면하는 일이 많았다고 한다. 위의 인용문은 교직자들의 그러한 비행을 말해 주는 것이다. 앙드레 모로아의 前揭書는 그밖에도 교황의 도장이 찍힌 면장을 가지고 다니면서 免罪符를 팔아 사욕을 취한 免罪師(pardon)들이 농촌마을을 누비고 다녔다고 해 당시의 교직자들이 얼마나 부패해 있었던가를 말해 주고 있다.

또 당시에는 민중은 물론 교직자들이 무지하기까지 한 것으로 나타나 있다. 중세의 이름 있는 승려가 죽을 경우 그 시신이 온전하게 묻히기는 극히 어려웠다고 한다. 사람들은 유명 승려의 몸이 護符가 된다고 생각하여 시신의 머리카락 · 손톱 · 이빨 · 손가락 · 팔 · 발 · 머리 · 몸통을 잘라갔다고 한다.[9] 교직자들의 그와 같은 무지가 그들의 탐욕과 합쳐져 만들어낸 것이 化體說이다. 化體說(transubstantiation)이란 성찬례에 성체가 현존하고 있다는 믿음, 곧 성찬식에 쓰는 포도주와 빵은 그리스도의 피와 살이라는 주장이다. 이것을 부정하면 그것은 용서받을 수 없는 瀆神으로 焚刑을 면할 수 없었다. 그러나 14세기의 민중 중 상당수는 이미 그 化體說이란 것의 허구성을 알고 있었던 것으로 보인다. 1400년대 前記, 바퀴 제조공의 처 마지리가 미사에서 봉헌

---

8) Ibid., p.176.
9) 張文平, op. cit., pp.268~269.

하는 빵, 곧 성체가 모두 주님이라면, 그리고 예수님의 眞身이라면 무수한 신들이 있어야 한다, 왜냐하면 천여 명 이상의 사제들이 매일 수천의 신을 만들고, 그것을 먹은 후에 다른 곳에서 배설하기 때문이다, 그러니까 그들이 배설한 장소에서 그 많은 신들을 볼 수 있는 셈이다라고 해, 극단적인 냉소를 보였다는 것을 보면 알 수 있다.[10] 소설 〈바비도〉의 주인공도,

> 성찬의 빵과 포도주는 그리스도의 분신이니 신성하다지만 아무리 보아도 빵이요 먹어도 빵이다. 포도주 역시 다를 것이 없다. 말짱한 정신으로는 거짓이 아니고야 어찌 인정할 도리가 있을 것이냐?

라고 생각하고 재판에서 끝까지 이 주장을 굽히지 않는다. 그는 설사 죽는다 해도 조작된 거짓은 받아들일 수 없다고 하고 있는 것이다.

바비도는 거짓과 탐욕 덩어리로 타락한, 교황을 정점으로 한 교권을 다음과 같은 말로 악의 집단으로 규정하고 있다.

> ─ 힘이다. 너희들이 가진 것도 힘이요, 내게 없는 것도 힘이다. 옳고 그른 것이 문제가 아니라 세고 약한 것이 문제다. 힘은 진리를 창조하고 변경하고 이것을 자기 집 문지기 개로 이용한다. 힘이여, 저주를 받아라!
>
> 바비도는 가래침을 뱉었다.

그리고 그는 그가 살고 있는 세상에서 그와 같은 사악한 자들의 조

---

10) J. F. C. 해리슨, op. cit., pp.152~153.

직이 양심에 따라 사는 사람들을 억압, 박해하고 있다는 것을 안다. 그가 자신을 심문하는 재판관, 사교를 향해, '그리스도가 이 자리에 계시다면 당신과 나는 자리를 바꿔야 할 것입니다.' 라고 한 것은 바로 그 세상이 선과 악이 전도된 것이라 함을 말하고 있는 것이다.

작가는 여기서 어느 시대, 어디에나 있는, 오늘에도 우리 주변에 산재해 있고 횡행하는 거짓과 악, 모순을 비판하고 있다고 보아야 할 것이다.

그런데 한 가지 유의해야 할 것은 이 소설이 기독교란 한 종교의 비판에 그치고 있지 않다는 사실이다. 우리는 이 소설의 행간, 작가의 분신 바비도의 생각과 행동, 말에서 實存主義的 무신론사상을 읽을 수 있다. 물론 실제 인물 바비도가 기독교란 신앙 자체를 부정했다고 보기는 어렵다. 당시의 정황으로 보아 實人 바비도는 아마 그 종교의 타락에 항거하는 데서 그치고 있었을 것이다. 이 소설에서 발견되는 무신론적인 사상은 작가의 그것으로 바비도란 인물을 그와 같이 성격화하고 있다고 보아야 할 것이다. 주인공의 무신론적인 목소리는 다음과 같은 데서 뚜렷하게 들을 수 있다.

먼저 〈바비도〉는 하느님도 누구도 인간을 만들 수 없고 인간의 의식, 사고를 강제할 수도 없다고 하고 있다. 아래의, 사교와 바비도의 대화에 그러한 사상이 나타나 있다.

「나는 조직, 교회라는 조직에 복종하는 사람이다. 내게는 교회의 명령이 있을 뿐이다. 양심은 문제가 안 된다.」
「사람을 위한 교회가요, 교회를 위한 사람인가요?」
「사람은 하느님의 교회에 모든 것을 바쳐야지. 교회 앞에서는 죄 많은 사람은 보잘것없는 물건이다.」

「그럼 사람은 교회의 도구에 불과하군요.」

위에서 우리는 주인공의 뚜렷한 인본주의사상을 엿볼 수 있다. 주인공은 인간 이상의 존귀한 것은 아무것도 없다고 말하고 있기 때문이다. 「사람을 위한 교회가 교회를 위한 사람인가」「사람은 교회의 도구」에 불과하단 말이냐고 한 반문이 바로 그런 말이다. 결국 바비도는 무엇보다 사람이 우선이며 사람에게는 제 각각 자기 삶을 살 권리가 있다는 것을 말하고 있는 셈이다. 그것은 바로 實存은 본질에 선행한다는 實存主義的 사상의 기본 명제에 그대로 부합하는 것이다.

〈바비도〉에서는 기독교의 《舊約聖經》에서의 원죄도 부정되고 있다. 재판정을 찾은 태자는 바비도를 향해 이브의 조그만 죄가 인류를 영원한 괴로움으로 몰아넣었다는 것을 상기하여 멸망의 길을 걷지 말고 죄를 씻고 천국으로 들어가도록 하라고 권유한다. 그에 대한 바비도의 대답은 다음과 같은 것이다.

> 「……나는 대대로 종살이하는 가난한 집에 태어나서 앉으라면 앉고 서라면 서고, 일년 삼백 육십여 일을 일만 해 왔습니다. 이 손을 보시우. 남한테 싫은 소리 한마디 한 일 없고 남의 것을 넘겨다 본 일도 없고 양심대로 살아오고 말한 결과가 사형입니다.」

그러니까 바비도는 그가 빵은 빵이요 포도주는 포도주일 뿐 예수의 몸이 아니라고 한 것, 영어로 번역된 성경을 읽는 것이 죄일 수 없는 것은 물론 인류의 원죄같은 것은 있을 수도 없다는 확신을 가지고 있는 것이다. 그는 다음과 같이, 자신에게 죄가 있다면 자신이 이 세상에 태어났다는 사실, 그것이라고 하고 있다.

─불행의 시초는 도대체 인간 세상에 태어났다는 사실에 있다. 누
가 이 세상에 나고 싶다고 했더냐?

위는 그가 인간 존재의 무근거성, 인간은 탄생 자체가 우연한 재난
이라 함을 말해 오늘날의 實存主義思想, 바로 그것과 같은 것을 가지
고 있음을 보여주는 것이다.

바비도는 또 사교가 성찬의 신성함을 모르느냐고 물었을 때 「신성이
라는 그 자체가 인간의 조작」이라고 말하고 있는데, 이상의 여러 가지
를 종합하건대 그는 1400년대 한 푸줏간의 주인과 일꾼들이 「해와 달
을 제외하고는 다른 신은 존재하지 않는다」고 한 바와 같은 이론을 믿
고 있었음을 말해 준다. 니체는 기독교가 마치 홍수가 지나간 뒤에 아
직 거리에 가득 차 있는 탁류, 무수한 파편과 잔해가 표류하는 탁류와
같다고 한 바 있는데[11] 〈바비도〉에서 우리는 작가의 그와 같은 시각을
엿볼 수 있다.

〈바비도〉는 상당히 관념성이 강한 思辨的인 성격의 소설이다. 그런
소설의 경우 등장인물이 작가의 사상에 조종당하는 인물이 되기 쉽다.
따라서 자칫하면 살아 있는 인간의 체취를 잃을 위험이 있다. 그런데
도 이 소설의 주인공은 우리 눈앞에 살아 움직이고 있는 것 같은 현실
감, 생동감을 준다. 그것은 등장인물이 삶과 죽음의 갈림길에서 보여
주는 내적 갈등 같은 것에서 오는 것이 아닌가 한다.

선택의 자유는 있을 수 없다. 죽음이냐, 굴복이냐 두 갈래 길밖에는
없다. 죽음!…… 소름이 끼친다. 등불에 비친 손을 어루만지고, 다시

---

11) 曺街京, 「實存哲學」(博英社, 1991), p.46.

손으로 얼굴을 만져 보았다. 이 손, 이 얼굴이 타서 재가 되어 버린다!
이렇게 생각하고 있는 내 자체가 없어진다!

아무 것도 없이, 생각이라는 것도 없어진다!

그는 공포에 떨었다.

그래도 사람이라는 것이 자기의 똑바른 마음을 속이지 않을 권리
가 이 천하의 어느 한 구석에 있을 것만 같았다.

— 그러나 이렇게 생각하는 자체가 현실에서의 망상이다. 이런 조
건 하에서도 흑백을 똑바로 말해야 하느냐? 그럼으로써 재가 되고,
영원한 시간의 흐름의 이 일점(一點)에 단 한번 존재하는 이 주체가
없어져야만 하느냐?

전신의 힘이 일시에 풀렸다.

— 나 같이 천한 놈이 양심을 안 속였다고 별 수 있을 것도 아닌
데…… 되는 대로 대답하고 목숨을 구하는 것이 상책이 아닐까?

죽음에 대한 공포, 삶에 대한 애착 사이에서 갈등을 거듭한 끝에 바
비도는 최종적으로 목숨을 버리더라도 양심을 지키는 길을 선택한다.
그것은 삶은 무엇이며 죽음은 무엇인가에 대해 숙고를 거듭한 끝에 도
달한 깨달음의 결과라 할 수 있다. 그것은 사교가 '얼마든지 살 길이
있는데 구태여 죽음을 택하는 그 심사를 모르겠구나.' 라고 했을 때 바
비도가 한 대답에 잘 나타나 있다.

「산다는 것과 존재한다는 것은 다른 문제죠. 당신같이 썩은 사람은
살아 있지도 않고 살 가망도 없습니다. 산송장이죠. 구데기가 이물이
물하는.」

그는 인간의 경우 목숨이 붙어 있다고, 먹고 배설한다고 해서 살아 있다고 할 수 없다고 생각한 것이다. 그는 양심을 버리고 비리와 불의, 거짓에 굴복한다는 것은 생명이 붙어 있다 해도 죽은 것보다 못하다고 생각하고 죽음을 택한 것이다. 이 때 바비도가 결행한 것은 實存하는 인간이 선택하는 「죽음에 이르는 자유」다. 그가 한 바와 같은, 스스로 나아가 맞는 죽음은 不條理한 세상에의 반항이다. 實存하는 인간의 원형은 신의 권위를 부인하고 이에 도전하는 자다. 이 소설에서의 바비도야말로 그러한 인간이라 할 것이다.

2. 먼 異國 한 故事의 알레고리

이제 이 소설을 둘러싼, 서로 상반된 평가들에 대한 필자의 견해를 밝혀 두고자 한다. 먼저 긍정론으로, 임헌영의 평론이 있다. 그는 金聲翰 소설에 등장하는 인물을 네 유형으로 나누어 볼 수 있다고 했다. 그는 A형은 〈無名路〉의 이재선과 같은 허세와 가식, 위선의 인물이고 B형은 〈衆生〉에서 이·벼룩 등으로 寓喩化된, 동물처럼 전락한 인간, C형은 〈彷徨〉의 홍만식과 같은 참담게 사나 뒷전으로 밀려난 사람, D형은 〈歸還〉의 김경석과 같이 인간의 양심을 지키기 위해 목숨마저 버리는 사람들이라고 했다. 그리고 〈바비도〉의 주인공은 그의 소설에서 드물게 보는 바로 D형의 긍정적인 인물이라고 했다.[12]

또 다른 한 평론은 이 작가 소설의 등장인물을 흑백, 두 부류로 나누고 있다. 그 글은 그 중 한 부류는 현실과 타협하여 썩은 생활습속에 젖

---

12) 임헌영, "김성한과 그의 작품", 『韓國文學大全集』 27(學園出版公社, 1987), pp.428~429.

어 있으면서 거기에 만족하는 인사이더(insider)들로 그들은 위선과 가면, 형식주의에 젖어든 부정적인 인물들이라고 하고 있다. 그 평론이 말하는 다른 한 부류는 현실과 비타협적인 사람들, 아웃사이더(outsider)들로 그들은 상황에 반항하고 자기 존재와 현실을 응시하며 인사이더들의 생활풍속을 하나의 연극이라고 생각한다고 했다. 그 필자는 '이러구 저러구 꾸미구 죽이구 뽐내구 눈물을 짜구 애걸하구 손을 비비는 인간의 연극이여 저주를 받아라.' 고 외치고 있는 바비도가 바로 그런 인물이라고 했다.[13] 이 말도 바비도가 참다운 인간으로 살려 한 사람으로 보고 있다고 할 수 있다. 위는 둘 다 동의할 만한 견해들이라 할 것이다.

그런데 위와는 상반된 견해를 말한 글이 있다. 그 평자는 바비도가 파탄에 이르고 있는 부정적인 인물이라고 하고 있다. 그는 바비도를 소극적 자유주의자이자, 패배주의자라고 보았다.[14] 그는 이어 그가 허무주의에 침몰하는 극히 애매한 癡人의 愚行을 보여주고 있을 뿐이라고 비판했다.[15] 그가 이 소설의 주인공을 그와 같이 본 이유는 다음과 같은, 종교재판에서의 그와 사교와의 대화에 나타난 그의 면모 때문인 것으로 되어 있다.

「밤이면 몰래 모여들어서 영역 복음서를 읽었다지?」

「그렇습니다.」

「그것이 옳다고 생각하느냐?」

「옳다고도 그르다고도 생각지 않습니다.」

13) 李淯植, 「韓國小說의 位相」(二友出版社, 1982), pp.198~219.
14) 辛卿得, 「韓國戰後小說硏究」(一志社, 1988), p.10, p.105.
15) Ibid., pp.106~107.

「옳으면 옳고 그르면 그르지 그런 말이 어딨느냐? 똑바루 말해!」

「전에는 옳다구 생각했습니다.

「그럼 그렇지, 지금은 그르다구 생각한다는 말이지?」

「그렇지 않습니다.」

사교는 상을 찌푸렸다.

「그렇지 않으면 어떻단 말이냐?」

「다 흥미가 없어졌다는 말입니다.」

「흥미가 없어지다니, 신성한 교회에 흥미가 없단 말이냐?」

「교회뿐만 아니라 온 인간 세상, 나 자신에 대해서까지 흥미가 없어졌습니다.」

그는 바비도가 죽음을 목전에 두고 자신이 비밀독서회에 참석한 것이 「옳다고도 그르다고도」 생각하지 않는다고 말하고 있고, 세상, 인간에 「다 흥미가 없어졌다」고 한 것은 인생무상주의, 몰개성적 허무주의에 불과한 것이라고 했다.[16]

여기서 우리가 분명하게 해 두어야 할 것은 허무주의 자체가 전적으로 부정적인 것은 아니라는 사실이다. 허무주의는 인간이 살아가면서 간단없이 직면하게 되는 것으로 그것은 회피되어야 할, 극복해야 할 그 무엇이다. 허무주의는 최고의 가치를 가졌던 것이 그 가치를 상실했을 때 오게 된다. 이 때 인간은 그 재래적 가치를 적극적으로 전복함으로써 허무주의를 회피할 수 있다. 니체는, 인간은 종전의 최고의 가치를 다른 유사한 것으로 대치하는 일 없이, 신이나 형이상학적인 이념 또는 기타의 「배후세계」를 끌어들이는 일 없이 생에 새로운 의미를

---

16) Ibid., p.106.

부여함으로써 허무주의를 극복할 수 있다고 했다. 그는 이어서 지상의 생의 핵심부에 유일절대의 가치를 부여함으로써 허무주의를 극복하는 것을 「완성된 허무주의」라고 했다.[17] 또 曺街京은 사르트르의 무신론을 거기에 인간을 被造物의 위치로부터 해방시키고 그의 본질을 기성 관념으로 규정하지 않으며 오히려 그 자율적 선택에 위임시킴으로써 인간존재의 존엄성을 최대한 살리려는 뜻이 있는, 곧 허무를 절대적 자유로 채우려 한 것이라고 했다.[18]

바비도가 무신론적인 사상을 가지고 있음을 보여주고 스스로 죽음을 안은 것은 바로 니체가 말한 허무주의의 극복으로서의 「완성된 허무주의」, 사르트르가 말한 허무를 절대로 채운 것이라고 할 수 있다.

그런데 앞서 언급한 글은 바비도를 「인생무상주의」의 허무주의자라고 하고 있다. 그것은 곧 그의 허무주의가 厭世에 이어진 것이라고 말한 것과 같아 필자로서는 그에 수긍하기 어렵다.

여기서 다시 한 번 〈바비도〉를 정독해 보면 앞서 인용한 사교와 바비도의 대화가 그와 같은, 厭世主義的인 것이 아니라 함을 알 수 있다. 사교는 단념하지 않고 계속해서 바비도가 교권에 굴복하게 하려 한다. 바비도는 앞서의 대화가 있은 뒤 다시 사교가,

「처음부터 묻기루 하자. 무슨 마귀의 장난으로서 영어 복음서를 읽구 듣구 했지?」

라고 했을 때,

---

17) 曺街京, op. cit., p.225에서 재인용.
18) Ibid., pp.63~65.

「마귀의 장난이라뇨? 천만에. 우리말루 읽는 것이 왜 그렇게 옳지
  못하다는 말입니까?」

라고 반문하고 있다. 그는 또 사교가 「네 소행」을 회개하느냐고 물었
을 때도 '잘못이 없는데 무슨 회갭니까?' 라고 해 그가 확고한 신념을
가지고있고 또 그것을 굽히지 않겠다는 단호한 결심을 하고 있다는 것
을 보여주고 있다. 그러니까 그에 앞서 그가 한 말은 그가 허무와 절망
에 빠져 자기포기를 한 데서 나온 말이 아니라고 해야 할 것이다. 그것
은 허위에 가득 찬 사교 따위와는 더 이상 무의미한 말상대를 하지 않
겠다는 뜻으로 한 것이 분명하다. 그러니까 그는 죽음을 맞는 순간까
지 거짓, 불의와 결연히 맞서고 있다고 보아야 옳을 것이다.
  그리고 바비도가 패배주의자라고 한 말도 타당하지 않다. 다음과 같
은 구절들이 바비도가 막강한 힘을 가진 교권과 맞서 싸워 승리를 거
두고 있음을 보여준다.

　　「바비도, 한마디 회개한다고 말할 수 없느냐?」
　　사교는 애걸하는 어조였다.
　　「아, 바비도……」
　　사교의 가슴 속에서는 압도적인 교회조직에 억눌린 인간 양심이
　　굼틀거렸다.

  소위 죄인의 생사의 권한을 쥔 재판관의 위와 같은 모습은 두말할
것 없이 바비도의 승리, 교권의 완패를 보여주는 것이라 할 것이다. 더
욱, 바비도 설득에 실패한 왕자가 한 다음과 같은 말은 최종적으로 바
비도의 양심의 승리를 말해주는 것이다.

「할 수 없구나, 잘 가거라. 나는 오늘날까지 양심이라는 것은 비겁
한 놈들의 겉치장이요, 정의는 권력의 버섯인 줄로만 알았더니 그것
들이 진짜로 존재한다는 것을 내 눈으로 보았다. 네가 무섭구나, 네
가……」

그러나 아직도 이 소설에는 독자에게 허망감을 줄 수 있는 요소가
남아 있다. 그것은 바비도가 구름같이 모여든 사람들이 던진 돌멩이에
맞고 발길질을 당하고 침 뱉음을 당하는 등 모욕과 폭행, 조소를 받으
면서 죽어가고 있다는 사실이다. 자신의 양심을 지켜 악을 이기고 끝
까지 인간의 존엄성을 지키는 바비도의 죽음은 어떤 비장감을 주는 것
이지만 그가 모욕과 조소 속에 죽어가고 있는 것은 독자에게 큰 비애
를 준다. 그러나 그것은 다음과 같이 생각함으로써 위안을 얻을 수 있
다. 이 때의 그 사람들은 대세에 영합하고 부화뇌동하는 愚衆이요, 속
물들이다. 그들은 올바른 지향점을 가진 가치개념의 민중이 아니다.
그들은 그냥 사람의 무리란 뜻에서의 群衆(crowd)의 의미보다 한층
卑下된 烏合之衆(rabble)이다. 韓完相에 의하면 위와 같은 사람들은
卽自的 민중, 잠자는 민중이다. 이들은 지배자들에 의한 부당한 피지
배를 깨닫지 못하거나 깨달아도 그것을 억울하다거나 피해라고 느끼
지 못하고 숙명으로 체념하도록 훈련된 민중이다. 이들은 지배자의 입
장에서 보면 편리하고 우직한 臣民, 순종하는 羊이다. 이들이 잠에서
깨어났을 때 對自的 민중이 된다. 이들은 자신들이 부당하게 조종, 동
원되고 억울하게 빼앗기고 있으며 비참하게 따돌림당하고 있는 피지
배자임을 깨닫고 그에 분개한다. 새롭게 자기와 세계에 눈뜬 이 對自
的 민중은 결국에는 모순된 기존 질서를 바꾸기 위해 행동하게 된다.[19]
그런데 卽自的 민중이 對自的 민중으로 성장하는 데는 어떤 계기가 있게

마련이다. 당장은 모욕하고 비웃고 있지만 이 소설에서의 군중들은 바비도의 반항과 승자로서의 죽음에 의해 결국은 새롭게 눈뜨게 된다. 역사가들은 롤라드파의 견해가 종교개혁기의 프로테스탄티즘에 선행한 것이었으며 그 민중적 성향이야말로 16세기 종교개혁의 대중적 기반을 강화시켜주었다고 하고 있는데[20] 바비도가 바로 그 롤라드파였던 것이다.

마지막으로 이 소설을 위해 한 가지 변호해 주어야 할 문제가 있다. 〈바비도〉에 대한 일반적인 평가는 이 소설이 우수한 문예작품이라는데 별 이견이 없다. 그러면서도 이 소설은 한 가지 부정적인 면을 지적받고 있다. 한 평론은 이 소설의 주제가 전후의 현실을 바라보며 제기된 근본적인 문제의식에서 비롯된 것이라고 하면서도 그 공간 설정이 전후상황을 이탈하면서, 다루어지는 내용 또한 당대 현실의 구체적인 문제를 벗어나 있다고 했다.[21] 또 다른 한 편의 글은 이 작가는 그 소재를 寓話, 신화 또는 영국 · 일본 등에서 다양하게 취택한다고 하고 작가는 〈바비도〉가 제 나라 문학에 봉사하는 문학이었나를 한번쯤 반문해야 할 것이라고 했다.[22] 이러한 부정적인 평가들을 어떻게 받아들여야 할 것인가는 생각해볼 문제가 아닌가 한다. 필자의 견해로는 그와 같은 비판은 납득하기 어려운 것이다. 위의 두 평문은 〈바비도〉가 과연 한 편의 현대 한국문학의 범주에 들어갈 수 있느냐 하는 의문을 제기한 것으로 볼 수 있다. 국문학이란, 사전적으로 정의한다면 한국인이 한국인의 말과 글로 한국인의 사상, 감정을 표현한 것이라 할 수 있다. 〈바비도〉는 金聲翰이란 한국 작가가 한국의 말과 글로 쓴 작품이

---

19) 韓完相, "民衆의 社會學的 概念" 「民衆(劉載天 編)」(文學과 知性社, 1984), pp.48~64.
20) J. F. C. 해리슨, op. cit., p.153.
21) 박유희, "관념적 비판의식과 다양한 기법의 채택", 「1950년대의 소설가들(송하춘 · 이남호 편)」(나남, 1994), p.102.
22) 辛卿得, op. cit., p.92.

기는 한데 시대, 장소적 배경과 등장인물들이 수 백년 전, 먼 이국의 이
국인이어서 위의 정의에 그대로 대입했을 경우 한국인의 생활, 감정을
그린 한국문학이라 하기 어렵다고 할 수도 있을 것이다. 그러나 그렇
게 보는 것은 지나치게 단순논리에 빠진 견해라 해야 할 것이다. 필자
는 〈바비도〉가 시대, 장소적 배경이 현대의 한국이 아니고 등장인물들
이 남의 나라 사람으로 되어 있지만 작가 당대의 한국, 한국인의 생활,
감정을 그리고 있다고 생각한다. 왜냐하면 〈바비도〉는 1950년대 한국
의 현실을 알레고리하고 있다고 보아야 하겠기 때문이다. 알레고리란
행위자(agent)와 행동(action), 때로는 그 배경(setting)이 逐語的으로
쓰였을 뿐 아니라 그것이 다른 행위자, 사물, 개념 또는 사건 등 이차
적, 상호 연관적인 것들을 의미하도록 고안된 서술이다. 〈바비도〉의
배경, 중세의 영국이 이차적으로 지시하는 것은 1950년대의 한국이다.
그리고 이 소설에 나타나 있는 어두운 현실은 당시 한국의 시대 상황
을 의미한다. 그렇게 해석하고 보면, 이 소설에서 敎職者들이 탐욕에
눈이 어두워 부정한 재물을 취하고 영역된 성경을 읽고 化體說을 부정
하는 사람을 재판에 걸어 火刑에 처하고 있는 것은 곧 50년대의 한국
현실을 諷諭하고 있는 것이라 함을 알 수 있다. 당시 한국의 독재정권
은 권모술수와 폭력으로 민의를 짓밟고 헌법을 마음대로 뜯어고쳐 영
구집권을 획책하고 있었다. 당시의 정권은 그들의 부정을 폭로하고 폭
정에 항거하는 사람들을 갖가지 죄목을 씌워 검거, 투옥하고 처형했
다. 그것은 〈바비도〉에서 교권이 양심에 따라 살려 한 사람을 종교재
판에 넘겨 焚刑한 것과 다름없었다. 또 당시의 권력층은 重石弗사건,
국민방위군사건 등에서 볼 수 있는 바와 같은 부정 부패에 빠져 있었
다. 그것은 곧 〈바비도〉에서의, 탐리에 눈이 어두운 敎職者들의 비행
과 다름없는 것이었다. 그러니까 〈바비도〉는 중세 영국의 종교 암흑기

를 소설화함으로써 50년대 한국의 잘못된 정치, 사회현실을 비판하고 있는 것이 분명하다 할 것이다. 한 평론가가 金聲翰을 뛰어난 시사, 시대감각의 작가라고 한 것도[23] 위와 같은 면모 때문일 것이다.

그런데 여기서 한 가지 더 덧붙여야 할 것은 그렇다고 하여 〈바비도〉가 단순히 50년대의 한국 현실을 비판하는 데 그치고 있지 않다는 것이다. 이 소설은 50년대 한국이란 잘못된 세상에 대한 비판에 머물고 있는 것이 아니라 어느 시대, 어디서나 있을 수 있는 인간, 세계의 탐구요 표현이라 해야 할 것이다. 여기에 소설 〈바비도〉의 한 편의 문예작품으로서의 가치의 항구성이 있다 할 것이다.

---

23) 張文平, "痛烈한 現實批判者 金聲翰", 『韓國文學全集』 22(三省堂, 1987), pp.544~545.

虛無·絕望의 敗北者들

　黃順元은 문인으로서 몇 차례에 걸친 변모를 보여주고 있다. 우선 그가 남긴 작품의 장르에서 볼 때 그렇다. 그가 한국 문단에 얼굴을 내민 것은 시를 쓰는 사람으로서였다. 黃順元은 1930년 약관 17세의 나이에 시 〈나의 꿈〉을 『東光』에 발표함으로써 문인으로 데뷔했다. 한동안 詩作에 몰두하고 있던 그는 1937년 『創作』 제3집에 단편 〈거리의 副詞〉를 발표하면서 단편소설을 쓰기 시작했고 그 10년 뒤인 1947년 〈별과 같이 살다〉를 발표한 이후 본격적으로 장편소설을 썼다.

　그의 작품에 대한 연구는 상당한 기간 동안 초기의, 단편소설에 집중되어 왔다. 비평가들은 〈별〉〈소나기〉〈닭祭〉 등 주로 사춘기 소년 소녀가 죽음과 성 또는 선과 악의 도덕적 갈등, 미와 추에서 경험하는 충격을 그려 보여주는 이른바 入社式談(이니시에이션 스토리)的 성격에 관심을 모았다.

　그러던 것이 장르가 장편 쪽으로 이행되면서 그의 작품은 성인세계의 갈등과 삶과 죽음의 이야기로 급변했다. 〈나무들 비탈에 서다〉는 그러한 장편소설 중 한 편이다. 1960년 1월에서 7월까지 『思想界』에 연재 발표된 이 소설은 그 뒤 단행본으로 간행되면서 내용의 일부가 수정되었다. 黃順元의 장편작가로서의 진면목을 보여주는 작품 중 한 편으로 불리는[1] 이 소설은 1961년 예술원상을 수상한 바 있다. 이 소설은 1980년 장왕록이 〈Trees on the Cliff〉이란 제명으로 영역, 미국

Larchwood사에 의해 출판되어 국외 독자에게도 소개된 바 있다.

그의 장편소설들은 자연주의적 현실에 깊이 뿌리를 둔 實存主義的 경향을 띤 작품세계라고 한 사람이 있는데[2] 〈나무들 비탈에 서다〉는 그의 대표적인 實存主義小說이다.[3] 그런데 한국의 實存主義小說에 대해서 논의하는 자리에서 黃順元의 작품은 비교적 소홀하게 대접받아 왔다. 이보영은 70년대 평론가들이 한국의 實存主義小說에 대해 언급하면서 張龍鶴·孫昌涉·徐基源·李範宣의 몇몇 작품들만 거론하고 黃順元에 대해서는 말이 없었는데 이는 잘못이라고 한 바 있다.[4] 필자도 이에 전적으로 동의하는 입장이다. 그래서 필자는 이 자리를 빌어 〈나무들 비탈에 서다〉의 實存主義小說的 성격을 집중 탐구해 보기로 했다.

1. 指向 잃은 인간들의 自己破綻

이 소설의 시간적 배경은 6·25사변의 종전 무렵에서부터 휴전 직후 몇 연 간이다. 이 소설의 다음과 같은, 전장의 한 장면은 상당히 상징적인 의미를 띤 것이다.

이건 마치 두꺼운 유릿속을 뚫고 간신히 걸음을 옮기는 것 같은 느낌이로군. 문득 동호는 생각했다. 산밑이 가까워지자 낮 기운 여름 햇볕이 빈틈없이 내리부어지고 있었다.

1) 千二斗, "黃順元의 文學", 『新韓國文學全集』 50(語文閣, 1984), p.212.
2) 이태동, "실존적 현실과 미학적 현현(顯現)", 『黃順元全集』 12(文學과 知性社, 1993), p.68.
3) 이보영, "작가로서의 황순원", 『黃順元全集』 12(文學과 知性社, 1993), p.294.
4) Ibid.

시야는 어디까지나 투명했다. 그 속에 초가집 일여덟 채가 무거운 지붕을 감당하기 힘든 것처럼 납작하게 엎드려 있었다. 전혀 전화를 안 입어 보이는데 사람은 고사하고 생물이라곤 무엇 하나 살아 있지 않는 성싶게 주위가 너무 고요했다. 이 고요하고 거침새 없이 투명한 공간이 왜 이다지도 숨막히게 앞을 막아서는 것일까. 정말 이건 두껍디 두꺼운 유릿속을 뚫고 간신히 걸음을 옮기고 있는 느낌인데. 다시 한 번 동호는 생각했다. 부리를 앞으로 향한 총을 꽉 옆구리에 끼고 한 발자국씩 조심조심 걸음을 내어 디딜 때마다 그 거창한 유리는 꼭 동호 자신의 순간순간 짓는 몸 자체만큼씩만 겨우 자리를 내어줄 뿐, 한결같이 몸에 밀착된 위치에서 앞을 막아서는 것이었다. 절로 동호 는 숨이 가빠지고 이마에서 땀이 흘렀다.

위의 인용문은 동호가 전우들과 함께 한 마을을 수색하면서 느낀 것 을 서술한 것이다. 문면 그대로를 받아들이면 전장에서 느끼는 한 사 병의 공포감을 말해 주고 있는 것이지만 여기에는 또 다른 의미가 담 겨 있다고 보아야 할 것이다. 동호가 느끼는 것은 공포로 되어 있으나 그것은 엄밀하게 말해서 불안이다. 공포는 인간이 세계 안의 사물, 곧 어떤 대상에게서 느끼는 것이나 불안은 無對象性의 것이다. 인간은 바 로 자기 자신이 있다는 사실, 자아존재의 결함적 상태에 불안을 느낀 다. 實存主義에 있어서 불안의 「불안스러운」 감정은 회피해야 할 그 무엇이 아니라 어쩔 수 없이 그 속에 머물러야 하는, 나 자신과 사물의 본연의 모습을 나타내 보여주는 것이다. 불안은 인간의 「實存的 근본 경험」으로 그것은 적극적인 측면과 소극적인 측면의 양면성을 가진 것 이다. 이 기분을 통해서 인간의 모든 창조적인 가능성이 열리기도 하 고 그 존재성의 허무가 드러나기도 한다. 인간은 전자에 의해 자기 스스로 자기 존재의 내용을 만들 수 있고 후자에 의해 허무와 절망의 나락으로 굴러떨어질 수도 있다.

〈나무들 비탈에 서다〉의 주인공 현태와 대부분의 등장인물들은 후자의 경우에 해당한다. 위의 인용문은 이 소설 전체가 가지는 의미를 상징적으로 함축하고 있다. 그러므로 그에 이어지는 이 소설의 내용은 불안이란 근본 경험에서 부정적으로 반응하는 인간들의 모습을 보여주는 것이다. 그런 점에서 이 소설은 우리가 빠지기 쉬운 비진정한 태도, 자기기만에 대한 사례의 實存的 분석이라고 할 수 있다. 필자가 이 소설을 전쟁소설로도, 전후소설로도 보지 않는 이유가 바로 거기에 있다. 이 소설은 존재의 본태를 보여주려 한 것으로 전쟁은 그것을 보여주는 한 계기로서의 디바이스일 뿐이다. 이제 이 소설의, 비진정한 삶에 대한 케이스 스터디가 우리에게 무엇을 보여주고, 무엇을 말하고 있는가를 살펴보기로 하겠다.

〈나무들 비탈에 서다〉의 중반까지, 곧 제1부에서의 중심인물은 동호다. 그는 지나치게 결벽성이 강한, 퓨리턴적인 인간이다. 그는 군에 입대하기 전, 연인 숙과 호텔의 한방에서 하룻밤을 보내나 애무만 할 뿐, 자기를 억제해 그 이상의 관계를 가지지 않는다. 그는 그녀를 자연스럽게 남자의 몸을 받아들일 수 있는 한 사람의 젊은 여성이라기보다 聖女처럼 생각하고 있다. 같은 부대의 그의 친구들은 수시로 창녀를 찾아가지만, 그녀를 가슴속에 두고 있는 그는 그런 행위를 짐승이나 하는 짓이라고 생각하고 혐오한다. 이 때의 동호는 심리학에서 말하는 超自我(super-ego)가 지배하는 인간이다. 超自我는 인간의 精神帶 중 도덕적 검열의 근원, 양심과 긍지의 저장소로 이것이 지향하는 것은 완전, 결벽이다. 超自我가 과잉한 인간은 건강한 사람이라 할 수 없다. 인간에게는 동물적 속성도 있다. 그러한 면도 가진 것이 자연스런 인간이다. 그런데 인간이 자기의 본질을 규정함에 있어서 지나치게 자연과 대립시키면 그는 평형점을 잃은 기괴한 구조물이 되고 만다. 그것은 마치 관념론의 철학에서 인간의 육체를 바람직하지 못한, 차라리 제거되어야 마땅한 그 무엇으로 보는 것이 잘못된 것이듯, 자기를 속이는 것이다.

그런 그는 군대 친구 현태에 끌려 부대 부근, 소토고미의 색주가에서 작부 옥주와 처음으로 성관계를 가진다. 그 일이 있은 후 그는 자신도 모르게 옥주를 또 찾아가게 된다. 창녀를 찾는 동호는 id에 지배되는 인간이다. id는 강력한 성적 에너지(libido)의 저장소, 모든 인간 정신활동의 근원으로 쾌락원리에 따라 근원적 생명원리를 이행하는 것이다. 이것이 성할 때 인간은 본능의 만족만을 추구하고 가치·선악·관례·윤리·도덕과 같은 것은 무시한다. 이제 그는 超自我와 id의 상충으로 심한 내적 갈등에 휘말리게 된다. 본능에 지배되는 자기와 동물적 욕망을 자제, 결벽의 인간으로 살아야 한다는 자기가 그의 내부에서 충돌한 것이다. 그는 옥주와 두 번째 관계를 가진 후, 그 술집에서 그녀가 부르던,

— 우리집 서방님은 고기잡이를 가았는데 바람아 광풍아 석달 열흘만 불어라…….

고 한 「제주도 노래」를 부르는데 이 노래는 바로 그와 같은, 그의 내적 갈등을 보여주는 것이다. 통속적으로 새기면 외간사내와 불륜을 저지르면서 바다에 나간 남편이 돌아오지 않기를 바라는 어부의 처는 애인 숙을 배신한 동호 자신이고 어부는 그에게서 멀리 떨어져 있는 숙이다. 그러나 이것은 심리적인 면에서 좀 더 깊이 있게 새겨들을 수 있

다. 좋지 않은 행실을 하고 있는 어부의 처는 동호의 現實我, 現存在,
곧 있는 그대로의 동물적 인간으로 살려는 동호다. 그리고 어부는 순
수, 순결한 인간으로 살려 하는 또 하나의 그다.

이 무렵에 꾸는 동호의 꿈도. 위와 관련해, 상당히 의미 있게 해석되
는 것이다.

> 그 날 밤 그는 꿈을 꾸었다. 꿈속에서 빈 버스를 혼자 타고 있었다.
> 숙이를 만나러 인천으로 가는 길이었다. 운전수도 없는데 차가 저절
> 로 굴러가고 있었다. 엔진소리가 귀가 먹먹하게 하고 낡아빠진 차체
> 가 삐걱거리며 부분부분이 제각기 놀았다. 동호는 생각했다. 단지 어
> 느 한 부분의 나사못 한 개가 이 차체를 붙들고 있는 것이다. 이 나사
> 못 하나만 빠지는 날이면 차체는 그대로 산산조각이 나 흩어지고 말
> 것이다. 거기 따라 자기도 홱 어디로든 뿌려질 것이다. 그러면 마지막
> 이다. 그러는데 차가 내리받이를 만나 속력을 가하기 시작하는 것이
> 었다. — 中略 — 그런데 버스가 속력을 내어 달리고 있는 곳은 다른
> 곳 아닌 위험한 원테이고개 내리받이가 아닌가. 이 내리받이의 커브
> 를 잘못 돌기만 하면 그대로 차체는 전복되고 마는 것이다. 동호는 고
> 함을 쳤다. 원테이고개다, 원테이고개다…….

黃順元 소설에 있어서의 꿈은 무의식의 표현이나 운명의 예언으로
등장한다기보다 현재 그가 지니고 있는 의식의 간접적 표명이라는 성
격이 강하다고 한 사람이 있는데[5] 이 경우도 그런 것이라 할 수 있을
것이다. 동호가 꾼 꿈속의 원테이고개는 본능에 끌려 살려 하는 거짓
된 자기를 참 자기로 소환하는 목소리라 할 수 있다.

---

5) 김병익, "순수 문학과 그 역사성", 『黃順元全集』 12(文學과 知性社, 1993), pp.25~26.

그의 내적 갈등은 결국 그를 파국으로 몰고 간다. 어느 날 옥주를 찾아간 그는 그 술집의 한 방문 앞에서 그녀가 단골손님과 성행위를 하는 소리를 듣고 발작적으로 총을 쏘아 그녀를 죽이고 사내에게는 상처를 입힌다. 이 때 그가 총을 쏜 것은 질투심과는 다른 동기에서 비롯된 행위다. 동호는 성교를 하면서 괴성을 지르고 있는 그녀에게서 자기 자신의 추한 現存在를 본 것이다. 그러니까 그에 의해 실제로 사살 당한 것은 술집 작부였지만 그것은 곧 추한 욕망의 자신을 죽인 것이다. 그 길로 부대로 돌아온 그는 이번에는 바로 자기 자신을 죽이고 만다. 자살을 한 것이다. 그는 자기에게 있는 卽自性, 곧 자연성을 부인한 것이다. 인간은 성적 충동에 따라 움직이는 동물적 속성을 가지고 있다. 그것은 인간이란 존재의 진상이다. 인간이란 본래 그와 같은, 무의미하고 징그러운 존재성을 가진 것인데 그는 그러한 자신의 존재를 정면으로 응시하려 하지 않은 것이다. 그런 의미에서, 부정적인 성격의 등장인물이지만 그의 친구 현태가 그에게 한 말은 거기에 일면의 진실이 담겨 있는 것이다. 동호는 작부와 처음으로 그런 일이 있은 후 마치 자신이 강간을 당한 기분을 느끼고 우울에 빠진다. 현태가 그런 그의 등을 쓸며 농담을 하자 그는 「건드리지 마」 하고 소리친다. 이 때 현태는,

"건드리지 마? 이 친구가 누구 본땔 따느라구 이래? 하지만 등불을 꺼라는 말은 말어. 카바이드 등불이면 몰라두 태양야 어떻게 할 수 없잖어?"

라고 한다. 이는 인간이 본래 그렇게 던져진 존재란 것을 인정하지 않을 수 없다는 것을 말하고 있는 것이다. 그러나 동호는 자신이 그렇게 던져져 있는(被投性) 존재라는 것을 직시하고 거기서 자신을 본래

적 자아로 만들어 가는 대신 절망에 빠져 그러한 자신을 파괴한 것이다. 그러므로 동호가 모든 것을 파괴시키는 황폐한 전쟁의 상황 속에서 죽음으로써 인간의 가치와 인간의 존엄성을 지켰다고 하고, 그는 전쟁의 파편에 의해 파괴되었지만 패배자는 아니라고 한 말은[6] 수긍하기 어려운 것이다. 동호의 자살은 자기 자신의 부정이요 허무 끝에 다다른 패배다.

이 소설에 등장하는, 비진정한 삶의 두 번째 케이스는 생의 목표를 잃고 거품처럼 떠돌다 절망의 나락으로 굴러 떨어지고 있는 젊은이들이다. 그 중 한 사람으로 부인물, 석기를 들 수 있다. 한때 미들급 권투 선수였던, 건장한 청년 석기는 전투 중 부상을 입어 시력이 크게 약화된다. 휴전이 되고 제대를 한 그는 인간다운 삶을 살지 못하고 시간을 주체하지 못해 당구를 치거나 술을 마시면서 떠돌다 술집에서 무의미한 싸움을 벌인 끝에 칼에 찔려 한쪽 손을 쓰지 못하는 불구가 되고 만다. 그의 시력 약화는 그가 세계, 인간에 대해 맹목이란 것을 상징하고 손을 쓰지 못하게 된 것은 넘치는 힘을 헛되이 발산한 끝에 불구적 인간으로 전락하고 있다는 것을 상징적으로 보여주는 것이다.

그보다 더한, 철저한 파멸을 자초하고 있는 인물이 이 소설의 주인공 현태다. 인간은 재래의 모든 가치가 부정된 세계에 서면 짐승과 같이 왜소해진 존재가 되기 쉽다. 그렇게 되면 그는 인간성을 상실하게 되어 조야하고 악하며 본능만이 살아 있는 야수와 같이 되고 만다. 그러한 인간은 추악하고 야만적이다. 그와 같은 야성이 끝까지 창의적으로 제어되고 승화되지 않으면 그는 결국 바닥을 모를 허무로 추락하게 된다. 현태가 바로 그런 인물이다. 그는 전쟁 중 한 마을의 수색에서 피

---

6) 이태동, op. cit., p.78.

난을 가지 못하고 남아 있던 한 여인을 발견한다. 수색대를 이끌고 있
은 그는 그 여인이 적에게 그들의 동태와 같은 아군의 정보를 건넬 위
험이 있었기 때문에 그들이 그 마을에서 물러날 때 그녀를 중대본부로
데리고 와야 하게 되어 있었다. 그러나 그는 그 일이 성가스럽다 하여
그녀를 죽이기로 결심한다. 일단 대원들과 함께 그 마을에서 물러난
그는 혼자 다시 그 여인을 찾아가 그녀를 살해하고 돌아온다. 그것만
으로도, 아무리 전장에서의 일이라고 해도 그는 잔인하기 이를 데 없
는 짐승이라 할 수 있을 것이다. 그런데 그의 행위는 단순한 살인 이상
으로 잔혹한 것이다. 그는 먼저 그녀를 능욕한다. 그리고는 빈 마을에
남아 있기가 무서워 그에게 구해 달라고 손을 내미는 그녀를, 총성을
내서는 안 된다 하여 칼로 찔러 죽이고 있는 것이다. 거기다 그녀가 안
고 있던 갓난아기도 십중팔구, 결국 죽게 되었을 것이기 때문에 그는
이중의 잔인한 살인행위를 저지른 것이 된다. 그가 한 행위는 實存主
義에서 말하는, 「나」의 對自性을 끝까지 밀고 나간 것이다. 곧 타인을
내 의식의 대상으로, 물체처럼 규정하여 지배하려 한 것이다. 이 때 그
는 상대를 항거 불능 상태에 두고 폭력을 행사한다. 일견 그와 같은 대
상의 물체화는 성공하는 것 같지만 그러한 기도는 실패하지 않을 수
없다. 그는 상대가 자기를 쳐다보자마자 자신의 실패를 깨닫게 된다.
왜냐하면 사람의 마음의 창인 눈과 그것이 던지는 시선은 괴롭혀진 육
체의 외면적인 동의에도 불구하고 끝내 남아도는 자유로운 의식이 존
재한다는 것을 의미하기 때문이다. 他者 소유의 극단적인 시도가 현태
가 자행한 것과 같은 살인이다. 그와 같은 살인자는 피해자가 「존재했
다」는 사실을 무시할 수 없다. 피살자의 과거의 존재는 살인자의 머리
속에서 「영원한 현재의 존재」로 고정되어 자리를 차지하고 있게 된다.
그러므로 살인자는 피해자가 마지막으로 던진 시선을 언제까지나 온

몸으로 받지 않을 수 없는 것이다.[7]

제대를 한 그는 그가 저지른 살인행위의 강박관념에 쫓겨 정상적인 생활을 할 수 없게 된다. 그 아버지의 회사에서 열심히 일하고 있던 그는 어느 날 택시를 타고 가다 어떤 여인이 갓난아기를 안고 가는 것을 보고 머리 속에 자신이 죽인 여인과 아기를 떠올린다. 그 날 이후 그는 회사에도 나가지 않고 이발도, 면도도 하지 않은 미치광이 모양을 하고 연일 술에 빠져 산다. 그는 극도의 무위와 권태감에 시달린다. 인간은 본래 이유없이 권태를 느끼게 되어 있는 존재다. 권태감에 시달리는 인간은 부지런히 일하고 새로운 계획을 세움으로써 거기서 도피할 수 있다. 권태는 창조적 활동성과 표리관계에 있기 때문에 위와 같이 권태감을 물리쳤을 경우 그것은 악도 질병도 아니다. 그러나 현태는 어떤 의미 있는 일도, 계획도 하지 못한 채 과거에 짓눌려 허덕이고 있다. 그의 삶에는 어떤 의미도, 목적도 없다. 實存主義에서는, 인간에게 영원히 의미 있게 남아 있는 것은 없다. 또 現存在에게 영원히 의미 있는 목표도 없다. 그것이 인간이란 존재양식의 결함이다. 인간은 여기서 허무로 굴러 떨어지지 않으려면 자신의 고유한 의미를 만들어 가야 한다. 그리고 거기에 목표가 있어야 한다. 그러나 현태는 現存在의 결함을 그대로 가진 채 무의지의 인간으로 떠돈다. 술과 담배, 섹스에 찌든 그는 끝없이 물 위에 뜬 거품처럼 서울 거리를 헤매고 있다. 얼핏 보면 그는 상당히 용감한 젊은이인 것 같다. 전장에서 쏟아지는 포탄 속을 헤쳐 나오고 적에게 포위 당했을 때 백병전을 벌이고 있는 모습이 그렇고 소주병 뚜껑을 이빨로 따고 있는 데서도 그렇게 볼 수 있다. 그러나 그는 비겁한 인간의 한 전형이다. 본능과 타성에 따라 살아가고

---

7) 鄭明煥, "實存主義와 文學", 「20世紀 이데올로기와 文學思想(鄭明煥 外)」(서울大學校 出版部, 1982), pp.42~43.

있는 그는 자기를 기만하는 即自存在다. 그는 내재적, 비본래적, 우발
적 자아에 머물고 있는 존재다. 그러한 존재는 거기에 고정되어 있기
를 거부하고 초월적, 창조적, 미래지향적인 자아 곧 對自存在가 되려
해야 한다. 그러나 현태는 「자신을 한 번 깨뜨려 버렸으면」 하다가도
「이 타성으로부터 헤어나기란 전쟁터에서 적의 포위망을 뚫기보다 더
힘들다」고 느끼고 주저앉고 만다. 그는 가족의 권유로 미국행을 해 보
려고 한다. 그는 그렇게 함으로써 자신이 저지른 살인의 악몽, 현재의
무위와 권태로부터 벗어날 수 있을지 모른다고 생각했기 때문이었다.
그러나 곧 그 생각도 버리고 만다.

　　이 날 따라 현태에게는 이 술집에 앉아 있는 해리의 존재가 더 어
　　색해 보였다. 그 크게 지어 보이는 웃음이나 술집 색시에게 응수하는
　　말투가 제딴은 이 술집 분위기에 어울려 보려는 눈치였으나 그의 파
　　아란 이국적인 눈동자에는 여전히 쓸쓸한 빛이 돌고 있는 것만 같았
　　다. 현태는 자기가 외국엘 간다면 하고, 해리 같을 자기 모습을 그려
　　보았다. 아까 낮에 자기가 비행기만 타면 저들의 생활 속에 뛰어들 수
　　도 있고, 지금의 이 무위의 생활에서 벗어날 수도 있을지 모른다던 생
　　각과는 또다른 심정이었다.

　그는 미국으로 가도 그가 죽인 여인의 시선은 거기까지 따라올 것
이며 어디로 가도 그 눈길을 벗어날 수 없다는 것을 안 것이다. 그리고
그 쏘아보는 시선에서 해방되지 못 하는 한, 자신의 무위와 권태와 방
황은 어디로 도피한다 해서 끝날 성질의 것이 아니라 함을 알게 된다.
여기서 그는 깊은 허무의 수렁으로 빠져 들어가고 만다. 그리고 그의
허무는 무엇으로도, 어떻게 해서도 극복되어질 성질의 것이 아니다.

결국 그는 전우 동호의 애인을 강간하고 그가 상관한 적이 있는 계향을 죽게 해 간접살인죄로 법의 심판을 받게 되어 철저하게 파멸하게 된다.

그는 계향이 죽기 직전 그녀와 성행위를 하려 하나 발기가 되지 않아 그 짓을 하지 못하는데 여기에는 어떤 상징성이 있다고 보아야 할 것 같다. 그의 陰痿는 생산, 창조력의 상실을 의미하고 그것은 곧 건강한 인간으로서의 삶의 종말을 뜻하는 것으로 읽을 수 있겠기 때문이다.

2. 神도 인간도 없는 荒凉한 세상

〈나무들 비탈에 서다〉에 등장하는 또 한 사람, 비극의 인물은 선우 상사다. 그는 목사의 아들로 독실한 기독교 신자였으나 6·25사변 중 그 부모가 학살당한 이후 신에 대한 회의를 가진다. 그가 술에 취해,

"암, 나두 전엔 아침저녁 빼놓지 않구 그런 기돌했지. …… 그런데 그 후에 난 이렇게 빌었어, 되레 날 불러가 달라구. …… 그렇지만 허사였어. 마침내 난 하나님이 존재하지 않는다는 걸 알았어. 아니 그렇게 믿기루 했어. 하나님이 존재한다면 그럴 수가 있어? 넌 말하겠지. 하나님께서 날 더 시험하시는 거라구. 구약시대의 아브라함처럼 말이지? …… 그렇지만 난 견딜 수가 없어. 사람이란 약한 거야. 거기 비하면 하나님은 너무 잔인해. 그런 하나님이라면 차라리 없다구 믿는 게 옳아. ―下略―"

라고 한 말에 그것이 잘 나타나 있다. 부모의 참혹한 죽음을 본 그는 기독교에서 말하는 용서가, 박애가 모두 헛된 말이라고 생각한다. 그래서 그는 부모의 죽음에서 가진 원한으로 한 부역자를 죽인다. 그 후 그는 그가 죽인 그 부역자, 物體化된 他者의 시선에 시달리게 된다. 결국 그는 정신병을 앓는 폐인이 되고 마는데, 여기서 우리는 이 소설의 무신론적 實存主義의 성격을 엿볼 수 있다.

"— 前略 — …… 옛날 예레미야는 하나님의 묵시를 받아 예언을 했지만 현대의 예레미야는 그렇지가 않아. 그는 이렇게 외치는 거야. 하나님이란 있는 것두 아니구 없는 것두 아니다, 다시 말하면 있기두 하고 없기두 한 것이다, 있다구 믿는 사람에겐 있구 없다구 생각하는 사람에겐 없는 거다, 누구나 이 둘 중의 하나를 택할 자유가 있다, 모든 게 사람에게 달렸지 하나님의 뜻이 인간을 지배하는 건 아니다 …… 이렇게 말야."

위에 인용한 선우상사의 말 중 「모든 게 사람에게 달렸지 하나님의 뜻이 인간을 지배하는 건 아니다」라고 한 대목은 처음부터 신은 존재하지도 않았다는 니체·카뮈·사르트르의 목소리를 그대로 내고 있다고 할 수 있다.

또 이 소설에 등장하고 있는 인물들의 행장에서 우리는 實存主義의 시각에서 볼 때 인간관계의 부정적인 양태의 좋은 표본을 볼 수 있다. 등장인물들은 서로 상처를 입히고 상처를 받고 있다. 동호는 작부를 살해하고 숙에게 평생 지울 수 없는 마음의 상처를 입힌다. 가장 심한 경우가 현태로 그는 친구 동호를 타락의 길로 끌어들여 결국 자살을 하게 만들고 그의 애인 숙을 강간한다.[8] 그리고 그는 술집에 있다 하나

아직 남자의 몸을 모르는 계향을 돈으로 사 짓밟고 그녀를 죽음으로
몰고 간다.

작가는 이 소설의 나레이터의 입을 통해,

> 인간관계 치고 궁극적인 의미에서 어떤 형태로든 상처라는 걸 면
> 할 수 있는 길이 있을까. 크고 작고 심하고 덜한 차이나, 외적인 것과
> 내적인 것, 의식적인 것과 무의식적인 것의 다름은 있을망정 서로 어
> 떤 상처를 주고받지 않고서는 무릇 인간관계란 성립되지부터 않는
> 성싶다. 그것이 친구간이든 남녀간이든 심지어는 부모자식간이라 하
> 더라도 이에서 벗어날 수 없는 것이다. 그저 우리가 이런 상처 속에서
> 도 그냥 삶을 영위할 수 있는 것은 그것들을 망각하기에 애쓰고 또한
> 거기에 익숙해진 때문인 것이다.

라고 해 이 소설에서의 인간관계가 어떤 것인가를 말해 주고 있다.
그것은 이 소설에 등장하고 있는 인물들이 實存主義에서 말하는 이른
바 생명 있는 관계를 가지고 있지 않다는 것을 말해 주는 것이다.

이 소설의 제목 〈나무들 비탈에 서다〉에서 '비탈'을 '전락의 가능성
이 높은 곳'이라고 한 글이 있는데[9] 확실히 이 작품에 등장한 인물들은
각각의 이유, 계기로 전락하고 있다. 전우들 중 단 한 사람, 윤구는 죽
지 않고, 불구가 되지 않고, 감옥으로 가지 않고, 미치지 않고 살아가고
있는데 그에 대해서는 각각 다른 시각으로 보는 견해가 있다. 이태동
은 그가 황무지를 개척해서 새로운 생명을 상징하는 흰 병아리를 키우

---

8) 그러므로 동호와 현태 사이가 두터운 우정을 가진 것이라고 한, 송상일의 말은 납득이 가
   지 않는 것이다. 송상일, "순수와 초월", 『黃順元全集』7(文學과 知性社, 1999), p.399.
9) 조남현, "『나무들 비탈에 서다』, 그 외연과 내포", 『黃順元全集』12(文學과 知性社, 1993),
   p.141.

면서 자신이 설 땅을 마련한 사람, 의미 없는 전쟁의 깊은 상처를 처절한 인간의지로써 극복한 사람이라 하여 긍정적으로 보고 있다.[10] 한편 千二斗는 그를 그와 전혀 다른 눈으로 보았다. 그는 윤구가 계산과 공리 위에서만 일체의 가치를 산출하는 비정적 機巧의 인간이라고 하고 있다.[11] 필자는 千二斗의 견해가 동의할만한 것이라고 생각한다. 그는 철저한 계산으로 살아가는 이기의 인간이요 비정하고 비겁한 인간이다. 그는 애인 미란이 임신을 하자 그것이 친구 현태의 씨인지도 모른다는, 아무 근거도 없는 의심으로 낙태를 하라고 한다. 그는 그녀가 자신의 부모의 반대로 당장 결혼이 어려우니 같이 동거라도 하자고 하나 말썽에 휩쓸릴 것이 겁나 이에 반대한다. 결국 그녀는 소문이 겁난다 하여 산부인과도 아닌 허술한 내과에서 임신중절 수술을 받는데 경과가 나빠 죽고 만다. 그런데도 그는 「죽은 미란은 미란이요 자기는 자기」라면서 자신이 치고 있는 닭이 병들지 않을까만 걱정하고 있다. 그는 또 현태에게 강간을 당해 임신을 하게 되어 오갈 데가 없어진 숙이 자신을 찾아와 얼마 동안이라도 그의 양계장에서 기거하게 해달라고 간청하자 말썽스런 일이 생길까 두렵다면서 냉랭하게 거절하고 있다. 일견 한 사람의 자립, 자활의 인간으로 살아가는 데 성공하고 있는 것처럼 보이지만 윤구 또한 非人이요 불구적 인간이다.

이상에서 보면 이 소설은 허무와 절망과 비관주의로 시종하고 있는 것 같지만 그렇지는 않다. 우리는 實存主義的인 시선으로 볼 때 이 소설에서 두 사람의 긍정적인 인물을 발견할 수 있다.

한 사람은 술집, 평양집의 계향이다. 그녀는 그 술집 여주인의 강요

---

10) 이태동, op. cit., p.83.
11) 千二斗, "『나무들 비탈에 서다』의 起點(上)", 『現代文學』(현대문학사, 1961년 12월호), p.200.

에 못 이겨 현태에게 처녀성을 빼앗긴다. 여주인은 다시 매질까지 해 가면서 그녀에게 50대 술손님에의 매음을 강요한다. 결국 그녀는 현태가 준 칼로 자살을 하고 만다. 그녀는 산다는 일의 고통스러움의 무의미함에서 不條理를 느끼고 스스로 목숨을 끊은 것이다. 그녀는 죽음으로써 자신의 인간 가치를 지킨 것이다.[12] 그러므로 그녀의 죽음은 그녀를 제 자신으로 되돌아오게 호출한 권위이다.[13]

이 소설에서 가장 인상적으로 인간 긍정, 세계 긍정의 빛을 던져 주고 있는 사람은 숙이다. 그녀는 현태의 발광한 야수와 같은 짓으로 임신을 하게 되고 그 일로 인해 직장을 잃게 된다. 더 이상 집에도 있을 수 없게 된 그녀는 거리에 나앉아야 할 처지가 되지만 누구도 원망하지 않고 절망하지도 않는다. 그녀는 배속의 태아를 지우면 우선 자신의 삶은 좀 더 수월할 수 있다는 것을 알지만 아이를 낳아 기르기로 결심한다. 그리고 모든 일을 자신이 「마지막까지 감당」하려 한다. 조남현은 이 소설의 제목 중 '나무' 에 상당히 깊은 의미를 부여하고 있다. 그는 지하에 뿌리를, 하늘에 가지를 두고 있는 나무는 천상과 지상, 지하 세계에 고루 관계를 맺어 '다른 세계와 힘들을 결합시키고 있는 중심축' 이라고 하고 있다.[14] 마지막 장면에서의 숙이 바로 그러한 의미에서의 '나무' 다. 숙의 결심은 강인한 인간의, 고갈되지 않는 생명력, 부단한 소생력을 보여주는 것이다. 그러므로 그녀가 새로운 생명의 탄생에 희망을 거는 것으로 끝맺음하고 있는 이 소설의 결말을 갑작스런 것이라고 한 말은[15] 납득할 수 없는 것이다.

---

12) 이태동, op. cit., p.83.
13) 曺街京, 「實存哲學」(博英社, 1991), p.142.
14) 조남현, op. cit., pp.143~144.
15) 김만수, "황순원의 초기 장편소설 연구", 「1960년대 문학 연구(문학사와 비평연구회 編)」(예하, 1993), p.101.

결국 〈나무들 비탈에 서다〉는 황폐하고 황량한 전후의 한국에 있어
서 그래도 하나의 가능성이 있다면 그것은 인간의 인간에 대한 존중,
사랑이라고 하고 있다고 보아야 할 것이다. 그런 의미에서 이 소설은
한 편의 특이하고 미학적 우수성이 돋보이는 實存主義小說이라고 해
야 할 것이다.

反抗으로서의 自殺

李淸俊은 65세란 나이는 젖혀 두고도 여러 가지 의미에서 한국의 한, 두드러진 원로작가라 할 수 있다. 1965년 제7회『思想界』신인문학상에 단편 〈퇴원〉이 당선되어 문단에 나온 그는 지금까지 70편이 넘는 장단편 소설을 발표했고 14권의 창작집과 단행본 장편소설을 간행한 바 있다. 그동안 그는 동인문학상을 비롯한 한국의 유수한 문학상을 휩쓸다시피 했다. 그와 그의 작품은 외국에도 상당히 알려져 있다. 중편 〈이어도〉와 〈예언자〉는 1991년 프랑스어로, 장편 〈자유의 문〉은 1992년 일본어로 번역, 출판된 바 있다. 그의 한국에서의 작가적 위상은 그가 받은, 교과서 게재 저작권료가 단적으로 보여주고 있다. 그는 2001년, 중등학교 국어교과서에 실린 〈선학동 나그네〉 등의 작품 저작권료 6백 24만 7천원을 받았는데 이는 박경리, 오영진을 누른 최고의 액수다. 그의 소설들은 대체로 난해하다는 평을 듣고 있음에도 불구하고 비교적 많은 독자를 확보하고 있다. 그가 발표한 소설들은 거의 대부분이 대중, 통속성과는 거리가 먼 순수문학작품으로 그 작품성의 우수성을 인정받고 있다. 그러한 그의 소설 중에서도 1985년에 발표한 이, 〈벌레 이야기〉는 이견 없이 수작으로 평가받고 있는 소설이다. 김현은 이 소설을 가리켜 그의 상상력이 가장 높이 솟아오른 작품, 그가 가진 마적 속성을 유감 없이 보여준 뛰어난 작품이라고 했다.[1] 그는 여기서의 「마적」이란 말을 이성적으로 규제되지 않았다는 뜻으로 썼다고 하고 있는데 이는 「신들린」 것 같이 쓰여진 소설이라고 한 것으로 새겨 들어도 되지 않을까 한다. 김현 뿐 아니라 다른 비평가들도 이 소설을 문제작, 화제작이라고 입을 모아 말하고 있다.

그러나 그러면서도 이 소설에 대한 해석에는 의견들이 구구하게 엇갈리고 있고 어떤 경우는 상당히 큰 견해차를 보여 주고 있다.

이 소설은 어린 자식, 알암을 유괴, 살해당한 한 어머니의 죽음의 원인을 추적하고 있는 작품이다. 국민학교 4학년에 다니던 알암이는 어느 날 하교길에 어디론가 사라져 버린다. 그 어머니는 온갖 노력을 다 해도 자식을 찾지 못하자 이웃의 한 교회 집사의 권유로 기독교 신자가 된다. 하느님이 자식을 무사히 되돌려 주기를 기원해서였다. 그러나 아이는 얼마 후 참혹하게 살해된 시체로 발견되고 만다. 슬픔에 잠긴 어머니는 신앙심을 버리고 범인에 대한 원한과 저주로 날을 보내다가 그 집사의, 그래야만 아이의 영혼이 구원받을 수 있다는 말에 다시 하느님을 믿고 범인을 용서한다. 그러나 그녀는 범인이 이미 기독교 신자가 되어 하느님으로부터 용서를 받고 기꺼이 죽음을 기다리고 있는 것을 보고 절망감에 빠져 자살을 하고 만다는 것이 그 줄거리다. 스토리에서 알 수 있듯, 〈벌레 이야기〉는 기독교신앙을 소재로 한 소설이다.

이 작가는 종교, 신앙을 소재로 한 소설을 비교적 많이 쓴 편인데[2] 〈벌레 이야기〉도 그 중 한 편이다. 이 작가가 쓴, 기독교신앙을 집중적으로 다룬 소설은 이 작품과 장편 〈낮은 데로 임하소서〉가 대표적인 것이다. 그 중 〈낮은 데로 임하소서〉는 1981년 발표된 이래 10년 남짓한 세월 동안에 79쇄를 간행할 만큼 상업적으로 성공한 소설로 독실한

---

1) 김 현, "떠남과 되돌아옴", 「이청준論(김치수 외)」 (三人行, 1991), p.130.
2) 〈비화밀교〉 〈자유의 문〉 〈이어도〉 〈인간인〉 같은 작품들이 그에 속한다.

기독교 신앙에서 얻는 평안, 행복을 이야기하고 있다. 그의 작품으로는 예외적으로 「선교문학」「교회의 선전용 팜플레트」 같은 소설로 보이기까지 한다는 평을 듣고 있는[3] 이 작품은 李淸俊의 것으로는 보기 드물게 상당히 대중취향적이어서 문예물로서의 작품성도 비교적 떨어지는 편이다.

그러나 〈벌레 이야기〉는, 연구자가 보기로는 그의 기독교신앙 소재 소설 중에서도 가장 진지하고 심도 깊은 문학사상이 담겨 있는 작품이다. 여기까지는 다른 비평가나 일반 독자들도 연구자와 의견이 그렇게 틀리지 않으리라 생각한다.

문제는 그 다음에서부터 시작된다. 학계와 평단은 이 소설이 기독교 신앙을 어떤 시각에서 보고, 접근하고 있는가에 대해 큰 견해차를 보이고 있다. 그 중에서 가장 큰 의견 차이를 보이는 것은 한 쪽이 이 소설의 주제를 잘못된 신앙을 가진 한 인간의 파멸이라고 본 반면 다른 한 쪽은 기독교신앙에 대한 實存的 인간의 저항이라고 보고 있는 것이다. 이는 객관적이고 엄밀한 작품 분석에 의해 어느 쪽이 타당한 해석인가를 규명해야 할 중요한 문제라고 생각한다. 왜냐하면 이 소설이 그 비극적 결함(tragic flaw)을 주인공에게 歸責되는 것이라고 하고 있는가, 아니면 초월적 신의 부재를 이야기하고 있는 것인가는 이 작품을 어떻게 해석하고 평가할 것인가에 중요한 관건이 되기 때문이다.

연구자는 이 소설을 후자 곧 무신론의 입장에 선, 한 편의 實存主義 小說로 보고 이를 논증하고자 한다. 연구의 방법론은 심리주의비평의 그것에 의지했다.

---

3) 이동하, "한국 대중소설의 수준", 「이청준論(김치수 외)」(三人行, 1991), pp.251~258.

1. 잘못된 해석 – '거짓 신앙의 파탄'

이 글에서는 편이상 전자의 견해부터 살펴본 다음 후자의 시각 및 필자가 보는 바를 말하기로 하겠다.

김윤식은 어떤 글에서 이 소설을 두고 「살인자가 오히려 성스러운 너울을 쓰고 피해자를 용서하는 아이러니를 이해할 수 없는 세계」라고 하고 「이것이 신을 가져 본 적이 없는 국문학의 한계」라고 했다는데[4] 이것은 이 작품이 작가가 참된 기독교신앙을 제대로 이해하지 못하고 쓴 소설이라는 말임과 동시에 주인공의 비극이 자신의 잘못된 신앙이 자초한 것이라는 뜻을 담고 있는 것이라 할 것이다. 더욱 직접적, 집중적으로 이 소설을 주인공의 신앙이 잘못된 것이라 하고 있는 것은, 이 작가와 작품에 대한 비교적 정평을 얻고 있는 평론집에 실려 있는 현길언의 글이다. 이 글의, 그와 같은 주장의 바탕이 되는 논리는 대략 다음과 같은 것이다. 곧 주인공은 처음부터 잘못된 동기에서 기독교신앙을 가지려 했으며 따라서 그리하여 가진 신앙이란 것 또한 거짓된 것이었다는 것이다.[5] 확실히 이는 틀린 말이 아니다. 그녀가 자식을 잃고 종교에 접근한 것은 세속적인 祈福信仰的인 동기에서였다. 주인공은 실종된 아이를 찾지 못하자 절을 찾아가 촛불을 켜고 공양을 바치고 오는데 이것은 참된 불교신앙과는 거리가 먼 것이다. 佛子가 궁극적으로 도달하려는 곳은 見性이요 모든 輪廻와 얽매임으로부터 해방되는 解脫의 경지이다. 다른 말로 하자면 그것은 진정한 자아 곧 眞我를 발견하려는 것과 같다. 그리고 이 眞我라는 것은 키엘케골에 있어서의 超越者와 같은 성질의 것이며 니체에 있어서의 무신의 세계에 장차 올

---

4) 송상일, "소설가 아담의 고뇌", 『작가세계』(세계사, 1992년 가을호), p.128에서 재인용.
5) 현길언, "구원의 실현을 위한 용서", 「이청준論(김치수 외)」(三人行, 1991), pp.300~310.

디오게네스와 같은 것이다. 그런데 주인공이 절을 찾아가서 한 것은 아이를 찾게 해 달라는 오직 그 하나의 목적 때문이었다. 그러니까 그 것은 우리 주변의 여인들이 아들을 낳게 해 달라고, 자식이 시험에 합격하게 해 달라고 부처 앞에 가서 엎드려 비는 것과 다를 바 없는, 진정한 불교신앙과는 다른 것이다.

주인공의 기독교신앙도 그와 같은 것이었다. 그녀가 처음 기독교인이 되기로 결심한 것은 자식을 무사히 찾게 해 달라는 일념에서였다. 그것은 근본적으로 인간이 죄인이라는 의식에서 출발한, 논리를 초월한 사랑의 세계인 진정한 기독교신앙이 아니었다. 그러므로 아이가 참혹한 피살체로 발견되자 그녀는 자신의 소원을 들어주지 않은 하느님을 원망하고 교회에 등을 돌려버린다. 그 후 그녀는 다시 교회에 나가기 시작하는데 이번에는 자신의 신앙이 불쌍하게 희생된 자식, 알암의 영혼이 구원받을 수 있게 한다는 말을 믿어서였다. 그러니까 이 또한 기독교에서 볼 때 참 신앙이 아니었다. 현길언은 자식을 찾으려는 소망, 자신과 자식의 영혼의 구원을 바라고 가진 그녀의 신앙심은 거기에 자기 소멸 의지가 없고 자기 구원 의지만 있는 이기적인 거짓신앙이었다고 하고 있다. 이어 그는 그러한 기원은 받아들여질 리가 없는 것이었으며 따라서 그녀가 어떤 구원도 받을 수 없은 것은 당연한 귀결이었고, 그러므로 그녀는 처음부터 파멸할 수밖에 없게 되어 있었다고 하고 그것이 이 소설이 말하고자 한 것이라고 해석했다. 이 말에 따른다면 요컨대, 이 소설의 주제는 「잘못된 신앙과 거기서 온 파멸」이라는 것이다. 물론 그러한 독법도 있을 수 있을 것이다. 그러나 연구자의 생각에는, 그것은 지나치게 단순한 작품 해석으로, 그렇게 보면 이 소설은 세속적인 한 인간의 절망과 거기서 온 자기파탄이란 지극히 평범한 한 토막의 측은한 인간 이야기에 머물고 말게 된다. 그와 같은 해석은 이 소설로 하여금 어떤 심각한, 깊은 의미를 가진 인간 탐구 아닌 평범한 스토리 수준을 넘지 못하게 한다.

연구자는 이 소설이 그러한 「이야기 수준」의 단순한 서사물이 아닌, 상당히 깊은 含意를 가진 것으로 보았다. 이 소설에 대해서는 위와는 상당히 다른 또 하나의 해석이 있다. 그것은 이 소설이 무신론적 實存主義思想의 작품이라는 것이다. 연구자는 그에 동의하면서 왜 그렇게 읽는 것이 타당한가를 구체적으로 논증해 보려 한다.

2. '인간'을 빼앗은 神에의 항거

〈벌레 이야기〉는 의문의 여지없이 무신론에 바탕을 둔 소설이다. 그 중에서도 기독교에 있어서의 신을 부정하는 사상의 소설이다. 무신론은 형이상학적 절대가 인정되지 않는 세계다. 널리 알려져 있다시피 무신론을 가장 솔직, 대담하게 공표한 극단적인 사상가는 니체다. 그에 있어서 복종·관용·동정·자비·인내 등 기독교에서 미덕이라고 부르는 것은 약자, 가축 등과 같은 부류에게나 걸맞는 도덕이요 위선이다. 그는 스스로의 힘으로 대지에 뿌리를 내릴 힘이 없는 어떠한 가공의 상상물도 존재할 가치나 이유를 갖지 못한다고 보았다. 그에 있어서 기독교는 눈앞에 보이는 세계를 버리고 보이지도 않는 신을 찾고 그에 의지하려는 逆理의 세계다.[6] 이 소설에서 우리는 니체의 그와 같은 주장을 읽을 수 있다. 그와 같은 무신론사상은 이 소설의 나레이터, 주인공의 남편의 어조에 뚜렷하게 나타나 있다. 주인공이 아이의 영혼

---

6) 曺街京, 「實存哲學」(博英社, 1991), p.43.

의 구원을 위해 광적인 기독교신앙을 가져 ' - 주님, 감사합니다……사랑과 은혜에 감사합니다.' 라고 하고 있을 때 그가,

> 등골이 빠지게 일을 해서 끼니상을 차려 놓으니 그 자식들로부터, 아버지 하느님, 오늘도 귀하고 맛있는 음식을 마련해 주시어 감사합니다, 하는 식의 기도 소리를 들었을 때 그 아비의 심사가 아마 그와 같았을까. 아내의 그런 잦은 감사의 기도는 그동안 아이와 아내 때문에 모든 것을 깡그리 바쳐오다시피 한 나에겐 어떤 가벼운 배신감마저 느껴져 왔을 정도였다.

하고 있는 구절 같은 데서 그것을 엿볼 수 있다. 여기서 우리는 주인공의 남편이 신만이 있고 인간이 거세된 그 아내의 신앙에 본능적인 저항감을 느끼고 있다는 것을 알 수 있다.

이 소설은 먼저 인간을 죄인으로 보는 기독교사상을 비판, 부정하고 있다. 기독교적인 신은 이 세상에 최대의 죄의식을 심었다. 기독교에서는 인간의 모든 고뇌, 불행의 원인은 인간이 죄를 저질렀기 때문으로 되어 있다. 그와 같은 논리에 따른다면 아이가 그런 참혹한 변을 당하게 된 것도 인간의 원죄 때문이 된다. 주의해서 읽으면 이 소설은 그 서두에서부터 인간에게 그런, 원죄같은 것은 있을 수 없다는 목소리를 내고 있다는 것을 알 수 있다. 이 소설이 그 도입부에서 알암이 「유순」했으며 「조용」했고 「조심스럽기만」했으며 「제 할 일을 제대로」 하면서 「하얗게」 자라가고 있는 아이였다고 하고 있는 데에 그것이 나타나 있다. 그리고 아이가 시체로 발견 된 후 이웃이 하느님을 믿으라고 권유했을 때 주인공이,

　　— 모두가 다 부질없는 노릇이에요. 하느님의 사랑도 거짓말이구
요. 하느님이 정말 전지전능하시다면 우리 알암일 왜 그렇게 만들었
겠어요. 그 어린것에게 무슨 죄가 있다구 …… 하느님의 사랑이 정말
크시다면 처음부터 그런 일이 없게 했어야지요.(방점은 필자가 친 것
임)

　　라고 한 말에서 그, 원죄 부정의 목소리를 들을 수 있다. 여기서도 우
리는 이 소설의 實存主義思想의 일면을 엿볼 수 있다. 實存主義思想
은 신을 부정할 뿐 아니라 원죄 또한 있을 수 없다고 하고 있다. 주인공
의 위와 같은 항변은 대표적인 實存主義 철학자이자 소설가의 한 사
람인 카뮈의 주장과 조금도 틀리지 않는 사상을 보여 준다. 여기서 우
리는, 카뮈의 대표작 〈페스트〉에서 천진하고 아름다운 한 소녀가 흑사
병에 걸려 끔찍스런 고통 속에 죽어 가는 것을 본 주인공, 의사 류가 모
든 것을 죄 많은 인간에의 징벌이라고 하는 파르누 신부를 향해 그 애
가 무슨 죄가 있어 그런 벌을 내린단 말이냐고 노성을 지르는 장면을
연상하게 된다.
　　〈벌레 이야기〉의 가장 핵심적인 의미는 주인공이 자살을 하게 된 동
기에 담겨 있다. 주인공은 자식을 그렇게 잃은 데서 온 충격과 슬픔 위
에 또 한 차례 견디기 힘든 좌절감에 직면한다. 범인이 잡혔을 때 그녀
는 자신이 직접 그의 「눈깔을 후벼파고 그의 생간을 내어 씹고 싶어」
하지만 그것이 허용되지 않은 것이다. 법이 그를 보호하고 직접 아무
상관도 없는 사람들이 저들끼리 범행의 목적과 과정을 추궁하고, 재판
을 해 그의 죽음을 결정지어 그녀의 손이 닿을 수 없는 「튼튼한 돌집」
속으로 들여보내 버린 것이다. 곧 법, 제도가 그녀의 복수, 저주를 저지
한 것이다. 그러나 그녀는 그래도 그 좌절감은 그런 대로 극복한다. 그

녀는 비록 자신의 손으로는 할 수 없을지라도 법이 자신을 대신해 그에게 복수를 해 주는 것이라도 보려한 것이다. 그래서 그녀는 범인이 최대한 큰 고통을 받고 죽어가기를 바라, 「작자의 목매달이」가 될수록 천천히 치러지기를 기원한다. 그것은 실로 지독한 저주요 복수심이라 할 만한 것이다. 나레이터의 다음과 같은 말과 같이 그와 같은 강한 복수심은 그녀로 하여금 슬픔과 고통과 좌절을 견디어 나갈 수 있게 해 준 힘이었다.

하지만 지금에 와서 다시 생각해 보면 아내에겐 그게 오히려 다행이었는지 모른다. 왜냐하면 아내는 그 가슴속에 뜨거운 복수의 불길이 남아 있는 한 자신을 용케 잘 지탱해 나가고 있었기 때문이다. 아내의 진짜 마지막 불행은 그 처절스런 가슴속의 복수심이 사라져간 데서부터 싹이 트고 있었기 때문이었다.

사르트르는 인간과 세계가 「참된 모습」을 드러내는 것은 사랑·증오·분노·공포·환희·분개·찬양과 희망·절망에서라고 한 바 있다.[7] 위에서 그녀가 버틸 수 있었던 것은 사르트르가 말한 그, 「분노」 「증오」가 주는 에너지 때문이었던 것이다. 다시 말하면 분노와 저주와 복수심이야말로 그녀가 견디는 데 무엇보다 소중한, 「힘차고 고마운 본능」이요 생존력의 원천이었던 것이다. 그러니까 그녀는 하느님, 신에 의지해서가 아니라 있는 그대로의 인간이려 했고 또 그렇게 산 것이라 할 수 있다. 그러나 그녀는 그렇게 해야만, 자식의 영혼이 구원받게 된다는 한 교인의 말에 다시 기독교인이 되고, 그리하여 그, 분노·

---

7) J.P.Satre, Situation, Vol. 3, Gallimard, 1949, p.273.

저주·복수심을 버리고 범인을 용서한다. 그러나 그녀는 이번에는 그, 범인을 용서할 권리마저 빼앗기고 만다. 범인이 독실한 기독교인이 되어 이미 하느님으로부터 용서를 받고 평화로운 마음으로 이 세상에서의 자신의 마지막 날을 기쁜 마음으로 기다리고 있었기 때문이었다. 그 뿐 아니라 오히려 그가 자신을 증오하고 저주하는 그녀를 용서한다고 하고 있는 데서 그녀는 더할 수 없는 절망을 느낀다. 여기서 그녀는 자신에게 하느님 믿기를 권유한 집사를 향해,

　— 그래요. 내가 그 사람을 용서할 수 없었던 것은 그것이 싫어서라기보다는 이미 내가 그러고 싶어도 그럴 수가 없게 된 때문이었어요. 집사님 말씀대로 그 사람은 이미 용서를 받고 있었어요. 나는 새삼스레 그를 용서할 수도 없었고, 그럴 필요도 없었지요. 하지만 나보다 누가 먼저 용서합니까. 내가 그를 아직 용서하지 않았는데 어느 누가 나 먼저 용서하느냐 말이에요. 그의 죄가 나밖에 누구에게서 먼저 용서될 수 있어요? 그럴 권리는 주님에게도 있을 수가 없어요. 그런데 주님께선 내게서 그걸 빼앗아가버리신 거예요. 나는 주님에게 그를 용서할 기회마저 빼앗기고 만 거란 말이에요. 내가 어떻게 다시 그를 용서합니까.

라고 소리친다. 이것은 하느님이 사랑도 용서도 다 해 버린다면, 나는 원수를 저주할 수도, 그에게 복수를 할 수도 없고 더욱 용서할 권리마저 빼앗겨버린다면 그럼 나는 무엇이란 말이냐 하는 항변의 목소리라 할 수 있다. 〈벌레 이야기〉란 이 소설 제목에서의 「벌레」란 말도 그래서 쓰여진 것이라고 보아야 할 것이다. 이에 그녀는,

하지만 그것이 과연 주님의 뜻일까요? 당신이 내게서 그를 용서할 기회를 빼앗고, 그를 먼저 용서하여 그로 하여금 나를 용서케 하시고…… 그것이 과연 주님의 공평한 사랑일까요. 나는 그걸 믿을 수가 없어요. 그걸 정녕 믿어야 한다면 차라리 주님의 저주를 택하겠어요. 내게 어떤 저주가 내리더라도 미워하고 저주하고 복수하는 인간으로 살아가겠다는 말이에요…….

라고 하고 그를 용서하기 전의 자신으로 되돌아가려 한다. 그러나 그녀는 거기서 또 하나의 절망에 부딪혀야 했으니 그것은 이제, 그녀는 그를 용서하기 전에 자신을 버틸 수 있게 해 주었던 그, 저주와 원한, 복수심마저 되찾을 수 없게 되었다는 사실이었다. 그녀는 어설픈 신앙심을 가지게 되는 동안, 범인을 용서하게 되는 과정에서 그 범인 또한 가련한 한 인간이라는 것을, 그러한 인간을 상대로 한 복수도 저주도 부질없는 것이라는 것을 알게 되어버렸기 때문이었다. 이제 그녀는 하느님의 섭리와 자기, '인간' 사이에서 두 갈래로 찢겨지게 되었다. 결국 주인공은 여기서 스스로 목숨을 끊어버리고 만다. 작가는 어느 자리에서 이 소설에 대해서 언급하면서 인간의 구원이란 인간끼리의 책임과 관계 속에서 용서받은 다음, 이루어지는 것이고 인간의 한계를 벗어났을 때 마지막으로 신 앞에 나가는 것이다, 그런데 인간의 윤리나 용서를 비껴가 막 바로 신하고 직교하면 비인간화하게 된다고 하고 그것이 이 소설의 주인공을 죽음으로 몰고 간 원인이라고 하고 있다.[8] 작가의 위와 같은 말, 소설의 그와 같은 결말 역시 實存主義思想에 맥이 닿는 것이다. 우리는 위와 같은, 주인공의 말에서 카뮈의 〈異邦人〉에

---

8) 이청준, 『서울신문』 1985년 8월 31일.

서의 주인공 뫼르소의 목소리와 같은 것을 듣게 된다. 뫼르소는 사형을 앞두고 있는 그에게 목사가 신의 구원을 받으라고 권하자 "신은 존재하지 않으며 이 세계에 존재하는 것은 이 땅에 발을 딛고 있는 이 實存뿐이다. 비록 不條理하기는 하지만, 그것은 유일하며 또 전부이고 각자의 특권이 있기 때문에 무한의 가치를 가지고 있다."고 성을 내어 말한다. 신을 부정하고 인간의 實存을 至上의 가치를 가진 것이라고 하고 있다는 점에서 두 소설은 한 목소리를 내고 있다고 보아야 할 것이다.

　이 소설에서 가장 중요하게 보아야 할 것은 주인공의 죽음의 의미이다. 앞에서 언급한 평론이, 이 작품이 거짓된 신앙 이야기란, 동의하기 어려운 해석을 한 것도 이, 죽음의 의미를 잘못 본 데서 온 결과라 할 수 있다.

　오랫동안 우리들의 정신세계는 소극적 죽음관이 지배해 왔다. 내세의 축복을 약속하는 기독교나 그 밖의 종교사상들, 厭世主義的인 철학자 등은 죽음을 生에 대립되는, 生의 他者로 보아왔다.[9] 이 소극적인 死觀에서의 죽음은 生의 끝남이다. 그러한 신앙, 철학을 가진 사람들은 현세는 내세로 가는 일시적, 과도기적 단계요 진정한, 生은 내세에 기약되어 있고 인간은 다음 세계가 있음으로 위안을 받을 수 있다고 생각한다. 그러한 사람들은 현세의 生과 적극적으로 만나려는 의지는 미약하다. 한편 더욱 소극적인 死觀은 그러한 신앙도 철학도 없는 사람들이 생각하는 죽음으로, 그것은 모든 것의 허무한 끝남이다. 앞서 언급한 현길언의 평론이 본, 주인공의 죽음이 바로 그런 것이다. 그것은 패배와 절망 끝에 이른 자기파멸이다.

　한편 實存主義의 시각에서 보면 죽음은 그와 같은 의미를 가진 것

---

9) 曺街京, op.cit., p.140.

이 아니다. 그것은 적극적인 死觀이라고 할 수 있는 것이다. 적극적인 관점에서 보면 죽음은 단순한 生의 종말이 아니다. 그것은 生의 본질적 내용으로 받아들여지는 것으로 죽음이란 현상은 한, 「인생의 사실」이다. 〈벌레 이야기〉에서의 주인공의 죽음도 통속적인, 소극적인 죽음이 아니다. 따라서 그것은 패배도 자기파멸도 아니다. 김현은 그녀의 죽음에 정곡을 찌르는 특별한 의미를 부여하고 있는데[10] 연구자는 그의 견해에 동의한다. 그는 주인공이 비록 하느님이 용서했다 하더라도 「내가 용서하지 않으면 너는 용서받은 것이 아니다」「나는 의미 없는 사람으로 살아가지 않겠다, 나는 내가 나 자신의 주체가 되겠다, 그것만이 고통의 세계에서 벗어날 수 있는 길이다」하는 주장을 자살로 보여 주고 있다고 했다. 그는, 그러므로 그녀가 자기 자신을 파괴하는 것은 자기 자신이 그 한 부분을 이루고 있는 부정적 세계를 부수는 것이라고 했다. 그에 의하면 그녀는 세계의 무의미에 항거하여 스스로 목숨을 끊었다는 것이다. 이어 그는 세계가 의미 없다 하더라도, 세계가 의미 없다고 자살하는 행위까지 의미 없는 것은 아니다, 자살은 세계의 의미 없음을 부정하는 부정적 세계의 행위라고 했다. 그는, 그러니까 그녀의 자살은 세계의 무의미를 부수는 행위라고 하고 있는 것이다. 그는 그런 의미에서 그녀의 자살은 신의 섭리뿐 아니라 세계의 코페르니쿠스적인 전환을 보인 것이라고 주장했다. 그런 점에서 이 소설에서의 주인공의 자살은 實存的으로 이해되는 죽음이다. 그것은 生전체의 의미를 규정하는 권위를 가진 행위이다. 그것이야말로 하이데거가 말한 「죽음에의 先驅」라 할 것이다. 이 때의 죽음은 生의 연속이 끊어지는 것이 아니라 生의 의미가 집중되는 초점이다. 生은 그 곳으

---

10) 김 현, "떠남과 되돌아옴", 「이청준論(김치수 외)」(三人行, 1991), pp.130~131.

로 향하여 집중되고 또 다시 거기서 반사하여 生의 전면적인 구조가 조명될 수 있다. 다른 말로 하자면 주인공의 죽음은 카뮈가 말한 「不條理에의 항의」라 할 수 있다. 實存主義哲學에서 인간은 타인으로부터 단절감을 느꼈을 때, 인생의 존재 이유의 부재를 느꼈을 때, 인생살이의 고통스러움의 무의미함을 느꼈을 때 不條理를 느끼게 되는데 카뮈는 이 때 인간은 자살과 반항, 두 가지 태도를 취한다고 했다. 〈벌레 이야기〉 주인공의 자살도 그런 의미에서 不條理에의 반항으로서의 죽음의 의미를 가진 것이라 해야 할 것이다. 그것은 각자를 제 자신으로 되돌아오게 호출하는 최후의 권위이며 그녀로 하여금 진정으로 자기 자신이 될 수 있게 한 최고의 가능성이기도 하다.[11] 그녀의 죽음은 본래적인 현재를 확립하는 과정이요 과거·현재·미래를 각각 결별시키면서 인간이 자기 자신의 고유한 존재 가능성을 창조하는 행위요, 「자유」로, 셸링이 말한 脫存在(Ekstasis)와 같은 것이다.[12] 무의미한 고통 앞에서 스스로 목숨을 끊은 그녀는 또 야스퍼스가 말한 實存, 무제약적 존재다. 야스퍼스는 무제약적 존재는 자기 이외의 어떤 다른 원인의 지배를 받지 않고 다른 어떤 것으로도 대치될 수 없는 절대적 성격을 가진다고 말했다. 그는 그러한 존재의 자살은 범상한 인간의, 現存在를 객체화해버렸을 때의 죽음 곧 「최후(Ende)」, 종말과 다른 의미를 지닌다고 했다. 그는 그것은 實存의 자각된 깊은 곳에서 내가 나 자신의 죽음을 형성하는 것으로 「완성」의 의미를 가진다고 했다.

이상을 종합하건대 〈벌레 이야기〉는 「은총이 더 이상 일용할 양식이 아닌」, 신의 가호가 부정된 세계란 말이[13] 바로 적용되는 소설, 신의

---

11) 曹街京, op. cit., p.142.
12) Ibid., p.144에서 재인용.
13) 송상일, "소설가 아담의 고뇌", 『작가세계』(세계사, 1992년 가을호), p.142.

권위를 부인하고 거기에 도전하는 소설이라 할 것이다. 그러므로 〈벌레 이야기〉는 한국 현대소설 중 實存主義思想이 짙게 깔려 있는 작품으로 보아야 할 것이다.

李淸俊의 문제작이자 화제작 단편 〈벌레 이야기〉에 대해서는 주인공의 잘못된 신앙에서 온 자기파탄을 보여주고 있다는 견해와 무신론적인 사상을 보여주고 있다는 두 가지 크게 상이한 해석이 서로 엇갈리고 있다. 연구자는 이에 대한 판가름이 내려져야 할 필요를 느끼고 텍스트를 분석한 바 후자의 견해가 타당하다는 결론에 도달했다. 곧 연구자는 이 소설이 무신론, 그 중에서도 實存主義思想이 짙은 소설로 보았다. 그 논리적 근거는 다음과 같은 몇 가지로 요약할 수 있다.

첫째, 이 소설은 인간을 죄인으로 보는 기독교적 원죄의식을 부정하고 있다. 작가는 주인공의 입을 빌려 그렇게 참혹한 죽음을 당한 아이에게 무슨 죄가 있단 말이냐고 반문하고 있다. 이는 신의 존재는 물론 기독교적 원죄를 부정하고 있는 實存主義思想에 바로 맥을 닿고 있는 것이다.

둘째, 이 소설은 주인공이 신에 의지해서가 아니라 사랑하고 분노하고 증오하는 인간으로 살려 하고 있는 데서도 實存主義思想을 엿볼 수 있다. 實存主義에서는 사랑 · 분노 · 증오와 같은 것이 인간과 세계의 참모습을 보여 주는 것이라고 하고 있기 때문이다.

셋째, 이 소설은 신의 권능을 부정하고 신에 항거하고 있다는 점에서 實存主義思想을 보여 주고 있다고 할 수 있다. 곧 주인공이, 자신이 용서하지 않았는데 누가 그 범인을 용서한단 말이냐, 아무리 하느님이라도 그럴 권리는 없다고 분개하고 있는 것이 그러한 대목이다.

넷째, 주인공의 자살에서도 우리는 뚜렷한 實存主義思想을 발견할 수 있다. 實存主義哲學에서는 인간은 무의미한 고통을 겪을 때 不條

理를 느끼고 그럴 때 자살과 반항을 한다고 하고 있다. 주인공의 죽음
은 그러한 반항의 의미를 가진 것이며 그것은 곧 그녀의 實存의 완성
이라고 할 수 있다.

위와 같은 점에서 〈벌레 이야기〉는 지금까지 발표된 한국 소설 중
實存主義思想이 비교적 뚜렷하게 나타나 있는 작품이라 할 것이다.

제2부

不條理·虛無와의 대결

自己欺瞞的 인간의 脫存的 현실참여

〈前夜祭〉는 徐基源이 1961년 4월과 이듬해 4월 『思想界』에 상하로 나누어 발표한 장편소설이다. 이 소설은 흔히 그의 대표작으로 불리는 단편 〈이 成熟한 밤의 抱擁〉과 함께 實存主義思想이 짙은 작품이다. 다같이 전쟁소설이라 할 수 있는 두 작품은 발표 시기가 채 2년 차이밖에 나지 않는다.[1] 그런데 〈前夜祭〉에서 엿볼 수 있는 작가의 세계관, 작가의식은 前作, 〈이 成熟한 밤의 抱擁〉과 상당히 다르다. 필자는 〈前夜祭〉에 와서 徐基源의 작가의식이 더욱 성숙해 있으며 6·25전쟁과 인간의 삶을 보는 시각이 훨씬 더 긍정적, 적극적인 것으로 변하고 있다고 생각한다. 이 글에서는 그의 그러한 변모와 그것이 그의 문학에 어떤 결과를 가져왔는가를 살펴보고자 한다.

대학에 다니던 주인공 성호는 6·25사변이 일어나자 군에 입대하여 전방에서 싸우다 포로가 된다. 간신히 탈출에 성공한 그는 부대로 돌아가지 않고 친구 영규를 찾아가 거기서 기식한다.

숨어 사는 꼴이 된 그는 방황을 거듭한 끝에 그가 군대에 있을 때의, 그의 부대 소대장의 여동생 지숙을 찾아가 둘이 사랑하는 사이가 된다. 지숙은 둘이 맺어진 후에도 여전히 불안과 초조를 느끼는 성호를 군으로 돌아가게 해야겠다고 생각한다. 이상이 〈前夜祭〉의 줄거리다.

---

1) 〈이 成熟한 밤의 抱擁〉은 1960년 4월에 발표되었다.

1. 전쟁에 파괴된 세상, 인간

6·25라는 전쟁은 이 나라의 산야와 집이 불타고 파괴되고 사람은 죽고 불구가 되게 했다. 이 소설은 그 시작에서부터 상당히 많은 부분을 그 전쟁이 당시 세상을 얼마나 초토로 만들었으며 더욱 사람들을 어떻게 서로 의심하고 증오하게 했는가를 보여주는 데 할애하고 있다. 전쟁은 서로 각각의 적의 목숨을 노리게 했을 뿐 아니라 같은 편의 내부에도 균열을 일으키고 분열시켰다. 이 소설은 남쪽의 경우, 함께 목숨을 걸고 싸우고 있는 전우들끼리도 원수처럼 서로를 미워하고 있음을 보여주고 있다. 장교에 대한 사병의 그것은 적의에 가까운 것이다. 다음과 같은,

> 박은 끈덕지게 자기의 의견을 고집하고 강조했다. 갈보집에서 팬츠 바람으로 헌병한테 돈을 내미는 장교나, 휴가병의 그 알뜰한 호주머니를 터는 헌병들이나, 빽이 없다고 신세 타령인 소대장이나, 차를 굴려 나무를 팔아 첩을 얻는 별딱지들이나, 모두 이래서야 어디 군대라고 할 수가 있겠느냐고 한껏 같은 소리를 되풀이하는 것이다.

라고 한 구절이 그것을 보여준다. 사병들은 또 그들끼리 경멸하고 미워한다. 성호는 자기도 장교들의 부정, 부패를 알고 있고 그러한 그들의 행위에 분개하고 있으면서도 그와 같은 말을 듣기 싫어한다. 그는 장교들과 같은, 대학을 다닌 지식인의 입장에서 무식한 사람의 그와 같은 험구에 반감을 나타내고 있다. 다음과 같은, 박 일병의 말에 대한 그의 반응이 그것을 말해 주고 있다.

성호는 흥미 없다는 말투로 중얼거렸다. 그는 박의 교육 정도를 헤아려 보았다. 중학교쯤 다닌 얼굴이지만 어딘지 야하고 천한 빛을 감추지 못했다. 중사나 하사라도 되는 날엔 아랫놈을 못살게 굴 하사관의 전형이 될 위인으로 생각되었다. 아무래도 나하고 관계가 없는 사람이라고 성호는 생각했다.

성호는 자신이 고등교육을 받은 사람이라는 선민의식에서 단지 학력이 낮아 보인다는 그것만으로 상대를 비하하고 있는 것이다. 한편 지식인들은 그들의 학력이 다같이 높다는 것만으로 금방 친화하고 있는 것을 볼 수 있다.

그는 연거푸 담배만 피웠다. 그들은 성호와 영규가 같은 중학교와 대학을 다녔다는 얘기를, 그리고 그녀도 학교는 다르나 대학을 다닌 일이 있다는 얘기를 나눈 다음부터 비로소 어색한 분위기가 가시었다.

그러나 자세히 보면 지식인들끼리도 서로 진정을 주고받고 있는 것이 아니라는 것을 알 수 있다. 성호는 단 한 번 만난 적이 있는 채 소위의 여동생에게 호감을 가지고 있다. 그는 그녀와 가까워지는 계기가 될 수 있도록, 채 소위가 전사해 주기를 바라는 마음을 가진다. 곧 그는 무의식 중에 채 소위가 죽어서 자신이 그녀에게 그의 유골을 가지고 가 서로 사랑하는 사이가 되었으면 하고 있는 것이다. 그러니까 그가 채 소위와 그의 여동생에게 가지고 있는 마음은 애정과는 거리가 먼 비정한 이기의 그것인 것이다.
병사들은 적에게 포로가 되어 있으면서도 서로를 의심한다.

포로들 가운데는 벌써 한둘은 인민군의 앞잡이가 됨으로써 저들의 장래가 보다 안전하게 보장되어 있는지도 몰랐다. 그 창고 안에 두 사람이 갇혀 있다 하더라도 역시 서로 믿지 못했을지도 모른다.

성호가 한 때의 전우를 의심하고 있는 한편 상대도 성호가 이동 중 탈출했을 때 무사하기를 바라기는커녕 뒤에서 「총에 맞아 뒈져, 총에 맞아 뒈져.」 하고 저주하고 있다.

사람들은 또 전후방으로 분열되어 서로 반감을 가지고 있다. 성호가,

또한 전선과 후방이 완전히 절연된 채 싸우는 나라를 한탄했다. 특히 후방 도시의 퇴폐한 무관심에 격분했다.

고 한 구절에서 그것을 읽을 수 있다. 성호에 있어서 가장 친한 친구가 영규다. 그런데 자신은 전방에 있고 영규는 후방에 있다는 사실은 둘 사이에 메울 수 없는 거리를 만들어 주고 있다. 외출을 나와 둘이 만났을 때 영규가 그 전쟁의 不條理性을 이야기하자 성호는 「자네는 전쟁을 모르고 있네.」 라고 해 면박을 주고는 '귀중한 소유를 침범 당하고 있는 성싶은 불쾌감'을 가진다. 본래 인간은 고독한 존재다. 그것은 원하지도 않았는데 재난처럼 태어나게 된 인간의 조건이다. 그것을 이 소설은 성호의 유년시절의 경험을 이야기한, 다음과 같은 구절에서 말해 주고 있다.

다섯 살인가 여섯 살 때 그는 까닭없이 훌쩍훌쩍 운 적이 있다. 해가 이글이글 내리쬐는 여름날 매미가 한두 마리 단조롭게 우는 숲속

을 혼자 지나다가 불현듯 울음을 터뜨린 기억이 생생했다. 그리하여
그 무렵 소년의 가슴속에 엄습했던 강한 고독감을 선명하게 되살릴
수가 있었다.

그런 생래의, 비극적인 고독한 존재, 인간들을 전쟁은 사분오열 찢
어 놓아 그들을 서로 소외와 단절로 몰아 넣고 있다. 성호가 포로가 되
어 감금당해 있을 때의, 다음과 같은 느낌은 그러한 부정적인 인간관
계를 단적으로 드러내 보여 주는 것이다.

> 그들은 적의에 찬 눈초리로 서로 상대편을 살피면서 난중한 분위
> 기에 싸여 있었다.
> 성호는 혼자 있기를 원했다. 아무리 좁은 공간, 그것이 비록 캄캄한
> 감방 속이라도 좋으니 혼자 몸둘 수 있는 공간을 원했다.

2. 현실도피와 不安

이 소설은 후반부를 제외한 대부분이 實存主義思想에서 볼 때, 등
장인물들의 부정적인 삶을 보여주고 있다. 그런 점에서 〈前夜祭〉는
그 상당 부분이 인간의 비진정한 삶의 사례를 예시하고 있다 할 만하
다. 주인공을 비롯한 주요 등장인물들은 전쟁이란 극한적인 상황 아래
서 존재의 비진정한 本態를 드러내 보여주고 있다.

부인물 영규의 삶이 그 중 뚜렷한, 한 예가 된다. 그는 폐결핵을 앓고
있는데 적극적으로 치료해 건강을 되찾으려 하지 않는다. 이에 대해
이 소설은,

영규의 병세가 도무지 호전되지 않고 있는 이유는 그놈의 특효약을 이어댈 돈이 없는 탓이라기보다 어쩌면 건강해져서는 안 된다는 자기 암시 때문일는지도 모른다. 어처구니없는 일이지만 영규는 언제나 현상 유지의 어중간한 증상을 바라고 있는 것이다.

라고 하고 있다. 그는 몸이 성하면 군대에 가야 하기 때문에 병이 낫지 않기를 바라고 있는 것이다. 그가 결핵환자에게는 특히 금물로 되어 있는 술을 계속 마시고 있는 것도 그 때문이다. 그러면서도 그에게는 그가 군대에 가지 않으려 하는 이유가 있다.

영규는 우리는 지금껏 단 한 번도 홀로 다른 민족과 싸워 본 사실(事實)이 없다고 단정했다. 전쟁은 반드시 이기기 위해서 싸워야 하는 것이지만, 승패를 초월해서 자기를 투신(投身)할 수 있는 갈망이 있어야 한다고 영규는 얼굴을 상기시키며 말했다.

위에서 보는 바와 같이 그는 6·25사변이 동족끼리의 무의미한 살상이기 때문에 그런 전쟁에는 나설 수 없다고 하고 있다. 그러나 그것은 타인은 물론 자기 자신마저도 속이는 기만이다.

군대의 구속과 고역 이상으로 욕된 기피자의 생활을 기한 없이 계속하기 위해서는 단지 군대가 싫고 끌려가면 죽는다는 막연한 고정관념을 뛰어넘을 만한 무엇이 있어야 할 것이었다. 이렇게 생각하는 과정을 통해서 그 나름의 위안과 양심의 그림자같은 것을 즐겨 보려는 심산일까?

동족을 죽이는 전쟁엔 참가하지 않는다……굳이 말하게 한다면 이
것을 빼놓고 달리 기피할 이유가 없다는 심정이었고, 병을 고친 뒤 기
피자의 지하실로 숨게 될 고통보다는, 지금의 이 기묘한 평균 운동이
한결 수월한 것만 같았다.

그의 그와 같은 자기기만은 위의 인용문에 분명하게 드러나 있다.
영규의 비겁함은 채 소위의 여동생 지숙과의 관계에서도 찾아볼 수
있다. 고독한 처지의 그는 성호와 함께 한 번 자리를 같이 한 적이 있
는 지숙을 찾는다. 둘은 젊은 이성끼리의 끌림에 따라 자연스럽게 가
까운 사이가 된다. 영규가 자신의 생을 정상적으로 살려 한다면 이럴
경우 상대에게 전염의 위험이 큰 자신의 병을 낫게 한 다음 구애를 해
야 한다. 그런데도 그는 병이 낫게 할 생각은 않은 채 상대가 그런 상
태의 자기를 사랑하기를 바란다. 지숙은 한 때 영규의 사랑을 받아들
이려 한다. 그 오빠의 반대로 직장을 가지지 않으려 하고 있던 그녀가
영규와 가까운 사이가 된 뒤 둘이 나눈, 다음과 같은 대화에 그것이
나타나 있다.

　　그녀는 눈을 내리깔고 중얼거렸다.
　　「취직자리를 구하러 다녔어요.」
　　「오빠가 못하게 한다면서?」
　　「누구를 알기 전에는 그랬지요.」
　　「어떤 의미지?」
　　영규가 물었다.
　　그녀는 고개를 떨군 채 대답이 없었다.

위의 대화를 보면 영규에게 이성으로서의 호감을 느낀 지숙은 취직을 해 돈을 벌어 그의 병을 낫게 하여 서로 맺어질 마음을 가지고 있다는 것을 알 수 있다. 그러나 그녀는 영규가 그녀와의 앞날 같은 것은 구체적으로 생각하지도 않은 채 충동에 따라 그녀에게 억지 키스를 하자 그에게서 한 발 물러서 버린다. 그리고 그가 그러는 그녀를 향해 「결핵균이 들어갔을 거야.」라고 자학적인 자조의 말을 뱉자 그녀는 그와의 관계를 끊기로 한다. 그녀는 그가 앓고 있는 신병을 치료할 수 있다고 생각했는데 몸보다 더 그의 영혼이 중환을 앓고 있음을 알고는 그가 더 이상 어쩔 수 없는 사람이라고 생각하고 마음을 바꾸고 만 것이다. 영규는 여기서 이제 지숙을 만나지 않기로 하고 있는데 이는 여러 가지 의미에서 그의 패배를 뜻한다. 그는 병에 지고 있고 자신에게 지고 있음을 보여 주는 것이다.

그러나 이 소설에 나타나 있는, 영규보다 더한 자기기만자, 도피자, 패배자는 주인공 성호다. 포로가 된 성호는 구사일생으로 탈출에 성공한다. 사지를 벗어난 그는 자기가 소속되어 있던 부대로 돌아가지 않고 친구 영규를 찾아가 그에게 신세를 지고 있다. 그리고 그에게서 군에서는 자신이 전사한 것으로 알고 그렇게 처리되어 있다는 것을 듣게 된다. 그는 자신이 죽은 것으로 되어 있는 것이 마침 잘된 일이라고 생각한다. 그는 위험한 전장으로 돌아가기가 싫어서 세상과 자기를 속이려 하고 있는 것이다. 이 때의 성호는 사르트르가 말한, 靜寂主義者다. 靜寂主義者는 내가 해야 할 일을 다른 사람에게 전가하는 비겁한 인간이다.[2] 그것을 안 채 소위가 그에게 보낸 다음과 같은 내용의 편지는 그의 그러한 태도가 얼마나 잘못된 것인가를 말해 준다.

군한테 꼭 하고 싶은 말은 다른 게 아니라 군은 한시바삐 생각을 고치고 살아 있는 사람의 자격을 갖추어야 하네.

　군이 군 자신을 어떻게 생각하고 있든지 간에 내가 보기로는 그건 사람이 살고 있는 상태가 아니오. 그렇지 않은가? 나는 영규군이나 지숙이 정도의 서너 사람이 군이 살아 있다는 사실을 안다고 해서 이 세계에 살고 있는 것이라고는 볼 수가 없지 않은가?

영규도 성호의, 자신이 죽은 것으로 되어 있는 잘못된 현실을 바로 고쳐놓을 생각은 하지 않고 이 땅 위에서 자기 이름이 말살된 것을 오히려 시원스런 해방으로 받아들이려는 태도를 옳지 않다고 생각한다. 그래서 그는,

> 「자네 무언지 잘못 생각하고 있는 것 같아. 살아 있는 사람은 죽은 사람이 아니야.」

라고 충고하지만 성호는 그런 말에 귀를 기울이려 하지 않는다. 그러나 그는 한 시도 불안감에서 놓여나지 못한다. 현실적으로 생각하면 그와 같은 불안은 그가 도망병인데다 시민증 등 자신을 떳떳이 증명할 증명서가 없다는 데서 오는 것이라고 할 수 있다. 그러나 그가 느끼고 있는 불안은 단순히 신분증이 없다는 사실에서 오는 것과는 성질이 다른 것이다. 이 소설은 그에 대해서,

> 시뻘건 줄을 대각선으로 찍은 증명서를 몇 장이고 지갑 속에 끼고 다니는 사람들이 자기보다 더 자유스럽다고 성호는 생각하지 않았

---

2) 사르트르, 「實存主義는 휴머니즘이다(방곤 譯)」(文藝出版社, 1992), pp.30~31.

다. 이 가슴이 텅 빈 공허감은 그런 증명서가 없기 때문이 아니다. 시
민증이 없는 까닭도 아니다.

라고 하고 있다. 그는 자신이 인간다운 삶을 살고 있지 않다는 자기
내부로부터의 양심의 질책에 시달리고 있고 그것이 그를 부자유스러
움, 불안으로 몰아넣고 있는 것이다. 그는 자신의 고독과 불안을 지숙
과의 사랑으로 잊으려 한다. 그러나 지숙은 마치 궁지에 몰린 짐승처
럼 덤벼드는 그를 거부한다. 그의 자기기만적 술책은 여기서 좌절에
부딪힌다. 거기서 해결책, 출구를 찾지 못한 그는 아무런 구체적인 계
획도 없이 부산으로 내려가려 한다. 영규는 그와 같은 성호의 비겁을
나무란다. 그와 성호와의 다음과 같은 대화에 그것이 나타나 있다.

　　「지숙하군 일이 잘 안 됐나?」
　　그는 이지러진 웃음을 빚으며 겨우 대답했다.
　　「알고 있었군.」
　　「부산으로 내려간다는 것도 결국 도망치는 셈이군. 그래.」
　　그때, 딴판으로 깐깐한 목소리가 쏘아붙였다. 영규의 눈은 경멸에
　　가득 차 있었다. 성호는 얼어붙은 시선으로 앞을 보았을 뿐 한 마디의
　　대꾸도 없었다.
　　「안 그래? 자넨 도망의 연속이지 뭐냐 말이야? 인민군한테서 도망
　　치고 헌병한테서 도망……」

기어이 부산으로 가려던 성호는 열차표를 사려 하는 순간 그 계획을
버리고 만다. 우선 부산으로 가는 중에 도망병이라는 자신의 신분이
들킬 위험이 컸고 그보다 그 곳에 가도 자신이 고독과 불안에서 해방

될 수 없다는 것을 깨달았기 때문이다. 불안감을 견디지 못한 그는 술을 마신다. 이는 술의 힘을 빌려 괴로운 현실을 잊으려 하는 이른바 호프만 컴플렉스를 보여주는 것이다. 그러나 그런 자기속임수로는 아무것도 해결될 수 없었다. 그러자 이번에는 창녀를 찾아가 하룻밤을 보내지만 거기서 얻은 것은 실망과 혐오감뿐이었다. 私娼에서 나와 지향 없이 비를 맞으면서 걷던 그는 한 다방으로 들어가는데 거기서 신문을 읽다가 문득 어떤 깨달음을 얻게 된다. 그때까지와 같은 식으로는 자기에게 어떤 해결책도 없다는 것, 자신이 자기 앞의 현실로부터 도피할 수 없으며 그래서도 안 된다는 것을 알게 된 것이다.

문득 그는 만일 부산으로 갔더라면 일본으로 밀항할 준비에 착수할 수밖엔 다른 도리가 없을 것이었다고 생각했다. 그것이 좋은 일인지, 좋지 못한 노릇인지를 잠시 가려볼 여유도 없이 어쨌든 무슨 일을 해야 한다는, 내 몸뚱이를 처리해야 한다는 강박관념에 내몰려 배편을 마련하게 되었을 것이다. 여기까지 생각이 미치자 그는 부산에 가지 않기를 잘했다고 다시 한 번 머리를 끄덕였다. 그러면서 그는 아무리 도망병이고 증명서 한 장 없는 몸이지만 이 땅을 버리고 다른 나라로 뺑소니를 칠 만큼 염치없는 놈은 아니라는 생각이 들자, 까닭 모를 비장한 흥분 속에 젖어들었다.

위에서의, 「까닭 모를 흥분」은 주인공이 도피가 아니라 현실에 정면하여 살지 않으면 안 된다는 것을 깨달은 데서 온 희열과 같은 것이라할 수 있다.

3. 참 삶의 길의 발견

자신에, 세계에 새롭게 눈 뜬 성호가 제일 먼저 현실과 정면으로 맞서려고 한 일은 지숙을 찾는 것이었다. 그는 그녀의 한 번의 거절로 단념하고 말 것이 아니라 다시 한 번 그녀에게 진지하게 자신의 사랑을 고백하려 한다. 지숙은 비를 후줄근히 맞고 자신을 찾아온 성호에게서 「그 전과 다른 사람」을 발견하고 그의 사랑을 받아들인다. 이로써 방황을 거듭하던 고독한 도망자, 성호는 일단 안식처를 찾게 된다. 그러나 그렇게 갈구하던 지숙의 사랑을 얻고 안온하게 머물 그들 둘만의 보금자리를 가지게 되었지만 성호는 여전히 평안을 찾지 못한다. 그것을 이 소설은 다음과 같이 서술하고 있다.

성호는 지숙을 데리고 걷는 동안, 얼마 전까지 혼자서 거리를 헤매던 때보다, 더 절박하게 쫓기고 있는 불안과 위험을 느꼈다.

그것은 實存的 불안이다. 現存在는 일상적 친숙성에서 무시무시함을 느끼는데 그것은 곧 불안, 공포다. 그것은 現存在가 본래적인 존재 가능성을 실현하고 있지 않은 데서 오는 불안이다. 現存在는 이, 본래적 존재 가능성을 실현하라는 소환, 양심의 소리에 추궁을 당하고 거기서 불안을 느끼게 되는데 이 때의 성호가 그런 경우에 있는 것이다. 그러니까 그는 근본적인 의미에서 아직도 자신을 속이고 있는, 자신으로부터의 도피자였던 것이다. 그는 다시 한 번 거짓의 허울을 벗어 던지라는 자기 내부로부터의 목소리에 쫓기고 있은 것이다. 다음의 인용문이 그러한 성호의 불안을 잘 그려 보여주고 있다.

벌써 오래 전부터 그런 생활에 익숙해진 성싶은 분위기 속에서 성호는 다시없는 안정감과 그리고 한편으로 이러고 있을 때가 아니라는 촉박한 초조감을 달래고 있었다. 그러한 조바심은 그녀와 함께 있는 밀실(密室)의 감미로움이 그의 자격으로는 도저히 오래도록 누려서는 안 될 분수에 넘는 혜택으로 여겨지는 탓이기도 했다. 그에게 알맞는 시간은 차라리 모든 것으로부터 격리된 망망한 고독이거나, 그 속에서 제 의사대로 버티고 있는 히로익한 비장감같은 것인지도 모른다.

일신의 안락만을 탐하고 있다는 사실에서 느끼는 불안은 그로 하여금 타인과의 관계에 대해 새롭게 생각하게 한다. 그것은 지숙과의 단란함만으로는, 그가 세계와 참다운 교섭을 하는 것이 아니라는 것을 알기 시작했다는 것을 의미한다. 위의 인용문에서 「차라리 모든 것으로부터 격리된 망망한 고독」이 그에게 알맞다고 하는 것이 그것을 말해 주고 있다. 그것은 지숙과 헤어져야만 비로소 지숙과 가까이 있는 것이 된다는 역설이다. 인간과 인간의 관계는 인간의 책임과 연관된 것이다. 인간의 책임은 공동적 現存在와 완전히 떼어서 생각할 수 없다. 한 사람이 내리는 결단, 행동은 타인에게 영향을 미치게 되고 타인의 그것은 직접 간접적으로 전 인류의 일부로서의 「나」 개인에게 영향을 미치는데 그것이 관계다. 의식적이든 무의식적이든 인간의 행동은 타인의 동의 또는 반대의 행동과 얽혀서 결국 그로 하여금 고립된 개인으로서가 아니라 복수적 주체의 일원으로서 움직이게 만든다. 이러한 부조화적이며 조화적인 現存在는 하나의 절대자를 창조하게 되는데 그것은 「劃期」라고 불리는 것이다. 劃期는 역사를 움직이는 힘이 개인의 자의 이상의 것이며, 각자의 행동은 그의 고유한 시대의 의미

연관에서 유리되지 않았음을 보장해 주는 개념이다.[3] 그것은 사르트르가 말한 「참여」의 성격과 같은 것이다. 그는, 우리는 자유를 추구한다, 이렇게 자유를 추구하면서 그것은 완전히 남들의 자유에 의존해 있으며 남들의 자유는 또한 우리의 자유에 의존해 있다는 것을 알 수 있다, 이 너와 나의 자유의 실현은 인류와 전체에 대해서 책임을 지고 행동을 하는 참여를 통해서 이루어진다고 했다. 성호의 내부로부터의 소리는 스스로의 實存을 성취하기 위해서 결행하는 행동, 자유에의 投企를 촉구하는 것이다. 이 소설은,

> 지숙이 원하고 있는 것은 성호의 이름이 아니고 그 자신일 뿐이겠으나 그가 지숙에게 주어야 할 것은 알몸뚱이 만이어서는 안 될 것이었다. 누구라도 젊음이라면 가지고 있을 하찮은 한 덩어리의 육신이나, 중뿔나게 값어치가 있다고는 여길 수 없는 애정의 속삭임쯤밖에 그녀한테 줄 수가 없어서는 안 된다는 생각이 들었던 것이다.

라고 하고 있는데 여기서 성호가 지숙에게 「주어야 할 것」은 바로 현실을 개조하기 위한 「참여」다.

이 소설의,

> 포성의 꼬리가 철썩 하고 천장에 와 부딪쳤다. 어디든지 자리만 잡으면 성호를 다시 숨어 살지 않을 곳으로 내보내야 한다고 지숙은 다짐했다. 그녀 자신의 욕심 때문이 아니라 성호를 정녕 위하는 길이 그것밖엔 없다고 믿어 졌다. 어쩐지 자기의 말이라면 모두 들어 줄 듯

---

3) 曺街京, 「實存哲學」(博英社, 1991), p.193.

싶었다.

라 한 결말 부분은 성호가 다시 전선으로 돌아갈 것임을 암시하고
있다. 그럴 때의 그는 脫存(Ekstasis)의 인간이 되는 것이다. 脫存의 인
간은 과거·현재·미래를 결별시키면서 자기 자신의 고유한 존재 가
능성을 창조한다. 이 소설은 주인공 성호가 그러한 인간이 될 것임을
말하고 그것으로 결말을 짓고 있다. 그런 의미에서 이 소설의 제목,
「前夜祭」는 새로이 음미해 볼 만한 것이다. 그것은 비겁한 도피자, 卽
自人間 성호의 참 인간, 對自人間으로의 새로이 태어남을 축하하는,
축제의 의미를 담고 있는 것이라고 볼 수 있다.

산송장, 주인공이 본래적 인간으로 소생하는 데는 영규의 충고와 같
은 직접적인 것 외에도 몇 가지 계기가 있었다.

첫째는 그가 포로가 되어서 공산주의 이데올로기의 狂氣, 허위와 인
간 파괴적인 속성을 본 것이다. 한 인민군 장교에 대해 이야기하고 있
는 다음과 같은 대문은 그들이 그 이데올로기의 광적인 꼭두각시라 함
을 잘 보여주고 있다.

말하고자 하는 요지는 처음부터 훤히 내다보일 뿐만 아니라, 길어
야 서너 마디면 족할 것도 판에 박은 수사를 달아 가며 어쩌면 그리도
꼭 같은 억양으로 지리하게 벌여놓는다. 위대한, 영웅적 분노를 금할
수 없다, 미제(美帝) 승냥이들이, 이 인간 쓰레기들 밑에서……이런
소리들이 간간이 귀를 쑤셨다. 남쪽의 욕설을 한바탕 퍼붓고 있는 것
이다. 그 장교는 마침 심심하던 차에 만만한 청중을 발견하여 스스로
흥을 돋우는 모양이었다.

또 포로, 성호가 하고 있는 다음과 같은 항변도 그들의 허위를 폭로하는 것이다.

인민군 측은 우리들을 해방 전사라 하지만, 정말 그렇게 여기고 있다면 깍듯이 손님으로 대접해야 될 이치가 아니냐고, 또한 말끝마다 〈열렬히 환영한다〉고 하나, 객실을 자물쇠로 잠가 놓고 재우는 환대가 어디 있느냐고, 성호는 가라앉은 목소리로 말했다.

그러한 지옥 체험은 그로 하여금 목숨을 걸고 사람이 사람답게 살 수 있는 곳으로 탈출하게 한 것이다.

두번째, 그가 새로이 눈뜨게 한 것은 사랑이다. 그가 기어이 남쪽으로 도망쳐야 한다고 결심한 직접적인 계기는 지숙에 대한 그리움이었다. 어느 시대에나 누구에게나 가장 소중한 것은 사랑이다. 성호도 그 사랑의 힘으로 죽음을 두려워하지 않고 도망을 친 것이다. 이 때의 지숙은 그에 있어서 구원이요 삶의 지향점이었다. 그리하여 그는 두 번의 도전 끝에 그녀의 사랑을 얻고 있다. 그리고는 그녀를 진정으로 사랑하는 길, 이 세계를 지키는 싸움에 나서려 하고 있는 것이다. 그것도 지숙에 의해 얻은 깨달음이라고 할 수 있다. 성호의, 죽은 인간으로 살아서는 안 된다는 자각에는 수치라는 감정이 선행되어 있었다. 수치라는 이 實存的 근본 경험은 자기의식적, 반성적 계기를 포함하는 철학적 감정이다. 그런데 이 감정은 누구와, 어떠한 양식으로든 관계를 맺고 있지 않을 때는 경험되지 않는다. 인간은 타인과의 밀접한 유대관계를 가질 때 비로소 수치라는 감정 현상을 경험하게 된다. 성호에게 그 반성적 계기를 준 것은 바로 지숙과의 사랑이었다.

한 가지 여기서 덧붙여야 할 것은 이 소설이 이 작가가 그에 앞서 발표한 〈이 成熟한 밤의 抱擁〉과 같이 6·25사변을 소재로 하고 있으면서 그 전쟁을 보는 시각이 많이 달라져 있다는 사실이다. 〈이 成熟한 밤의 抱擁〉은 주인공이 그가 사랑하는 여성을 찾아가는 것으로 끝나고 있다. 그러니까 이 작가의 그 소설은 厭戰思想을 보여주는 선에 머물고 있다 할 것이다. 그런데 〈前夜祭〉는 주인공이 다시 전선으로 되돌아가려 하고 있는 것으로 결말을 맺고 있어 前作과 상당히 다른 면모를 보여 주고 있다. 그것은 이 작가가 前作을 발표한 지 얼마 되지 않는 기간 동안에 남쪽 측에서 본, 그 전쟁의 명분을 찾았다는 것으로 받아들일 수 있다. 우리는 여기서 작가가 전쟁이 무섭고 잔인하며 파괴적이라 하여 거기서 도망해서는 안 된다는 새로운 인식을 하게 된 것으로 받아들일 수 있을 것 같다. 그러니까 작가는 이 소설에서 상대가 폭력적 수단으로 파괴와 살상을 해 올 때 「나」와 「너」, 「우리」를 지키지 않는다는 것은 악한 힘에 투항하는 것이라는 것을 말하고 있는 것이다. 그런 의미에서 우리는 이 소설에서 중반 이후의, 사르트르류의 앙가주망 사상의 일단을 읽을 수 있을 것 같다.

한 現實 逃避者의 歷史에의 投企

  중편 〈불꽃〉의 작가 鮮于煇는 1951년 단편 〈鬼神〉을 『新世界』에 발표하면서 등단하여 1950~70년대에 왕성한 작품활동을 했다. 그는 소설가로서 문명이 드높았을 뿐 아니라 작가 외적인 이력도 다채로운 사람이다. 1922년 平安北道 定州에서 태어난 그는 1943년 京城師範學校를 졸업하고 2년 뒤 『朝鮮日報』 기자로 입사해 사회생활의 첫발을 내디뎠다. 1948년 仁川中學校 교사로 자리를 옮긴 그는 이듬해에는 육군소위로 입대, 1958년 대령으로 예편했다. 군을 제대한 그는 다시 언론계로 돌아가 『韓國日報』 논설위원, 『朝鮮日報』 논설위원, 편집국장을 거쳐 1972년부터는 이 회사 主筆을 역임했다. 그만큼 그에게는 일화도 많다. 그는 소설가로는 풍모부터가 특이하다. 洪思重 같은 사람은 그를 文士型과는 거리가 먼, 安重根·尹奉吉 등의 혁명투사나 義士 등의 사진, 초상 등을 통하여 익혀 온, 이른바 志士型에 더 가까운 사람이라고 한 바 있다.[1] 그의 그와 같은 면모는 1970년대, 그 서슬 시퍼런 소위 維新政權을 향해 거침없이 정론을 펴 여실하게 드러내 보여주었다. 그러면서 그는 우리가 흔히 볼 수 없는 奇行으로 화제가 되기도 했다. 군에 재직하고 있을 때 미군 장교와의 술자리에서 한국인의 호기를 보여 준다면서 곁에 있던 어항에서 금붕어 한 마리를 잡아

---

1) 洪思重, "鮮于煇論", 『思想界』 1965년 5월호, p.393.

내 산 채로 삼켰다는 이야기 같은 것이 한 예가 된다. 또 그가 6 · 25사변 당시 국군 장교로 북상 중 만일의 사태에 처할 경우 자살할 때 사용하려고 연인의 향수를 묻힌 탄환 한 개를 지니고 다녔다는 것도 널리 알려져 있는 이야기이다.

〈불꽃〉은 1957년 『文學藝術』 신인 작품 모집에 당선된 이 작가의 대표작이다. 이 소설은 그 해에 제2회 동인문학상을 수상함으로써 鮮于煇는 일약 한국의 유망한 신예작가가 되었다. 군에 몸담고 있던 그는, 그가 이 상을 받음으로써 무식한 사람들로 치부되던 군인의 질적 수준을 높인 공로가 있다 하여 당시 참모총장의 표창을 받았다는 숨은 이야기도 있다.

이 소설은 6 · 25사변을 배경으로 절박한 상황의 문제가 정면으로 한국 문학에 끼어들게 한 작품이라는 평가를 받고 있다.[2] 이 소설에 대해서 또 비리와 극한상황을 극복하려는 강한 의지와 행동으로 전후소설의 주축을 이룬 작품이라고 한 사람도 있다.[3]

작가는 이 소설의 주인공이 그의 친구, 申相楚 · 金東洙와 자신을 합친 "짬뽕"인 셈이라고 했다지만 주인공 高賢은 鮮于煇의 개인적 굴절이라고 한 말과[4] 같이 이 소설은 그의 자전적 성격이 강한 작품이다. 작가는 앙드레 말로나 생 떽쥐뻬리에서 볼 수 있는 바와 같이 그의 삶 자체가 행동주의적인 것이다. 한 평문은 그가 사람이 폭력의 광기를 피해 자신만의 안정된 세계를 구축한다는 것은 소극적 도피주의에 불과하다는 역사 인식 속에 자폐적 세계를 박차고 나와 행동을 통해 타락한 폭력적 세계를 변혁시키고자 했다고 했는데[5] 거기에 그것이 잘

---

2) 金良洙, "행동의지의 상황문학", 「한국소설의 문제작(白鐵 外)」(도서출판 一念, 1985), pp.61~62.
3) 배경열, 「한국 전후 실존주의소설 연구」(태학사, 2001), p.161.
4) 辛卿得, 「韓國戰後小說研究」(一志社, 1988), p.33.

나타나 있다. 이 소설의 주인공에게서도 그와 같은 성격을 찾아볼 수 있다. 그런 의미에서 〈불꽃〉은 한 편의 實存主義小說, 그 중에서도 행동주의소설의 성격을 강하게 띠고 있다.

己未年에 독립만세를 부르다가 일본 경찰에 죽음을 당한 아버지의 유복자로 태어난 高賢은 어떤 일에도 나서서는 안 된다고 하는 그 할아버지의 영향으로 소극적, 수동적인 사람으로 성장한다. 그는, 그러던 중 6·25사변이 일어나 남한으로 쳐내려 온 공산당이 무고한 사람들을 잔인하게 죽이는 것을 보고는 지금까지와 같이 살아서는 안 된다는 것을 깨닫기 시작한다. 그는 지난날 자기의 친구였던, 극렬 공산주의자 연호가 자신의 할아버지를 죽이자 그를 죽이고 숨어 있던 곳에서 나와 「나」와 「나」의 이웃을 지키기 위해 전쟁에 뛰어들기로 한다는 것이 이 소설의 줄거리다.

1. 소설로 쓴 民族史 批評

〈불꽃〉은 2백자 원고지 3백 매 가량의, 분량으로 보면 중편소설이라 해야 하겠지만 스토리로 보아 장편소설에 가까운 성격을 보여주고 있다. 우선 시간 배경에서부터 그렇다. 서술자의 시간은 6·25사변 직후 어느 날 해질 무렵에서 이튿날 날이 샐 무렵까지이지만 사건의 시간은 1919년 삼일운동 당시에서 1950년까지이다. 이 소설은 그, 31년 동안의 한 가족사를 통해 민족사를 그려 보여 주고 있다. 다음과 같은, 〈불꽃〉의 도입부는 그 세월 동안의 한민족사의 알레고리다.

---

5) 배경열, op. cit., p.162.

산과 산, 또 산. 이어간 산줄기와 굽이치는 골짜기. 영겁의 정적.

멀리서 보면 북에서 남으로 흐르는 이 골짜기가 마치 푸른 모포를 드리운 것같이 부드러운 빛깔로 보였다.

그러나 골짜기를 덮고 있는 관목의 가지와 잎사귀에 가리어 험한 바위가 짐승처럼 엎드리고, 담그면 손목이 끊길 것 같은 차디찬 냇물이 그 밑을 흐르고 있었다.

위에서의, 이어진 산줄기와 굽이치는 골짜기는 한민족의 역사다. 그리고 일견 부드러운 빛깔의 모포를 드리운 것 같으나 험한 바위가 엎드리고 있고 차디찬 냇물이 흐르고 있다고 한 골짜기는 한민족이 살아온 역사가 고난에 찬 것이었다는 것을 암유하고 있다. 나레이터, 곧 작가 鮮于煇는 그와 같은 우리의 지난날을 단순히 개탄하고 있는 데 그치지 않고 그 역사를 비판하면서 그 자신, 한민족의 한 구성원으로서 자성을 하고 있다.

제일 먼저 이 소설은 일제시대의 우리 민족의 삶이 숙명론과 체념, 투항주의와 순응, 그리고 自己卑下의 그것이었다고 말하고 있다. 그 대표적인 인물이 주인공의 조부, 高 노인이다. 그것은 다음의 인용문에 잘 나타나 있다.

고 노인은 아들이 죽은 다음해 가을, P 고을에서 이백 리 떨어진 곳에 모셨던 선친의 무덤을 파서 뼈를 옮겨다가 부엉산에서 건너다 보이는 저편 산허리 양지바른 곳에 이장했다. 선친의 묏자리 탓에 아들에게 화가 미친 것이라는 늙은 풍수장이의 얘기를 들으며 고 노인은 이제는 마음 든든하다는 듯이 굳게 어금니를 물었다.

高 노인은 또 아들이 죽은 책임의 절반은 며느리의 타고난 팔자에 있다고 믿고 있다. 묏자리, 팔자에 모든 것을 떠넘기는 것은 우리 민족이 定命論에 빠져 살아온 면을 보여주는 것이다. 여기에 빠져 있으면 사람은 모든 것을 운명이 그렇게 정해져 있기 때문이라고 생각하고 체념하게 된다. 한일합방 후 일제는 한민족의 그러한 면을 더욱 크게 부각시켰다. 체념은 곧 순응에 이어지므로 그렇게 함으로써 그들의 한국 통치가 더 없이 쉽게 된다는 것을 알았기 때문이다. 모든 것을 체념하고 순응하는 인간은 어떠한 가혹한 부림과 착취, 모멸을 당해도 항거하지 않는다. 高 노인이 이 나라의 독립을 요구하는 만세운동에 뛰어들었다가 죽은 아들에 대해서,

「글쎄, 그때보다야 지금이 살기가 낫고 사람들도 많이 깼지. 네 애비 죽은 생각을 하면 나도 가슴이 아프다만, 그래 어리석은 짓을 했지 뭐냐. 그 총칼 가진 놈들 앞에 무슨 수가 있겠다구 맨손으로 덤벼들었단 말이냐. 죽으려구 환장을 한 것이지.」

라고 한 말에서도 그것을 볼 수 있다. 高 노인은 자기가 그렇게 살고 있을 뿐 아니라 그의 손자, 賢마저 그런 사람이 되기를 강요한다. 高 노인은 賢이 어느 날 그 할아버지의 혹을 두고 조롱을 하는 이웃 아이들과 싸워 피를 흘리고 옷이 찢겨 돌아왔을 때 무슨 말을 듣든 참고 있지 않았다고 그에게 심한 꾸중을 한다. 高 노인의 그와 같은 모습은 우리 민족이 일제시대에 일본인들로부터 온갖 수모를 다 받으면서도 끝없이 참기만 한 비굴을 보여주는 것이다.

高 노인은 또 한민족 전체를 싸잡아 심하게 卑下하고 있다. 그는 한민족이 일본에게 나라를 빼앗긴 것은 야욕에 찬 일본의 강도행위 때문

이 아니라 「종자가 원래 제 구실 못하는 말종」이기 때문이라고 하고 있다. 이것은 작가가 李光洙의 「民族改造論」에서 볼 수 있는 바와 같은, 당시 한국인들의 패배주의, 자기부정을 비판한 것이라 할 수 있다.

이 소설에 나타난 주인공의 어머니의 삶도 高 노인과는 또 다른 면에서 문제가 있는 것으로 그려져 있다. 그녀는 高 노인이, 자신이 진심으로 사랑하고 존경한 남편을 못나고 어리석은 짓을 한 놈이라고 해도 한숨과 눈물로 인종할 뿐, 한 마디의 항변도 하지 않고 있다. 작가는 이 소설에서 그러한 그릇된 유가적 가부장제의 모순에 말없이 끌려가면서 산 이 나라 여성들의 삶을 잘못된 것이었다고 말하고 있다. 그녀는 모든 것을 자신의 죄로 받아들이고 있는 데서도 부정적으로 그려져 있다. 독실한 기독교 신자인 그녀는 모든 문제가 자신이 죄인이기 때문이라고 하고 있다. 그녀는 아들 賢이 학병으로 끌려가게 되자,

> 「주여, 거룩하신 하나님께 이 죄인을 용서하시와…… 은혜를 베푸시옵기를…… 이것은 단 하나의 죄인의 소원이온즉…… 」

이라고 한다. 여기서도 우리는 이 소설의 實存主義文學的 성격을 찾아볼 수 있다. 그녀가 지배당하고 있는 것은 기독교적 원죄의식이다. 성경에 의하면 최초의 인간, 아담은 신에게만 허락되었던 지식을 얻자말자 낙원에서 추방당한다. 의식과 지혜가 없이는 인간이 될 수 없음에도, 《舊約聖書》의 신은 「아담이 이제 우리들과 같이 되었다」고 크게 놀라 아담은 그 때부터 죄인이 되었다는 것이다. 그러니까 원죄는 原人間의 죄라는 것이다. 기독교적 신을 부정하는 實存主義에서는 그와 같은 원죄가 부정되어 있다. 實存主義思想에서는 인간에게는 그와 전혀 다른 의미에서 원죄가 있다. 이 사상에서, 원죄란 인간이 타인

들이 사는 세계에 태어났다는 바로 그것이다. 實存主義思想에 의하면 인간이 제각기 주체가 됨으로써 역시 주체인 타인들을 객체화하려는 존재론적인 세계 질서의 不條理가 원죄다. 작가는, 그런데 賢의 어머니는 있지도 않은 신에게 짓지도 않은 죄를 범했다고 하고 있음을 지적하고 있는 것이다.

한편, 이 소설은 눈을 밖으로 돌려 일본의 한국에 대한 식민지 통치가 반역사적, 반인륜적 狂態였다고 말하고 있다. 이 소설에서, 주인공 앞에서 동양 윤리를 강의하는 다나까 교수는 다음과 같이 열을 올리고 있다.

> 「역사적 대 사명……팔굉일우(八紘一宇), 얼마나 장엄한 선언이냐……대동아공영권 건설의 정신이 바로 이것이다.……미영의 굴레에서 억압된 황색 민족을 해방하고……새로운 아시아의 질서를 회복한다.……일본은 그 맹주(盟主)가 되는 사명을 지니고 있는 것이다. 얼마나 비장하고 장엄한 사명이냐.」

위의 인용문에서 우리는 이 소설이 이웃 약소국가들을 수탈하면서 아시아의 공영을 운운하고 그들의 주권을 강탈하여 속국으로 만들고는 미영의 굴레로부터의 해방 운운한 일본의 거짓을 비판하고 있음을 알 수 있다.

이 소설의 역사 비평의 목소리는 해방 후의 한국의 현실에 대해서도 계속되고 있다. 작가는 아시아를 휩쓴, 기괴하게 변질된 공산주의 이데올로기와 공산주의자들의 만행을 고발하고 있다. 〈불꽃〉은 먼저 한 중국 공산주의자에 대해서 한, 주인공의 말을 통해 공산주의자들의 거짓과 화려한 구호 뒤에 숨기고 있는 그들의 名利慾을 다음과 같이 폭로한다.

공산주의 이론은 ≪정감록(鄭鑑錄)≫과 다름없는 운명의 예언서. 다르다면 그것은 과학의 이름을 붙인 예언서라는 것. 김 노인은 그것을 놓고 잃어진 자기 반생의 몇 배를 미래에 충당할 수 있는 노다지판을 그리고 있었다.

그렇지 못하면 초라한 그 모습이 사진틀 속에 담겨 벽에 걸리거나 그 이름이 당사(黨史)의 찬란한 한 페이지를 차지하리라는 개기름같이 번쩍거리는 욕망.

맑스의 유물사관을 바탕으로 한 공산주의사상이 지향하는 바는 본래 프롤레타리아의, 부르주아를 상대로 한 계급투쟁에 의한, 착취가 없는 균배로 그것은 궁극적으로 인류의 최대 복리를 이룩하려는 이상주의적인 것이었다. 그러나 그 사상은 이기적 인간들에 의해 현실적으로는 각각의 이익과 명예를 탐하는 한 방편으로 전락했다. 이 소설은 바로 그것을 설파하고 있다. 이 소설은 해방 후 한국에서의 공산주의사상의 해악도 드러내 보여 주고 있다. 주인공이, 공산주의사상에 물든 교사들이 수업시간에 학생을 가르치는 일은 젖혀 두고 무책임한 발언으로 학생들을 망치고 있다고 하고 있는 것이 그런 대목이다.

남쪽의 자본주의사상도 이 작가의 매질의 대상이 되고 있다. 자본주의가 무엇인지 알지도 못하면서 그 이데올로기 편에 선 사람들은 그것을 자신의 부정을 은폐하고 자기에 맞서는 사람을 제거하는 방편으로 이용한다. 부정을 저지른 교장이 그 사실을 따지는 교사들을 용공분자로 몰아 감옥으로 보내고 있는 것이 그것을 말해준다. 이는 작가가 남북 분단 이후 남한사회에 만연한 매카시즘적인 풍조를 질타하고 있는 것이다.

또 한 가지 해방 후의, 남북 모두의 주체성 없는 신사대주의도 비판의 대상이 되고 있다.

> 또한 논하자면 해방이란 당연한 것. 응당 있어야 할 것이 지금까지 그렇지 못했다는 것. 그런데 누구를 보고 국궁 재배. 아양을 떨어야 한단 말인가. 「스파씨이바 그라스나야 아르미아(고맙소. 붉은 군대)」. 또 그렇지 않으면 어린애 같은 경탄. 「원더풀 C레이션.」

지금까지 살펴본 것을 종합하면, 이 작가가 개개의 인간을 어떤 체제 속의 부품 또는 기호로 삼고 있는 이데올로기의 부정적 속성과 그것의 변질에서 오는 더욱 큰 해독을 문제로 지적하고 있음을 볼 수 있다. 여기서 우리는 이데올로기가 경화되고 기회주의적이고 보수적이고 결정론적일 때 공산당과 부르주아에 동시에 반대한다고 한 사르트르의 목소리를[6] 들을 수 있다. 한 평문은 이 소설이 '청부업자(=공산주의자·필자 註)'와 '착한 이웃들'이란 흑백논리적 도식 하나로 현실을 재단하는 소박한 도덕주의에 불과하다고 하고 있다. 그 글에 의하면 〈불꽃〉은 否定의 논리로서의 반공주의문학이라는 것이다.[7] 그러나 위에서 살펴본 바와 같이 잘못된 이데올로기에 대한 兩非論的인 목소리를 들을 수 있는 이상 이 소설을 반공문학이라고 할 수는 없다. 그보다는 金宇鍾의 말과 같이 〈불꽃〉은 소설의 형식으로 기록된 歷史批評과 같은 작품이라고 하는[8] 것이 좋을 것이다.

---

6) 鄭明煥, "實存主義와 文學", 「20世紀 이데올로기와 文學思想(鄭明煥 外)」(서울大學校 出版部, 1982), p.62.
7) 강진호, "전후 현실과 행동주의문학의 실제", 「1950년대의 소설가들(송하춘 편)」(나남, 1994), p.123.
8) 金宇鍾, "東仁文學賞 作品論", 『思想界』 1960년 2월호, p.252.

2. 행동 - 實存人의 선택

　이상에서 살펴본 〈불꽃〉의 역사비평적 성격은 그러나 이 소설의 배경 설명 이상이 될 수 없다. 이 소설의 서술의 초점은 주인공의, 유년시절에서 30대에 이르기까지의 정신적 성장을 보여주는 데 모아져 있다. 그런 의미에서 보아 〈불꽃〉은 한 편의 성장소설이 분명하다.[9] 그런데 주인공의 그 정신적 성장, 변모가 卽自的 인간에서 對自的 인간으로의 移行을 보여 주고 있어 거기서 이 소설의 實存主義文學的인 성격을 볼 수 있다.

　주인공은 유년시절에서부터 이 소설의 후반부까지의 30대까지 타인에 의해 주문된 삶, 현실에 타협하고, 세상과 정면하기를 피하는 삶을 살고 있다. 소년시절 할아버지의 혹을 두고 놀리는 애들과 싸우고 돌아왔을 때 할아버지가 그만한 일을 참지 않고 싸웠다고 꾸짖었을 때 그는 의혹과 환멸의 감정을 느꼈으나 그 후로는 그런 경우 말없이 발길을 돌려 버린다. 그런 점에서 보면 그의 그와 같은 성격은 그 할아버지의 영향이었다고 할 수도 있을 것이다. 그러나 작가가 말하고자 하는 것은 유소년시절의 父祖의 영향 같은 것이 아니다. 實存主義思想에 의하면 인간은 자기기만적, 잘못된 구조의 卽自存在와 창조적 · 미래 지향적인 對自存在의 영속적인 변증법 속에 있다고 하는데 이 소설은 주인공의 전자의 속성을 말하고 있는 것이다. 보다 정확하게 말해서 전자와 후자는 한 쌍으로 전자는 그러한 존재로 고정되기를 거부하는 하나의 연속적인 과정에 있으나 주인공은 이 소설의 결말부까지에서 여전히 전자에 머물고 있음을 보여준다. 이 소설은 할아버지가 그

---

9) 배경열, op. cit., p.175.

의 아버지가, 바보 같은 짓을 해서 죽었다고 했을 때의, 주인공에 대해
서 다음과 같이 서술하고 있다.

> 오직 그때 부친이 그렇게 하지 않고는 견디지 못한 어쩔 수 없었던
> 마음 가운데의 그 무엇, 빈 손으로 의젓이 죽음과 대결하고 생명을 태
> 웠던 그 무엇에 대한 모색과 두려움이 현의 첫 술에 타는 가슴속에서
> 사납게 회오리치고 있었다.

위의 인용문을 보면 주인공이, 사람이 사람답게 사는 길은 할아버지
보다 그 아버지와 같이 사는 것이라는 것을 어렴풋이 알고 있음을 보
여준다. 그러나 그는 아버지가 한 일은 나라를 찾으려고 한 것이 아니
었느냐는 한 마디를 꺼내다 말 뿐 그 이상 아무런 항변도 하지 않는다.
주인공은 또 그 어머니가 모든 것을 하느님 앞에 지은 자신의 죄 때
문이라고 하고 있을 때도,

> (- 前略 - 그것은 어머니의 신산한 생활에 마음의 평안을 주기 때
> 문이었다. 그런데 어머니는 까닭없이 깊은 죄인을 자처하며 신 앞에
> 몸을 떨고 있다. 살고 있는 모든 인간이 죄인일망정 어머니는 죄인일
> 리가 없다. 형무관같은 신, 이유 없는 원죄. 어머님. 나기도 전의 일에
> 책임을 질 수야 없지 아니합니까……)

라고 하지만 그것은 마음 속에서 한 말일 뿐이다.
주인공은 어떤 말썽에도 휩쓸리지 않고 현실에서 물러나 사는, 隱士
와 같은 삶을 꿈꾸고 있다. 젊은이들이 내일의 야망에 불타오를 대학
시절 그가 그리고 있는 것은 다음에서 볼 수 있는 바와 같이 전원에서

의 閑居다.

오직 현의 마음을 움켜잡고 있었던 것, 그것은 한 달에도 몇 번 꿈
에 보는 P 고을. 봄철에 피는 부엉산의 진달래꽃, 내려다보이는 푸른
골짜기. 여름이면 그 숲 속에 열리는 산딸기, 목마르면 떠 마실 차디
찬 냇물. 선산의 잔디. 마을 사람들. 싸전을 보고 계실 할아버지. 외로
이 계실 어머님.

그런 그는 불의에 항거하여 의기를 보여 주는 사람에 대해서 냉소를
보내기까지 한다. 중학시절 일본의 한국에 대한 식민지 통치에 울분을
가진 M 선생이 학생들과 독서회를 가졌다가 학생들과 함께 일본 경찰
에 끌려갔을 때 그가 한 생각에 그것이 잘 나타나 있다.

(무엇을 하려고 한 것일까. M 선생 혼자서 단행할 수 없었던 그런
거대한 일이었을까. 연행해 가던 형사의 굵직한 팔다리. 창백한 얼굴
에 안경만이 빛나던 M 선생의 메마른 얼굴. 옥중에서 연락된 종이쪽
지. 우상화. 흥분의 도가니. 소년 잡지에 나오는 모험담. 팔인조 소년
모험단 단장. R의 행방. 그 부친의 죽음. 전과 다름없이 이어져 가는
생활. 눈앞에 닥친 시험.)

주인공은 일신의 위험을 돌보지 않고 일본에 항거한 M 교사가 그에
게는 영웅심에서 우쭐대다 자신은 물론 제자들까지 신세를 망친 사람
이라고 생각하고 자기가 처야 할 시험 걱정만 하고 있는 것이다.
주인공의 그와 같은 삶의 태도는 해방이 되고도 변함이 없다. 그는
해방 후 공산주의자들에 시달리다 못해 북한 사람들이 떼지어 남한으

로 몰려오는 것을 보았을 때도 아래와 같이, 그것을 자신과는 〈아무 상관이 없는 일이라고 생각한다.

　　그러나 현에게 있어서 이러한 현상은 그의 눈앞을 지나가는 한낱 영화의 화면에 지나지 않았다. 현은 그것을 보고만 있으면 되었다. 다만 비극영화를 구경하는 관중이 느끼는 그런 정도의 동정심을 가지고.

　위에서 보는 바와 같이 그는 학정에 못 이겨 대를 이어 살던 땅을 등지고 고난의 길에 나선 동족의 비극을 대안의 불 구경하듯 하고 있는 것이다. 어떤 일에나 무관심하기만 한 그에게 직장의 한 동료가 왜 무슨 일에나 아무런 의사 표시가 없느냐고 했을 때 그는 그런 것을 할 사람은 따로 있을 것이라고 말한다. 이는 賢이 스스로, 자신이 할 일을 타인에게 전가하는 철저한 靜寂主義者라 함을 말해 주는 것이다.

　동족상잔의 전쟁, 6·25사변이 발발했을 때도 주인공의 방관자적 태도는 여전하다. 그는 눈앞의 피비린 싸움을 보고,

　　「이것은 또 무슨 짓이냐? 그러나 하고 싶거든 멋대로 하려무나. 여하튼간에 나는 모르는 일이고 나에겐 손톱만큼의 관련도 없다. 너희는 너희고 나는 나다.」

라고 하고 있다. 이 때의 그는 일찍이 그의 할아버지가 그에게,

　　「－前略－ 그저 세상 형편에 따라 제 주먹으로 제 일 처리를 해야지. 믿을 것은 자기밖에 없느니라. 딴 녀석을 위해 손가락 하나 까닥

거릴 것도 없고, 손톱만큼이라두 남의 도움을 바랄 것도 없어. 제 몫
으로 제 살림을 해야지.」

라고 한 말, 그대로 살려 함을 보여준다. 그러나 세상은 스스로 이웃
과 담을 쌓고 현실을 외면하는 은둔자적, 退嬰的 삶을 용납하지 않는
다. 흑백논리의 이데올로기가 선택을 강요한 것이다. 공산주의 이데올
로기가 주인공을 그들의 틀에 강제로 편입하려 한 것이다. 그들에게는
내편 이외에 다른 선택은 없다. 그들의 논리는 적대 이데올로기가 아
니더라도 그들의 줄에 서지 않으면 그것 자체가 회색분자요, 그것은
곧 적이라는 것이기 때문이다. 어느 날 오랫동안 보이지 않던 친구 연
호가 남진한 공산군을 뒤따라 내려와 賢을 찾아온다. 그리고는 자기와
함께 「열성적으로」 일을 하자고 한다. 그는 「혁명을 가로막는 원수들
의 피」를 요구하는 것, 곧 사람을 죽이는 일에 나서자는 것이다. 그는
많은 사람을 죽여서 달성해야 할 목적이란 것이 무엇이냐고 묻는 賢에
게 「착취 없고 계급 없는 사회의 건설」이라고 한다. 그 때, 목적과 과정
의 轉倒를 들어 그들의 소위 혁명이란 것의 모순성을 지적하는, 다음
과 같은 賢의 말은 자못 조리 정연한 데가 있다.

「나도 그러한 사회가 오기를 간절히 바라고 있네. 그러나 그 목적
에 이르는 과정이라는 것, 그것은 어떠한 과정이며 또 언제까지를 과
정으로 치나? 과정 속에서도 인간은 살아야 하고 또 인간은 계속 과
정 속에서 살아가는 것이 아닌가. 인생의 목적이란 곧 인간이 산다는
것, 사는 그 자체가 목적이 아닌가. 최후의 목적 그런 것이 있을 리 없
지. 구태여 말하자면 조그만 중간 목표가 있다고 할까.」

그러나 광적인 공산주의자 연호가 그런 이성적인 말에 설득될 이가
없다. 연호는 賢을 비겁한 회색분자, 기회주의자로, 그의 말을 저주받
을 부르주아 지식인의 궤변이라고 생각한다.

한편 賢은 연호가 돌아가고 난 뒤 이 세계의 不條理를 느낀다. 그가
그의 집 꽃밭의 꽃들을 바라보면서 하는 생각들에서 그것을 알 수 있
다. 그는 꽃은 그저 아름다울 뿐, 때가 오면 피고 때가 가면 말없이 지
는데 인간은 꽃에다 제멋대로 의미를 붙이고 있다는 것을 깨닫는다.
그것은 그가 인간에 있어서도 그와 마찬가지라는 것을 알게 되었다는
것을 의미한다. 인간은 각각 하나의 개체, 어디에도 얽매일 수 없는 자
유로운 존재임에도 세계는 이러저러한 존재이기를 강요하고 있었던
것이다. 여기에서의 연호는 자신의 對自性을 끝까지 밀고 나가 他者
곧 賢을 지배하려 하고 있는 것이다. 곧 그는 他者를 물체처럼 규정하
여 소유하고 지배하려 하고 있는 것이다. 그와 같은 기도는 극단에 이
르면 사디즘으로 나타나는데 연호의 경우가 그렇다.

그는 기어이 賢의 손에 그「혁명이 요구하는 피」를 묻히게 하려 하
는데 그것은 바로 그 사디즘의 발현이다. 연호는 賢을 인민재판의 현
장으로 끌고 가 죄 없는 사람을 학살하는 것을 보게 한다. 그는 상대에
게 공포감을 심어 주어 자기가 그의 지배자임을 인정하도록 賢의 의식
을 강요하려 한 것이다. 그러나 그는 賢의 자유로운 의식을 자기 마음
대로 조종하지 못한다. 賢은 그들의 그 잔혹한 행위를 보고 굴복하기
는커녕 반대로 불길과 같은 분노를 느낀다. 賢은 거기서 인간이 아닌
추악하고 야만적인 짐승을 본 것이다. 다음 차례로, 서로 어렴풋한 사
랑을 느끼고 있던 조 선생의 아버지가 그 죽음의 자리에 끌려 나오는
것을 본 賢은 끓어오르는 격분을 참지 못해「살인이다!」고 소리치면서
연호를 처 쓰러뜨리고 앞에 서 있던 보안서원의 총을 빼앗아 그 곳을

뛰쳐나온다. 짐승보다 잔인한 살인이 저질러지고 있는 곳에서 빠져나
온 후 그는 다음과 같이, 자신이 뛰쳐나오던 순간에 대해 생각한다.

(그때의 충동. 그렇게 하지 않고는 견디지 못한 마음의 충동은 그
무엇이었을까. 이 검은 눈으로 목격한 살인. 목격은 일종의 묵인. 묵
인하는 군중의 일원으로 그대로 늘이고 있을 수 없었던 마음의 줄. 그
리고 아픔. 희생자의 머리와 어깨와 허리에 내려지는 아픔은 곧 나 자
신의 머리와 어깨와 허리에 가해지는 아픔이었다. 어찌하여? 나와 그
와 그리고 모든 군중, 거기에는 아무런 육체적인 연결이 없었다. 그런
데 나는 아픔을 느꼈다. 그리고 그 아픔에서 벗어나려고 했다. 그리고
결국 도망치고 말았던 것이다.)

주인공이 피살자가 당하는 고통을 자기 것으로 느끼게 된 것은 결국
그가 나와 이웃이 하나임을 깨달았다는 것을 말해 주는 것이다. 살인자
들의 손을 벗어난 주인공은 30여 년 전 그 아버지가 일본 경찰의 총에
맞고 도망쳐 피신해 있다가 죽음을 맞은 부엉산의 한 동굴 속에 뺏아
온 총을 숨겨두고 P고을을 떠난다. 그러나 곧 그는 죽음을 무릅쓴 그
와 같은 행동의 결과는 자신이 여전히 한 사람의 도망자일 뿐이라는
것을 알게 된다. 여기서 그는 자신이 언제까지나 도망자로 살아서는 안
된다고 생각한다. 그래서 그는 다시 P고을, 그 동굴로 되돌아오는데 자
신이 왜 되돌아와야 했던가에 대해서 곰곰이 생각해 본다. 그리고 거기
서 그가 얻은 결론은 그것이 그의 고독 때문이었다는 것이었다.

그러면 지금 이처럼 다시 귀딱지를 늘이고 P고을을 찾아든 것은
무슨 까닭일까. 지구의 끝까지 도망을 칠 수 없었던 때문이었던가. 동

굴 안에 두고 간 소총 때문이었던가. 그렇지 않으면 외로움 때문이었던가. 실상 한없이 외로웠고 지금도 또한 말할 수 없이 외롭다. 수풀이나 산골짜기의 어둠 속에서 외로움에 못 이겨 어린애처럼 어머니를 그리던 나날. 어머니— 삼십 년의 신고를 견디며 길러준 어머니를 버려 두고 나는 거침없이 혼자 도망을 쳤던 것이다.

　외로움. 그것은 뭇 사람들과 떨어져 홀로 있는 외로움이 아니었다. 한 번도 그들과 함께 있어 본 일이 없었다는 인식에서 오는 외로움이었다. 섞여 있으면서도 거기엔 보이지 않는 장벽이 가로막고 있었다. 완전히 단절되어 있었던 것이다.

　주인공은 이 때 비로소 인간이 이웃과 담을 쌓고 자신만의 안락을 꾀하는 삶을 살아서는 안 된다는 것을 알게 된다. 그것은 곧 그가 이웃과의 단절의 벽을 허물고 서로 피가 통하는 관계를 가지는 것만이 참 삶의 길이라는 것을 알게 되었다는 것을 말한다. 그는 그 인민재판장에서 자유를 빼앗긴 인간이 얼마나 잔인하게 짓이겨지는가를 보았다. 사르트르는 우리는 자유를 원하는데 그것이 타인의 자유에 완전히 의존하며 타인의 자유는 우리의 자유에 의존한다고 말한 바 있다. 그는 또 나는 나의 자유와 동시에 타인의 자유를 원하지 않을 수 없으며, 내가 타인의 자유를 목적으로 삼아야 나의 자유를 목적으로 삼을 수 있는 것이다 라고 말했다.[10] 주인공은 이제 공동적 現存在와의 「관계」를 가져야 한다고 생각한다. 그의 그와 같은 결심은,

　현은 흩어진 풀을 모아 깔개를 하고 누웠다. 소총에 탄환을 재고 그

---

10) 사르트르, 「實存主義는 휴머니즘이다(방곤 譯)」(文藝出版社, 1992), p.44.

것을 베개로 했다. 녹슨 쇠 냄새가 났다. 올려다보는 눈에 무수한 별
들이 아름다웠다. 서로 당기고 있으면서 저렇게 자기 자리에서 빛나
고 있다는 실감이 들지 않는다.

라 한 구절에 상징적으로 그려져 있다.

별이 각각의 遠心力으로 제자리를 차지하고 있는 것은 한 사람, 한
사람의 인간이 한 개체로서 독립적인 존재라는 것을 의미한다. 그러면
서도 그 별들이 하나의 求心力에 의해 뿔뿔이 흩어지지 않고 있는 것
은 인간이 독립적인 존재이면서 서로 관계를 가짐으로써 공동적 존재
일 수 있음을 말하고 있는 것이다. 여기서 實存主義에서 말하는 「책
임」이 중요한 문제로 제기된다. 너와 나의 자유의 실현은 서로 의미 있
는 관계를 가지고 공동체에 대한 책임을 짐으로써 가능한 것이기 때문
이다. 그 책임은 곧 행동으로 선택하는 참여에 의해서 이행될 수 있다.
賢은 그 참여에의 소환의 소리를 듣는다. 그 참 자기에의 소환의 소리
는 그의 할아버지의 행동에 의해 그에게 들려온다. 할아버지는 연호로
부터 賢을 숨어 있는 곳에서 나오게 하라는 협박을 받는다. 그의 할아
버지는 등뒤에서 겨누고 있는 연호의 총에 떠밀려 賢을 불러내기 위해
동굴을 향해 산을 오른다. 그때 그는 멀리서 인민군과 맞서 싸우고 있
는 국군의 대포소리를 듣는다.

또 한 번 쿵하는 폿소리. 저 폿소리만 없었어도 고 노인은 현을 불
러내는 데 다시 한 번 애를 썼을는지 몰랐다. 그러나 다가오는 저 소
리. 삶과 죽음! 그 어느 하나의 선택을 재촉하는 저 소리.

그 대포소리를 듣는 순간 高 노인은 문득 큰 깨달음에 이르게 된다.

그는 인간을 지배하는 것은 풍수지리도 숙명도 아니라는 사실을 알게 된다. 그 깨달음은 그에게 해방감을 준다. 그는 새삼, 자신의 팔십 생애가 누구에 의해서 살아진 것이 아니라 그 자신의 맨주먹 알몸으로 살아온 것이라는 것을 알고 이제부터의 그의 삶도 순수한 자신의 의지로 결정해야 한다고 생각한다. 여기서 그는 한 가지 중대한 결심을 한다. 그것은 자신이 살기 위해 손자를 죽음으로 몰아 넣어서는 안 된다는 생각에서 한 것이었다. 그는 손자를 살리기 위해 자신은 죽음을 택하는 삶을 살기로 한다. 그래서 그는 그의 등뒤에서 자신을 겨누고 있는 총구를 조금도 두려워하지 않고 賢에게 이곳에서 달아나라고 외친다. 그리하여 노인은 연호가 쏜 총을 맞고 죽는다. 노인이 결행한 것은 實存主義에서 말하는 스스로 죽음을 떠맡는 것이라 할 수 있다. 할아버지의 외침과 총성을 듣고, 할아버지의 죽음을 본 賢은 연호를 쏘아 죽인다. 할아버지의 죽음은 그를 새로이 깨어난 인간으로 만든 것이다. 賢은 할아버지의 죽음, 아버지의 죽음에 대해서 새로이 생각한다.

　　동굴에서 죽은 부친, 강렬히 살아서 아낌없이 그 생명을 일순에 불태운 부친. 부친은 살아 남는 인간들을 대신해 죽었고, 그들의 삶에 어떤 의미를 부여했는지도 모른다. 저 숲 속에 누운 할아버지. 시체가 아니라 그것은 삶의 증거. 모든 불합리에 알몸으로 항거하고 불합리 속에 역시 합리한 삶을 주장한 피어린 한 인간의 역사. 거인의 최후 같은 그 죽음.

　　이제 그는 키엘케골이 말한, 비개성적 익명의 존재, 갇힘과 닫힘의 일상적 자아에서 개성적인, 열린 존재, 행동하는 인간으로 환골탈태를 한 것이다. 여기서 賢은 이전까지의 자신의 삶에 대해서 생각해 본다.

이제 보니 도망만 다닌 그의 지난 생은 산 것이 아니라 다만 존재했을 뿐인 것이었다. 이제 그는 진정으로 살아보려 한다. 그리고 살았다는 것을 보이려 한다. 그 때 그는 자기 내부에서 어떤 생명의 힘을 느낀다. 이 소설은 그 순간을 다음과 같이 그리고 있다.

> (살아야겠다. 그리고 살았다는 증거를 보이고 다시 죽어야 한다.)
> 현은 기를 쓰는 반발의 감정 속에서 예기치 않은 새로운 힘이 움터 오르는 것을 느꼈다. 그 힘이 조금씩 조금씩 마음에 무게를 가지더니 전신에 어떤 충족감이 느껴지자 현은 가슴속에서 갑자기 우직하고 깨뜨려지는 자기 껍질의 소리를 들었다. 조각을 내고 부서지는 껍질, 그와 함께 거기서 무수한 불꽃이 튀는 듯했다. 그것은 다음 차원(次元)에의 비약을 약속하는 불꽃. 무수한 불꽃. 찬란한 그 섬광, 불타는 생에의 의욕. 전신을 흐르는 생명의 여울, 통절히 느껴지는 해방감. 현은 끝없이 푸른 하늘로 트이는 마음의 상쾌를 느꼈다.

그것은 레온 에델이, 세계를 새로이 인식하는 순간에 갑작스러이 나타난다고 한 「靈的 啓示」「영혼의 황홀경」과 같은 것이라 할 수 있다.[11]

여기서 賢은 한 사람의 참 인간으로서의 선택을 한다. 사람은 항상 선택을 한다. 무엇을 선택하지 않더라도 그것 역시 하나의 선택이기 때문이다. 그때까지의 賢은 도피하는 삶, 방관하는 삶, 체념하는 삶, 투항하는 삶을 선택해 왔었다. 그런데 이제 그는 자유롭게 스스로의 實存을 성취하기 위해서 결행하는 행동 곧 앙가주망을 선택한다. 이제

---

11) Leon Edel, 「現代心理小說 研究(李鍾鎬 譯)」(螢雪出版社, 1990), pp.152~153.

그는 던져진(被投) 인간에서 던지는(投企=Entwurf=project) 인간이 되려 한다. 이 때의 시간이 태양이 솟아오르는 새아침이란 것은 상징적 의미를 띠고 있다. 그것은 賢이란 새 인간의 탄생을 의미하고 있기 때문이다.

이제 도피자, 卽自人間 현은 죽음과 맞서서 나와 이웃의 삶을 지키는 행동인이 된다. 그러므로 이 소설 후반부의,

> 늙은, 젊은, 어린 남녀의 수많은 얼굴들……그리운 그 얼굴들이 있지 아니한가. 나는 외로울 수 없다. 이제부터 그들 가운데서 없어진 나 자신을 찾아야 한다. 그리고 청부업자들을 격리하고 주어진 땅위에 그들과 함께 새로운 마을을 세우자. 거기에 내 덤의 삶을 바치는 것이다. 청부업자들의 교만과 포악을 곧 같은 인간인 자기 자신의 부끄러움으로 돌리고 한결같이 고통을 참고 견뎌 온 〈조용한〉 인간들, 광기(狂氣)의 청부업자는 사라지고 〈조용한〉 인간들의 세계가 와야 한다. 조용한 인간들의 세계……

라고 한 구절은 주인공의 현실, 역사에의 참여, 행동하는 實存人으로의 탄생을 말해 주는 것이다. 우리는 이 소설의 결말부의, 주인공이 자신을 부르는, 공산군과 맞서 싸우고 있는 국군의 포성을 듣고 있는 모습에서 그와, 또 그와 관계를 가지게 될 實存人에 의해 새 역사가 펼쳐지게 될 것을 예감하게 된다. 그러므로 이 소설의 주제가 「일종의 허무주의」라고 한 말이나,[12] 「소극적 개인주의」라고 한 말은[13] 수긍하기 어려운 것이라 할 것이다.

---

12) 김 현, "虛無主義와 그 克服", 『思想界』 1968년 2월호, pp.291~292.
13) 廉武雄, "鮮于煇論", 『創作과 批評』 1967년 겨울호, p.649.

　이상에서 본 바, 이 소설은 전후에 발표된, 행동주의적 성격이 가장 뚜렷한 소설작품 중 한 편이라 함을 알 수 있다.

사라진 蜃氣樓 – 神·天國

〈殉敎者〉는 金恩國이 1964년 미국에서 〈The Martyred〉란 이름의 영문으로 발표한 소설이다. 1932년 咸鏡南道 咸興 태생의 이 작가는 이 나라가 남북으로 분단되자 월남하여 서울대학교 상대에 재학 중 6·25사변을 맞았다. 장교로 입대하여 제대를 한 그는 1954년 미국으로 건너가 그곳 미들베리대학에서 정치학을 전공한 다음 하버드대학 대학원을 졸업하고 매사추세츠주립대학 영문과 교수로 재직한 경험을 가지고 있다. 〈殉敎者〉는 1956년, 그가 석사학위를 받기 위해 써서 제출한 소설이다. 그는 처음 이 소설을 뉴욕의 유명 출판사 더블데이와 출판계약을 맺었으나 출판사 측에서 전투장면이 없다, 여자가 안 나온다 하여 작품에 간섭을 하려 하자 계약금을 돌려주고 조지 브레져사를 통해 출판을 했다. 이 책은 출판이 되자 곧 큰 화제를 불러일으켰으며 첫 해에 15만 부가 팔리는 등 단번에 베스트셀러가 되었다. 이 작품에 대한 찬사도 대단한 것이어서 『뉴욕 타임스』 북 리뷰는 〈殉敎者〉가 도스토예프스키·알베르 카뮈 등의 문학세계가 보여준 위대한 도덕적 및 심리적 전통을 이어받은 매우 훌륭한 작품으로 영원히 남을 것이라고 했다. 또 『새터데이 리뷰』도 이를 감동적이고 설득력이 있으며 품위가 있는 소설이라고 높이 평가했다. 내용뿐 아니라 문장에 대해서도 좋은 평가를 받아 『타임』誌 같은 경우는 작가가 이 작품에서 영어 사용 국민보다 오히려 더 우수한 영어를 쓰고 있다고 했다.

이 작품은 발표 직후 우리말로 번역, 출판이 되어 상당히 많은 한국 독자들도 읽은 것으로 알려져 있다. 그러나 한국에서의 이 소설에 대한 본격적인 연구는 여태 이루어지지 않고 있다. 거기에는 여러 가지 이유가 있겠지만 그 중 하나가 이 소설이 정통 한국문학의 범주 밖에 있다는 것이 아니었는가 한다. 한국문학이 되려면 무엇보다 한국 사람이 한국인의 말과 글로 한국인의 생활 감정을 나타낸 것이어야 한다. 여기서 작가 金恩國의 국적이 한국이냐 미국이냐를 따지는 것은 별로 의미가 없을 것 같다. 왜냐하면 그는 한국인을 부모로 해서 태어나 한국에서 성장했으며 한국에서 교육을 받았고 한국인으로서 공산침략에 맞서 목숨을 걸고 싸운 사람인 이상 현재의 국적이 어디로 되어 있는가 하는 것은 무의미한 서류상의 문제일 뿐이겠기 때문이다. 또 이 소설은 처음부터 끝까지 한국인의 생활 감정에서 단 한치도 벗어나 있지 않아 이 점에서도 이 작품을 한국문학이라 한다 해서 잘못될 것은 없다. 문제는 이 작품이 영문으로 발표되어 거기에 부려 쓰여진 말과 글에 있다. 이 작품은 1990년 이전에 張旺祿에 의해 한 번, 都正一에 의해 다시 한 번, 두 차례에 걸쳐 한국어로 번역, 출판이 되었었다. 작가 아닌 타인에 의해 한국어로 번역 출판된 소설을 한국문학이라고 할 수 있느냐 하는 것은 분명히 논란의 여지가 있는 것이다. 이 소설에 대해 상당히 깊이 있는 평문을 쓴 한 사람이 이 작품이 외국어로 씌어졌고, 작가 아닌 다른 사람에 의해 국역이 되었다는 점 때문에 감명이 반감되었다고 하고 있는 것도[1] 바로 이 점을 말한 것이라 해야 할 것이다. 그런데 마침 1990년에 이 작품의 세번째 번역판이 나왔다. 더욱 반가운 것은, 이번에는 「작가의 뜻이 정확히 전달된 韓國版 定本」이 갖고

---

1) 李東夏, "韓國小說과 救援의 문제", 『現代文學 (1983. 5)』 p.410.

싶어 작가 자신이 한국어로 써서 스스로 이를 「우리말 결정판」이라고 이름지어 출판을 했다는 사실이다.[2] 〈殉敎者〉는 이미 세계문학의 대열에 끼어든 작품이라 하겠지만 굳이 그 뿌리를 찾는다면 한국, 한민족을 두고 어느 나라, 어느 민족의 문학일 수도 없다. 작가가 이번의 번역본을 굳이 「우리말 결정판」이라고 한, 한 마디만으로도 우리는 서슴없이 이를 한국문학이라 해도 좋을 것 같다.

그러니까 이제 한국어판 〈殉敎者〉를 한 편의 국문학 작품으로 정면에서 연구해도 좋지 않을까 한다. 더구나 해석과 평가에 있어서는 어떨지 모르겠지만 적어도 이 작품의 이해에 있어서는 어느 외국인보다 한국의 비평가가 가장 유리한 입장에 있다 할 것이므로 한국 학계에서의 연구는 꼭 이루어져야 한다고 생각한다. 지금까지 이 작품에 대한 단편적인 언급은 얼마간 있었지만 논문의 형식을 갖춘 선행연구는 거의 없어 두려움이 없지 않지만 비록 약간의 모험이 된다 할지라도 지금쯤은 이 소설에 대한 한 편의 試論이 나와도 좋을 때가 되지 않았나 해서 이 글을 쓰기로 했다.

1. 聖職者들에 의한 神의 不在證明

이 소설의 시간배경은 6·25사변의 발발 직전에서부터 사변 이듬해 5월까지 약 1년이고 장소적 배경은 주로 유엔군 장악하의 平壤이다.

〈殉敎者〉는 半探偵物이라고 불린 데서도[3] 알 수 있듯이 한 편의 미스테리 소설 같은 구성을 하고 있다. 그러나 이 소설이 6·25사변을 배

---

2) 김은국, "독자에게 드리는 글", 「순교자」 (을유문화사, 1990), p.1.
3) 徐洸善, "苦痛과 希望과 사랑", 『한국문학 (1985. 6)』, p.308.

경으로 하고 있으면서도 전투 신이 나오지 않듯, 미스테리 소설 같으면서도 그러한 서사물에 흔히 등장하는 범죄의 진상 규명이나 범인의 추적 같은 것은 없다. 이 소설의 미스테리는 신과 인간 영혼의 문제라는 독특한 데에 한정되어 있다는 것이 한 특징이자 이 소설 특유의 매력이라 할 수 있다.

〈殉敎者〉는 두 개의 수수께끼가 던저져 그것이 하나 하나 풀려 가는 과정을 서술하는 형식을 취하고 있다.

첫번째 수수께끼는 6 · 25사변이 일어나기 직전 북한의 목사들이 공산주의자들에 끌려간 후 소식을 모르게 된 사건과 관련된 것이다. 한국군 정보당국에 들어온 그에 관한 제일보는 '수 미상의 북한 기독교 목사들'이 행방불명되었는데 '빨갱이들에게 납치된 것으로 믿어진다'는 극히 막연한 것이었다. 平壤 주둔 한국 육군본부 파견대 정치정보국장 장 대령은 전쟁이 나던 날 목사들이 모두 총살되었다는 정보를 얻는다. 이로써 사안은 목사들의 행방불명에서 그들의 사망으로 바뀌어진다. 그러나 진상은 여전히 불확실한 채로 있었다. 방첩대의 조사에 의한 정보보고는 피살된 목사의 수가 열 넷이라는 것과 열 둘이라는 두 가지로 엇갈리고 있었던 것이다. 소설이 진행되어 감에 따라 그들에게 붙들려 간 목사는 모두 14명이었는데 그 중 12명은 피살되고 나머지 두 사람, 신 목사와 한 목사는 살아남아 平壤에 살고 있다는 것이 확인된다. 이와 같은 사실이 알려지자 피살된 12명의 목사들은 금방 敎職者들과 신도들로부터 순교자로 열렬한 추앙을 받게 된다. 그러나 다시, 이번에는 어떻게 하여 12명이 다 죽는 상황에서 그들 두 사람만이 살아남을 수 있었는가가 장 대령의 의문이자 독자의 궁금증으로 떠오른다. 살아남은 두 사람의 목사는 사람들로부터, 특히 장 대령으로부터 그들이 죽은 목사들을 배신하고 그 대가로 그들의 목숨을 건진 것이 틀림없다는 의심을 사게 된다. 그러나 목사들을 총살한 북한의 平壤市 비밀경찰 소속 정 소좌가 붙들려 옴으로써 진상은 명백하게 밝혀진다. 그는,

“— 前略 — 자, 여러분 당신들 위대한 순교자들이 어떻게 죽었나 알고 싶다고 했소? 내가 당신네의 그 위대한 영웅, 위대한 순교자들이 꼭 개처럼 죽어 갔다는 얘길 들려 줄 수 있게 된 것은 큰 기쁨이요. 꼭 개새끼처럼 홀쩍거리며, 낑낑거리며, 엉엉 울면서 죽어갔어! 살려 달라 아우성 치고, 자기네 신을 부정하고 동료들을 헐뜯는 꼬락서닌 과연 보기만 해도 즐거웠어. 그들은 개처럼 죽은 거야! 개처럼, 알겠어? 모조리 죽여버렸어야 하는 건데!”

라고 말해 죽은 12명이 순교자도 아무 것도 아니라는 사실을 폭로한다. 그리고 여기서 두 사람이 어떻게 살아 남을 수 있었던가도 밝혀진다. 한 목사는 그와 같은 극한상황에서 너무 큰 충격을 받아 정신이상을 일으켰기 때문에 그들이 죽이지 않아 살아 남게 되었고, 신 목사는 정 좌소에게 대항한 것이 거꾸로 죽음을 면하게 된 결과가 되었던 것이다. 정 소좌는 신 목사에 대해,

“그는 내게 감히 대항해 온 유일한 친구였어. 난 당당하게 싸우는 걸 좋아해. 그 자는 용기가 있더군. 내 얼굴에 침을 뱉을 만큼 배짱 있는 친구는 그 자 하나뿐이었어. 난 내게 침을 뱉을 수 있는 자를 존경해. 그래서 그 자만은 쏘지 않았던 거야. —下略—”

라고 말한다. 洪命憙의 〈林巨正〉「火賊篇 三」 중 임꺽정이 과거에

낙방하고 돌아가던 선비들을 해하는 장면에서 암시를 받은 이야기일[4] 가능성이 다분한 이 대목은 한 비평가의 말과[5] 같이 일대 「急轉」이라 할 만한 것이다.

여기서 우리가 주목해야 할 사실은 14명의 목사들에 단 한 사람의 순교자도 없었다는 것이다. 그들 중 목숨을 구하기 위해 자신의 신앙에는 물론 다른 목사들에 등을 돌린 사람들은 背教者요 배신자다. 그렇게까지 하지 않은 목사들의 경우도 (정신이상을 일으킨 한 목사는 특수한 경우로 예외로 해야 할 것이다.) 신을 부정했다는 점에서는 그들과 조금도 다를 것이 없다. 단 한 번도 자기의 신에 대한 믿음을 의심해 본 적이 없고 자기와 자기 신의 긴밀한 관계가 깨어진 적이 있다고는 한 순간도 생각한 적이 없는 박 목사는 자신의 아들이 신의 존재를 부정한다 하여 그 아들과 의절을 할 만큼 광신적인 사람이다. 그런 그도 죽음이 눈앞에 닥치자 기도를 해 달라는 동료 목사들의 부탁을 거절한다. 그는 그들을 위해서도 자기 자신을 위해서도 기도할 수 없다고 말한다. 「정의롭지 못한 하느님」에게는 기도하고 싶지 않다는 것이 이유로, 그는 신 없이 절대 고독 속에 죽음을 맞고 있다. 박 목사의 위와 같은 최후의 말에는 신의 부정에서 끝나지 않고 믿었던 신에 대한 배신감에서 온 원망과 저주의 느낌마저 비치고 있다.

마지막 한 사람, 신 목사는 자신을 죽이려는 살인자에게 조금도 두

---

4) 임꺽정은 양반이라고 으스대는 것이 밉다 하여 서림이 붙들어 온 8명의 선비들 중 겁에 질려 살려달라고 애걸하는 정생원 등 4명을 차례로 살해한다. 그러나 "양반이 죽으면 죽었지 도둑놈 앞에 무릎은 꿇지 않는다."고 하면서 그들에게 굽히지 않고 꺽정을 향하여 「도둑놈」「대적놈」이라고 호통을 친 한생원은 살려 준다. 또 그들은 마지막 한 사람 남은 선비가 겁을 집어먹고 말문이 막혀 죽인다고 얼르는데도 말 한 마디 못하고 사시나무 떨듯 떨기만 하자 그도 살려 보낸다. 洪命憙의 〈林巨正〉은 작가 金恩國 당대의 젊은이들에게 널리 읽혔던 사실을 상기하면 이 이야기는 거기서 착상을 빌려온 것일 가능성이 큰 것으로 보인다. 洪命憙, 〈林巨正〉「火賊篇 三」(사계절, 1985), pp.12~34 참조.
5) 李甫永, "奇妙한 宿命", 『現代文學』(1969, 9), pp.292~93.

려워하지 않고 대항하지만 그러한 행위는 신앙심과는 전혀 상관이 없는 것이다. 그에게는 그보다 훨씬 오래 전부터 신같은 것이 존재하지도 않았다. 다음의 인용문에 나타난, 그가 뒤에 이 소설의 나레이터 이 대위에게 한 말들에 그것이 분명하게 드러나 있다.

> "평생토록 난 신을 찾아 헤매었소." 그는 소근거리듯 말했다. "그러나 내가 찾아낸 것은 괴로움과……죽음, 냉혹한 죽음에서 벗어나지 못한 인간뿐이었소."
> "그리고 죽음의 다음은?"
> "아무것도 없소! 아무것도!"
> 그의 창백한 얼굴에는 엄청난 고뇌가 일고 있었다.

이상에서 목사들의 집단피살을 둘러싼 수수께끼는 완전히 풀린 셈이다. 그러니까 6·25사변이 일어나던 날 平壤에서 있었던 목사들의 집단총살은 공산주의자들에 의해 저질러진 단순한 살인만행이었고, 떠들썩했던 순교 이야기는 쓰디쓴 한 바탕의 헤프닝이 되고만 것이다.

더욱 아이러니컬한 것은 이야기가 처음 시작될 때 敎職者들과 신도들의 감탄을 자아낸 목사들의 집단순교사건이던 것이 결국 다른 사람 아닌 목사 자신들에 의한 신의 부재증명으로 반전되고 있다는 사실이다. 그리고 이 「神 不在」의 확인은 이 소설의 사상의 근간을 이루고 있다 할 것이다.

두번째 미스테리는 결벽의 성직자 신 목사가 무엇 때문에 계속해서 명백한 거짓말을 하고 있는가 하는 것이다. 그는 처음 자신은 12명의 목사와 격리 수용되어 있었기 때문에 그들이 어떻게 되었는지 모른다고 거짓말을 한다. 그러다가 다음에는 자신이 그들 12명이 총살당하는 것을 보았다고, 앞서 한 자신의 말을 번복한다. 그러자 신 목사가 거짓말을 했다는 사실을 안 신도들이 폭도로 변해 그의 집을 부수는 등 폭력을 휘두른다. 그런데도 그는 그 위에 다시 자신이 그 12명의 목사를 배신했다고 또 한번의 거짓말을 한다. 더욱 이해할 수 없는 것은 이 때는 정 소좌의 폭로로 장 대령과 일부 목사들이 사건의 진상을 환히 알고 있었는데도 그렇게 말하고 있다는 사실이다. 이에 신도들은 더욱 격분하여 폭동이라 할 만한 소란을 일으켜 그 와중에 한 목사는 죽게 되고 신 목사도 신변이 위태롭게 되기까지 하지만 그의, 스스로를 궁지로 모는 거짓말은 계속된다. 그는 목사들이 순교하는 순간 캄캄하던 구름이 흩어지고 밝은 달빛이 순교자들의 미소띤 얼굴을 비추었으며 「나의 아들」인 목사들이 싸움에 이겼다고 하는 하늘로부터의 하느님의 우렁찬 목소리를 들었다고 말한다. 거기다 신 목사는 사람들이 진리를 원하지 않는지도 모른다는 말을 한 적이 있는 데다 이 대위에게 자신의 그러한 행동은 자신의 신앙, 「새로운 신앙」을 위해서 하는 것이라고 말해 의문은 더욱 증폭된다.

이 의문은 소설의 후반에 이르러서 극적으로 풀리게 된다. 신 목사는 중공군의 개입으로 유엔군이 전 전선에서 후퇴하는 바람에 平壤을 떠나게 된 이 대위에게 자신이 거짓말을 해 온 이유를 말해 준다. 신 목사와 이 대위의 다음과 같은 대화에 그것이 드러나 있다.

"— 前略 — 고통이 그들의 희망과 믿음을 움켜쥐고는 그들을 절망의 바다로 떠내려보내고 있소. 우린 그들에게 빛을 보여주고 그들을 기다리는 영광과 환영이 있다는 것, 그리고 하느님의 영원한 왕국에서 마침내 승리를 거둘 것이라는 확신을 줘야 합니다."

　"희망이라는 환상을 준단 말입니까? 무덤 이후의, 죽음 이후의 환상을 주란 말입니까?"

　"그렇소! 그들은 인간이기 때문이오! 절망은 이 피곤한 생의 질병이오, 무의미한 고통으로 가득찬 이 삶의 질병입니다. 우린 절망과 싸우지 않으면 안 돼요. 그 절망을 때려부수어 그것이 인간의 삶을 타락시키고 인간을 단순한 겁쟁이로 위축시키지 못하게 해야 합니다."

　신 목사의 이, 사람들을 절망에서 구하기 위해서는 있는 그대로의 진상을 알리지 않는 것이 좋을 수도 있다는 생각에는 장 대령도 같은 입장이다. 장 대령은 한국인들이 6·25전쟁의 성격을 근본적인 것에서부터 모두 알게 할 수는 없다는 이유를 다음과 같이 말하고 있다.

　"아니면, 이 전쟁 역시 바보 같은 인간들의 부패한 역사 속에서 얼마든지 찾아볼 수 있는 다른 모든 전쟁과 조금도 다를 게 없다, 이 전쟁도 추잡한 국가간의, 혹은 썩은 정치인들 사이의 맹목적 권력 투쟁이 빚은 구역질나는 결과에 지나지 않는다고 말할 셈인가? 또 이 어리석은 전쟁을 하느라고 수많은 사람들이 죽었고 앞으로도 계속 죽어갈 것이며 그들의 죽음은 헛된 죽음이다, 왜냐하면 그들은 단순히 무고한 제물로 희생된 것이며 냉혹하고 치밀하게 계산된 국제 정치 무대에 꼼짝없이 잡혀버린 죄 없는 볼모들이기 때문이다, 이렇게 떠들 작정인가?—下略—"

　이와 같이 말한 장 대령은 사람들이 속으로는 익히 알고 있으면서도 알고 있다고 생각하고 싶지 않은 것이 있게 마련인데 그것을 기어이 알게 해서는 안 된다고 하고 있는 것이다.

　이러한 점에서 신 목사와 장 대령의 진실·진리의 인식 방법은 실용주의(pragmatism)적인 것이라 할 것이다. 실용주의자의 주장에 의하면 인간 생활의 본질은 情意的 활동에 있으며 知的 認識은 그것을 뒷받침하기 위한 도구에 지나지 않는다. 그러므로 진리를 위한 진리의 탐구는 무의미한 것이며 진리는 반드시 생활과 관련되어 있어야 한다. 그런데 생활은 개인에 따라 다르므로 진리도 모든 사람에 공통되는 것이 아니라 상대적이며, 절대보편적인 것이 아니다. 진리는 우리의 경험적 知覺 속에 있어야 하지만 그 知覺의 진위를 결정하는 표준은 그것의 실제적 효용에 있다. 즉 생활에 유익한 결과를 안겨주는 것이 진리요, 그에 반하는 것이 허위이다. 제임스에 의하면 인간의 본질은 본래 실행에 있다. 따라서 知는 情意活動을 위해 존재하며 인식은 실행을 뒷받침하기 위해 있는 것이다. 그러므로 활동이 없는 이성은 무가치한 것이며 진리를 위한 진리는 아무런 의의가 없다. 우리들의 지식의 진리성은 그 실천적 결과에 의하여 판정될 것이며, 실제 생활상 효과가 있는 것은 진리이며 효과가 없는 것은 허위이다. 이 사상은 실러에 의해 더욱 구체화된다. 그는 초개인적인 절대적 진리의 존재를 주장하는 플라톤의 설을 배격하고 인간은 만물의 척도라고 주장하는 프로타고라스의 설을 채택한다. 즉 사유와 관념은 모든 경험의 결과에 의해 생긴 것이며 그것들은 감각에 주어진 것에 의존하는 상대적인 것이다. 그러므로 진위는 인간에 있어서 그 성과 여하에 따라서 결정되며 진리의 표준은 결국 주관적 만족에 귀결된다. 다시 말해서 진리는 인간의 제작물이며 주관에 관계없는 진리는 존재할 수 없다.[6] 그러므로 진리는 인간적이며 상대적이다. 신은 죽었다고 선언한 철학자 니체에게서 이러한 실용주의적 경향이 보인다는 것은 소설 〈殉敎者〉를 이해하는 데 하나의 시사를 준다 할 것이다. 왜냐하면 신의 존재를 부정한 신 목사가 바로 초개인적인 절대진리를 부정하고 인간적, 상대적 진리를 추구하고 있기 때문이다.[7] 그러니까 제3자가 보았을 때는 신 목사가 거짓을 말한 것이지만 신 목사 자신으로 볼 때 그의 그러한 언행은 사람들을 이 세상의 가장 큰 악, 「절망」으로부터 구원하는 진리, 진실이었던 것이다.

신도 부활도 믿지 않으면서 성직자 생활을 해야 한 신 목사는 저주받은 인간이었다고 한 사람이 있는데[8] 필자는 그러한 발언에 동의할 수 없다. 왜냐하면 그는 그의 진실을 추구하고 있었고 그것이 그의 새로운 신앙이었으며 거기에 그의 삶의 의의가 있었기 때문이다.

2. 神 없는 세계의 虛無

갑자기 신의 존재가 부정된 세계는 니힐리즘으로 굴러 떨어지기 쉽다. 이는 이미 19세기에 歐美의 정신세계가 겪은 바 있다. 니체에 의하면 니힐리즘·허무주의에서는 인간이 가치·의미·소망이 철저하게 거부된 세계로 빠져들게 된다. 곧 허무주의는 최고의 가치를 가진 것이 그 가치를 상실하는 데서 오는 것이다. 종래 歐美에 있어서 최고의 가치를 가진 것은 기독교신앙이었다. 그래서 니체는 기독교의 몰락에서 니힐리즘이 왔다고 하고 있는 것이다.[9] 어느날 갑자기 그때까지 존재하는 것으로 믿고 살아온, 착한 사람에게 상을 주고 악한 사람에게

---

6) 이상 李載萬·趙鏞一,「哲學槪論」(東星社, 1984), pp.140~43 참고.
7) 이 소설에서 이 대위가 자신의 진실·진리에 끝까지 충실할 것이며 결코 타협하지 않겠다고 했을 때 장 대령이 「한데, 진리라 ― 그래, 진리란 게 뭐야?」라고 한 반문도 신 목사와 같은 생각에서 나온 것이라고 보아야 할 것이다.
8) 李甫永, op. cit., p.287.

벌을 내리는 존재가 없어진 세계는 선도 악도 없는 혼돈과 암흑의 세
계가 될 수밖에 없는 것이다. 사람들은 거기서 허무의 나락으로 떨어
지게 마련인 것이다.

〈殉敎者〉는 거듭 신의 존재가 부정된 소설이다. 그리고 이 소설의
全篇에는 허무주의적인 분위기가 짙게 깔려 있다. 이 소설의 중간 중
간에는 바람에 흔들려 헛되이 울리고 있는 교회의 종이 등장하고 있
다. 다음과 같은 인용문이 그 예다.

> 바람이 몹시 불었다. 창문이 덜컹거렸고 길 건너 종루의 종이 가늘
> 게 댕그렁거리고 있었다.
> "저 종을 어떻게 좀 하질 않구서!"
> "종루에 올라가기가 위험해서 그래."
> 내가 대답했다.
> 그는 별안간 몸을 돌려 내게로 다가섰다. "저 교회를 더 이상 보고
> 있을 수 없어! 마치…… 마치……"

신을 잃은 교회의 종소리는 죽은 신을 弔喪하는 소리처럼 들리고 부
서지다 만, 뼈대만 남은 교회는 기독교의 잔해와 같다. 여기서 우리는
한 세계의 종언을 앞에 두었을 때와 같은 허망감을 느끼게 된다.

그리고 이 소설의 장소적, 시간적 배경도 전반적으로 어둡기 짝이
없는 것이다.

> 중앙교회의 회색 종탑 위 십자가 끝이 기우는 저녁 햇살을 받아

---

9) 니체, 『니체 全集』 제4권, 「權力에의 意志(朴煥德 譯)」(東星出版社, 1974), p.21.

서 니힐리즘이 왔다고 하고 있는 것이다.[9] 어느날 갑자기 그때까지 존
재하는 것으로 믿고 살아온, 착한 사람에게 상을 주고 악한 사람에게
벌을 내리는 존재가 없어진 세계는 선도 악도 없는 혼돈과 암흑의 세
계가 될 수밖에 없는 것이다. 사람들은 거기서 허무의 나락으로 떨어
지게 마련인 것이다.

〈殉敎者〉는 거듭 신의 존재가 부정된 소설이다. 그리고 이 소설의
全篇에는 허무주의적인 분위기가 짙게 깔려 있다. 이 소설의 중간 중
간에는 바람에 흔들려 헛되이 울리고 있는 교회의 종이 등장하고 있
다. 다음과 같은 인용문이 그 예다.

바람이 몹시 불었다. 창문이 덜컹거렸고 길 건너 종루의 종이 가늘
게 댕그렁거리고 있었다.
"저 종을 어떻게 좀 하질 않구서!"
"종루에 올라가기가 위험해서 그래."
내가 대답했다.
그는 별안간 몸을 돌려 내게로 다가섰다. "저 교회를 더 이상 보고
있을 수 없어! 마치…… 마치……"

신을 잃은 교회의 종소리는 죽은 신을 弔喪하는 소리처럼 들리고 부
서지다 만, 뼈대만 남은 교회는 기독교의 잔해와 같다. 여기서 우리는
한 세계의 종언을 앞에 두었을 때와 같은 허망감을 느끼게 된다.

그리고 이 소설의 장소적, 시간적 배경도 전반적으로 어둡기 짝이
없는 것이다.

중앙교회의 회색 종탑 위 십자가 끝이 기우는 저녁 햇살을 받아

희미하게 빛나고 있었고 눈가루가 바람에 날려 폐허 위를 스치다가, 지나가는 지프며 트럭꽁무니를 따라 가기도 하고 길가를 휘몰아치기도 했다. 땅거미와 그늘이 언덕배기로 기어올라가면서 반신불수가 된 교회를 침범하고 이윽고 종탑까지도 삼켜 버렸다. 땅거미 속의 들쭉날쭉한 형태들이 점점 시꺼멓게 변하면서부터 침울한 정적이 온 도시에 내리덮이기 시작했다.

위의 인용문 중 방점 친(방점은 필자가 친 것임) 단어들은 모두 암울, 암흑의 심상어들이다. 위의 문장뿐 아니라 〈殉敎者〉에는 회색의 하늘·회색의 두루마기 등이 빈번하게 등장해 회색이 이 소설의 바탕색을 이루고 있다. 이 잿빛은 분위기를 암담하고 우울하게 해 이 소설에 허무감을 더욱 고조시켜 주고 있다.

12명의 목사가 순교하여 거룩한 희생을 한 것으로 알려졌던 것이 중간에 이르러 정 소좌의 말처럼, 공포에 떨며 「개처럼」 죽어간 것이 밝혀지는 이 소설은 처음부터 허무주의에 빠져들 소지를 다분히 가진 것이었다. 그러나 사실은 그렇지 않다.

인간을, 이 소설을 허무의 나락에서 구원하고 있는 것은 주로 주인공 신 목사다.[10] 신 목사는 인간에 있어서 가장 큰 적이자 악은 절망이라고 보고 있다. 그는 절망은 인간에게 고통을 주고 인간만이 가진 존엄성을 짓밟아 인간을 비참한 전락으로 몰고 간다고 생각하고 있다.

---

10) 이 소설의 주인공을 이 대위라고 하는 사람이 의외로 많다. 鄭漢淑, "金恩國 長篇小說 審判者", 『月刊文學』(1969. 9), p.234. 徐洸善, "苦痛과 希望과 사랑", 『現代文學』(1976. 6), p.308이 그렇게 말하고 있다. 그리고 놀랍게도 노벨문학상 수상자인 하인리히 뵐 역시 이 대위가 주인공이라고 하고 있다. 하인리히 뵐, "뵐이 쓴 「金恩國論」", 『文學思想』(1972. 12), p.43. (단, 이 글은 번역된 것이라 원문에서 어떻게 말했는지는 확인되지 않았다.) 이 대위를 주인공으로 본 것은 잘못이다. 어떤 소설의 주인공은 그 소설의 주제의 형상화에 가장 깊이 관여하고 있는 인물이고 그런 의미에서 〈殉敎者〉의 주인공은 신 목사일 수밖에 없다.

그는 그것을 이 소설의 시간 훨씬 이전에 몸소 체득해 알고 있었던 것
이다. 신 목사는 병으로 그들의 첫 아들을 잃었을 때 온종일 기도하고
단식하는 그의 아내가 못마땅하여 그녀에게 저승이란 존재하지 않으
며 따라서 그들이 죽어도 그들의 아들을 만날 수 없다고 말해버린다.
신 목사는, 그 말을 들은 아내가 절망감을 주체할 수 없어 얼마안가 산
송장처럼 되어 죽어가는 것을 본 것이다.

그리고 어떠한 구원도 기대할 수 없게 되었을 때 보여 준 목사들의
처참한 최후 모습을 본 다음 그의 그러한 생각은 더욱 확고한 고정관
념이 되어버린 것이다. 신 목사는 인간이 비록 짓이겨지는 한이 있더
라도 인간으로서의 존엄성을 잃고 패배해서는 안 된다고 믿는다. 그래
서 그는 스스로가 유다가 되어, 있지도 않은 순교자를 만들어내고 하
느님의 목소리를 들었다고 거짓말을 하고 있는 것이다. 그러면서 그가
많은 신도들 앞에서 강조한 것은 절망해서는 안 된다는 것이었다. 이
때의 절망은 어떠한 것의 초극 의지도 없는, 그것으로 모든 것이 끝나
는 절대절망이다. 그는 순교자들이 자신에게,

　‘실망하지 마오. 우리는 당신의 영혼을 위해 기도하겠소. 절망하지
　마시오. 천국이 가까웠고 우리의 승리가 임박했으니 절망하지 마오.
　절망해선 안 돼오, 안 돼!’

라고 말했다고 하고 목사들의 순교의 순간에 들려온 하느님의 목소
리도 「절망하지 말지어다. 절망하지 말지어다」였다고 하고 있는데 이
는 모두 신 목사 자신이 하고자 한 말을 그들의 입을 빌려 한 것이다.

---

11) 李東夏, op. cit., p.412.
12) Ibid., p.410에서 재인용.

이 소설 속의 신 목사의 이러한 언행에 대해서 비판적인 의견들이 나와 있다. 한 평론은 신 목사가 대중의 행복을 위한다는 명분 아래 그들의 자유를 부정하고 진실을 인식할 권리를 그들로부터 박탈했다고 하고, 그가 진실을 독점하고 우매한 민중에게는 「희망이라는 환상」을 준 것은 잘못이라고 말하고 있다.[11]

또 鄭明煥은 대중을 속여 구원에의 희망을 유지케 하고 자기 혼자 고민의 십자가를 짊어지려 한 신 목사의 행동을 아편 상인의 작태 아니면 일종의 제스처 게임에 불과하다고 신랄하게 비판하고 있다.[12]

그러나 앞서 말했듯이 실용주의적인 확고한 사상에서 한 그와 같은 신 목사의 행동이 비난의 대상이 되어야 할 것인가는 생각해 볼 문제가 아닌가 한다. 그와 같은 비난은 평화시, 한가한 시간에 벌어진 신의 문제를 둘러싼 토론에서 나왔다면 귀 기울일 만한 것이 될지 모른다. 그런데 내일을 알 수 없는 전쟁이란 극한상황 하에서 인간을 불필요한 고통에서 구하고자 한 善意志의 행동을 「진실 독점」 또는 「아편 상인의 작태」라고까지 탓할 필요는 없을 것 같다. 더구나 신 목사가 처음부터 속일 수 없었던 자기 자신의 육신, 자신의 영혼은 어떻게 건사하고 있는가를 살펴보면 그러한 비난은 지나친 것이라 해야 할 것이다.

신 목사의 행동과 사상에서 우리는 實存主義者의 면모를 발견할 수 있다. 사르트르에 의하면 實存主義者에는 두 갈래가 있다. 그는 야스퍼스 · 가브리엘 마르셀로 대표되는 기독교인으로서의 實存主義者와 하이데거와 사르트르 자신을 들 수 있는 무신론적 實存主義者가 그것이라는 것이다.[13] 전자는 사람이 자기 이상으로부터의 人格神의 구원을 믿는 신앙을 절대화함으로써 참된 자신의 삶의 뜻과 가치를 찾으려

---

13) 사르트르, 「實存主義는 휴머니즘이다(方坤 譯)」(文藝出版社, 1992), p.13.

存主義 제1의 원리이다' 라고 한 말에[14] 그 사상은 응축되어 있다. 신의 존재를 부정한 신 목사는 한 사람의 實存主義者로서 자기 자신을 스스로 결정하여 만들어 간다. 그는 공산주의자들에 의한 총살이란 절망적 상황에서 그 절망을 극복하고 자신을 구한다. 듀란트는 인간이 자신을 기탄없이 절망에 내맡길 때, 비로소 참다운 實存을 달성할 수 있는 「飛躍」이 수행된다고 말했다.[15] 듀란트의 이, 「기탄없이 절망에 내맡김」은 하이데거가 말한 「先驅」와 같은 성질의 것이다. 하이데거는 인간은 던져져 있는 존재이나 그저 던져져 있기만 하는 존재에 그치지 않고 앞을 향하여 던지기도 하는 존재라고 말한다. 내던진다(投企=Entwerfen)는 것은 미래를 향하여 기획하고 계획한다는 뜻이다. 이 때의 인간은 던져졌다는 과거적 필연에 그저 밀리기만 하거나 아무 하는 일 없이 막연히 미래를 기다리고만 있는 것이 아니라 진지하게 나의 미래를 스스로 결정하면서 살아간다. 던져져 있으면서 앞으로 내던지는(被投的 投企=geworfener Entwurf) 존재는 죽음에 대해서도 앉아서 기다리거나 불안에 허덕이고만 있는 것이 아니라 스스로 앞질러(先驅=Vorlaufen) 죽음을 떠맡을 것을 결의함으로써 「죽음에서의 자유」를 얻는다.[16] 살인자의 얼굴에 침을 뱉는 신 목사의 행동은 바로 듀란트가 말한 「절망에 내맡김」이요 하이데거가 말한 「先驅」인 것이다. 그리하여 그는 그의 목숨을 구하고 그에게는 인간에 있어서 그보다 더 소중한 인간의 존엄성을 지킨 것이다. 李東夏가 신 목사가 처형의 공포를 이겨낼 수 있었던 것은 아마도 인간의 존엄에 대한 집착 때문이었을 것이라고 한[17] 것도 그것을 지적한 말일 것이다.

---

14) 사르트르, op. cit., p.20.
15) W. 듀란트, 「虛無主義(朴鍾雄 譯)」(學生文化社, 1962), p.236.
16) 韓笭淑, "實存主義", 「現代의 哲學(韓笭淑・車仁錫 共著)」(서울大學校 出版部, 1982), p.21.

신 목사는 그렇게 하여 그 지옥의 사지에서 자기구원을 했지만 그의 고통은 그것으로 끝나지 않는다. 유엔군의 平壤 진주 중 기적처럼 살아 돌아온 그는 신도들에게 신을 주고, 순교자를 주고 자신이 유다가 됨으로써 그들을 절망에서 구한다. 그러나 그런 식으로 구할 수 없는 인간도 있었으니 누구보다 그 자신이 바로 그런 사람이었기 때문이다. 그는 신도 내세도 없는 황량한 세계에 외롭게 남게 된 것이다. 그는 이를 자신이 진 십자가라고 말한다. 그리고 그러한 십자가는 모두가 다 질 필요가 없기 때문에 자신만이 지려 한 것이라고 말한다. 십자가는 희생을 상징한다. 신 목사는 그의 이웃, 기독교인들을 절망에서 구하고 단신으로 무신의 허무와 맞서고 있는 것이다. 그러면서도 신 목사가 바닥 없는 허무로 떨어지지 않을 수 있었던 것은 그가 인간에 대한 뜨거운 사랑을 가지고 있었기 때문이었다. 하인리히 뵐은 〈殉敎者〉의 두 개의 감동적인 모티브가 자신에게 도움을 주었다고 말한 것으로 전해지고 있다.[18] 그 두 개의 모티브 곧 작품의 정신 중 하나는 작가가〈殉敎者〉 책머리에 알베르 카뮈에게 바친 獻詞와 관련된 것이다. 작가는 카뮈의 「이상한 형태의 사랑」에 대한 통찰이 자신이 전선의 참호와 벙커에 있을 때 허무주의를 극복하게 해 주었다고 하고 있는데 뵐이 말한 모티브 중 하나는 바로 이 「이상한 형태의 사랑」이다. 이는 카뮈의 《反抗的 人間》 제5장에 나오는 말로 자기 희생의 정신에서 우러나온, 자기모순·자기기만을 적잖이 간직한 채로의 헌신적 행동을 의미한다.[19] 다른 하나는 작가가 역시 책머리에 인용한 휠더린의 〈엠페도클레스의 죽음〉 중 「놀랍도록 성실한 사랑」이다. 뵐은 이 「이상한 형태의 사랑」과 「놀랍도록 성실한 사랑」으로 사랑한다는 것은 거짓이 없고 유

---

17) 李東夏, op. cit., p.409.
18) 하인리히 뵐, "뵐이 쓴 「金恩國論」", 『文學思想』 (1972. 12), p.47.

혹되지 않는 것이라고 말하고 있다. 신 목사는 자기희생을 통한 인간 사랑에서 스스로 진 십자가의 고통의 의미를 찾으려 하고 있는 것이다. 인간을 위한 희생, 사랑만이 절망을 극복하고 고통이 의미를 갖게 할 수 있다는 신 목사의 신념은 신 없는 세계에서의 하나의 啓示와 같은 것이다. 신 목사는 이 대위와의 이별에 앞서 "인간을 사랑하시오, 대위. 그들을 사랑해 주시오! 용기를 갖고 십자가를 지시오. 절망과 싸우고 인간을 사랑하고 이 유일한 인간을 동정해 줄 용기 말입니다."라고 해 마지막으로 그것을 강조하고 있다.

위와 같은 신 목사의 새로운 신앙은 주변으로 확산된다. 먼저 기독교 신앙 자체를 철저하게 부정하고 교회가 끼인 어떠한 일에도 동참하기를 거부하던 박 대위가 신 목사에 끌려 스스로, 있지도 않은 순교자들을 위한 추도예배행사에 참여해 신 목사의 신앙을 같이 가진다. 다음은 이 대위로 그는 처음 신 목사에 대해 막연한 존경심을 가지고 있었지만 설교나 종교같은 것은 모두 배격한다. 더욱 거짓으로 순교자를 만드는 일에는 절대로 반대하는 입장에 서서 진리 그리고 진실만이 사람들을 구할 수 있다고 믿는다. 그러던 그가 신 목사의 고백을 통해 그의 진실을 알고 난 다음에는 그 동안 자신이 그에게 지나쳤던 일을 사과하고 눈물을 흘린다. 신 목사의 진실·진리를 안 이 대위는 신 목사가 피난민들 앞에서 신을 찬양하는 《聖經》「詩篇」을 읽는 소리를 듣고 있는 순간 갑자기 온몸에 한기가 듦을 느낀다. 그는 다시 현기증이 나고 눈앞이 어지러워져 그 자리에 더 이상 서 있을 수 없게 된다. 이 대위의 이와 같은 증세는 實存主義에 있어서의 存在論的 嘔吐로 볼 수 있을 것 같다. 존 러셀 테일러에 의하면 이는 인간이 이성과 實存의 알

---

19) 李甫永, op. cit., p.292.

력으로부터 비어져 나가는 경험인데 구체적으로 말하자면 인생의 깊은 존재 이유의 부재, 일상의 바쁜 생활의 헛됨, 人生苦의 무의미함에서 오는 嘔吐다.[20] 이 대위에 있어서의 嘔吐는 그 중 세번째, 곧 인간이 받는 고통의 무의미함에서 온 것이라고 보아야 할 것 같다. 그와 같은 경험이 있은 뒤 이 대위는 신 목사와 함께 신 목사의 새로운 신앙을 같이 가지게 된다.

그런 다음 이 새로운 신앙, 희생과 인간 사랑은 등장인물 한 사람, 한 사람에 의해 실행된다. 신 목사는 유엔군의 平壤 철수가 임박했을 때 서울로의 피난을 권유받지만 기어이 이를 거절하고 피난민들을 돌보기 위해 의심의 여지없는 죽음의 땅에 남는다.

또 서울로의 철수 길에 올랐던 군의관 민 소령도 자신이 돌보고 있던 중환자들을 죽게 내버려 둘 수 없다 하여 단신 平壤의 군병원으로 되돌아 간다. 박 대위와 장 대령도 전우들을 구하기 위해 스스로 그들의 몸을 죽이고 있다. 이렇게 하여 신 목사의 새로운 신앙은 완성에 이르고 있다. 이 소설에서 사건의 배경은 갈수록 암담해지지만 영혼 구제의 빛은 밝아 온다고 한 말이 나온 것도[21] 그 때문이다.

작가는 이 소설에서 신 없는 세계에서의 새로운 신을 찾아내는데 그것은 신 목사다. 이 대위가 신 목사와 마지막으로 헤어지는 구절은 다음과 같다.

나는 그에게 머리를 숙여 보인 뒤 물러나왔다. 신을 가진 사람들과 그들을 사랑하는 사람의 웅얼거리는 기도 소리를 등 뒤에 남기고 나는 문을 닫았다.

---

20) Arnold P. Hinchliffe, 「不條理文學(黃東奎 譯)」(서울大學校 出版部, 1986), p.1에서 재인용.
21) 李甫永, op. cit., p.290.

여기서 방점 친(방점은 필자가 친 것임)「신을 가진 사람들」은 하느님을 맹신하는 기독교인들을 말하고「그들을 사랑하는 사람」은 신 목사인데, 이때의 신 목사는 부정되어 없어진 신의 자리에 대신 서 있는 존재로 받아들여도 좋을 것 같다.

이 소설의 어조를 참고로 하면서 행간을 수색해 보면 신 목사는 공산주의자들의 손에 살해된 것이 틀림없는 것 같다. 그런데도 사람들은 平壤에서, 滿洲 국경의 작은 읍에서, 서해안에서, 동해안의 어느 어촌에서 그를 보았다고 해 그가 죽지 않고 살아 있다고 믿는다. 신 목사의 이와 같은 遍在는 어떤 신비감을 띠고 있다. 金炳翼은 이를 부활한 예수의 顯現과 같다고 하고 있다.[22]

작가는 여기서 신 없는 현대에 있어서 인간을 구원할 존재는 인간 자신이며 희생과 사랑만이 신이 없는 세계에서 허무와 절망을 극복하고 인간의 존엄성과 품위를 지키는 구원의 길이라 함을 역설하고 있는 것이다.

金恩國의 장편소설 〈殉敎者〉는 영문으로 발표가 된 데다 전에 나온 한국어판은 작가 아닌 다른 사람에 의해 번역된 것이어서 이를 한국문학 작품이라고 하기가 어려웠는데, 1990년 작가 자신이 우리말로 쓴 결정판을 출판해 우리문학의 범주 안에 들어오게 되었다. 이에 이 소설에 대한 작품론을 시도해 본 결과 다음과 같은 점이 특히 주목할 만한 것이었다.

미스테리 소설의 기법으로 쓰여진 이 소설은 공산주의자들의 북한 목사 집단살해사건의 진상을 밝혀 가는 과정을 통해 신은 없다는 주장을 하고 있고 이것이 이 소설의 사상의 근간을 이루고 있다.

---

22) 金炳翼, "〈작은 始作의 意味〉",『文學과 知性』(1970. 12), p.390. 그는 이 글에서 신 목사의 姓,「신」이 神과 읽는 음이 같다는 사실에 유의해야 할 것이라고 하고 있다.

신도 내세도 없다는 것을 확신하고 있으면서도 다른 목사들과 신도들에게 그러한 것의 존재를 역설하고 있는 신 목사의 언행은 실용주의적 진리 인식에서 나온 것이다. 실용주의자에 있어서 진리는 절대보편적인 것이 아니라 상대적인 것이며 주관적인 것이다. 이 때 진리를 위한 진리의 탐구는 무의미한 것이며 진위 결정의 표준은 실제적 효용에 있다. 곧 인간 생활에 유익한 결과를 가져오는 것이 진리요 그에 반한 것이 허위인 것이다. 작가는 이 소설에서 신이 없는 세계에서의 진리·진실은 이와 같은 상대적, 주관적인 것이요 실제 효용이 있는 것이라고 주장하고 있다.

이 소설의 주인공 신 목사에게서 우리는 무신론적 實存主義思想을 발견할 수 있다. 그리고 주인공은 이 사상에 의해 신이 없는 세계에서 허무주의로부터 자신을 구하고 사람들을 구원한다. 신 목사는 인간은 어떠한 초월적 존재에 의해 이미 만들어진 것이 아니라 스스로 생각하고 행위함으로써 자기 자신을 만들어 가는 現實存在라고 생각한다.

그는 살인자의 총 앞에서 죽음을 눈앞에 두었을 때 살인자에게 대항하는데 이것은 實存主義哲學에서 말하는 「先驅」다. 곧 그는 던저져 있는 존재가 아니라 스스로 앞질러 던지는 존재로서 죽음을 앉아서 기다리는 것이 아니라 스스로 그것을 떠맡음으로써 죽음에서의 자유를 얻고 있는 것이다.

그는 또 자신은 혼자 무신의 허무와 맞서 있으면서도 사람들에게는 신이 있다고 거짓말을 함으로써 그들을 절망으로부터 구원하고 있는데 이것은 實存主義哲學者 알베르 카뮈가 말한, 자기 희생, 헌신의 행동인 「이상한 형태의 사랑」의 실천이라 할 것이다.

결국 작가는 이 소설에서 신이 없는 현대에 있어서 인간을 구원할 존재는 인간 자신이며 희생과 사랑만이 신 없는 세계에서 허무와 절망을 극복하고 인간의 존엄과 품위를 지키는 구원의 길이라고 주장하고 있는 것이다.

그러므로 신의 부재가 확인되고 있는 이 소설은 신, 천당을 잃고 있다는 의미에서 실락원 이야기라 해야 하겠지만 여기서 새로운 인간구원의 길을 발견하고 있다는 점에서 결코 허무, 절망의 이야기라 할 수는 없을 것이다.

산다는 일 – 障碍와 맞서기

〈黃線地帶〉는 吳尙源이 1960년 『思想界』 4월호에 발표한 중편으로 그에 앞선 그의 단편 〈猶豫〉와 함께 행동주의소설로 불리는 작품이다. 6·25사변 휴전 직후를 시대 배경으로 한 이 작품은 전형적인 한 편의 전후소설이다. 이 소설은 부정적으로 본 견해도 없지 않았지만 디테일이 풍부한 묘사와 현실감을 획득하고 있다는 평가를 받기도 했다.[1]

이 소설의 주인공 정윤은 한 어려운 남매를 돕기 위해 미군 군수품을 털려 한다. 그는 두 사람의 친구와 함께 땅굴을 파 미군 군수품 창고에 들어가는 데 성공한다. 그러나 그들이 들어갔을 때는 창고 안의 물건은 모두 어딘가로 실어낸 뒤라 세 사람은 물건 훔치기에 실패하고 만다는 것이 이 소설의 줄거리다.

1. 暗鬱하고 가파른 삶의 터

〈黃線地帶〉는 6·25사변 휴전 후의 암울한 시대상을 그려 보여 주는 소설이다. 이 소설이 하고 있는 이야기는 그 시대의 인간들의 삶의

---

1) 李東夏, "戰爭의 후유증 – 내일 없는 삶의 모습" 「한국소설의 문제작(白鐵 外)」(도서출판 一念, 1985), p.167.

모습이자 實存主義思想에 있어서 인간의 조건을 상징적으로 보여 주는 것이다. 그러므로 독자는 작가가 그 문면 뒤에서 말하고 있는, 우리들이 살아가고 있는 세계란 어떤 곳이며, 삶이란 어떤 것인가에 대해서 주목할 필요가 있다.

이 소설은 전반적으로 어두운 톤으로 일관하고 있다. 소설 도입부의 장소적 배경부터가 그렇다.

OFF LIMITS YELLOW AREA

여기는 전쟁과 함께 미군 주둔지 변두리에 더덕더덕 서식된 특수지대다. 흡사 곰팡이와 같다. 미국 군인이 먹다 버린 한 조각의 치즈, 비스킷 귀퉁이, 빵 껍질에도 빈틈없이 시궁창 속 같은 습기와 함께 곰팡이는 무섭게 번식한다. 곰팡이는 살기 위해선 분간을 하지 않는다. 하찮은 조그만 메뉴통 껍질이라도 그들이 충분히 생명을 붙일 수 있는 밑판이 된다. 또 그들은 햇볕을 싫어한다. 그들은 태어나는 순간부터 그늘진 어둠을 즐겨 사랑한다. 그들은 더럽고 추한 곳일수록 삶의 의욕을 느낀다. 그들에겐 그것이 부끄러울 것도 죄 될 것도 없다.

불결하고 부정한 곳이라 하여 미군의 출입이 금지된 이곳 사람들은 곰팡이라는 菌類, 최하등의 미물에 비유되고 있다. 그에 이어진 다음의 인용문은 그곳, 「황선지대」를 맞은편의 미군부대와 대조적으로 그려 보여 주어 그곳이 버림받은, 저주의 땅과 같음을 말해 주고 있다.

철조망은 이중삼중으로 쳐 있고, 그 사이는 지그자그하게 마구 가시줄로 얽혀 있었다. 그는 술기로 붉게 타오르는 눈을 휩뜨고 그 철조망 저쪽을 노리듯 바라보고 있었다. 그쪽은 콘센트마다 전등불 빛이

휘황찬란하였다. 그러나 그가 등진 곳은 마치 무덤 속처럼 침울한 어둠 속에 잠겨 있었다.

주 등장인물들이 움직이고 있는 곳이 거기서도, 미군부대로 파들어가고 있는 땅굴 지하라는 사실은 이 소설에 더욱 어두운 색조를 드리우고 있다.

또 다른 배경, 天候도 어둡고 우울한 것이다. 이곳의 하늘에서는 처음부터 끝까지 끊임없이 비가 내린다. 간혹 비가 걷혀도 하늘은 어둡게 찌푸리고 있고 땅바닥은 빗물이 괴어 질척거리고 있다. 그와 같은 날씨에는 등장인물들의 어두운 심정, 암담한 생활이 투영되어 있다.

등장인물들이 산, 살고 있는 과거와 현재의 사회적 배경도 어둡고 우울한 것이다. 이북 출신인 주인공은 북한과 남한 모두에서 잘못된 현실에 좌절과 울분을 경험한다. 해방 후 북한에서 학교에 다니고 있던 그는 그곳에 진주해 온 소련군에 의해 조국이 무참하게 짓밟히고 있는 것을 보고 학생조직을 이끌고 궐기하여 항거하나 그들의 무력에 꺾이고 만다. 그 일로 신변에 위협을 느낀 그는 월남을 하지만 남한도 잘못되어 있기는 마찬가지였다.

항일 투쟁을 통하여 누구나가 우러러보았던 민족의 지도자들이 저마다 정당을 조직해 가지고 집권을 위한 정치적 암투와 배반, 공공연한 정치적 집회석상에서의 감정적 선동과 테러, 그리고 미묘하게 변동을 하는 갈등과 오늘은 이 광장에서 정치적 배후를 끼고 청년들이 무모하게 충돌을 하였는가 하면 또 날이 밝기가 무섭게 저쪽 거리 한 가운데서 데모대의 난투극이 벌어져야 하였다.

남한은 나라 걱정은 뒷전이고 정권욕에 눈이 어두워 끊임없는 정쟁으로 세상이 어지럽기 짝이 없었다. 여기서 우리는 당시 분단된 조국의 남쪽과 북쪽이 모두 모순에 차 있었다는 작가의 목소리를 들을 수 있다. 공산주의와 자본주의, 두 이데올로기의 세력권으로 양분된 조국이 양쪽 모두 잘못되어 있었다는 그와 같은 이 소설의 시각은 5~6개월 후, 역시 양비론적 현실 비판을 하고 있는 崔仁勳의 〈廣場〉의 출현을 예고하고 있다고 할 수 있을 것이다.[2]

또 한 사람의 등장인물 고병삼도 어두운 현실에 배반당한다. 그는 6·25사변이 일어나자 전장에 나가 전상을 입고 제대를 하지만 이 세상에서 자신이 발붙일 곳을 찾지 못한다. 가까스로 직장이라고 잡았으나 그 회사는 그가 그들을 위해 목숨을 걸고 싸워 받은 훈장을 공갈하는 데 이용하라고 종용한다.

「황선지대」만 해도 악이 난무하는 곳이다. 주정뱅이와 창녀와 도둑들이 엉겨 살고 있는 이 곳은 주정과 싸움과 淫行과 도둑질로 날이 새고 진다. 그들은 서로 짐승처럼 상처를 주고 상처를 입고 있다. 이 소설에 등장하고 있는 한 순진무구한 소년의,

「알 수 없어요. 자기와 같이 사는 여자를 왜 그렇기 패는지 툭하면 주먹질과 발길질이에요. 우리 옆집 아시죠? 그 집 사내는 매일 저녁 술이 곤드레가 되어 들어와서는 이년저년 하며 공연히 생트집을 잡아가지고는 두들겨요. 아마 그 여자는 틀림없이 머지않아 맞아 죽을 거예요. 그러다가도 어떤 때는 사내가 고기를 사들고 들어오면 서로 구워주고 먹으라는 둥 시시덕거리고 밤새 킬킬거리며 야단법석을 치

---

2) 북쪽은 미쳤고 남쪽은 썩었다고 하고 있는 崔仁勳의 〈廣場〉은 1960년 『새벽』 11월호에 발표되었다.

는 거예요. 그러나 두들겨 맞는 날이 많아요. 그런 게 사는 건가요?」

라고 한 말은 인간들의 그러한, 사디즘과 마조히즘의 병적인 모습을
보여주는 것이다.

주인공은 거기서 인간과 인간 사이의 진정한 산 접촉, 의미 있는 관
계를 갈구한다. 우리는 그가 전장에서 낙오되었을 때의 느낌을 말한
구절에서 그의 그와 같은 갈망을 엿볼 수 있다. 그는 전투 중 혹한의 산
속에서 혼자가 되었을 때를 다음과 같이 회상한다.

흰 눈이 첩첩이 덮인 산길을 걸어야 했다. — 中略 — 추위에 마비
된 손가락. 성냥개비가 잡히지 않는다. 몇 번이나 손가락을 오므려 성
냥알을 집어든다. 성냥을 긋는다. 불이 일지 않는다. — 中略 — 두
번, 세 번, 다섯 번, 잘못하여 성냥 알이 떨어진다. 고생 끝에 다시 알
맹이를 주워든다. 두 번, 세 번, 열 번, 스무 번, 고통스런 반복 속에 드
디어 성냥 끝에 불길이 훅 일어난다. 아! 이때의 감격! 그것은 참으로
눈물겨운 것이었다.

여기서의 「성냥」은 단순히 불을 켜는 물건 이상의 의미를 가진 것이
다. 불은 인간만이 켤 수 있고 이용할 수 있는 것이다. 주인공은 거친
자연 속에 혼자가 되었을 때 인간, 그 중에서도 서로 피가, 애정이 통하
는 인간과의 관계를 애타게 바라고 있는 것이다.

그러나 전선에서와 마찬가지로 저주받은 땅 「황선지대」에서 그러한
인간, 그러한 인간관계는 찾을 수 없다.

이 소설 속의 부인물 고병삼은 그와 같은 세상에서 자신이 살아갈,
향할 곳을 찾지 못한다. 도시, 빌딩 앞에서의 그의 생각이 그것을 말해

준다.

> 「― 前略 ― 높은 건물을 볼 때마다 나는 저것이 고지였으면, 적의 고지였으면 했어. 포복, 포복, 나는 죽을힘을 다하여 포복을 하고 싶었어. 참 전투지구에서 적의 고지를 향하여 최후의 포복을 해 가는 순간처럼 생명이 와들와들 떨리도록 벅찬 순간이란 없었어. 제대하고 사회에 나와 보니 그토록 생명이 떨리도록 벅찬 순간은커녕 날이면 날마다 기진맥진해서 기껏 했대야 먼지나 주워 먹고 천대나 받는 것뿐이었거든. 이 사회엔 참으로 내가 죽을힘을 다해 포복을 해 갈 만한 그렇게 생명이 벅찬 적의 고지 같은 목표는 하나도 없었어. ― 下略 ―」

자기가 나아갈 지향을 잃었을 때 인간은 절망하기 쉽다. 실패와 좌절이 거듭될 때, 어떤 출구도, 목표도 없을 때 절망한 인간은 자신의 생을 포기한다. 주인공이 들려주는 다음과 같은, 한 인간의 비극적 종말은 바로 그것을 말해 준다. 인쇄소에서 문선공으로 일하던 그는 죽을 때까지 그런 일을 하고 있을 수 없다고 생각하고 장사를 한다. 그는 그 일도 얼마 안 가 그만두고 또 다른 일, 또 다른 일에 손대 보나 그 때마다 이래서는 안 되겠다, 안 되겠다 하면서 일을 바꾸어 가다 결국 자살을 하고 말았다는 것이다. 여기서 작가는 인간은 그에게 누가 미리 정해 준 목표란 없으며 그때그때 스스로 목표를 정하고 자신의 삶을 의미 있는 것으로 만들어 가야 하게 운명지어진 존재라는 것을 말하고 있다. 그러지 못할 때 인간은 방황을 거듭한 끝에 절망과 厭世에 빠지며 그 결과는 철저한 패배와 자기파멸이 있을 뿐이라는 것이다.

이 소설은 위와 같은 환경, 상황에 처한 세 사람의 등장인물의 각각의 의식, 삶의 지향점 찾기를 보여주고 있다.

2. 행동 — 끝없는 의미 만들기

주인공 정윤과 친구 고병삼, 곰새끼 세 사람은 돈을 손에 쥐려 한다. 그래서 시작한 것이 정윤의 집, 길 건너에 있는 미군 창고를 털기 위해 그 곳으로 땅굴을 파 들어가는 일이었다. 그것은 그들 세 사람, 각각의 보다 나은 삶 찾기이자 생의 목표, 삶의 지향점이다.

그런데 여기서 주목할 것은 이들 세 사람 중 정윤과 부인물 두 사람의 꿈이 각각 아주 상이한 성질의 것이라는 사실이다. 이 소설의 서술의 초점은 주인공이 지향하는 바에 모아져 있고 나머지 두 사람은 그의 성격, 행동을 뚜렷하게 부각시키기 위해서 설정한 포일(foil=箔)이다. 그래서 그들 두 소인물이 지향하는 바와 주인공의 그것이 어떻게 다른가를 추적해 보면 이 소설이 말하고자 하는 핵심적 의미가 무엇인가가 스스로 분명하게 밝혀지게 되어 있다. 부인물 두 사람은 각각 그들이 그 천형의 땅을 탈출하여 행복하게 살려는 꿈을 실현하려 그 일에 몰두한다. 곰새끼는,

「조고만 시굴이지. 아니 어쩌면 조고만 거리일지도 모르지. 산이 있고 나무가 있고 냇물이 맑게 흐르고 그 속에선 물고기가 놀고 있지. 그 마을에다 집을 사고 근사한 가게를 벌여놀테야. 그땐 여기서 누구나가 곰새끼, 곰새끼 하고 부르던 더러운 이름도 저절로 없어지는 거지. ―下略―」

라고, 그의 계획을 털어놓는다. 고병삼의 꿈도 그와 별로 다르지 않다. 그는 그에게 처녀성을 바친 사창의 한, 아직 순진성을 잃지 않은 소녀와 함께 조용한 시골이나 조그만 도시에서 가정을 꾸리고 사는 것

이 소원이다. 그러니까 그들의 굴 파기는 바로 그곳에 다가가기이다.
이 소설이 곰새끼에 대해,

> 그는 전신의 힘을 다하여 힘껏 당겼다. 도르래가 굴러서 흙을 담은
> 궤짝이 다가올 때마다 그는 그 어느 마을이, 그 어느 조그만 거리의
> 풍경이 눈앞에 떠올랐다.

고 하고 있는 데서 볼 수 있는 바와 같이 그들의 상상은 현실을 앞질
러 그 낙원으로 달려간다. 그러니까 그들이 하고 있는 흙 파기, 미군 창
고 털기는 우리들이 일상에서 보는 도둑질, 바로 그것이다. 그것은 자
기의 이익을 위해 남의 재물을 훔치려 하는 한갓 파렴치범의 범행 이
상 아무 것도 아니다. 다같이 탐리의 범행을 하고 있다는 점에서 그들
은 두 사람이지만 성질상 한 사람과 다름없다. 목적이 그와 같이, 순수
한 것이 못되기 때문에 어둠 속에서 힘들게 굴을 파들어 가는 그들의
행동에는 아무런 값진 의미도 없다. 그리고 그들이 기도하는 바가 어
떤 가치 있는 지향점이 못되기 때문에 그들에게는 굳건한 신념도 없
다. 그래서 그들 앞에 바위가 나타났을 때, 그것이 쉬 깨뜨려지지 않아
더 이상 파들어 가기가 어려워 보이자 두 사람은 금방 자포자기 상태
에 빠진다.

> 저녁이 왔다. 그러나 여전히 바위는 까딱도 없었다. 청년도 점점 용
> 기를 잃기 시작하였다.
> 「이게 아닌데, 이게 아닌데.」
> 곰새끼는 혼자서 자꾸 투덜거렸다.
> 「이러다가 정말 미치겠어.」

곰새끼는 미칠 것만 같았다. 그는 모든 것을 내동댕이치고 훌쩍 나
가버렸다.

라고 한 장면이 그들의 그와 같은 모습을 보여 주는 것이다. 그리고
고투 끝에 도달한 창고가 이미 물건을 다 실어내 비어 있는 것을 보았
을 때,

텅 빈 속에 남아 있는 것이라곤 먼지와 어둠과 휴지 조각뿐이었다.
갑자기 곰새끼가 우는지 웃는지 알지 못할 웃음을 미친 사람처럼
터뜨리면서 털썩하고 주저앉았다.
청년은 실신한 사람처럼 멍하니 어이없이 웃고 있었다.

고 한 데서 보는 바와 같이 둘은 허탈에 빠지고 만다. 그리고 그 순간
그들의 꿈은 산산조각이 나고 그들의 앞에는 어떤 구원의 빛도 보이지
않는다. 그것은 두 사람의 현실세계에서의 완전한 패배, 절망을 보여
주는 것이다.
그러나 주인공의 경우는 다르다. 그가 창고를 털려 한 목적은 위의
두 사람과 같이, 돈을 손에 넣으려는 것이었다. 그는 지난 날 자신이 사
랑했던 여성, 영미를 사디스트 남편의 병적인 加虐에서 구해 주기 위
해 돈을 쥐려 한다. 그러니까 그가 하고 있는 일은 利他行이다. 그러나
이 소설을 주인공의 그와 같은 의로운 뜻을 보여 주려 한 것으로 본다
면 그것은 지나치게 통속적인 해석이다. 이 소설이 보여주려 한 것은
그가 하고 있는 일, 행동의 의미이다. 우선 그가 보는 세계, 인간은 위
의 두 사람과는 다르다. 곰새끼가 뭔가 끝장을 내서 그 지긋지긋한 곳
을 뛰쳐나가고 싶다고 했을 때 주인공은,

「누구에게나 저마다 끝장은 이미 다 나 있는 거야. 너에게도 나 있
고 나에게도 말이다. 다만 있다면 이미 나버린 그 끝장에…… 즉 끝장
이 난 자기를 어떻게 처리하느냐가 문제지. 그것 뿐이야. 알겠어?」

라고 한다. 이 말은 상당히 깊은 의미를 가진 것이다. 사르트르류의
實存主義思想에 있어서 삶은 원하지도 않았는데 어쩔 수 없이 당하게
된 재난이요 「무익한 수난」이다. 인간은 태어난 자체가 고독과 번민,
고통을 당하게 되어 있는 존재란 것이다. 주인공은, 그것을 「이미 나
있는 끝장」이라고 하고 있다. 그리고 인간은 이 세상 만물과 마찬가지
로 아무 이유 없이 있는 「무상성」의 존재다. 의미 없이 있는 인간에게
는 영원히 의미 있게 남아 있는 것도 없고 또 영원히 의미를 갖도록 주
어진 목표도 없다. 인간에게는 그와 같은 허무하기 그지없는 인간이란
존재양식의 결함을 견디고 이겨내려는 노력을 영원히 되풀이하는 길
밖에 없다. 그것은 곧 인간은 각자가 자신의 목표를 정하고 자신만의
고유한 의미를 만들어 가는 일만이 가능하다는 것을 뜻한다. 주인공에
있어서의 굴 파기는 그 자체에 목적이 있는, 바로 그 「의미 만들기」다.
그는 이미 정해진 어떤 목적, 가치, 법칙에 따르는 것이 아니라 스스로
결단을 내려 자신의 목적, 가치를 만들려 하고 있고 그것이 굴을 파들
어 가는 행동이다. 정윤이 땅굴을 파 길 건너 창고로 들어가자고 했을
때 곰새끼는 땅밑으로 어떻게 정확하게 그곳에 갈 수 있겠느냐면서 믿
으려 하지 않는다. 이 때 고병삼은 다음과 같이 말한다.

「이봐. 그렇게 성낼 것까지는 없어. 땅 속이고 물 속이고 틀림없이
목표를 찾아갈 수 있는 방향기(方向器)라는 게 있어. 싫다면 너는 기
권해도 좋아. 난 하겠어. 사실 이건 멋진 방법이야. 우리 때장이 아니

면 생각해 낼 수 없는 일이지. 결코 조무래기 얌생이가 아니라 창고를 몽땅 들어내오는 거야. 얼마나 멋진 얘기야.」

그는, 주인공 정윤은 땅굴 속에서도 조금의 오차도 없이 목표 지점을 찾아갈 수 있다고 하고 있는데 이 말은 액면 그대로보다 더 중요한 의미를 가진 것이다. 곧 인생에게 누군가가 정하거나 지시해 준 의미나 목적은 없지만 주인공에게는 스스로의 판단과 결단으로 그가 살아갈 의미 있는 생이 있고 그는 흔들림 없이 거기로 나아가고 있다는 것을 말해 주고 있는 것이다. 그러므로 의지의 행동인인 그는 자신의 앞에 장애가 나타나도 주저앉거나 물러서지 않는다. 그가 굴을 파들어가던 중, 물이 새어 들어와 더 이상의 작업이 어렵자 방수제와 시멘트로 이를 막고 있는 모습에서 그의 그와 같은 모습을 볼 수 있다. 또 그들의 앞에 바위가 나타났을 때도 다른 두 사람은 낙담하여 주저앉고 말지만 그는 그들과 다르다.

정윤은 혼자 바위를 깨내었다. 그는 한 망치, 한 망치 온 힘을 기울여 끈기 있게 계속하였다. 그의 눈앞에는 소년의 모습이 자주 떠올랐다. 소년을 통하여 얻은 자세(姿勢), 일의 승패는 문제가 아니었다. 확실히 그는 한 망치, 한 망치 휘두르는 속에서 자기의 자세를 찾아 들어가고 있었다. 기대는 늘 배반을 당하기 마련이다. 문제는 자세에 있었다. 기대에 크게 자기를 거는 것보다는 우선 자기의 자세를 갖는 것이 중요하였다.

위에서의, 그의 굴 파기는 과거에서 벗어나 미래로 향하는 도상에서 본래적인 현재를 그때마다 확립해 가는 과정, 곧 脫存(Ekstasis)과 같은 것이다. 온 힘을 다해 산꼭대기에 밀어 올려놓지만 그때마다 다시 굴러 떨어지는 바위를 또 다시 밀어 올리고 있는 시지프스와 같은 주인공은 실패에 개의하지 않고 어떤 가치를 만들어 가는 과정, 행동, 그것에서 의미를 찾고 있는 實存的 인간의 모습을 보여 주는 것이다. 그러한 인간에 있어서는 그가 기도하는 바가 실패한다 해도 그것은 패배가 아니다. 그리고 그는 厭世로 추락하는 절망에 빠지지도 않는다. 그러므로 주인공이 마지막 장면에서 창고가 비어 있는 것을 보게 되는 것을 두고 「실의와 절망의 상황」이라고 한 말은 납득하기 어려운 것이다.[3] 따라서 이 소설을 허무주의적인 데가 있는 작품이라고 한 말도 잘못된 것이라 해야 할 것이다.[4] 그와는 반대로 주인공이 빈 창고 속에서 「묵묵히 어둠을 뚫어지게 지켜보고 섰을 뿐」이라고 한 이 소설의 마지막 구절은 그가 또 다른 싸움에의 의지를 보여 주는 것, 또 다시 不條理한 세계와 대결하려 하고 있음을 보여 주는 것이라 할 것이다.

3. 문제 ― 稚氣·感傷

이상은 〈黃線地帶〉를 당시로서는 흔하지 않은, 행동주의적 성격이 강한 소설이라는 데에 의미를 부여해 긍정적인 면을 부각시켜서 본 평가라 할 수 있다. 그런데 이 소설은 몇 가지 측면에서 적잖은 문제를 안고 있는 것이 사실이다.

그 중 한 가지가 등장인물들의 성격 설정이 안고 있는 것이다. 이 소설의 등장인물들은 지나치게 도식적인 성격으로 그려져 있다. 무엇보

---

3) 辛卿得, 「韓國戰後小說研究」(一志社, 1988), p.74.
4) 李東夏, op. cit., pp.159~170.

다 인물들의 성격이 무슨 공식에 대입한 것처럼 악인과 선인으로 양극화되어 있다. 악인으로 나오는 인물은 짜리가 그 전형이다. 한쪽 다리를 저는 추한 모습의 그는 자신과 동거하고 있는 여성, 영미에게 이유 없는 매질을 하고 거기서 쾌감을 느끼는 병적인 인간이다. 그의 생활도 그러해서 그는 도둑질과 공갈, 협박으로 남의 등을 쳐 먹고 살고 있다. 그밖에도 남의 여자를 후려내고 있는 미군 통역 노래기, 고병삼을 모욕적으로 이용하고 있는 주간신문사 사장 등이 인간 이하의 속악한 인물로 그려져 있다. 인간은 본래 선악이 뒤섞인 복합적인 성격과 심리를 가진 복잡한 존재다. 그러므로 상황에 따라 선과 악의 모습을 드러내 보여 주게 되어 있다. 그런데 이 소설에서의 악인들에게서는 악 이상을 찾아볼 수 없다. 그것도 극도로 위악적으로 그려져 있다. 그런 면에서 볼 때 이 작품은 한 편의 대중 취향의 소설과 별로 다를 바가 없다.

또 이 소설에 등장하고 있는 인물들은 선한 인물 몇 명을 제외하고는, 지나가는 행인 한 사람까지 모두 악인으로 되어 있다. 작가는 거리에서 스치게 되는 어린애까지도 그냥 그렇고 그런 우리의 이웃으로 두지 않는다. 순진한 소년 철은 길을 가다 값진 옷과 신발 차림의 어린애가 장난감을 떨어뜨리는 것을 보고 그것을 주워주는데 이를 받은, 6~7세쯤 된 어린이는 철의 행색이 남루한 것을 보고는 침을 뱉고 돌아선다. 여기서 작가는 가진 자는 교만하다는 진부하기 짝이 없는 인생론을 펼치고 있는 것이다.

한편 주인공과 그의 두 친구, 그리고 그의 지난날의 연인 영미, 그녀의 동생 철 소년은 선인으로 그려져 있다. 그들에게서는 조금의 악의도 발견할 수 없는데, 외모부터 악과는 거리가 먼 청순, 애련한 모습을 하고 있다. 추악한 사내 짜리에게 시달리고 있는 영미를 하얀 목덜미가 유난히 귀여워만 보였다고 한 구절이나, 비록 몸은 사창에 굴러 떨어져 있지만 아직도 순진성을 잃지 않고 있는 소녀를,

　　양쪽으로 푸른 색 엷은 커튼이 처져 있는 조그만 방, 희미한 등불 밑에 해사한 소녀의 갸름한 얼굴이 거기에 있었다. ― 中略 ― 싸늘히 식은 그녀의 눈동자, 그것은 숲 속에 덮인 샘물처럼 차가이 그늘져 있었다.

　　라고 한 데서 그것을 볼 수 있다. 그 중에서도 주인공은 박애, 선의 화신처럼 그려져 있다. 이 작품에 나타나 있는 바에 의하면 그에게 「자기」란 없다. 그가 법의 처벌을 받을 위험을 무릅쓰고 땅굴을 파 들어가 물건을 훔치려는 것은 오로지 영미와 철을 지옥과 같은 생활에서 구하기 위해서 하고 있는 것이다. 그와 같은 모습은 그의 그전의 행장에 더욱 과장되어 나타나 있다.

　　한 번은 이런 일이 있었다. 머저리 같은 시골뜨기인데 말이야. 어쩌다 그 친구의 일을 돕게 됐어. 계집은 앓고 애새끼들은 많고 농사는 안 되고, 그래 도시로 삯지게 벌이라도 하러 나왔다는 거야. 그 친구는 그 때 번 돈을 몽땅 그 시골뜨기에게 주어 보냈어. 그 얼치기 같은 친구 돈 보따리를 한아름 받아 들자 쫄쫄 앉아서 우는 거야. 생전, 생전 가도 만저 보지 못할 그만한 돈이라는 거지.

　　그가 사정이 딱한 사내에게 자기가 가진 돈을 모두 주어버리고 있는, 위와 같은 장면이 그런 것이다. 이쯤 되면 그는 단순히 인정이 많은 사람을 넘어서 구세주나 聖人이라고 해야 옳을 것이다. 그렇게 그려져

있다 보니 독자에게는 그가, 우리가 일상에서 만날 수 있는, 살아 숨쉬는 인간이 아니라 작가에 의해 조작되고 조종되는 선한 역의 인형처럼 느껴진다. 이러한 면은 현대의 사실주의소설에 있어서의 성격화의 실패, 하나의 흠이라 하지 않을 수 없다.

또 한 가지, 이 소설의 전편에 깔린 낭자한 感傷도 문제다.[5] 주인공의 친구 두더지와 그가 사랑하게 된 한 창녀와의 관계에서 그와 같은 면을 볼 수 있다.

> 「그래. 그 여자는……」
>
> 청년의 눈에는 뜨거운 것이 가득 흐르고 있었다. 그의 가슴속에서는 아직도 숨죽이며 흐느끼던 소녀의 울음소리와 공포에 하르르 떨린 피부의 감촉이 그대로 생생하게 떠돌고 있었다.
>
> 「그 여자는 말야, 그 여자는…….」

위에서 보는 바와 같은, 두더지가 그 소녀 생각에 울고 있는 장면은 치기가 지나쳐 마치, 관객의 涙腺을 자극하는 한 편의 삼류 멜로드라마를 보는 것 같다.

영미의 경우도 그렇다. 그녀는 짐승과 같은 사내에게 인간 이하의 대접을 받고 살면서도 그곳을 떠나려 하지 않는다. 그녀는 자신이 떠나지 못하는 이유를 「아무리 괴로워도 이곳에는 믿어지는 데가」 있기 때문이라고 하고 있다. 이 말은 그녀가 주인공 정윤을 사랑하고 있어 그가 없는 곳으로는 가지 않으려 하고 있다고 새겨들을 수 있다. 그렇다면 그녀의 그와 같은 삶은 쉬 수긍이 가지 않는 것이다. 그녀는 당시

---

5) 辛卿得도 그의 문학에는 감상주의적인 데가 있다고 했는데 이 소설이 그 대표적인 예라 할 수 있다. 辛卿得, op. cit., p.85.

로서는 상당한 고등교육을 받은 것으로 되어 있는데 그런 여성이라면 상대에게 사랑을 고백하고 두 사람의 새 삶을 추구함이 온당하다. 그런데도 그녀는 아무런 결단도 없이 마치 그런 加虐을 스스로 즐기는 被虐待淫亂症 환자와 같은 모습을 보여 주고 있는 것이다.

두더지나 영미의 경우는 端役의 인물이니까 그럴 수 있다고 할 수 있을지 모르겠지만 문제는 實存的 행동의 인물로 설정되어 있는 주인공 역시 마찬가지라는 사실이다. 그가 영미에 대해서 가지고 있는 감정도 센티멘털한 것이다. 만약 그가 그녀를 진정으로 사랑한다면 惡漢, 짜리를 퇴치하고 그녀와의 행복을 추구해야 한다. 그런데 그는 그런 적극성은 보이지 않고 그녀에 대한 동정심만 가지고 고작 도둑질을 해서 그녀로 하여금 현실에서 도피하게 하려 하고 있는 것이다. 이 소설이 감상주의가 개입된 공식적 휴머니즘에 함몰되어 있다는 비판, 「유치한 인생 미담」이라는 혹평도[6]그래서 나온 것일 것이다.

그런 점을 종합하면 〈黃線地帶〉는 당시 한국문학에서는 보기 드문 행동주의소설적 성격을 가지고 있는 것은 사실이지만 문예물로서 그렇게 높게 평가하기 어려운 작품이라 해야 할 것이다.

---

6) 李東夏, op. cit., pp.166~167.

벨 수 없는 敵 - 生의 無意味

　김훈의 장편 〈칼의 노래〉는 21세기 벽두, 한국문단에 하나의 충격을 던저주면서 등장한 화제의 소설이다. 그것은 이 소설이 한 신예작가의 작품으로 2001년, 동인문학상이란 한국의 한, 권위 있는 문학상을 수상했다는 의미에서만 하는 말이 아니다.

　1948년 서울 생으로 대학에서 영문학을 전공한 작가는 27년 동안 『韓國日報』 등 언론계에서 일한 사람으로 독서 에세이집, 여행 산문집 등을 간행한 바 있고 수 편의 외국 문학작품을 번역한 적은 있지만 소설을 발표한 것은 장편 〈빗살무늬 토기의 추억(1995)〉에 이어 이 작품이 두 번째다. 더구나 생업으로서의 직장을 그만두고 전업작가로 나선 지 채 1년이 안 되어 발표한 작품이 원로작가 이제하의 단편집 〈독충〉 등의 경쟁을 뿌리치고 이 상을 수상했다는 것은 이례라 하지 않을 수 없다. 이 소설에 대한 평가도 가히 격찬이라 할 만한 것이었다. 이 상의 심사위원회가 이 작품을 수상작으로 발표하면서 이 소설이 「오랫동안 반복의 늪 속을 부유하고 있는 한국문학에 벼락처럼 쏟아지는 축복」이라고 한[1] 것이 한 예라 할 수 있다. 또 작가들은 비교적 남의 작품을 칭찬하는 데 인색한 경향이 있는데 李淸俊 같은 사람이 이 소설을 두고 「소설쟁이로 살아오면서 샘나는 경우가 드문데, 김훈의 이 작품은 정

---

1) 『朝鮮日報』 2001년 11월 8일.

말 샘이 났다.」고 한 말도[2] 그런 것이다.

김훈은 상당히 오래 전부터 李舜臣이란 인물에 대해 예사롭지 않은 관심을 가지고 있었던 것으로 보인다. 그가 젊은 날 《亂中日記》를 읽었을 때, 절망을 절망으로 긍정하면서 절망 앞에서 중언부언하지 않는, 그의 그 비극적 단순성이 철벽으로 자신의 마음을 가로막았다고 한 말에서[3] 그것을 엿볼 수 있다.

그러나 정작 작가가 이 소설을 쓰게 된 계기는 그가 몸담고 있던 회사를 그만 두게 된 것과 관계가 있는 것으로 보인다. 그는 2000년 9월 재직하고 있던 『시사저널』 편집국장직을 사임했다. 거기에는 회사와의 상당한 불화, 갈등이 있었던 것으로 보인다. 그에 관해서는 구체적으로 알려져 있는 것이 없지만 그는 그가 그 회사를 그만두게 된 사정과 관련해서 〈칼의 노래〉 서문에서 '나는 정의로운 자들의 세상과 작별하였다.'고 하고 또 어떤 자리에서는 '타협할 수 없는 것과 타협할 수 없어' 사직했다고 해[4] 그 사정의 일단을 짐작하게 해 주고 있다. 그는 또 그 자리에서 '이 작품을 쓰게 된 힘은 이 세상에 대한 증오감이었다.'고 해[5] 당시의 그의 격한 심경의 일단을 보여 주고 있다.

작가는 이 소설의 창작 동기에 대해, 그런 계기로 실직 상태에 있던 그가 牙山 현충사에 걸려 있는 忠武公 李舜臣 장군의 칼을 보고,

나는 세상의 모멸과 치욕을 살아있는 몸으로 감당해내면서, 이 알 수 없는 무의미와 끝까지 싸우는 한 사내의 운명에 관해서 말하고 싶

---

2) 김광일, "김훈 '칼의 노래' 후보작에", 『朝鮮日報』 2001년 9월 5일.
3) 김훈, "작가는 말한다", 『朝鮮日報』 2001년 9월 5일.
4) 김훈, 김광일과의 대담 "동인문학상 수상작 '칼의 노래' 김훈씨", 『朝鮮日報』 2001년 10월 9일.
5) Ibid.

었다. 희망을 말하지 않고, 희망을 세우지 않고, 가짜 희망에 기대지 않고 희망 없는 세계를 희망 없이 돌파하는 그 사내의 슬픔과 고난 속에서 경험되지 않은 새로운 희망의 싹이 돋아나기를 바랐다.[6]

고 하고 있다. 작가는 거기서 자신의 당시 처지, 심경과 忠武公의 그것의 유사함을 느꼈던 것으로 보인다. 개인적인 사정이야 어떠했든 위와 같은 작가의 말에서 우리는 미리 이 작품이 한 편의 實存主義小說的 성격을 띠고 있을 것 같은 예감을 가지게 된다. 실제로 이 소설은 동인문학상을 받아 화제의 중심에 떠오르기 훨씬 전, 발표되자 곧 그러한 성격을 가진 작품이라는 평을 들은 바 있다. 한 평론가는 '이 소설이 보여주고 있는 이순신은 현대적인 의미에서의 삶의 무의미와 죽음의 현존 앞에서 고뇌하는 한 고독한 실존주의자의 모습에 접근해 있다.'고 했다.[7] 확실히 이 소설의 주인공 李舜臣에게서는 實存人의 성격이 뚜렷이 드러나 보이고 이 소설에는 한 편의 實存主義文學의 성격이 여실하게 나타나 있다.

〈칼의 노래〉는 李舜臣이 백의종군을 시작할 무렵부터 露梁에서, 물러가는 왜적을 맞아 한, 壬辰倭亂의 마지막 싸움이자 그의 마지막 해전에서 전사하기까지의 2년 정도를 시간 배경으로 하고 있다. 그러니까 작가는 4백년 전의 한 무장을 소설 속에서 오늘에 되살려 놓고 있는 것이다. 그런데 여기서 우리가 주목해야 할 것은 작가가 소설 속에 재현한 李舜臣은 지금까지 우리가 무심코 받아들여왔던 그런 인간이 아니라는 사실이다. 이에 대해 한 평론은 이 소설이, 李舜臣을 민족의 영웅으로만 여겼을 뿐 그의 인간적 고뇌와 개인적 삶의 고통에 대해서는

6) 김훈, loc.cit.
7) 남진주, "'고독한 실존주의자' 인간 이순신", 『朝鮮日報』 2001년 5월 18일.

가치 부여를 하지 않았을 뿐 아니라 군사정권 시절에는 권력의 정당성을 수호하는 상징물로, 상업자본에서는 전 국민적 인지도를 가진 고유명사로, 파쇼에 가까운 민족주의자들은 충군 애족의 표상으로 삼아온 후세인들의 몰염치를 꾸짖듯이 서술하고 있다고 했다.[8] 확실히 이 소설은 李舜臣을 어떤 편의에 따른 상징이나 표상 아닌 不條理 앞에서 고뇌하고 절망한 한 實存人의 살아 있는 모습을 그려 보여 주고 있다. 이 글은 그러한 면모를 살펴보는 것을 목적으로 하고 있다.

1. 세상에 彌滿한 헛것들

〈칼의 노래〉의 상당한 부분은 주인공 당대의 세상의 그릇됨, 인간 존재의 모순에 찬 적나라한 모습, 자기기만적인 생을 드러내 보여 주는 것이다. 그런 의미에서 이 소설은 잘못된 세상에 대한 實存的 사례 분석이라고 할 수 있다. 스스로를 속이고 있는 卽自存在로서의 인간들은 현실을 있는 그대로 인정하고, 받아들이기를 두려워한다. 이 소설의 배경이 되어 있는 壬辰倭亂도 거기에서 큰 비극성을 불러오고 있다. 왜란 초기 왜군들은 무인지경으로 거의 한반도 전역을 유린하고 나라는 초토가 되다시피 했다. 일이 그렇게 된 것은 두려운 일을 두렵다는 그 때문에 받아들이지 않으려 한 데에 원인이 있었다. 왜군의 내침은 이미 예견된 것이었다. 난이 일어나기 1년 전 조선 조정은 黃允吉을 正使, 金誠一을 副使로 한 통신사로 하여금 일본을 다녀오게 했다. 그들 중 黃允吉은 반드시 兵禍가 있을 것이라고 복명했으나 당파의

---

8) 김기태, "이순신, 그는 우리에게 무엇인가", 『朝鮮日報』 2001년 5월 28일.

계보상 반대 입장에 있던 金誠一은 국내의 미묘한 당파간의 정치적 이유로 그러한 징조가 있는 것을 보지 못했다고 했다. 여러 가지 정황, 당시 東北亞의 정세로 보아 黃允吉의 말이 옳다는 것은 의심할 여지가 없었다. 그러나 조정은 그것이 두려웠다. 그리하여 편한 쪽, 金誠一의 말을 받아들여 무방비 상태로 안주하다 난을 당한 것이다. 그러니까 壬辰倭亂은 조선이란 한 나라의 자기기만이 부른 참화라 할 수 있다. 이 소설에 등장하고 있는 많은 사람들은 난을 당해서도 여전히 그, 무서운 현실에서 도피하려고만 하고 있다. 이 소설의, 다음과 같은 구절은 당시의 상황 전체를 짐작할 수 있게 해 준다.

적들이 해안에 상륙하자 피난민들이 내륙으로 몰려들었다. 거꾸로 내륙의 피난민들은 남쪽 물가를 향해 내려갔다. 양쪽의 피난민들이 길에서 마주쳐 서로 떠나온 곳의 형편을 물었다. 피난처는 아무 곳에도 없어 보였지만, 그들은 죽을힘을 다하여 어디론지 가고 있었다. 어디론지 가고 있다는 것만이 그들의 위안이었다.

그러나 그것은 당시의 사정을 말해 주는 것일 뿐, 그러한 백성들을 탓할 수는 없다. 나라를 믿고 살던 그들을 무위무능한 나라가 적에게 내던져 버렸을 때 그들이 갈 바를 모르고 좌왕우왕하게 된 것은 당연한 일이었다.

문제는 그들을 짓밟고 빼앗고 외면하고 가혹하게 부리던 지배계층이 도망하기에 급급했다는 사실이다. 왕과 대신들은 왜적이 북상하자 平壤으로 달아났다가 거기서 다시 나라의 끝자락, 義州로 도망쳤다. 이 소설은 거기에 더욱, 적을 맞아 싸워야 할 將帥까지도 제 목숨을 보전하려 도망하고 있음을 보여 주고 있다. 元均이 거느린 조선 수군이

칠천량해전에서 전멸할 때 한 번 싸워보지도 않고 도망쳐 나와 아주 달아나 버린 慶尙左水使 裵楔이 그런 경우다. 주인공은 기어이 그를 붙들어 목을 베어 적과의 결전 때 그 머리를 뱃머리에 걸려 하지만 끝내 뜻을 이루지 못하고 있다. 주인공의, 그의 비겁에 대한 분노는 다음의 구절에 잘 나타나 있다.

> 밤새 바람이 불었고 새벽에 비가 내렸다. 배설을 잡지 못했다. 저녁 때 여종을 불러서 머리의 서캐를 잡았다. 밤새 혼자 앉아 있었다. 배설을 잡지 못했다.

주인공은 나라와 백성, 그를 따르던 장졸을 모두 버리고 제 살기만을 도모한 그를 한 마리 벌레와 같은 인간으로 보고 있는 것이다.

이 소설에서의, 왜란을 당한 조선은 카뮈의 장편 〈페스트〉에서의 오랑과 같은 극한상황이다. 거기에는 적과 맞서 싸우는 것 외에 달리 도망할 곳도, 그리하여 살길도 없다. 주인공이, 그가 사랑한 한 여자를 데리고 먼 섬으로 달아나려던 한 군관을 처형했을 때를 그린, 다음과 같은 장면은 그것을 잘 말해 주고 있다.

> 그 배는 수군에 징발된 목선이었다. 돛은 없고, 노만 있는 배였다. 돛 없는 배를 타고 젊은 남녀가 가려던 '먼 섬'이 어느 섬인지 알 수 없었다.

이 소설에서 李舜臣이 비겁한 도망 못지 않게 혐오하고 있는 것은 울음이다. 두려운 현실과 맞서 싸울 용기가 없는 인간은 울음으로 공포에서 벗어나려 한다. 우리는 다음의, 남도 수령들의 모습에서 그것을 볼 수 있다.

　하동에 도착하던 날, 나는 섬진강 물가의 버려진 농가에 머물렀다. 이미 사령을 받은 여러 고을의 수령들은 적들이 장악한 섬이나 포구로 부임하지 못하고 하동 포구 언저리에 엎드려 있었다. 그들은 내가 묵던 농가로 찾아와 마당에 동그랗게 둘러앉아 통곡했다. 그들의 울음은 나에 대한 의전 행사처럼 보였다. 울기를 마치고 그들은 사공을 불러서 나룻배를 타고 강을 건너 돌아갔다. 그들은 울기 위해 내 초막을 찾아온 모양이었다.

　국난을 타개해 나가야 할 책임을 진 왕과 대신들의 울음은 작가에 의해, 지방 수령들의 그것보다 한층 더한 조소를 받고 있다. 선대 왕들의 능이 파헤쳐진 것을 알았을 때의 그들의 모습에서 그것을 볼 수 있다.

　경기도사의 보고를 받은 영의정 류성용은 지체 없이 명육군 총병관 이여송의 군막을 찾아가 대문 앞에서 통곡했다. 류성용은 이어 만월대 정자 위로 올라가 능이 있는 남쪽을 향해 이마를 찧으며 통곡했다. 임금은 행재소 마당에 쓰러져 통곡했다. 임금은 성종 묘와 중종 묘가 있는 남쪽을 향해 통곡했고, 명의 천자가 있는 북쪽을 향해 통곡했다. 임금은 울음의 방향을 바꾸어 가면서 오래오래 통곡했다. 방향을 바꿀 때 세 번씩 절했다. 임금의 방향이 바뀔 때마다 중신들은 대열의 방향을 바꾸어가며 통곡했다. 이마를 땅에 찧고 주먹으로 땅을 치고 머리를 쥐어뜯으면서 중신들은 통곡했다.

이 소설의 어조를 보면 거기에, 수많은 백성들이 적의 칼에 죽고 굶어 죽고 병들어 죽어가고 있는데 아무리 선대 왕이라 해도 그 무덤이며 뼈조각 따위가 어떻게 됐다 해서 그것이 무슨 큰 일이냐는 주인공, 작가의 시각이 분명하게 드러나 있다. 작가는 울음 자체도 그렇거니와 그들이 명의 장군, 명의 천자가 있는 곳을 향해 울고 있다는 데서 사대주의자들의 노예근성에 모멸을 보내고 있다. 그것이 위와 같은, 희화적인 장면으로 그려져 있는 것이다.

이 소설은 또 壬辰倭亂 당시 실제로 있었던, 비겁한 왕의 피해망상과 그를 둘러싼 대신들의 음모가 불러온 잔혹한 인간 도살을 고발하고 있다. 그들은 길삼봉이란 사람이 역모를 하고 있다는 풍문에 공포에 질려 무고한 사람들을 수없이 죽이고 있다. 이에 대해 주인공은 다음과 같이 말하고 있다.

술취한 선전관으로부터 길삼봉 이야기를 들으면서, 나는 생각했다. 아마도 길삼봉은 임금 자신일 것이었다. 그리고 승정원, 비변사, 사간원, 사헌부에 우글거리는 조정 대신 전부였을 것이었다. 그리고 그들의 언어는 길삼봉이 숨을 수 있는 깊은 숲이었을 것이다.

이 소설은 위에서, 불세출의 명장 김덕령을 역모로 몰아 죽이고 의병장 곽재우를 역적 혐의로 문초한, 피해망상에 걸린 왕과 그를 둘러싼 신료들이야말로 나라의 가장 큰 적이라고 말하고 있다. 다시 말하면 작가는 여기서 나라를 토붕와해의 위기로 몰아넣고 스스로를 살인귀로 만들고 있는 것은 바로 세상과 정면하기가 두려웠던 그들의 비겁이라고 하고 있는 것이다.

이 소설이 또 하나 비판의 표적으로 삼고 있는 것은 비본래적인 인

간들의 명예욕과 貪利다. 그 중에서도 가장 끔찍스럽게 그려져 있는
것은 전장에서의 전과 올리기다. 전과의 증거물로 조선 수군은 적의
머리를 베고 왜군은 조선군의 코를 베었다. 서로 적의 머리와 코를 베
는 것만 해도 잔인한 인간 모욕인데 전과를 올려 영달하려는 인간의
욕심은 그보다 더한 짓을 자행하고 있다. 잘려진 머리는 적과 아군을
식별할 수 없다는 것을 노려 조선 수군들이 물 위에 떠다니는 아군들
의 시체를 갈고리로 건져 올려 목을 자르고 있었다는 것이다. 이 소설
은 탐욕의 무리들이 그렇게 하여 올린 전과로 얻고 있는 승진과 장려
한 수사의 敎書가 얼마나 헛된 것인가를 말해 주고 있다.

　實存人은 행동하는 인간이다. 그러한 사람에 있어서 말이란 불가피
하게 있어야 하는 것이되 대부분의 경우 헛된 것이다. 그릇된 인간에
있어서 말은 흔히 변명, 거짓과 비겁을 호도하는 방편에 불과한 것이
다. 이 소설에 등장하고 있는 부정적인 인물들 역시 헛되이 언어를 농
하는 무리들이다. 이 소설에서 나라의 존망과 자신의 목숨을 걸고 왜
적과 맞서 있는 李舜臣에게 내린 왕, 宣祖의 敎書가 그 좋은 본보기
이다.

　너희들이 아비로서 자식을 편히 못 기르고 지아비로서 지어미를
보호해 주지 못하며, 죽어서 간과 골이 땅에 흩어지고, 죽어서도 눈을
부릅뜨고 있는 것은 모두 다 나의 허물이다. 올해도 결국 또 저물어
바람이 차가운데 나는 객지로 떠돌며 병들어, 저 『시경』에 이른바 〈눈
비 내릴 때 떠나왔으되 어느덧 버들꽃 흩날린다〉는 노래 그대로 세월
의 덧없음을 견디지 못할지니라.

　나라가 초토가 되고 백성이 魚肉이 되고 있는 상황에서 《詩經》 구절

을 인용하고 있는 위의 글은 거기에 주인공 李舜臣의, 무능하고 비겁한 인간들의 말장난에 대한 혐오가 담겨 있다고 보아야 할 것이다. 주인공의 그와 같은 혐오는 右議政 鄭澈의 그것에 이르러서는 증오에 이르고 있다.

　　팔십 먹은 노파를 곤장으로 쳐죽였고, 여덟 살 난 남자아이와 다섯 살 난 여자아이를 무릎을 으깨서 죽였다. 목격한 사실을 자백하라는 위관의 심문을 아이는 알아듣지 못했다. 때리고 꺾고 비틀고 지지면서 형리들이 울었고, 울던 형리들이 다시 형틀에 묶였다. 우의정 정철이 그 피의 국면을 주도했다. 정철은 내가 이해할 수 있는 인물은 아니었다. 그는 민첩하고도 부지런했다. 그는 농사를 짓는 농부처럼 근면히 살육했다. 살육의 틈틈이, 그는 도가풍의 은일과 고독을 수다스럽게 고백하는 글을 짓기를 좋아했다. 그의 글은 허무했고 요염했다.

위에서 우리는 주인공이, 권력을 탐해, 한 당파를 이끌고 죄 없는 사람들을 수없이 죽인 그 손으로 詩文을 희롱하고 있는 鄭澈이란 인간에게 억누를 수 없는 적개심을 보이고 있음을 알 수 있다.

주인공의, 인간의 공허한 말재간에 대한 적의는 왜적의 그것에 대해서도 나타나 있다. 李舜臣은 그의 부하가 거두어 온, 죽은 왜병들이 지녔던 칼을 본다. 그 중 두 자루의 칼에는 각각 「말은 비에 젖고／청춘은 피에 젖구나」, 「청춘의 날들은 흩어져 가고／널린 백골 위에 사쿠라 꽃잎 날리네」라는 劍銘이 새겨져 있다. 이에 그는 그들이 모두 「사나운 놈」 「모진 놈」이었을 것이라고 말한다. 무고한 이웃나라 백성들을 무참하게 도륙한 그 칼을 시귀 따위로 멋을 내고 있는 인간은 사람다운 사람일 수 없다고 보았기 때문이었을 것이다.

實存主義思想의 출발점은 무신론에 있다. 實存의 인간에게는 신뿐 아니라 어떤 종교도 발붙일 곳이 없다. 〈칼의 노래〉도 동서양 종교라는 것이 헛된 것이라 함을 거듭해서 보여 주고 있다. 이 소설에 등장하고 있는 왜군에는 불교신자가 많았던 것으로 나타나 있다. 그들이 가지고 있던 ≪법화경≫이니 ≪연화경≫이니 하는 책들에는,

    ……오는 세상에 너희는 마땅히 성불하리라. 그때 너희 국토는 청정하고 착한 보살이 가득하여 너희 선남자 선여인들은 여래의 옷을 입고 여래의 자리에 앉으리라. 아난아, 너는 마땅히 알라. 여래가 중생을 버리지 않느니……

하는 구절들이 쓰여 있다. 이 소설은 내세에 자비의 화신, 「부처」가 되려는 그들이 현세에서 살인마로 날뛰고 있음을 보여 주고 있다. 다른 종교와 마찬가지로 불교 자체가 부정된 實存人에 있어서 그 신앙마저 잘못되어 있음에는 거기에 조소밖에 갈 것이 더 없다. 그래서 주인공의 부하들은 적선에서 노획한 그, ≪법화경≫이 새겨진 깃발을 찢어서 부상자들의 상처를 싸매는 데 쓰고 깃폭으로 옷을 만들어 입고 있다. 그들에 있어서 그것들은 한갓 야릇한 글자를 새긴 천에 불과한 것이었기 때문이다.

이 소설은 기독교 역시 그것이 그것을 믿는 자들의 헛된 자기위안 이상 아무 것도 아니라고 하고 있다. 왜군의 首將 중 한 사람 小西行長은 독실한 기독교신자로 그는 붉은 비단 장막에 흰 십자가를 수놓은 것으로 將旗를 삼고 있다. 이 소설은 인간의 죄를 대신 진다는 것을 교리로 하고 있다는 그 종교의 신봉자가 남의 나라, 무고한 백성들을 죽여 강산을 피로 물들이는 죄를 앞장서서 짓고 있음을 보여 주고 있다.

李舜臣에 있어서는 이 또한 자신과 타인을 함께 속이는 헛된 수작에
불과한 것이다. 그래서 그는 그 깃발이 세워져 있는 곳을 적장 小西行
長을 노리는 표적으로 삼고 거기에 화력을 집중하게 하고 있다.

　주인공의 종교 부정은 유교에 있어서도 예외가 아니다. 이 소설은
곳곳에서 유교의 비현실성, 모순성을 드러내 보여 주고 있다. 그 중 한,
두드러진 예가 다음과 같은, 宣祖가 오랜 파천에서, 수복된 서울로 돌
아와서 내린 敎書다.

　　……이제 서울 백성들 중 죽은 자가 헤아릴 수 없이 많을 터이다.
　살아 남은 백성들이 마땅히 상복을 입고 있어야 하거늘, 상복 입은 자
　를 볼 수 없으니 괴이하다. 난리 중에 강상이 무너지고 윤기(倫紀)가
　더럽혀진 탓이로되, 내 이를 심히 부끄럽게 여긴다. 서울의 각 부는
　엄히 단속하여라.

　이 소설은 여기서 유교의 허례허식과 왕의 暗愚를 동시에 공격하고
있다. 당시의 조선은 경향 할 것 없이 지옥과 다름없었다. 너무 많은 사
람들이 굶주리고 병들어 죽어 그 시체를 어찌하지 못해 그것이 거리에
쌓여 썩고 있었다. 특히 당시에는 기근이 심해 사람을 잡아먹는 일까
지 있은 것으로 나타나 있다.[9] 시체가 무더기로 쌓여 노천에서 썩어 가
고 배고픔에 시달리다 미쳐 버린 사람들이 가족을 잡아먹는 판에 왕이
란 사람은 상복 운운하고 있으니 당시 세상이 얼마나 한심한 것이었던
가를 단적으로 보여 주고 있다.

---

9) 柳成龍은 ≪懲毖錄≫에서 당시 중앙 · 지방 할 것 없이 굶주림이 심해 심지어 아버지와 아
　들, 남편과 아내가 서로 잡아먹는 지경에까지 이르렀다(而中外飢甚 － 中略 － 至父子夫婦
　相食)고 하고 있다. 또 李舜臣도 ≪亂中日記≫에서 민생들이 굶주려 서로 잡아먹는다 하니
　장차 어떻게 해야 할 것인가(民生飢餓 相殺食之慘將何保活)라고 하고 있다. 李舜臣, ≪亂
　中日記≫ 甲午年 二月九日字.

주인공은 진정하지 못한 삶을 살고 있는 인간들의 욕망과 貪利, 무능과 비겁, 거기서 저지르는 잔혹, 종교에 의지한 자기위안을 모두 싸잡아 한마디로 「헛것들」이라고 하고 있다. 〈칼의 노래〉는 實存人 李舜臣의 그, 알 수 없고 벨 수 없고 조준할 수 없는, 실체의 옷을 걸친 헛것들과의 싸움을 보여 주는 소설이라 할 수 있다.

그러니까 「한 번 휘둘러 쓸어버리니／피가 강산을 물들이도다(一揮掃蕩 血染山河)」라고 한 李舜臣의 칼의 銘은 그, 칼을 받지 않는, 베어지지 않는 것들을 기어이 베어 쓸어버리려는 그의 淨化의 결의라 할 것이다.

2. 死地에서의 또 다른 싸움

이 소설의 주인공 李舜臣은 무수한 적들에 둘러싸여 있다. 바다를 뒤덮고 몰려오는 왜적, 군령을 어기는 부하들, 울면서 매달리는 백성들, 대군을 이끌고 와서 싸울 생각은 하지 않고 뇌물을 받고 적과 내통하고 있는 명나라 군대, 조선 왕이 항복했다느니 어디 어디에 적이 상륙했다느니 하는 유언비어들이 모두 그의 적이다. 이 소설은 그를 둘러싸고 창궐하고 있는 병균과 같은 적에 대해 다음과 같이 서술하고 있다.

바람이 잠들고, 달빛 스민 바다가 기름처럼 조용한 밤에도, 사각 사각 사각, 그 종잡을 수 없는 소리는 수평선 너머에서 들려왔다. 아마도 식은땀의 한기에서 깨어난 새벽의 환청이 밤이나 낮이나 나를 따라다니는 모양이었다. — 中略 — 그리고 식은땀에 뒤채이는 새벽에

그 환청은 캄캄한 수평선 너머에서 내 피폐한 연안으로 다가오는 수
천 수만 적선들의 노 젓는 소리로 들렸다.

　다시 귀 기울이면, 그 눈보라와도 같은 환청은 수평선 너머 대마도
쪽 바다에서만 들려오는 것이 아니라, 압록강 물가 의주까지 달아난
조정으로부터도 몰려왔다. 사각 사각 사각. 환청은 압록강에서 남해
안까지 모든 산맥과 강들을 건너서 눈보라로 밀려왔다.

　그러나 현실적으로 그가 당면한 가장 가시적이고 확실한 적은 물론
왜적이었다. 그의 하루하루는 그때마다 생사의 기로에 서 있는 것이었
다. 그는 왕에의 충성 이전에 눈앞의 백성들을 적의 칼에서 지켜야 했
다. 李舜臣의, 백성들의 끈질긴 생명력, 지옥과 같은 세월 속에서도 잃
지 않는 그들의 낙천성에 대한 사랑은 눈물겹도록 아름답게 그려져 있
다. 다음의 인용문 같은 것이 그런 장면이다.

　진도로 흘러 들어온 피난민들은 섬의 서쪽 연안을 따라 움막을 짓
고 모여 살았다. 원주민들이 피난민들에게 마을 앞 어장을 나누어주
었고 묵은 밭을 내주었다. 피난민들이 들어간 지역은 누른 땅이 어느
새 푸르게 바뀌었다. 겨울에도 무, 배추, 대파가 새파랗게 들을 덮었
다. 보름달이 뜨는 저녁이면 진도 여자들은 바닷가 언덕에 모여서 둥
그렇게 원을 그리며 춤추고 뛰고 노래했다. 우수영 쪽 여자들도 바닷
가에서 둥글게 춤추면서 물건너 진도 쪽 여자들에게 화답했다. 그 노
래 소리는 수영 안까지 들렸다. 스스로 살아가는 백성들의 생명이 모
질고도 신기하게 느껴져 칼 찬 나는 쑥스러웠다.

李舜臣은 그가 그렇게 사랑한[10] 그, 백성들을 위해 목숨을 던져 싸워

야 했다. 그래서 그는 늘 자신의 죽음을 눈앞에 두고 있었다. 鳴梁海戰
을 앞두고 바다에 선, 주인공의 모습이 그것을 잘 말해 주고 있다.

> 여기는 사지였다. 일출 무렵의 바다에서는 늘 숨을 곳이 없었다. 사
> 지에서, 죽음은 명료했고, 그림자가 없었다. 그리고 그 역류 속에서
> 삶 또한 명료했다. 사지에서, 삶과 죽음은 뒤엉켜 부딪쳤다. 그것은
> 순류도 아니었고 역류도 아니었다. 거기서 내가 죽음을 각오했던 것
> 인지, 삶을 각오했던 것인지는 확실치 않다. 나는 그 모호함을 중언부
> 언하지 않겠다.

그런 그에게 왜적 못지 않은, 그의 생명을 위협하는 적은 왕과 대신
들이었다. 그는 이 소설의 시간 직전, 왕을 능멸했다는 등의 죄목으로
형틀에 묶여 고문을 당한 끝에 간신히 죽음을 면한 바 있고 그러한 일
은 또 언제 그 앞에 닥쳐올지 알 수 없는 것이었다.

사방의 적들에 둘러싸인 주인공 李舜臣은 갖가지 實存的 근본 경험
을 하고 있다. 그 중 하나가 불안이다. 우리는 全羅左水使로 부임했을
때의 그의 모습에서 그 불안을 볼 수 있다.

> 종팔품 수군 만호가 되어 남해안 발포진에 부임했을 때, 처음 보는
> 바다는 외면하고 싶도록 두려웠다. 나는 바다와 맞선다는 일을 상상
> 할 수 없었고, 그 위에서 적과 싸운다는 일도 내용과 질감이 떠오르지
> 않았다. 바다는 다만 건널 수 없고, 손댈 수 없는 아득함으로 내 앞에

---

10) 李舜臣의 백성 사랑은 특별한 데가 있다. 그의 ≪亂中日記≫ 癸巳年 九月 十三日字는 밤
　　새 비바람이 크게 일자 저녁에 길을 떠난 金伊니, 年石이니, 돌卋니 하는 종들 일을 걱정
　　하는 내용이 보인다. 여기서 우리는 다른 사대부들이 짐승이나 다름없이 취급하던 종을
　　그는 자식이나 형제처럼 생각하고 있었음을 알 수 있다.

펼쳐져 있었다.

그러나 진정한 인간에 있어서 불안의 「불안스러운 감정」은 회피해야 할 그 무엇이 아니라 어쩔 수 없이 그 속에 머물러야 하는 것이다. 李舜臣도 그 두려운, 피하고 싶은 세상, 불안을 정면으로 맞아 선다.

그 불안의 세계, 바다는 또 뚜렷이 정해진 지향점이 보이지 않는다는 점에서 인간의 생과 같은 성격을 띠고 있다. 다음의 인용문은 그런 의미에서 그러한, 인간의 삶을 상징적으로 그려 보여 주는 것이다.

바람이 멀리 몰려가 버려, 안개는 수면 위로 쌓였다. 물은 보이지 않고, 안개 밑에서 뱃전에 부딪히는 물소리가 철썩거렸다. 단 한 개의 항해 지표도 찾을 수 없었다. 새들은 날지 않았다. 배는 안개 속을 흘러 다니는 신기루처럼 보였다. 지표 없는 안개 속을 헤집고, 장사진은 동남진했다. 배들은 다만, 안개 속에서 어른거리는 앞선 배의 자취에 매달렸다. 깃발은 식별되지 않았고, 북으로는 위치를 알릴 수 없었다. 쇠나팔을 불어서 전선 간 거리를 당기고 속도를 늦추었다. 나는 어디에 있으며 어디로 가고 있는지, 안개 속에서는 알 수 없었다. 적은 안개 너머에 있었다.

위와 같은 대문은 인간이 살아야 하는 현실은 濃霧 속의 잠행과 같이 불안하고 모호하며 불확실한 것이라 함을 말해 주고 있다. 인간은 그 속에서 그 때, 그 때 스스로의 판단과 선택으로 자신의 삶을 결정하고 그에 따라 살아갈 수밖에 없는 것이다.

겹겹이 적들에 둘러싸인 주인공은 고독하다. 그는 타인과의 의미 있는 관계, 진정한 산 접촉을 갈망하나 거듭 단절에 직면한다. 그의 처절하리만큼 외로운 모습은 다음의 인용문이 잘 그려 보여 주고 있다.

다시 내 앞에 펼쳐진 바다에서, 적의 조건도 나의 조건도 보이지 않
았다. 가을빛이 스러져 가는 바다는 차가웠고, 외마디로 짖어대는 새
들의 울음은 멀었다. 멀리 부산, 거제, 고성 쪽 해안은 목측이 꺾여져
보이지 않았고, 경상 바다 수평선 안쪽으로 흩어진 섬들에서 적들끼
리 서로 부르고 응답하는 봉화가 올랐다. 봉화는 불꽃에서 연기로, 검
은 연기에서 흰 연기로 바뀌어 갔으나, 나는 그 봉화의 내용을 해독할
수 없었다.

주인공은 그의 싸움에서, 또 그의 일상에서 不條理를 느낀다. 주인
공은 해전에서 패하여 섬으로 도망친 왜군들의 울음소리를 들었을 때
그것을 느낀다. 그는, 섬에는 먹을 것도 식수도 없으므로 그들은 거기
서 굶주리고 목말라 죽을 것이라는 것을 알고 인간적인 연민을 느낀
다. 그는 한 사람, 한 사람의 왜군은 모두 처음에 조선사람에 대한 아무
런 적의도 가지고 있지 않은 가련한 인간들이었지만 자신이 그들을 죽
이지 않을 수 없는 현실에 갈등을 느낀다. 그는 또 전쟁이란 것의 장난
같은 속성에서, 그가 수행하고 있는 싸움에서 허무감을 느낀다.

적의 척후가 진도 벽파진 앞 바다에 나타나 나의 척후를 척후하였
고 나의 척후가 적의 척후를 척후하였다.

위의 인용문은 거듭되는 동어반복이 그 피비린 전쟁이 어린애들의
술래잡기같은 모양을 하고 있음을 보여 준다.
주인공이 義禁府로 끌려가 刑杖에 목숨을 잃을 뻔한 것도, 다시 거

기서 살아 나온 것도 웃지 못할 아이러니다. 이 소설은 그에 대해 다음
과 같이 서술하고 있다.

> 나를 죽이면 나라를 살릴 수 없기 때문에 임금은 나를 풀어준 것
> 같았다. 그러므로 나를 살려준 것은 결국은 적이었다. 살아서, 나는
> 다시 나를 살려준 적 앞으로 나아갔다. 세상은 뒤엉켜 있었다. 그 뒤
> 엉킴은 말을 걸어볼 수 없이 무내용했다.

이상에서 필자는 주인공을 둘러싸고 있는 적들에 대해 상당히 장황
하게 서술했다. 그런데 주인공에 있어서 가장 큰 적은 왜군도 조정도
아니었다. 그것은 그가 산 세상의 무의미, 허무, 절망이었다.

實存主義哲學에서 인간은 세상으로부터의 단절감, 인생살이의 이
유의 부재, 무의미 앞에서 不條理를 느낀다. 그리고 그와 같은 實存의
생생한 사실을 깨닫는 순간, 사르트르의 〈嘔吐〉에서 로깡댕이 그러했
듯, 嘔吐를 느낀다. 이, 현기증 나는 不條理의 현실 앞에서 느끼는 嘔
吐와 같은 것을 〈칼의 노래〉의 주인공에게서도 볼 수 있다. 주인공이
흘리고 있는 虛汗이 그런 것이다. 주인공은 다음에서 보는 바와 같이
이 소설에서 여러 차례에 걸쳐 식은땀을 흘리고 있다.[11]

> 적과 임금이 동거하는 내 몸은 새벽이면 자주 식은땀을 흘렸다. 구
> 들에 불을 때지 않고 자는 밤에도 땀을 흘렸다. 등판과 겨드랑과 사타
> 구니에 땀은 흥건히 고였다. 식은땀은 끈끈이처럼 내 몸을 방바닥에

---

11) ≪亂中日記≫에는 李舜臣 장군이 실제로 식은땀을 많이 흘린 것으로 나타나 있다. 「낮에
는 땀이 옷에만 배더니 밤에는 옷 두겹이 젖고 다시 방바닥에까지 흘렸다고 한 丙申年 三
月 二十五日字의 일기가 그 예다.

결박시켰다. 나는 내 몸이 밀어낸 액즙 위에서 질퍽거렸다.

〈칼의 노래〉에는 모두 스무 여 차례에 걸쳐 주인공이 헛땀을 흘렸다고 하는 구절이 등장하고 있다. 그것은 군법으로 부하를 참수한 날, 헛된 말치레의 왕의 敎書를 받은 날 등 거의 전부 전쟁의 무의미, 세계의 무의미 앞에서 흘리고 있는 것이다.

주인공은 세계 앞에서 비관적이다. 實存主義에 있어서 비관주의는 어떤 「존재의 질서」다. 그것은 필연적인 악의 상태다. 인간은 그것을 발판으로 삼을 때 비로소 인간일 수 있다. 實存人 李舜臣은 그, 비관적인 세계의 무의미, 절망, 허무 앞에서 厭世로 굴러 떨어지지 않는다. 그는 그것을 거듭 확인함으로써 자신을 投企한다. 그가 자신의 침소 머리맡에 免死帖을 걸어 두고 있는 것이 그의 그러한 모습을 보여 주는 것이다. 조정은 왜적과 목숨을 걸고 싸우고 있는 그에게 죄를 씌워 문초를, 고문을 하나 끝내 죄를 찾지 못하자 死地, 전장으로 되돌려 보낸다. 다시 三道水軍統制使가 된 그는 열 두 척의 전선으로 3백 여척의 적선을 맞아 싸워 이를 격멸하는데 그 때 임금이 보내온 것이 바로 「免死」, 죄가 없다는 것도 아니고 죄를 사면해 주겠다는 것도 아니고, 다만 죽이지 않겠다는 두 글자다. 주인공은 밤낮 그것과 마주함으로써 허무, 절망, 무의미를 딛고 선다. 그리고 그럼으로써 그것을 발판으로 하여 자기를, 자기 세계를 창조해 나가는 것이다.

주인공은 종교를 부정했듯, 운명 또한 부정한다. 慶尙左水使 裵楔과의 다음과 같은 대화에 그것이 나타나 있다.

— 통제공, 무운을 비오.
— 존망의 길에, 운세란 없는 것이오. 아시겠소? 배수사.

實存은 무제약적인 존재다. 그는 자기 이외의 다른 원인의 지배를 받지 않고 다른 어떤 것으로도 대치될 수 없는 절대적 성격을 가진다. 조정으로 끌려가 죽음 직전에까지 갔다가 겨우 명을 부지하여 돌아온 후의 주인공이 그런 존재다. 이제 주인공이 하는 싸움은 그 전과는 다른 성질의 것이다. 그전의 그는 막연히 국록을 먹는 나라의 관리로 왕에 충성을 다하기 위해 목숨을 내걸고 있은 사람이었다고 할 수 있었다. 그러나 그러한 충성을 바치고도 그, 왕에 의해 목숨을 빼앗길 뻔했다가 간신히 살아 돌아온 그는 그 전과는 다른 마음으로 적과 맞서고 있다. 그가 왕의 敎書 앞에서 하고 있는 다음과 같은 혼잣말에 그것이 나타나 있다.

　　……전하, 전하의 적들이 전하를 뵙기를 고대하고 있나이다. 신은 결단코 전하의 적들을 전하에게 보내지 않을 것입니다. 이 적들은 전하의 적이 아니라 신의 적인 까닭입니다…….

그의 그와 같은 새로운 삶, 새로운 마음은 그가 다시 三道水軍統制使의 敎書를 받았을 때부터 시작된다. 敎書를 받고 그는, 자신은 김덕령처럼 죽을 수 없다고 다짐한다. 김덕령은 불같은 충성심과 절세의 용맹으로 왜적을 쳐부수나 그 용맹이 겁난 왕의 피해망상에 없는 죄를 덮어쓰고 살해된 사람이다. 李舜臣은 앞서 義禁府로 끌려갔을 때는 그랬거니와 이제는 그런 죽음을 당하지 않겠다고 하고 있는 것이다. 곧 상대가 아무리 왕이라 하더라도 절대로 그에게 무의미한 죽음은 당하지 않겠다는 결의를 보여 주는 것이다. 다시 말하면 그가, 삶은 물론이고 죽음 또한 다른 누구에 의해서도 강제되는 것을 용납하지 않겠다는 결의를 가지고 있음을 보여 주는 것이다. 이는 그가 그의 생과 사에 대한 어떤 부당한 간섭도 받지 않으려 하고 있음을 말하는 것이다. 이 때의 李舜臣은 不條理 앞에서 반항하는 인간, 그것이다.

그는 또 스스로 곽재우처럼 살지도 않겠다고 다짐하고 있다. 곽재우는 丙申年에 죄 없이 죄를 쓰고 조정으로 끌려가 문초를 당한 끝에 겨우 죽음을 면하고 풀려난 다음 그가 거느리고 있던 의병을 흩고 신선이 되겠다면서 산 속으로 들어가 있은 적이 있다.[12] 李舜臣은 자신은 어떤 일이 있어도 한 때의 그, 곽재우처럼 현실을 외면하거나 거기서 도피하지 않겠다고 하고 있는 것이다. 그것은 곧 비겁한 자기기만 이상이 될 수 없다고 생각했기 때문이다.

그는 또 이 소설 속에서 다음과 같이 말하고 있다.

명과 일본이 조선을 분할해서 강화한다면 나는 고려 때의 삼별초들처럼 함대를 이끌고 제주도로 들어가야 할 것인지를 생각했다. 그때는 명과 일본이, 그리고 조정 전체가 나의 군사적인 적이 될 것이었다. 아마, 그때 나의 함대는 수영을 이탈하거나 나를 배반할 수도 있을 것이었다. 나는 혼자일 수도 있었다.

이상에서 우리는 주인공이 죄 없이 죽음을 당하지 않을 것이고 도피하지 않을 것이며 필요하면 외적은 물론 조정을 상대로, 자기 혼자만으로라도 싸우겠다는 결심을 하고 있음을 알 수 있다. 이때의 그의 싸움은 그전과 같은 충성을 위한 것이 아니다. 그것은 허무한 現存在를

---

12) 곽재우는 얼마 후 다시 산에서 내려와 군사를 모아 왜란이 끝날 때까지 왜적과 싸웠다. 그가 "고양이를 기른 것은 쥐를 잡기 위한 것인데, 이제 왜적이 이미 평정되었으니 나는 할 일이 없다.(養猫所以捕鼠 今賊已平 余無所事 可以去矣)"고 하고 신선이 되겠다면서 아주 산으로 들어간 것은 난이 끝난 뒤의 일이다.
   이상 洪萬宗, 《海東異蹟》, 李睟光, 《芝峯類說》 참조.

이겨내려는 자기 실현이다. 주인공이 하려한 행동은 주어진 現存在의 무의미성에서 자유롭게 자신의 고유한 의미를 만들려 하고 있는 投企 (Entwurf=project)이다. 그것은 또 그가 본래적인 현재를 그때 그때마다 확립하려는, 자신의 고유한 존재 가능성을 창조하는 행위, 곧 脫存 (Ekstasis)이다. 비본래적 인간은 허무에 직면했을 때 그 허무에서 끝나, 끝없는 무의미로 추락하여 거기서 모든 것의 종언을 맞는다. 그러나 던져진, 被投의 인간에서 스스로 자신을 던지는 投企의 인간으로 행동할 때 그는 비로소 허무를 딛고 그것을 넘어설 수 있다. 그런 의미에서 이 소설에 나타난 히데요시의 마지막 말과 李舜臣의 그것은 극명한 대조를 이룬다.

끝없이 권세와 이익을 추구하여 「天下布武」의 기치를 내걸고 피비린 전쟁을 일삼던 히데요시는 죽음을 앞두고,

> 몸이여, 이슬로 와서 이슬로 가니 오사카의 영화여, 꿈속의 꿈이로다.

라는 유언시를 남긴다. 이는 그가 무의미한 삶을 산 끝에 의미 없는 존재로 그 생을 끝마치고 있음을 스스로 말해 주고 있는 것이다.

그러나 李舜臣의 경우는 이와 전혀 다르다. 그는 적탄에 치명적인 상처를 입어 죽음을 눈앞에 두었을 때 퇴로가 없는 막다른 물목으로 몰린 적을 뒤쫓으며,

> ― 북을……계속……울려라. 관음포……멀었느냐?

라고 하고 있다. 그와 같은 實存人의 행동에 있어서 세속적인 의미

에서의 완성, 완결이란 없다. 결국 그는 관음포로 적을 추격하는 바다 위에서 숨을 거둔다. 그는 「세상이 스스로 세상일 수 있게」 하는 과정 에서 숨을 거두고 있다. 그러나 그의 진정한 삶 살기, 의미 만들기는 그 것으로 완결, 완성을 이루고 있다고 할 수 있다. 그는 거기서 허무를 뛰 어넘어 영원히 살고 있다고 할 수 있겠기 때문이다.

3. 史書를 뛰쳐나온 實存人

〈칼의 노래〉는 근래 한국문학에서 보기 드문 특이한 소설일 뿐 아니 라 여러 가지 의미에서 작품성이 뛰어난 문예물이라 할 수 있다. 무엇 보다 이 소설의 작가는 주인공의 성격화에 괄목할 만한 성공을 거두고 있다. 이 소설을 쓰기 위한 그의 자료 섭렵은 상당히 광범하고 치밀했 던 것으로 보인다.[13] 그는 주인공을 李舜臣 주변의 史書·일기 등 자 료에 근거하여 최대한 실인의 모습으로 되살리려 노력하고 있음이 역 력하다. 이 소설 속의 주인공은 그 이미지가 柳成龍이 말한 「사람됨이 말과 웃음이 적고 용모는 단아하여 마음을 닦고 몸가짐을 삼가는 선비 와 같았다.(舜臣爲人 寡言笑 容貌雅飭 如修謹之士)」고 한,[14] 李舜臣, 실인의 그것과 거의 거리가 없다. 그러나 작가는 구체적 성격 창조에 있어서 史書 등 자료에 얽매이지 않고 있다. 그는 그들 자료를 바탕으 로 하면서 다음과 같은 면에서 역사상의 인물 李舜臣을, 특히 그의 내 면을 새롭게 해석하고 있다.

---

13) 그는 이 소설을 《亂中日記》《李忠公全書》《宣祖實錄》《燃藜室記述》「狀啓」「諭示」「敎書」
　　「行狀」들에서 필요한 부분을 골라서 짜 맞추어 썼다고 하고 있다.
　　김훈, "연보·해전도", 「칼의 노래」 I (생각의 나무, 2001), p.202.
14) 柳成龍, 《懲毖錄》

첫째, 李舜臣은 그의 《亂中日記》등 기록으로 볼 때 의심의 여지없이 왕에 대한, 절대적이라 할 만큼 강한 충성심을 가진 사람이었다. 그는 정기적으로 宣祖가 내린 敎書에 절을 올리고 있는데 이 때 절을 하지 않는 사람에 대해 심한 분노를 보이고 있는 데서도 이를 엿볼 수 있다.[15] 그런데 작가는 「역사를 읽어보면 그가 왕조에 대한 충성심으로 전쟁을 수행한 인물로 되어 있다. 역사의 행간을 읽으면서, 그렇지 않다는 생각을 갖게 됐다. 오히려 증오심과 현실적 절망감에 대한 분노로 전쟁을 수행하지 않았나 생각했다.」고 하고 있다.[16] 三綱五倫의 도덕률이 철저한 班家에서 생장하여 宦路에서 평생을 산 李舜臣은 없는 죄를 씌워 목숨을 앗으려 한 왕이 원망스럽기는 했겠지만 어쩌면 그것을 가혹한 天候와 같이 어쩔 수 없는 것으로 받아들여 변함 없는 충성을 바치고 있었다는 것이 사실에 더 가까웠지 않았나 한다. 그러나 작가는 이 소설에서 그가 왕에 대한 충성심같은 것은 가지고 있지 않았으며 필요하면 왕을 향해 칼을 겨눌 수도 있는 사람으로 그리고 있다. 그럼에도, 어느 쪽이 실제 李舜臣의 마음이었던가는 젖혀 두고 일단 이 소설은 그를 작중의 살아 있는 인물로 형상화하는 데 성공을 거두고 있다. 성격 창조는 실인 복사와는 다른 것이고 작가는 이 소설에서 작중의 實存的 인물 李舜臣을 핍진성 있게 그리고 있기 때문이다.

참담한 현실 앞에서의 李舜臣의 모습도 기록에 나타나 있는 바와는 거리가 있다. 李舜臣은 義禁府에서 풀려나 백의종군의 남행길에 그 어머니의 상을 당하나 상례를 치르지도 못한다. 《亂中日記》는 이 무렵 그가 두 번이나 「어서 죽기를 바란다」는 말을 하고 있음을 보여 준다.[17]

---

15) 《亂中日記》丁酉年 八月 十九日字에는 모든 장수들이 敎書에 숙배를 하는데 유독 裵楔만이 하지 않는 데 노하여 그의 營吏에게 杖刑을 내렸다고 쓰여 있다.
16) 김훈, 김광일과의 대담, "동인문학상 수상작 '칼의 노래' 김훈씨", 『朝鮮日報』 2001년 10월 9일.

이는 당시 그의 솔직한 심정이었다 하겠으나 이 소설은 그의 그와 같
은 厭世的인, 나약한 면모 대신 그가 어떤 현실이든 담담하고 결연하
게 맞서고 있음을 보여 주고 있다. 이 또한 어떠한 상황 앞에서도 감상
에 젖거나 굴하지 않는 작중 인물로 하여금 소설 속에서 생명을 얻게
하고 있다고 해야 할 것이다.

　작가는 또 기록에 분명하게 나타나 있는 사실이라 하더라도 소설에
수용했을 때 그럴듯하지 않을 경우에는 그것을 버리거나 해체하여 재
구성하고 있다. 李舜臣의 꿈의 경우가 그 좋은 예다. 《亂中日記》등을
보면 그의 꿈은 이상하리만큼 강한 예언력같은 것을 보여 주고 있다.
일기에 의하면 그는 왕의 명을 받는 꿈을 꾼 이튿날 三道水軍統制使
를 명하는 왕의 敎書를 받고 있고[18]그 어머니의 죽음,[19] 차남 葂의 전사
도[20] 흉몽으로 미리 예감하고 있다. 그러나 작가는 그런, 李舜臣이란
인물이 무슨 신통력을 가진 사람같이 보일 요소가 있는 이야기는 이
소설에서 철저하게 배제하고 있다. 만약 그런 이야기를 소설 속에 담
아야 할 필요가 있을 때, 그는 그것을 풀어서 굴절하여 수용하고 있다.
李舜臣이 葂의 꿈을 꾸고 그를 죽인 왜병을 죽인 이야기가 그런 경우
다. 李舜臣의 조카 芬이 쓴「行錄」에는 기이한 이야기가 실려 있다. 李
舜臣이 古今島 진중에 있을 때 낮에 잠깐 잠이 들었는데 葂이 그 앞에
나타나 울면서 "나를 죽인 적을 죽여주십시오."라고 해서 公이 "네가
살았을 때 힘이 장사였는데 어찌 네 손으로 죽이지 않느냐?"고 했더니
"내가 적의 손에 죽어 무서워서 감히 죽일 수 없습니다."고 해 잠이 깨
었다. 다시 팔을 베고 누워 눈을 감고 잠이 든둥만둥하고 있는데 葂이

---

17) 李舜臣,《亂中日記》丁酉年 四月 十六日, 五月 五日字.
18) 李舜臣,《亂中日記》丁酉年 八月 二日字.
19) Ibid., 丁酉年 四月 十一日字.
20) Ibid., 丁酉年 十月 十四日字.

또 나타나 울면서 말하기를 "원수를 진중에 두고 저의 말을 폐하여 죽이지 않으십니까?"라고 하고 소리내어 울면서 갔다. 公이 크게 놀라 "새로 잡아온 왜적이 있느냐?"고 물었더니 배 안에 그런 포로가 있었다. 사람을 시켜 조사해 보라고 했더니 그 왜병이 葂을 죽인 자라, 죽이게 했다는 것이다[21]

작가는 그 이야기를 〈칼의 노래〉에 다음과 같이 수용하고 있다.

(아버님, 저는 죽었습니다.) — 中略 — 나는 면을 꾸짖었다.

(죽은 녀석이 너뿐이더냐? 내가 죽인 적이 헤아릴 수 없고 네가 죽인 적 또한 적지 않거늘, 네 어찌 내 꿈을 어지럽히느냐.)

(아버님, 저의 칼을 찾아주십시오.)

(칼을 어찌했느냐?)

(칼을 놓쳤습니다. 눈이 멀어서 찾을 수가 없습니다.)

(물러가라. 무인이 칼을 놓쳤으면 죽어 마땅하지 않겠느냐.)

면은 다가와 내 다리에 매달려 울었다. 면은 잘려진 어깨로 울었고, 거기서 눈물이 흘렀다.

(아버님, 죽을 때 무서웠습니다. 칼을 찾아주십시오.)

(가거라, 죽었으면 가거라. 목숨은 물리지 못한다. 칼 또한 그러하다. 다시는 내 꿈에 얼씬거리지 말아라.)

면은 울면서 돌아섰다. 무릎걸음으로 면은 멀어져 갔다. 면이 엉덩이를 밀어서 멀어져가는 쪽으로 노을이 붉었다. 노을진 갈대숲 속으로 면이 기어 들어갈 때 나는 면을 불렀다.

(면아, 면아.)

---

21) 《李忠武公全書 卷之九》 附錄—李芬 書 「行錄」

부르는 내 소리에 내가 가위눌려 나는 잠에서 깨어났다.

〈칼의 노래〉는, 그 꿈을 이상하게 생각한 李舜臣이 진중의 포로를 조사한 끝에 그 왜병을 잡아내 죽였다고 하고 있다. 그리하여 작가는 일장의 괴기담같이 들릴 꿈 이야기를 위와 같이 현실감 있는 것으로 바꾸어 놓고 있다. 여기서도 우리는 김훈의 창작 테크닉의 뛰어난 일면을 볼 수 있다.

〈칼의 노래〉에서 또 하나 돋보이는 것은 이 소설의 개성이 뚜렷한, 특이한 문체다. 이에 대해 이 소설을 동인문학상 수상작으로 선정한 심사위원의 한 사람, 李淸俊은 심사소감에서 이 작품의 문장이 전통적 한문문학의 압축미를 구현하고 문장의 향기와 힘이 우러나게 만들어 종래 다른 작품이 시도했던 미학을 완성시켰다고 했다. 이 소설, 문체의 가장 두드러진 특징은 그 문장이 거의 전부라 할 만큼, 대부분이 10자 안팎의 단문이라는 것이다. 이는 이 작가의 한, 작가로서의 두드러진 개성 때문인 것으로 보인다. 그것은 그가 어느 자리에서 구체적이고 수다스런 문장들은 자신의 체질에 맞지 않는다고 한 것을[22] 보아도 잘 알 수 있다. 그렇다고 이 작가가 장문에 서투르다든가 전혀 그런 문장 쓰기를 싫어한 것으로 생각하면 그것은 속단이다. 다음의, 이 소설 도입부를 보면 금방 그것을 알 수 있다.

버려진 섬마다 꽃이 피었다. 꽃피는 숲에 저녁 노을이 비치어, 구름처럼 부풀어오른 섬들은 바다에 결박된 사슬을 풀고 어두워지는 수평선 너머로 흘러가는 듯 싶었다. 뭍으로 건너온 새들이 저무는 섬으

---

22) 김훈, 김광일과의 대담, "동인문학상 수상작 '칼의 노래' 작가 김훈씨", 『朝鮮日報』 2001년 10월 9일.

로 돌아갈 때 물 위에 깔린 노을은 수평선 쪽으로 몰려가서 소멸했
다. 저녁이면 먼 섬들이 박모(薄暮) 속으로 불려가고, 아침에 떠오르
는 해가 먼 섬부터 다시 세상에 돌려보내는 것이어서, 바다에서는 늘
먼 섬이 먼저 소멸하고 먼 섬이 먼저 떠올랐다.

피비린 전란과는 아무런 상관이 없다는 듯한 이, 소위 객관적 자연
배경의 묘사는 담담하면서도 서정에 넘쳐 작가가 美文에도 결코 무시
못할 재능을 가지고 있음을 보여 준다.

그러나 비교적 호흡이 긴, 위와 같은 문장은 단행본 2권으로 된 이
장편소설에서 거의 유일한 예다. 이는 독자가 그 다음에 이어지는, 급
박하고 삼엄한 단문들에 질식하지 않도록, 숨을 고르게 하기 위한 것
이다. 〈칼의 노래〉의 문장은 다음에서 보는 것과 같이, 서너 단어로 된
숨가쁜 것이다.

금갑진에 역질이 돌았다. 백성들이 토하고 쌌다. 시체 100여 구를
묻었다. 모두가 백성들이었다. 금갑진 둔전에 겨울 배추 싹이 올랐다.
둔전에 배속된 백성들이 역질로 죽었다. 금갑 무당이 굿을 했다.
용장산 봉수대가 무너졌다.

위와 같은 문장 예는 일부러 찾으려 할 것도 없이 이 소설의 곳곳에
서 발견된다.

주인공은 어떤 상황에서도 냉정을 잃지 않고 있고 그가 뱉은 말은
짧고 담담하다. 李舜臣은 지난날 두 번, 자신과 잠자리를 같이 한 적이
있는 官妓 女眞이 시체로 옮겨져 왔을 때 한참을 보아 그녀임을 확인
하고는 단 한 마디, "내다 버려라."고만 하고 있다.

또 12척의 배로 적의 대함대를 격파한, 세계 해전사에 길이 남아 있는 鳴梁大捷을 거두고 난 뒤 아군의 피해를 점검하고 나서 한 말은 "더러 죽고 많이 살았다."는 두어 마디다.

주인공은 또 어떠한 일도 과장하여 말하지 않고 중언부언하지 않는다. 鳴梁에서 서해안으로 해서 漢陽으로 진공하려던 왜적의 전선 3백여 척, 수륙 합동군 10만명을 궤멸시켰을 때 주인공이 조정에 올린 狀啓는 「포격과 불화살로 적선 30척을 깨뜨리고 수급 여덟을 거두었다.」고 하고 있다. 그에 이어 그는 「깨어지고 불타면서 경상해안 쪽으로 밀려난 적선의 적들이 죽었는지 살았는지는 따라가 보지 않아 알 수 없었다.」고만 하고 있다.

위와 같은 문장, 서술은 언행에 있어서 담백을 미덕으로 삼던 그 시대의 인물 李舜臣을 실감 있게 그리는 데 큰 몫을 했다고 할 수 있을 것이다. 그리고 그것은 또 〈칼의 노래〉로 하여금, 4백년 전을 배경으로 하면서도 한 편의 주목할 만한 實存主義 문학작품이 되게 하고 있다 할 것이다.

제3부

세계와 인간의 재발견

汚辱의 땅에서의 새 세상 希願

　김현은 일찍이 張龍鶴을 소설의 파격적인 구성, 관념적인 문체 등으로 李箱 이래 최대의 파문을 일으킨 작가라고 말한 바 있다.[1] 작가가 『思想界』 1956년 10월호에서 이듬해 1월호까지 연재, 발표한 중편 〈非人誕生〉은 그러한 파격적인 구성, 관념적인 문체의 소설이다.

　화가이자 교사인 주인공 地瑚는 교장과의 의견 충돌로 학교에서 쫓겨나고 만다. 직장을 잃는 바람에 셋집 방세를 내지 못하게 된 주인공과 그의 어머니는 그 집에서 쫓겨나 동네 뒤, 버려진 방공호에서 살게 된다. 돌 깨는 일을 하던 주인공의 어머니는 일하다 다쳐 몸져눕게 된다. 그러던 어느 날 주인공은 도둑으로 오해를 받아 경찰서로 끌려가 사흘을 갇혀 있다 결백함이 밝혀져 풀려난다. 방공호로 돌아온 그는 그동안 앓고 있던 어머니가 죽어 까마귀들이 시신을 파먹고 있는 것을 본다. 주인공은 어머니의 시신을 火葬하고 그 전과는 다른 새로운 인간으로 변한다는 것이 이 소설의 줄거리이다.

---

1) 김 현, "에피메니드의 역설", 『現代韓國文學全集』 4(新丘文化社, 1967), p.403.

1. 인간 모욕하는 卑陋한 세상

〈非人誕生〉은 그의 또 다른 작품 〈요한詩集〉과 같이 한 편의 寓話로 시작된다. 이 寓話는 〈요한詩集〉에서 그렇듯, 이 소설에서 상당히 중요한 시사를 하는 것이다. 이 소설 도입부의, 소위 '아홉시병' 寓話의 요지는 다음과 같다. 학교에 가기 싫은 한 아이가 학교 갈 시간, 9시에 배가 아프다고 한다. 그 어머니는 걱정이 되어 학교에 보내지 않고 여러 가지로 아이에게 좋도록 해 준다. 학교에 가지 않아도 될 뿐 아니라 온갖 요구를 다 들어주는 데 재미를 붙인 아이는 이제 학교에 가기 싫으면 배가 아프다고 한다. 아이는 종내에는 아홉시만 되면 배가 아프게 되어 버린다. 그 아이는 나중에는 하기 싫은 일이 생기면 조건반사처럼 시간과 관계없이 배를 앓게 된다. 아이가 자라 청년이 되었을 때 전쟁이 나, 그는 군대에 가게 된다. 그런데 작전명령만 내리면 배탈이 난다. 꾀병이 아닌가 의심이 간 軍醫가 정밀 진찰을 했는데 실제로 통증이 있음이 확인되어 그는 전투에 나가지 않아도 되게 된다.

이 寓話의 여기까지는 그냥 그렇고 그런 삽화 한 도막으로 읽어두어도 된다. 왜냐하면 작가가 하고자 한 이야기의 초점은 이 寓話의, 다음과 같은 마지막 문단에 모아져 있기 때문이다.

사회라는 데는 학교나 군대와 달라 결석이니 제대니 하는 것이 없었다. 배를 부둥켜안고서라도 직업이라는 것을 가지고 있어야 했다.

그러는 사이에 그는 배탈의 아픔을 느끼지 않게 되었다. 그의 생리는 배탈에 아주 물들어 버린 것이다. 건강체가 된 것이다.

모든 사람은 말하자면 그런 건강인인지도 모른다.

그렇다면 그들은 지금 무슨 아홉시병에 걸려 있는 것인가……?

위에서 작가가 말하고자 한 것은 현대인에 있어서 직업이란 무엇인 가라는 것이다. 그런 의미에서 이 寓話는 프란츠 카프카의 중편 〈變身〉 과 비슷한 문제를 제기하고 있다. 편의상 먼저, 이미 세계의 고전이 되어 있는 寓話小說 〈變身〉에서 이야기되고 있는 직업과 인간의 관계를 간략하게 살펴보기로 하겠다. 이 소설은 카프카가 1912년에 쓰기 시작하여 1915년에 출간한 작품이다. 이 소설의 주인공 그레고르 잠자는 어느 날 아침 뒤숭숭한 잠에서 깨어 눈을 떴을 때 자신이 한 마리의 커다란 벌레로 변해 있는 것을 알게 된다. 그의 가족은 처음에는 그와 같은 괴변에 걱정도 하고 돌보아 주기도 하지만 시일이 지나자 징그럽고 성가시게 생각한다. 그는 결국 그 아버지가 던진 사과에 맞아 상처를 입은데다 가족이 음식을 주지 않아 굶어 죽고 만다. 카프카에 대한 권위 있는 연구자 박환덕은 이 그로테스크한 소설에 대해 다음과 같은 해석을 하고 있다. 카프카에 있어서 존재한다 함은 '거기에 있다' 뿐 아니고 '거기에 소속한다' 는 의미를 함께 지니고 있다. 인간이 존재한다는 것은 이 세계 안에 존재하고 있음만 의미하지 않고 이 세계에 소속되어 있어야 함을 뜻한다. 따라서 어느 세계에도 소속하지 않는 존재란 있을 수 없다. 그렇기 때문에 무소속은 곧 비존재다. 그에 의하면 인간은 그가 소속하고 있는 그 세계의 약속과 도덕을 지켜야 하고 그 대가로 세계로부터 그에의 소속이 허락된다. 그래야만 인간은 비로소 존재할 수 있다. 그 약속을 위배하는 자는 죄인으로 그 세계로부터 추방된다. 그레고르 잠자의 비극은 세계의 그 율법을 거역한 때문에 온 것이다. 그는 어느 날 만약 부모의 빚을 갚아야 하기 때문에 자제하지 않는다면, 이미 오래 전에 퇴직을 통고했을 것이고 사장 앞에서 자신의 의견을 철두철미 털어놓았을 것이라고 생각한다. 바로 그러한 생각, 즉 자신의 삶을 갖고 싶다는 생각이 죄가 되어 그는 존재의 제로 지점, 벌레에 유형된 것이다. 다시 말하면 그의 「자기의 본래성에 대한 자각」이 그가 벌레가 된 원인인 것이다. 현대사회는 자기의 본래성의 자각을 용납하지 않는다. 현대사회는 그 경제적인 구조의 특성에 의하여 인간을 '직업'이라는 형태의 거대한 메커니즘의 톱니바퀴로, 철저하게 기능적인 존재로 만든다. 현대에 있어서는 직업이 인간의 유일한 존재방식이다. 이러한 기능적 존재가 아니려고 하는 것은 곧 이 세계에 대한 거역을 의미한다. 기능적인 존재형식을 버리고 인간의 본성에 대한 자각을 통하여 자기 자신의 삶을 가지려 한 잠자는 바로 그러한 생각을 갖는 순간, 이 사회로부터 축출되는 비극을 맞게 된 것이다.[2]

이제 다시, 위에서 인용한 〈非人誕生〉의 寓話로 돌아가기로 하겠다. 이 寓話는 배가 아프다고 하면 부모는 물론 학교도, 심지어 생사가 엇갈리는 전장에서도, 그것으로 모든 문제가 해결되었는데 직장에서는 그것이 먹혀들지 않았다는 것을 말하고자 한 것이다. 현대사회의 직장이란 조직은 어린애의 응석과 같은 꾀병을 용납하지 않을 뿐 아니라 인간 자체까지 그 조직에 맞게 뜯어고치는 무서운 것이라고 하고 있는 것이다. 만약 그 조직에 거역하면 그는 〈變身〉의 주인공에서 보았던 것과 같은 끔찍스런 징벌을 받게 된다. 이 소설의 주인공 地瑚가 바로 그런 경우를 당하고 있다. 그는 자신이 근무하고 있던 학교의, 납입금을 제때에 내지 못한 학생에게는 우등상을 줄 수 없다는 내규를 무시하고 그런 학생에게 기어이 상을 준다. 이에 그 학교의 교장은 그를 용납할 수 없는 「철저한 파괴주의자」로 규정한다. 결국 그는 학교에서 쫓겨나는데 이름은 「의원면직」이지만 그것은 사실상 이 세상에서의 축출이었다. 그는 직장을 잃어 돈 나올 데가 없게 되니 집세를 낼 수 없

---

2) 이상 박환덕, 「카프카문학 연구」(범우사, 1994), pp.112~113.

게 되고 그래서 결국 사람들이 사는 마을, 집에서 토굴로 쫓겨나고 만 것이다.

주인공은 자신을 파문한 세상을 저주한다. 그는 쥐의 시체를 자주 보는데 그때마다 일이 그릇되어 간다고 하고 있다.

요즘은 무슨 쥐의 시체가 그렇게도 많단 말인가. 흡사 페스트가 휩쓴 것 같다. 페스트의 계절. 저 거리에서 페스트가 창궐하고 있다.

여기서의 쥐, 페스트는 알레고리라고 보는 것이 좋을 것이다. 곧 주인공은 그를 추방한 세상이 치유 불가능한 중병을 앓고 있다고 하고 있는 것이다.

다음과 같은 구절은 다시 한 번 그가 떠나온, 병든 현대의 문명도시의 모습을 보여 주는 것이다.

공기를 떨리는 이 불안스러움은 도시가 풍겨 내는 냄새, 그 숨소리에서 오는 것인지도 모른다. 저 지붕 뚜껑들을 홀렁 벗겨 놓고 보면 그 속에서는 무엇이 꼼지락거리고 있을 것인가…… 모함 공갈 아부 나태 시기 교만…… 이런 병균이 생(生)이라는 뽕잎을 쏠아 먹으면서 와글거리고 있는 것이다.

그는 또 자신이 엎드려 있는 동굴에서 내려다 본 세상을 묘지요 진개장이라고 한다. 그는 문명이다, 과학이다, 예술이다 하지만 그것은 쓰레기를 염색한 것과 같은 가식, 눈가림이라고 하고 있다.

주인공은 세상으로부터 존재를 박탈당하기 이전부터 인간이 사는 이 세계를 극히 부정적으로 보고 있었다. 그는 사랑하는, 아름다운 처녀 終姬를 모델로 그림을 그리는데 그것은 단순한 全身像의 인물화가 아니다. 그는 그 그림으로 인류의 역사를 추상했다고 하고 있다. 모델, 終姬의 눈에 비친 그 그림은 다음과 같은 것이다.

> 얼마나 아름답게 그려 줄까 하고 은근히 기대했었는데 그것은 물귀신보다 못했던 것이다. 여관집 부엌데기도 이보다는 고운 편일 것이다. 백 살이나 먹은 토인 노파였다. 제일 보기 싫은 것이 배였다. 비틀었다가 도로 펴놓은 것처럼 쭈글쭈글했다.

주인공이 자신의 회심의 역작이라고 생각하고 있는 '마녀의 탄생'이란 이 40호 크기의 그림은 그의 설명에 따르면 다리는 메소포타미아, 나일강 유역이고 배는 中世, 가슴은 문예부흥과 산업혁명, 불란스혁명과 사월혁명이고 얼굴은 마녀다. 그러니까 인류의 역사는 여러 가지 곡절이 있기는 했지만 한 마디로 '물 송장' '물귀신' '마녀'와 같이 추악한 것이라고 하고 있는 것이다. 그에 의하면 이 세상에 지금까지 있었던 것, 지금 있는 것은 모두 추하고 악한 것이며 아무런 가치도 없는 것이다.

결국 주인공은 그가 인간 세상에서 심혈을 기울여 그린 그림마저 버리기에 이른다. 그는 그 어머니가 '내가 눈감기 전에 저 걸 없애버려라.'고 하자 그 때까지 그가 그려 두었던 그림들을 하나 하나 절벽 아래로 던저버린다. 이 때, 단 한 폭 '마녀의 탄생'만은 버리지 않지만 얼마 후 「마녀의 탄생이 나와 무슨 상관이란 말인가?」라고 하고, 마지막으로 동굴에서 나와 산으로 향할 때 그것을 두고 떠난다. 그것은 그가 결국 그 그림도 버렸다는 것을 의미한다. 여기서 우리는 후기 사르트르의 예술사상의 일단과 같은 것을 발견할 수 있다. 초기의 사르트르는 〈嘔吐〉와 같은 소설을 통해, 예술작품을 창조함으로써 잉여물들이 이유 없이 어지럽게 깔려 있는 구조와 세계로부터, 말이나 소리나 빛깔이 필연적으로 이어지는 질서와 조화와 순수의 세계로 들어설 수 있다고 생각했다. 〈嘔吐〉는 그 가능성에 대한 희망으로 끝나고 있다. 그러나 그 후 그는 더 이상 예술 창조에 의한 구원이라는 방향으로 나가지 않는다. 후기 사르트르의 존재론에서 볼 때 예술 창조에 의한 구원의 희망은 일종의 자기기만이다. 왜냐하면 작품이 창조한 필연의 세계는 하나의 상상세계이므로 그것에 의한 상황의 초월은 있을 수 없다. 그림은 음악과 마찬가지로 그것 자체를 위해서 존재하는 것일 뿐이다. 그러므로 그림과 같은 예술작품이 작가 자신에게 던져주는 빛 속에서 그나마 위안을 얻겠다는 희망은 미래를 향해 投企해 나가는 實存的 인간의 자유에 대한 부정이다.[3]

2. 非人 – 淨化의 불길이 낳은 새 인간

작가는 주인공의 말을 통해 세상이 문명 이전의 시대보다 훨씬 더 사악해졌으며 타락했다고 하고 있다.

사람의 미골(尾骨)은 꼬리가 있었던 기념이 아니라 이제부터 거기서 꼬리가 생겨날 징조인지도 모른다. ─ 中略─

이제 거기에 꼬리가 나봐라. 인생이 얼마나 부드러워지고 세계가 얼마나 밝아질 것이겠는가. 사람들은 우선 자기가 땅의 아들이었다는

---

3) 鄭明煥, "實存主義와 文學", 「20世紀 이데올로기와 文學思想(鄭明煥 外)」(서울大學校 出版部, 1982), pp.51~60.

것을 깨치게 될 것이고, 하늘이 높다는 것을 알게 될 것이다. 서 있는 것이 어쩐지 무엇을 잃어버리고 있는 것처럼 설레어질 것이고, 마침내 두 손으로 땅을 짚을 것이다. 마음에는 지동설(地動說)의 현기증이 비쳐 들 것이다.

세상은 사람이 원숭이와 같은 존재에서 꼬리가 없어진 것을 진화했다고 하고 지식이 늘어나고 과학이 발달하게 된 것을 문명화했다고 하지만 작가는 오히려 인간이 퇴화하고 야만화했다고 하고 있다. 위의 인용문은 지식이 축적되고 문명이 발달하면서 인간은 태초의 순수성을 잃고 비인간화 되어 가고 있다는 것을 말해 주고 있다. 이 소설은 人智의 발달은 이 세상을 인간이 살 만한 곳으로 만들기는커녕 그 지식이란 것이 奸智가 되어 세상은 탐욕과 거짓, 불신, 시기, 다툼의 땅으로 전락하고 말았다고 하고 있는 것이다.

그러한 잘못된 세상에서 숨쉬고 있는 地瑚는 새삼 자신이 누구인가를 숙고하게 된다. 주인공은 세상이 모순에 차 있으며 그의 생도 참다운 인간의 그것이 아니라는 것을 깨닫는다.

무(無)가 유(有)를 제거하고 있다. 과거가 현재에다 구멍을 내고 있는 것이다. 그 구멍을 메우는 작업이 '생(生)'이라는 말인가? 그래서 아무리 나를 꽉 붙잡으려고 나를 꼭 껴안아도 어디론지 내가 흘러 나가 버리고 마는 것인지도 모른다. 나는 나의 땅이 아닌 땅에서 나의 땅을 살고 있는 것이다! 그러면서 나는 여기서 살고 있다. 이것이 나의 신앙이다! 그런데 여기는 여기가 아닌 이 괴리(乖離)!

實存은 어떠한 원인의 지배도 받지 않는 무제약적인 것이다. 그런데 그 때까지의 주인공의 삶은 기성 제도의 틀에 얽매인, 주문된 것이었다. 주인공은 세상의 인간에 대한 간섭, 지배를 인간에 대한 모욕이라고 하고 있다. 그리고 그는,

> 모욕이 아닌 땅이 어디에 있을 것이다. 있어야 한다. 거기에는 아직 '이름'이 붙지 않았기 때문에 우리 눈에 보이지 않는 것뿐이다. 거기에는 이름이 없고, 여기는 이름이 없는 것은 없는 것이 되는 선「未熟」 땅이다. 거기에는 이름이 아직 없기 때문에 나는 그리로 갈 수 없는 것이다.

라고 하고 있다. 위에서 이름이 붙여졌다는 것은 기성의 가치관, 윤리 도덕관에 얽매인 인간을 의미한다. 그러한 인간은 實存이 아니고 본질에 머물고 있는 것이다. 주인공은 자신이 더 이상 그, 본질에 묶여 있기를 강요하는 세계에서 살아서는 안 된다고 생각한다.

그런 주인공에게 그 욕된 세상과 결별할 계기가 찾아온다. 그가 도둑누명을 쓰고 경찰에 붙들려 가 있는 동안 그 어머니에게 일어난 일이 그에게 벽력과 같은 충격을 주었기 때문이다. 중병을 앓고 있던 그의 어머니는 아무도 돌보아 주는 사람 없이 죽고 마는데 까마귀 떼가 몰려들어 그 시신을 파먹고 있었다. 경찰에서 풀려나자마자 어머니 걱정에 동굴로 달려온 주인공이 본 것은 그와 같은 참혹한 정경이었다. 배가 터져 창자가 흘러나와 있는 어머니의 시신 앞에서의, 다음과 같은 주인공의 모습은 특별히 주의를 끄는 것이다.

> "저 배에서 나는 나왔다."
> 어두워 가는 산 공기를 저미어 내던 몸부림도 점점 시들어져 갔다.

몸부림은 설명에 지나지 않았다.

"울지 않을 것이다! 통곡하지 않을 것이다! 사실에는 사실로 대하는 것이다!"

죽음이란 끝나는 것이 아니라 중지였다. 중도에서 흐지부지 그쳐버리는 것이었다. 중지된 채로 영원히 그러고 있어야 하는 무료. 이것이 죽음의 자태였고 그 의미였다. 그것은 모든 것에서 버림을 받고 있다는 체념이었다.

모든 일은 끝났다. 할 아무 일도 없다. 한쪽 볼은 땅에 부벼 댄 채 그는 한가했다.

사실은 사실로 대하겠다, 울지 않겠다고 하면서 한가해 하고 있는 주인공에게서 우리는 카뮈의 〈異邦人〉의 주인공 뫼르소와 유사한 태도를 볼 수 있다. 어머니의 죽음은 죽음이고 나의 삶은 나의 삶이란 별개의 것이라고 생각하는 뫼르소는 기존의 윤리, 도덕관에 역행하는 인물이다. 뫼르소는 현대인들의 타인에의 무관심을 보여 주는 한 전형이라 할 수 있다.

잠시 후 地璜는 하나의 祭儀를 거행한다. 장작을 사와 그것을 쌓고 그 위에 어머니의 시신을 눕힌 다음 휘발유를 붓고 불을 질러 火葬을 하는 것이다. 그런데 그 火葬이란 일이 보통의 경우와 상당히 다른 방법으로 행해진다. 다음에서 볼 수 있는 바와 같은, 불을 붙이는 일부터가 그렇다.

막대기를 찾아 가지고 거기에 들어앉는다. 그 끝을 말뚝 토막에다 대고, 두 손바닥으로 비비기 시작하는 것이었다. 인류의 의식은 아직 원시시대의 풍습을 완전히 잊어버린 것은 아니었다. 그는 불을 만들어 내려고 하는 것이었다.

여기는 저 시가보다 원시시대에 더 가까운 동혈(洞穴) 앞이기는 하였다. 그러나 이 문명시대에도 그런 데서 불이 생겨날 것인가? 여기서 불이 일려면 그의 미골(尾骨)에 꼬리가 남직도 하지 않겠는가?

막대기를 비비고 있는 그의 몸에서는 사나운 짐승의 체취가 풍기었다.

아득한 옛날 원시인이 그랬듯, 막대기의 마찰로 불을 일으킨 地瑚는 그 불을 장작더미에 옮기는 불쏘시개로, 지니고 있던 지폐를 사용한다. 그는 문명에 의지하지 않고 일으킨 깨끗한 불로 저주받은 욕망 덩어리, 돈과 존엄성을 손상당하고 모욕당한 그 어머니의 시신을 태운 것이다. 옛날부터 불은 淨化의 상징이다. 우리 신화에 의하면 檀君의 셋째 아들 夫蘇는 세상에 맹수와 독충이 생기고 돌림병이 퍼져 많은 사람이 죽어 가자 부싯돌로 불을 일으켜 그것들을 태워 없앴다고 한 데서도 그것을 볼 수 있다. 地瑚도 여기서 거짓 세상, 병든 세상, 사악한 세상을 淨化의 불로 오염되고 타락하기 전의 상태로 되돌려 놓고 있는 것이다.

인간의 몸을 불태우는 일에는 또 다른 상징성이 있다. 불교에서 燒身은 차원 높은 재생의 의미를 띤다. 우리의 선인들도 한 세계의 끝, 거기에서의 부활의 약속에 불을 등장시켜 왔다.[4]

그와 같은 淨化와 재생의 祭儀를 올린 끝에 地瑚는 새롭게 태어난다.

---

4) 韓國文化象徵辭典編纂委員會, 「韓國文化상징사전」(東亞出版社, 1992), '불' 項.

인간은 하나의 반어(反語), 모든 '인간적'에서의 퇴거(退去) 증명서
에 지나지 않았다. 암호가 인간이 아니라 생이 인간이었다. 생 밖에
인간이 있는 것은 아니다. 인간 그 자체가 원인이요, 그 자체가 목적
이었다. 인과(因果)의 고리가 인간이었던 시절은 이미 지나갔다.
인간은 폐기되었다! 일련 번호가 내가 아니다. 이웃 사람이 내가 아
니다. 아들이 내가 아니다! 내가 내다!

地瑚는 잘못된 세계에서 보았을 때의 非人, 참된 세계에서의 본래적
인간으로 태어난 것이다. 그는 만들어져 있던 인간에서 자기 자신을
만들어 가는 인간, 창조의 주체로서의 인간이 된 것이다. 그는 이제 이
세상을 변혁해야 한다고 생각한다.
주인공이 추구하는 새 세상이 어떤 것인가는 이 소설의 후반부에 등
장하는, 스스로를 綠豆라고 부르는 한 괴이한 노인이 부르고 있는 노
래가 말해 준다. 일본군 졸병 같은 차림에 파계승같이 보이기도 하는
이 노인과 그가 부르는 노래는 주인공이 본 환상이요 그가 들은 幻聽
같이 보이기도 하는데 좀 더 잘 생각해 보면 그것은 주인공 자신의 모
습이요 노래라는 것을 알 수 있다. 주인공에게는 卽自存在로서의 그와
對自存在로서의 그가 엇물려 있다.

이대로 드러눕고 싶다. 땅의 뚜껑을 슬며시 열고 들어가서 누워 버
리고 싶다. 쿨쿨 코를 골면서 죽을 때까지 자고 싶다.

고 하고 있을 때의 그가 전자, 즉 현실에 안주하려는, 끌려가면서 물
체처럼 살려고 하는 卽自存在다. 한편 암호로서의 인간, 일련번호로서
의 인간이기를 거부하려 할 때의 그는 對自存在다. 綠豆노인은 바로

그 對自存在로서의 주인공이라고 보아야 할 것이다. 학병으로 끌려간, 일본군 사병 출신이자 초라하고 무력한 월남 실향민이며 그러면서도 참 인간의 삶을 살려 하는 작가가 綠豆노인의 모습을 하고 있다고 볼 수도 있다. 그러한 작가가 그의 분신인 이 소설의 주인공을 통해 세상의 변혁을 희원하고 있는 것이다. 綠豆노인, 주인공이 부르는 노래는 다음과 같은 것이다.

새야 새야
파랑새야
녹두밭에
앉지 마라

― 中略 ―

녹두꽃이
떨어지면
청포장수
울고 간다

흔히 〈파랑새謠〉로 불리는 이 노래는 본래 순수 동요였는데 東學農民革命 이후 남도지방에서 널리 불린 風謠로 알려져 있다. 風謠란 어떤 정치적 징후를 암시하는 것으로 받아들여지는 노래다. 이 노래에서의 녹두꽃은 녹두장군으로 불린 東學革命의 영도자 全琫準을, 그 꽃의 떨어짐은 민중의 꿈을 한 몸에 안은 그의 좌절과 비극적 죽음을 상징하고 있다.[5] 全羅道 古阜 군수 趙秉甲의 탐학이 직접적인 원인이 되어 일어난 東學戰爭은 全琫準이 이끈 傾國의 大變易이었다. 이 혁명은 실패에 그쳤지만 부패와 수탈이란 봉건체제의 내재적 모순에 대한 도전 즉 내전의 성격과 外侵이라는 외적 모순에 대한 저항 즉 斥倭·斥華의, 대외항전의 성격을 띤 것이었다. 이 민중항쟁의 기반은 全琫準 자신이 그 교도였던 東學이었다. 東學이 대중적 호소력을 지니면서 빠르게 파급될 수 있었던 요인의 하나는 거기에 새로운 시대와 새로운 사회의 도래 곧 開闢이라는 전망의 제시가 있었기 때문이었다. 貧하고 賤한 사람들에게 富貴의 시절이 온다는 이 開闢思想의 예언적 성격은 억압과 수탈에 시달리고 있던 당시 민중에게는 더할 수 없는 위안이요 희망이었다.[6] 開闢이라 하면 흔히 천지개벽을 연상하지만 東學에서 말하는 開闢은 그와 다른, 後天開闢을 의미한다. 東學은 지나간 세상을 先天이라 하고 東學 創道 후의 세상을 後天이라고 한다. 이때의 開闢은 「先天의 낡은 세상이 붕괴되고 後天의 새 세상이 열린다는 뜻」의, 문화 사회 전반의 변혁을 의미한다.[7]

그러니까 이 소설에서 綠豆노인이 부르고 있는 〈파랑새謠〉는 주인공이 낡은 것, 거짓된 것, 사악한 것, 모든 인간에 반하는 것을 깨뜨려 부수고 새 세상, 본래적 인간의 세상을 열려 하고 있음을 말해 주는 것이다.

---

5) 全琫準은 체구가 작다 하여 「녹두장군」으로 불렸었다. 梅泉 黃玹도 그는 몸집이 작아 사람들이 녹두라고 불렀다고 쓰고 있다.
　　黃　玹,《梧下記聞》1.
6) 裵英淳, "東學思想의 基本構造", 「동학사상의 새로운 조명(민족문화연구소 편)」(영남대학교 출판부, 1998), p.82.
7) 吳益濟, "東學革命運動의 現代的 再照明", 「東學思想과 東學革命(李炫熙 엮음)」(청아출판사, 1984), p.320.

3. 의욕 못 따른 作品性

이상에서 필자는 〈非人誕生〉의 實存主義文學的 성격을 살펴보았
다. 그런데 이 소설은 여러 가지 면에서 적지 않은 문제를 안고 있는 것
이 사실이다. 그 중 한 가지가 문장, 문체가 안고 있는 것이다. 이 소설
을 읽는 독자는 누구나 좋게 말해서 난해한, 나쁘게 말해서 무슨 이야
기를 하고 있는지 알 수 없다는 느낌을 받게 될 것이다. 필자가 보기에
그것은 이 작품이 實存主義思想의 소설이라 그렇다고 하는 말로 양해
가 될 성질의 것이 아니다. 實存主義小說은 읽기 어려울 것이라는 생
각은 잘못된 선입견이다. 한 비평가가 대표적인 實存主義小說의 한
편인 카뮈의 〈異邦人〉을 가리켜 프랑스어 초급 과정을 마치고 난 다
음 곧 바로 읽어도 그리 힘들지 않을 만큼 어휘와 구문이 단순, 평이하
여 접근이 쉬운 작품이라고 한 말만[8] 보아도 그것을 알 수 있다. 그런
데 〈非人誕生〉은 고의로 해독이 어렵게 하는 말장난이란 비난을 받을
만한 요소를 많이 가지고 있다. 이 작가에 대해서 일반성과의 연결점
이 되는 상황을 고려함이 없이 관념의 드라마 자체에만 흥미를 가지고
언어의 유희를 일삼는 경향을 경계해야 한다고 말한 사람이 있는데[9]
이 작품이 바로 그런 지적을 받아 마땅한 경우가 아닌가 한다. 다음과
같은 구절은 그 좋은 예가 될 수 있을 것이다.

　서녘 하늘은 황금의 음향 속에서 시뻘건 태아가 굼틀거리고 있는
　정밀(靜謐)에 짙어 가고 있었다. 해면처럼 지상의 모든 빛을 빨아들이
　고 있는 것이다. 그것은 밤의 질서를 빼어 내는 진통, 화석된 그 아우

---

8) 김화영, 『朝鮮日報』, 2001년 12월 29일.
9) 廉武雄, "狀況과 自我", 『現代韓國文學全集』 16(新丘文化社, 1967), p.506.

성이요, 참해와 환락이 서로를 찬미하는 향연이기도 하였다.

지호는 자기의 눈빛마저 그 음향에 묻혀 버릴 것만 같아 얼굴을 돌렸다.

위는, 저녁놀을 보고 한 말인데 아무리 문장 독해력이 뛰어난 사람이라도 이것이 무슨 말을 하고 있는 글인지 알기는 쉽지 않을 것이다. 놀이 황금색을 띤 것은 사실이겠지만 그것이 「황금의 음향」이라니 알 수 없는 말이고 또 그것이 보기에 따라 「시뻘건 태아」같을 수는 있겠지만 「꿈틀거리고 있는 정밀(靜謐)에 짙어 가고 있었다」는 것은 무엇을 의미하는 것인지 이해할 수 없다. 또 놀이 어째서 「밤의 질서를 베어내는 진통」이며, 「화석 된 그 아우성」이요, 「참해와 환락이 서로를 찬미하는 향연」이란 것인지 알 수 없다. 그리고 주인공의 「눈빛마저 그 음향에 묻혀 버릴 것만」 같다고 한 말도 종잡을 수 없기는 마찬가지다. 필자가 보기에는 위와 같은 문장은 별 의미도 없는 붓장난 이상 아무것도 아니다. 독자는 작가의 위와 같은 筆戲에서 놀림 당한 느낌마저 받게 되지 않을까 한다. 이 작가의 소설이 작가의 의식의 推移가 아주 관념적이고 지리멸렬하며 괜히 독자들을 혼란 속에 집어넣는다고 한 지적도[10] 위와 같은 면 때문에 나온 것일 것이다.

또 한 가지 문제로 지적하지 않을 수 없는 것은 이 소설이 전반적으로 상당히 논리적 통일성을 결하고 있다는 것이다. 소설은 敍事文學이다. 이때의 敍事란 사건의 추이를 들려주는 것이다. 그리고 그 추이는 논리적으로 그럴 듯한 것이어야 한다. 그런데 이 소설은 因果律이 극히 느슨하고 사건이 이리 저리 흐트러져 있어 이야기가 종잡을 수 없

---

10) 金治洙, 「韓國小說의 空間」(열화당, 1986), p.155.

게 되어 있는 것을 볼 수 있다. 주인공의 프랑스 유학 이야기 같은 것만 해도 그렇다. 이 소설에 의하면 주인공이 국전에 출품한 그림 '마녀의 탄생'을 본 한 프랑스군 장교가 그를 프랑스로 불러 미술공부를 하게 해주겠다고 한다. 그리고 그 장교는 약속대로 그를 초청한다. 그런데 그 이야기는 그것으로 끝나버리고 주인공은 그대로 주저앉아 혈거생활을 하고 있는 것으로 되어 있다. 작가는 그가 왜 유학에의 꿈을 이룰 수 없게 되었는지에 대해 소설이 끝날 때까지 단 한 마디의 언급도 하지 않고 있다. 필자는 작가가 소설을 써 가는 동안 유학 이야기를 잊어버린 것이 아닌가 하는 생각을 하지 않을 수 없었다. 이 작가는 자신의 창작과정에 대해서 아래와 같이 말한 적이 있는데 그것이 더욱 필자로 하여금 그러한 생각을 하게 했다.

題材 中心으로 주인공을 행동하게 하고 그때 그때의 환경이나 상황에서 할 수 있는 말을 횡설수설하게 한다. ― 中略 ―

평소의 '나' 는 '三' 정도이고 작품을 쓰는 동안만 '七'이 가산되어 '十' 작품을 끝낸다. 작품을 쓸 때의 나는 '밤의 나' 요 평소의 나는 '낮의 나' 라고 한다면 '낮의 나' 가 나요 '밤의 나' 는 우연에 지나지 않는다. 그래서 '藝術은 偶然이다' 라는 것이 나의 지론이다.[11]

처음 計劃대로 끝까지 썼더라면 어떤 作品이 되었을지 作者自身도 알 수 없다. 作者는 祈禱 드리고 記錄하는 것뿐이다. 創造는 뮤즈(詩神)가 하는 일이다. 作者는 誠心껏 祈禱드리고 그 祈禱에 응하는 뮤즈가 추는 舞踊을 충실하게 記錄할 뿐이다.[12]

---

11) 張龍鶴, "創作餘談", 『思想界』, 1962년 文藝增刊號, p.278.
12) 張龍鶴, "實存과 '요한詩集'", 『韓國戰後問題作品集』(新丘文化社, 1960), p.402.

위에서 작가는 자신의 창작이 플라톤이 말한 이른바 接神 상태에서 읊어진 노래와 같은 것이라고 말하고 있다. 그래서 자신의 소설은 붓 가는 대로 무턱대고 쓴 것이라는 것이다. 그의 말은 신화비평에서 말하는 창작과정 이론과도 상통하는 데가 있는 것이다. 原型批評에서는 창작과정에 心理學的(psychological) 과정과 비전적(vision) 과정이 있다고 한다. 전자는 작가가 의도적으로 계획하여 그에 따라 쓰는 과정이고 후자는 작품을 쓰기 시작하면 저절로 자신의 내부에서 붓을 타고 풀려 나오는 과정이다. 한 작가의 작품은 이 두 과정에 의하여 쓰여진다는 것이다. 그런데 張龍鶴에 의하면 그의 소설은 전자는 거의 무시되다시피 하고 후자의 과정에 의해 쓰여진다는 것이다. 소설 창작이 이론상 아무리 그런 과정으로 나누어 볼 수 있고 그 중 어느 한 쪽이 성할 수는 있겠지만 소설이 인과율을 무시할 수 없고 그 구조가 플롯에 의하여 짜여져야 하는 것인 이상 지나치게 붓 가는 대로 쓴다는 것은 문제가 아닐 수 없다. 그의 소설, 그 중에서도 〈非人誕生〉이 지리멸렬한 괴상한 이야기가 되어 있는 것은 마치 자랑처럼 구상, 구성을 경시 또는 무시하고 소설쓰기를 붓에 맡겨버린 결과가 아닌가 한다. 그러고는 한 편의 예술작품의 탄생이란 기대하기 어렵고 〈非人誕生〉 또한 그렇게 쓰여진 소설로서의 문제를 노정하고 있다 할 것이다.

또 한 가지 작가가 세상을 공동묘지, 진개장, 병균이 득실거리는 곳, 악덕의 盆地로 보는 시각도 병적이라 할 만큼 僞惡的이어서 이 소설에 어두운 그림자를 드리우고 있다. 그와 같은 면은 아마도 그의 생의 체험과 관계된 것으로 보인다. 그는 젊은 시절 일본군에 학병으로 끌려가고 해방이 되고는 북한의 공산주의 체제에 시달리다 못해 월남을 하고 6·25사변 때는 부산으로 피난을 와 심한 고생을 한 것으로 알려져 있다. 이에 대해, 한 평론은 그와 그의 작품의 심층심리를 분석하는 일은 그와 같은 전후작가의 상처를 計定하는 일이라고 한 것도 필자와 같은 견해를 보인 것이라 할 것이다.[13] 어쨌든 인간을 혐오하고, 증오하고 박테리아 보듯 한다는 것은[14] 우리를 우울하게 하는 것이 사실이다.

또 이 소설이 實存主義思想을 보여 주고 있는 것은 사실이지만 그것이 설익고 어설프다는 점도 하나의 약점으로 지적하지 않을 수 없다. 소설에서의 사상은 그것이 肉化, 內面化, 溶解되어 있어야 한다. 그런데 〈非人誕生〉은 그렇지 못하다. 이 소설에는 무·자유·죽음·불안·신·극한 등 實存主義哲學에서 쓰이는 주요 용어들이 많이 등장하고 있다. 그런데 그러한 사상들이 작품 속에 녹아들어 있지 않고 그대로 노출되어 있다. 그래서 〈非人誕生〉은 어떤 예술작품이라기보다 작가의 현학적 에세이를 읽고 있는 것 같은 착각에 빠져들게 한다. 이러한 면은 뭔가를 좀 아는 사람이 내보이는 스노비즘으로 받아들여져 독자의 심정에 저항감을 불러일으키고 있다.

또 이 소설은 感傷이 지나친 면을 보여 주어 그런 점에서도 實存主義小說이라 하기에 마땅치 않다고 할 수 있다. 주인공의, 그 어머니의 주검 앞에서의 모습이 그런 경우다.

> 실신한 것처럼 거기에 그렇게 서 있던 지호는 무릎을 꿇는다. 절하는 것이다. 두 번 세 번 일어나서 절했다. 사람의 아들이기는 한 모양이다.
>
> "이렇게 돌아가시려구 살았습니까!"
>
> 땅을 친다.
>
> 그것은 영원히 용서받을 길을 잃은 아들의 사람으로서의 마지막

---

13) 辛御得, 「韓國戰後小說研究」(一志社, 1988), p.109.
14) Ibid.

넋두리었다.

　볼을 굴러 내리는 눈물, 그것은 인간의 아들이었던 것에 대한 원한
이요, 참회일 것이다. — 中略 —

　"어머니! 저는 울고 있는 것이 아닙니다! 구경하고 있는 것입니다!
사람의 슬픔이 어느 정도까지 이르나 구경하고 있는 것입니다!"

　앞으로 푹 쓰러졌다.

　위는 주인공이 〈異邦人〉의 뫼르소가 그러했듯 그 어머니의 죽음을
담담하게 하나의 사실로 받아들이겠다고 하고 난 뒤의 모습이다. 땅을
치면서 통곡을 하고 있는 주인공의 위와 같은 모습에서 우리는 냉정을
잃지 않고 현실과 맞서는 實存人의 면모는 찾아볼 수 없다. 그에게서
볼 수 있는 것은 감정을 억제하지 못하고 이성을 잃고 몸부림치는 한
나약한 인간의 感傷 밖에 없다.

　마지막으로 이 소설의 결말이 그 주제와 상응하는 것이 되지 못하고
있다는 점도 하나의 흠이라 할 만한 것이다. 주인공이 새 인간으로 다
시 태어나 세계를 開闢하려 한다면 논리상 인간, 세상 속으로 뛰어들
어 문제와 맞서려 하는 것이 상식일텐데 그는 지향 없이 산 속으로 들
어가고 있는 것이다. 이것은 한 사람의 패배자의, 현실로부터의 도피
라고밖에 할 수 없는 것이다.

　위와 같은 점을 종합할 때 이 소설은 작가의 의욕만 앞섰을 뿐 습
작 수준을 면하지 못한 駄作이란 비판을 면할 수 없는 작품이라 할
것이다.

賤民에 씌워진 天刑과 그 克服

작가 黃順元과 그의 문학에 대해서는 아직 본격적인 연구가 적은 편이다. 이는 아마도 그가 최근까지 생존해 있었기 때문이라고 보아야 할 것 같은데 이제 그런 이유에서의 연구의 주저는 접어도 좋을 때가 되지 않았나 한다. 그는 이미 작고했고 그가 발표한 소설들도 상당한 세월이 지나 가치 고정이 되었다고 볼 수 있겠기 때문이다. 黃順元은 양적으로 상당히 많은 작품을 발표한 작가다. 그 중에는 가히 한국 소설문학을 대표한다 할 만한 수작도 있고 국외에까지 상당히 알려져 있는 작품도 있다. 단편 〈소나기〉는 1959년 영국의 Encounter誌에 게재되어 화제가 된 바 있고 1973년에는 단편집 「학」과 이 글에서 다루려고 하는 〈日月〉이 일본에서 일어로 번역, 출판되었으며 같은 해에 단편 〈황노인〉과 〈곡예사〉가 프랑스에서 불어로 번역되어 소개되었다. 또 1975년에는 장편 〈카인의 後裔〉가 영어로 번역, 출판된 바 있다.

필자는 그의 소설 작품들 중 장편 〈日月〉에 대한 작품론적 고찰을 시도해 보고자 한다. 이 소설은 黃順元 문학을 총괄하는 작품이라는 말이 있을 정도로[1] 그의 문학에서 상당히 큰 비중을 차지하고 있을 뿐 아니라 實存主義文學的 성격을 짙게 가지고 있다는 점에서 특히 주목할 만하다고 보았기 때문이다.

한국의 소설작품 중에서는 張龍鶴의 〈요한詩集〉, 金恩國의 〈殉敎

---

1) 이보영, "황순원의 세계", 『黃順元 全集』12(文學과 知性社, 1993), p.60.

者〉와 같은 것이 實存主義小說的 성격을 가진 것으로 받아들여지고 있는데[2] 필자가 보기에는 전자는 아무래도 試作의 수준을 넘어서지 못하고 있는 것 같고 후자의 경우는 그러한 성격의 일단을 보여 주고 있을 뿐이라 그 본령이라고 하기는 어려울 것 같다.

그런데 黃順元이 발표하고 있는 어떤 작품들은 뚜렷한 實存主義小說的 성격을 보여 주고 있다.[3] 그러한 소설 중 한 편이 〈日月〉로 필자가 보기로는 이 소설이 實存主義 문학사상을 가진 작품이면서 동시에 문예물로서의 우수성을 가진 것이다. 이 방면의 연구가 극히 미진한 것이 한국 소설문학 연구에 있어서의 현실인 이상, 본격적인 實存主義小說 〈日月〉과 같은 작품에 대한 작품론적인 탐구는 우리 소설문학 연구에 한 디딤돌로서의 기여가 될 수 있지 않을까 한다. 이 글을 쓰는 목적은 거기에 있다.

1. 거짓된 삶과 그 破綻

〈日月〉은 黃順元이 작가로서의 완숙기라 할 47세 때인 1962년 『現代文學』 1월호부터 연재를 시작하여 5월호까지에 제1부를 발표했다. 같은 문예지에 이 해 10월호에서 이듬해 4월호까지 제2부를 발표한 작가는 그 후 1년 여의 공백기를 지나 1964년 8월호에서 11월호까지에 제3부를 실어 이 장편소설을 완성했다. 이 소설은 그 해, 創友社에서 간행한 작가의 전집 전 6권 중 마지막 권으로 발간이 되었다. 작가는

---

2) 그 밖에도 徐基源의 〈前夜祭〉, 李範宣의 〈誤發彈〉 같은 소설을 그렇게 보는 사람도 있다. 이보영, op. cit., p.294에서 재인용.
3) 이보영은 〈나무들 비탈에 서다〉를 1960년대 한국의 대표적인 實存主義小說이라고 하고 있다. Ibid., p.294.

1966년 이 소설로 그 해의 3·1 문화상을 받기도 했다.

이 소설의 주인공, 건축학도 김인철은 어느날 자신이 白丁의 자손이라는 사실을 알게 된다. 그의 아버지는 이를 숨기기 위해 그 父兄과 혈연관계를 끊어버리고 사업에 몰두하여 돈을 벌어 점잖은 기업인 행세를 하고 있은 것인데 그 근본이 드러나고 만다. 인철은 이후 자신이 누구인가, 어떻게 살아가야 할 것인가로 깊은 고뇌에 빠져든다. 그러던 중 인철의 아버지는 그가 白丁의 자식이라는 것이 드러나는 바람에 사업이 망하게 되자 자살을 하고 마는데 인철은 심한 갈등과 방황 끝에 마침내 참 자기를 찾게 된다.

白丁이란 특수 기능을 가진 직업인인데 일찍이 莊子는 그들이 하는 일이 예술이라고 할 수 있다고 했다. 《莊子》「內篇」'養生主'에 庖丁이 文惠君을 위해 소를 잡는데 그 손을 놀리는 것이나 어깨로 받치는 것이나 발로 딛는 것이나 무릎을 굽히는 모양이나 쓱쓱 칼질을 하는 품이 음율에 맞지 않음이 없었다, 따라서 그 행동이 桑林의 춤에 맞고 經首의 장단에 맞았다고 하고 있는 구절이 그렇다.[4] 이 소설에 등장하고 있는 白丁이란 특수한 천민계층은 세상으로부터 인간대접을 받지 못하고 있은 사람들이다. 그들은 일반인들과 다른 머리 모양을 해야 하고 다른 옷을 입고, 신발을 신고 다녀야 했다. 그리고 그들은 무덤에 잔디를 입혀서도 안 되고 같은 계층 이외의 사람들과는 혼사도 원만하게 이루어질 수 없게 되어 있었다. 그들은 한민족 최후의 신분차별의 피해자, 죄 없는 죄인으로 인간 이하의 천대를 받고 살아야 했다. 사람들은 또 그들을 이용했다. 사람들은, 그것을 되돌려 줄 때는 다시 말을 下待하지만, 존대어를 써 가며 그들에게 접근해서는 그들의 돈을 빌려

---

4) 庖丁爲文惠君解牛 手之所觸 肩之所倚 足之所履 膝之所踦 砉然嚮然 奏刀騞然 莫不中音 合
   於桑林之舞 乃中經首之會

갔다. 소외와 설움 속에 살고 있은 이들을 이용한, 정치색을 띤 무리도 있었다. 일제시대에 이들이 자신들에 대한 부당한 천민 대우 타파와 사회적인 인권균등을 찾기 위해 衡平社運動을 일으켰을 때 좌익사상을 가진 사람들이 잠입하여 그것을 공산주의운동으로 방향을 바꾸어 이 운동이 무너져버리게 한 것이 그런 경우다.[5]

이 소설에 비교적 그들에게 우호적인 사람으로 등장하고 있는 池 교수 같은 인물도 따지고 보면 그들의 참다운 이웃이 아니다. 그는 일견 白丁 계급 사람들을 이해하고 마음으로부터 동정하고 있는 것 같지만 그것은 그가 백제 토기나 석탑·佛像같은 것에 대해 보여 주고 있는 것과 같은 호기심의 발로 이상 아무 것도 아니다. 그는 그의 남달리 강한 骨董·好古趣味와 같은 마음으로 白丁이라는 天刑 아닌 天刑에 고통받고 있는 이 계층을 자신의 좋은 구경거리로 삼고 있는 것이다.

그러나 이 소설에서의 白丁이라는 사람들은 어떤 비유나 상징으로서의 의미를 더 강하게 지니고 있다고 보는 것이 옳을 것 같다. 사실 1960년대만 해도 그와 같은 계층 문제는 이미 그렇게까지 심각성을 띤 것이 아니어서 그로 인해 생죽음까지 빚고 있는 이 소설의 시추에이션 중 일부는 어쩌면 좀 과장이 되었다고 볼 수도 있다. 이 소설이 정작으로 다루고 있는 것은 白丁이란 계층의 사람들을 빌려 인간이란 존재에 대한 근원적인 성찰과 인간, 이 세계의 不條理 극복의 문제이다. 이 소설을 가리켜, 인간의 근원적 존재양식을 고독으로 파악하고 그 인간조건에 반응하는 인물들의 고뇌를 조명하여 구원의 가능성을 어디서 찾아야 할 지에 대해 암시를 던지는 작품이라 한 말도 그래서 나온 것일

---

5) 1923년 4월 25일 慶南 晋州에서 일어난 이 운동은 1년만에 12개 지사, 67개 분사를 가지는 대규모 조직으로 발전했으나 공산주의자들의 정치적 이용목적을 가진 개입으로 얼마 안 가 와해되고 말았다.

것이다.[6]

소외와 고독은 현대철학과 문학에서 자주 다루어지고 있는 인간조건이다. 이 소설에 등장하고 있는 인물들은 이 인간조건을 각각의 방법을 통해 극복하려 한다.

그것에 대한 노예근성적인, 마조히스트적인 해결을 지향하고 있는 인물이 주인공의 백부, 김본돌이다. 그는 짓밟혀 가면서 사는, 인간 이하의 노예로서의 삶을 기꺼이 받아들이려는 유형의 한 표본이다. 그는 어려서부터 자기 눈으로 白丁이 받아야 하는 수모를 보아 왔다. 그의 아버지는 어느 해 단오날 군 씨름대회에서 결승에 나갔으나 구경꾼들 속에서 「백정은 소하구나 싸워라」 하는 소리가 나오자 맥을 놓고 지고 만다. 그 씨름에서 이긴 장정은 그 일행과 함께 그의 아버지를 찾아와 씨름판에서 상으로 탄 소를 잡아 달라고 하는데 그는 그때 아버지가 아무 말 없이 소를 잡아 주는 것을 본다. 본돌은 그와 같은 비인간적인 수모의 삶을 수긍하고 애써 그에 익숙해 간다. 본돌은 어린시절 동생 차돌(상진영감의 어릴 때 이름)이 白丁의 자식이라 하여 동네 아이들로부터 억울한 일을 당하자 분을 참지 못해 큰 돌을 움켜쥐었을 때 차돌에게,

돌을 놔라. 때려선 안 돼. 우린 우리의 길이 있는 거야. 그까짓 건 아무것도 아냐. 우린 우리대루 갈 길이 있으니까.

라고 하는데 이 때의 「갈 길」이란 「어떠한 모욕도, 천대도 참고 살기」 바로 그것이다. 본돌은 實存主義 철학자들이 말하는 이른바 卽自

---

6) 成民燁, "존재론적 고독의 성찰", 『黃順元 全集』 8(文學과 知性社, 1993), p.345.

存在다. 卽自存在란 자신을 변할 수 없는 존재처럼 생각하고 행동함으로써 자기의 가능성을 스스로 짓밟아 버리고 자신이 무엇이 되려고 하는 노력을 하지 않는다. 사르트르는 이에 대해 他者槪念이란 말을 했다. 他者(the Other)는 일종의 실체화된 공적인 의견이다. 그것은 어떤 비본래적인 태도 속에 우리를 고정시킬 수 있는, 우리로 하여금 어떤 본래적이고 독립적이고 분리된 의식으로 존재하도록 허락하지 않는 하나의 강력한 凝視(gaze)를 투사한다. 이 凝視 혹은 他者意識은 卽自를 형성하는 데 도움을 준다. 본돌은 기꺼이, 세상 사람들이 白丁이 그러기를 바라는 대로의 삶을 살고자 하고 있는 사람이고 이 때의 세상 사람들은 바로 사르트르가 말한 他者요 凝視다. 이와 같은 卽自存在는 자기를 기만하는 인간이다.[7] 본돌의 그와 같은 자기기만의 하나가 소를 잡는 일 곧 屠牛를 신성시하는 것이다. 그는 다른 白丁들이 모두 그러듯이 소를 잡는 것은 소를 하늘나라로 보내는 것이라고 믿고 잡은 소의 꼬리와 뿔, 그리고 소를 잡는 데 쓰는 칼을 신성한 물건이라고 생각한다. 본돌의 그러한 물건에 대한 미신은 차츰 칼 쪽으로 경도되어 가면서 광적인 상태에까지 이른다. 특히 그의 아들 기룡이 그것으로 살인을 저지르고 난 뒤에는 그 광기가 극단적인 것이 된다. 기룡은 6·25사변 때 그 형과 조카를 죽게 하고 공산군을 따라 사라져 버린 이웃 사람의 아버지를 소 잡는 칼로 찔러 죽여 보복을 한다. 본돌은 아들의 손에서 칼을 뺏아 쥐고 아들의 등을 밀어 쫓아버린 다음 「내가 사람을 죽였다」고 소리쳐 사람들로 하여금 자신이 살인을 저지른 것으로 알게 한다. 그리고는 자기 맏아들과 큰손자를 죽게 한 청년의 아버지를 그 신성한 칼로 죽였으니 그가 극락에 간 것이 틀림없다고 믿는다.

---

7) Arnold P. Hinchliffe, 「不條理 文學(黃東奎 譯)」(서울大學校 出版部, 1986), pp.30~31.

그는 자식이 저지른 살인을 불교에서 죽은 사람의 넋을 부처와 인연을 맺어주어 좋은 곳으로 가게 하는 일, 곧 薦度와 같이 粉飾, 미화하고 있는 것이다. 그는 그 신성한 물건은 말을 못 하던 사람이 그것을 입에 대면 말문을 열게 되고 그것을 지니고 있으면 병도 고칠 수 있는 것으로 믿는다.

본돌은 죽은 소들을 위한 제를 지낸 날 뇌일혈로 쓰러지는데 이 때에도 그 칼이 자신을 다시 일어나게 해 줄 것이라고 믿고 그것을 겨드랑이에 끼고 누워 있다. 그러나 그의 용태는 갈수록 나빠져 죽음에 앞서서는 시력마저 잃어버리게 된다. 이 때에도 그는 칼을 눈 위에 올려 놓고 「보인다, 보인다」고 한다. 그는 자신이 만든 미신에 빠져들어 어떤 幻影을 보고 있은 것이다. 본돌은 자기기만으로 不條理한 인간조건에서 헤어나려 하는 사람이다. 그러나 그와 같은 자기기만은 그 혈육으로부터까지 혐오와 냉소를 받게 되고 결국 그는 누구로부터, 무엇으로부터도 아무런 구원도 받지 못한 채 죽어가고 만다. 작가는 이 소설에서 본돌을 통해 비굴하게 사는 인간의 삶의 허망함을 보여 주고 있다고 보면 될 것 같다. 그러므로 그를 종교적 구제의 빛이 보이는, 긍정적인 인물이라고 한 견해는[8] 납득이 가지 않는 것이라 할 것이다.

한편 본돌과 정반대의 길에서 白丁에 대한 천대, 거기서 오는 소외·고독·단절이란 인간조건을 극복하려 시도한 사람이 그의 동생, 주인공 인철의 아버지 상진영감이다. 그는 白丁의 자식이란 자신의 출신성분을 철저하게 감추고 속이려 한다. 그는 그 아버지, 형과의 혈연관계를 끊어버리고 조금이라도 자신의, 천민이라는 근본이 드러날 위험이 있으면 이사를 가버린다. 부동산에 손을 대 자금을 마련한 그는

---

8) 이보영, "작가로서의 황순원", 『黃順元 全集』12(文學과 知性社, 1993), p.297.

제분회사를 세워 사업에 성공을 한다. 그는 또 값비싼 서화와 골동품을 수집해 거실을 장식하는 등으로 자신을 고상한 취미를 가진 기품 있는 사람으로 가장한다. 그러나 그와 같은 그의 거짓된 삶은 끝내 비극적인 종말을 맞고 만다. 예기치 못한 일이 계기가 되어 그가 白丁의 자식이라는 사실이 드러나자 그를 지원해 주고 있던 은행장은 자신의 딸과 그의 아들 인철과의 관계가 더 이상 가까워질 것을 두려워해 돌연 대부를 거절하고 이미 융자를 받아간 돈의 반제를 요구해 와 그의 사업은 하루아침에 망하게 되고 만다. 가족들과도 마음의 벽을 쌓은 채 오직 한 가지, 사업에의 몰두, 집착으로 거기서 생의 의의를 찾고 있던 상진영감은 그에 실패하게 되자 일시에 모든 것이 붕괴되고 만다. 그러한 그에게 남은 길은 오직 한가지 뿐, 그는 아무도 없는 텅 빈 그의 집에서 독약을 먹고 스스로 목숨을 끊고 만다.

　여기서 주목할 필요가 있는 것은 다 같이 자살을 하고 있는, 상진영감과 오래 전에 있은, 그의 누이의 죽음은 의미상 서로 큰 차이가 있다는 사실이다. 그의 누이는 자신을 끔찍이 위해 주는 남편에게 무엇을 감추고 산다는 것이 죄스럽게 생각되어 스스로 자신이 白丁의 딸이라는 것을 말해 버린다. 그녀의, 인간의 인간에 대한 이 신뢰는 상대에 의해 무참하게 배반당한다. 그녀의 남편은 그와 같은 사실을 안 순간 칼로 베듯이 그녀와의 부부의 정을 끊어 버리고 그녀를 친정으로 쫓아버린다. 친정에 와 있는 그녀에게 남편이란 사람이 정식 이혼을 요구해 오자 상진영감이 가서 그 일을 매듭지으려고 하나 그녀는 기어이 그 일을 자신이 하겠다고 한다. 그리하여 시가에 간 그녀는 그 날 밤 그 집 헛간에서 목을 매 죽고 만다. 보통의 경우 인간의 죽음은 모든 것의 종말, 無에의 환원, 소멸을 의미한다. 또 거기에는 공포·비애·허무의 감정이 따르게 마련이다. 그러나 그녀의 죽음은 그런 성질의 것이 아

니다. 그 아버지와 같이, 자신의 입신출세에 장애가 된다 하여 아버지
와의 부자관계의 절연을 선언하고 있는 주인공의 형 인호는 그녀, 그
고모의 죽음을 自滅이라고 하고 있지만 이는 잘못된 말이다. 그녀의
남편은 인간이기를 거부한 사람이다. 그녀는 인간이 아닌 인간과 이
세상에서 함께 살기를 거부한 것이다. 그녀의 자살은 實存主義에서 말
하는 반항과도 상통하는, 한 진실한 인간의 결단이라고 볼 수 있는 성
질의 것이다.

그러나 상진영감의 죽음은 그 의미가 그와는 사뭇 다르다. 그의 죽
음은 있는 그대로의 자기로부터 도피하여 산, 거짓된 삶이 폭로됨으로
써 필연적으로 맞게 된, 예비 되어 있던 패배요 자초한 파멸이다.

이 소설에는 白丁이라는 신분으로 인한 원죄로서의 그것이 아닌, 소
외와 고독에 고통스러워하고 있는 인간들이 다수 등장하고 있다. 그리
고 그들은 각각 그 나름의 방법으로 그와 같은 고통에서 헤어나려 하
고 있지만 모두 다 실패하고 있다. 상진영감이 기생첩의 몸에서 얻어
그 첩이 죽자 집에 데리고 와 같이 살게 된 딸 인주는 상진영감의 처 홍
씨에게 「죄의 씨」로 보인다. 죄 없는 죄인, 인주는 거기서 오는 고독감,
소외감을 연극에 몰두함으로써 떨쳐 버리려 하고 있는데 교통사고를
당해 그 꿈마저 좌절에 부딪치게 된다.

또 아버지로부터도 어머니로부터도 진정한 사랑을 받지 못하고 자
라 온 주인공의 동생 인문은 물고기·쥐·두꺼비, 심지어는 뱀까지 기
르면서 거기에 마음을 붙이려 하나 끝내 외로움에서 벗어나지 못한다.
그 중에서 가족 모두와 두꺼운 벽을 쌓고 가장 철저하게 단절되어 있
는 사람이 주인공의 어머니 홍씨다. 그녀는 그 남편의, 인주 생모와의
내연관계를 알고부터는 남편을 자신의 곁에 오지 못하게 한다. 그녀는
또 인문도 그 남편이 부정한 몸과 마음으로 자신에게 다가와 태어난

자식이기 때문에 인주와 마찬가지로 「죄의 씨」라고 생각한다. 그녀는 또 주인공 인철이, 자신이 하느님에게 기도할 움막을 짓는 「성스러운 일」을 하면서 불경스럽게도 소리내어 웃었다 하여 자신의 근처에도 오지 못하게 하겠다고 한다. 열렬한 기독교 신자인 그녀는 가족 모두를 죄의 씨, 또는 죄인으로 몰아간다. 인철이 인주에게 사교댄스를 가르쳐 주고 있는 것을 엿본 그녀는 그들 이복 남매가 불미스런 일을 저지르지 않을까 걱정에 휩싸이고 급기야는 제 멋대로 두 사람을 近親姦을 저지른 죄인으로 단정한다. 그녀의,

> 이 미련한 여종은 어찌하면 좋을지 모르겠나이다. 무소불능하시고 무소부재하신 하나님아버지시여, 굽어살피시사 이 불쌍한 죄인을 생각하셔서라도 저 애들을 죄악에서 건져내시어 하루속히 하나님 앞으로 인도해 주시옵소서.

라고 한 기도를 들으면 그것을 알 수 있다. 홍씨는 남편으로부터의 배신감, 자식들로부터의 단절감, 거기서 오는 고독, 불행감을 하느님에게 지성으로 기도를 함으로써 극복하려 한다. 그녀의 기독교에의 경도는 광증이라 할 만한 것으로 정상 신앙이라 할 수 없다. 병적 엄숙주의와 결벽성에 가족에 대한 의심·원한까지 뒤섞인 그녀의 정신세계는 사랑이 근본정신인 기독교신앙과는 거리가 먼 것이다. 그것은 광적인 미신이라 하는 것이 옳지 않을까 한다. 홍씨는 기도에 열중하던 중 불기둥 위에 서 있는 예수를 보고 그와 말을 주고받고 그의 옷을 만져 보는데 이는 幻影·幻聽으로 그녀가 정상의 정신상태에 있지 않음을 보여 주는 것이다. 이는 본돌영감이 칼을 눈에 대고 보인다, 보인다고 하고 있는 것과 별 다를 것 없는 광신자의 한갓 幻覺, 곡두임이 분명하

다. 홍씨 역시 미신이나 다름없는 신앙에 점점 더 깊이 빠져들어 가고 있을 뿐 고독이나 소외, 단절로부터 조금도 놓여나지 못하고 있다.

2. 自身에게서 찾는 救援

이 소설은 이야기가 진전되어 가면서 서술의 초점이 본격적으로 인철에게 모아진다. 인철의 형, 인호는 자신이 白丁의 자손이라는 것을 알고는 낭패감을 느낀다. 광주시장으로 있는 그는 그 지역을 기반으로 국회의원이 되려던 꿈이 그와 같은 사실이 드러남으로써 무산될 위기에 처하자 상진영감이 그랬듯, 그도 그 아버지와의 부자의 연을 끊어 버리고 삶의 터전을 다른 곳으로 옮기려 한다.

한편 인철은 그와 같은 자신의 출신성분이 드러나는 것을 계기로 형, 인호와는 또 다른 차원에서 큰 충격을 받게 된다. 그리고 그는, 혈연의 단절로 그와 관련된 모든 일을 일단락 짓고 있는, 그 형처럼 그렇게 간단히 문제를 해결하지 못한다. 왜냐하면 그는 인호의 경우와 같은 세속적인 것이 아닌, 보다 근원적인 문제로 고뇌에 휘말려들기 시작했기 때문이다. 이제 인철의 고뇌·갈등·방황과 그가 찾게 되는 구원의 길을 추적해 보기로 하겠다. 그는 먼저 그 일을 계기로 자기 주변 사람들의 삶이 허위와 가식에 차 있으며 그 이웃이 의외로 비정한 사람들이라 함을 발견하고 환멸을 느낀다. 그는 아버지가 값비싼 골동품·서화를 사 모으고 그것으로 거실을 장식하는 것을 마음의 여유, 고상한 취미로 보고 아버지의 그러한 면에 은근히 존경의 염을 가지고 있었으나 그것이 아버지가 자신의 前身을 가리기 위한 포즈요 제스처라는 것을 알게 되고 그것은 그로 하여금 말할 수 없이 어두운 심정에

빠져들게 한다. 더구나 아버지가 그에게 池 교수의 딸 다혜와 결혼을
하여 池 교수의 데릴사위가 되어 천민출신이란 신분에서 상승적 탈출
을 하라고 하자 인철은 아버지에 대해 심한 역겨움과 함께 분노를 느
낀다. 인철은 아버지와 형의 삶이 비겁한 도피자, 부끄러운 줄 모르는
사기한의 그것이라는 것을 알게 된다. 그리고 그것은 인간다운 삶이
아닐 뿐 아니라 결국에는 파탄에 이르고 말게 될 것이라고 생각한다.
왜냐하면 그는 근본적으로 그러한 삶은 바로 자기로부터의 도피요 자
기 속이기이기 때문에 성공할 수가 없다는 것을 알았기 때문이다.

　인철은 또 그의 백부 본돌의 삶도 비천한 노예의 그것이며 궁극적으
로 자기기만이라는 것을 안다. 그와 같은 사실을 인철에게 정확하게
말해 주는 것은 본돌의 親子 기룡이다. 그는 그 아버지가 소 잡는 칼을
신성시하고 신통력을 가진 것으로 받들어 모시게 된 것은 결국 그로
하여금 사람을 죽였다는 죄의식을 덜어 주려고 한 짓이었다고 말한다.
그는 그것을 알았기 때문에 아버지가 그런 거짓된 행위를 하면 할수록
죄의식이 덜어지기는커녕 거꾸로 더욱 피를 찾게 되었다고 한다. 그리
고 그 칼을 입에 대자 말을 못하던 사람이 말을 하게 되었다느니, 그 칼
이 병을 낫게 했다고 하는 것도 모두 사실과 거리가 먼 조작된 것이라
고 말한다. 그는 또 그 아버지가 임종 직전 그 칼을 눈 위에 올려놓고
「보인다」고 한 것도 미친 짓이었다고 한다. 여기서 작가는 최후까지 자
신을 기만하고 있는 본돌의 모습을 보여 주고 그러한 자기 아버지를
타기하는 기룡을 통해 어떠한 속임수도 끝까지 진실을 덮어버릴 수도,
속일 수도 없다고 말하고 있는 것이다.[9] 이 소설에서 본돌영감이, 그것
이 녹슬면 불길하다 하여 쉴새 없이 닦았는데도 문제의 칼에 새겨진

---

9) 그러므로 「보인다」고 하고 있는 본돌을 가리켜 그것이 제2시각이며 인간능력의 한 극점,
　한 신비능력이라고 한 말은 수긍하기 어렵다. 이보영, op. cit., p.64.

홈 자국에는 여전히 까만 기름때가 끼어 있었다고 한 장면은 그것을 상징적으로 말해 준다.

또 인철은 그때까지 그에게 비교적 인격적으로 승복하고 있던 池 교수에게서도 실망과 배신감을 느끼게 된다. 자신이 白丁의 자손이라는 것을 알고 나자, 白丁에 대한 연구에 몰두하고 있는 池 교수는 그의 눈에 그 전과 다르게 비치게 된 것이다. 그의 그와 같은 심경의 변화는 다음과 같은 구절이 잘 보여 주고 있다.

> 대청마루와 건넌방을 틔어 만든 서재 안쪽 벽 서가에는 책들이 꽉 들어차 있고, 마루방 구석진 곳에는 자기, 토기, 와당같은 것이 놓여 있고, 그 한옆에 탁본 뜬 화선지 뭉치가 뚤뚤 말려 세워져 있고 …… 모든 게 예전대로 제 놓일 자리에 놓여 깨끗하게 치워져 있는 것이었다. 그러나 그것들을 대하고 있는 자기만은 예전의 자기가 아닌 것 같았다.

인철은 池 교수의 서재에서 池 교수가 白丁과 관련된 사항들을 메모한 것을 보았을 때도 전과 다른 감정이 된다. 인철은 신라의 벼슬 이름에 角干·角粲 등 소뿔을 의미하는 글자가 쓰였다는 것은 우리 민족이 소를 숭배했다는 것을 뜻한다느니, 중국 고대 전설상의 제왕 신농씨가 머리는 소, 몸은 사람의 그것을 가지고 있었다는 것도 당시 그 나라 사람들이 소를 신성시했다는 증거라느니 하는, 池 교수의 메모들은 학문적 연구라기보다 好事家의 호기심 채우기 이상 아무런 의미도 없다고 생각한다. 인철은 이제 와서 보니 池 교수의 白丁 연구란 것은 진지한 학문이라고 볼 성질의 것이 아니었다. 그가 볼 때 池 교수의 눈에 비친 白丁은 존귀한 인간이라기보다 그가 관심을 가지고 있는, 삼국시대의 토기나 기울어진 석탑과 같은 한갓 신기한 구경거리에 불과했다. 인철은 이제 그와 같은 얄밉고 비정한 구경꾼 池 교수가 「몰인정한」 사람으로 보이는 것을 어쩔 수 없게 된다. 인철은 池 교수가 탐내던, 본돌이 대물림하여 소 잡는 데 쓰던 칼을 손에 넣게 되나 그것을 池 교수에게 주지 않는다. 그 대신 그는 그 칼을 대장간에 주어 꺾쇠를 만들게 하고 있다. 영검이 있다느니 신성한 물건이라느니 하는 허위에 찬 말을 믿지 않는 그의 눈에는 그것이 조금도 신기할 것이 없는, 베는, 끊는, 죽이는 살벌한 도구에 불과했던 것이다. 그가 그것으로 꺾쇠를 만들고 있다는 것은 그 이면에 또 다른 의미를 가진 행위라고 보아야 할 것이다. 이는 그가 베고 자르는 물건, 칼을 두 개의 물건을 이어주는, 맺어주는 물건이 되게 하려 한 것이라고 볼 수 있지 않을까 한다. 이것은 인간은 서로 단절되거나 상처를 내는 관계가 아닌, 애정을 가진 관계로 살아야 한다는 것을 암유하고 있는 것이다. 작가는 인철의 이와 같은 모습을 통해 인간이 타인의 고통을 구경거리로 삼아서는 안 된다는 것을 말하고 있다고 보아야 할 것이 아닌가 한다. 여기서 인철은 심한 고독감을 느끼게 된다. 그리고 인간이란 도대체 어떠한 존재인가, 나는 누구이며 어떻게 살아야 그것이 거짓 없는 삶이 될 것인가 하는 근본적인 의문에 봉착하게 된다. 이것은 그에게 큰 고뇌를 안겨주는데 그 하중을 감당하지 못한 그는 술집을 찾아 그곳에서 만난 사람들과 술잔을 주고받음으로써 고독감을 이겨내고 정신적인 평안을 얻으려 한다. 인철은 거의 매일, 「산 인간극」이 연출되고 있는 곳이라고 불리는 대폿집을 찾아 그곳에서 술을 마시며 사람들과 잡다한 대화를 나눈다. 그러나 그는 거기서 고뇌를 떨쳐버릴 수도 없었고 더구나 외로움에서 벗어날 수도 없었다. 그는 어느날 술을 마시고 있던 중 한 청년으로부터 까닭 없이 주먹질을 당한다. 술집에는 그와 술을 마시고

있던, 대작상대를 비롯해서 많은 사람들이 있었지만 그들은 자신에게
위해가 올 것을 두려워 해 누구 하나 마주 싸워주기는커녕 그 이유 없
는 폭행을 제지하지도 않는다.

　　아무도 없는 허허벌판에 혼자 남은 것 같은. 앞의 청년은 보이지 않
았다. 그러나 사람들이 있었다. 얼굴들이 모두 이리 향해 있었다. 그
러나 하나같이 다칠세라 도사리고 앉았는 얼굴들이었다. 좀 전에 동
석했던 사람들마저도.
　　무인지경같은 속에서 인철은 몸을 일으켜 허청거리며 자기 자리로
가 앉았다. 잔에 술을 부어 입안에 고인 액체와 함께 들이삼켰다. 허
허벌판, 아니 정글야. 둘러봐야 사람이라군 하나두 없는…… 아니지.
사람들이 있었어. 인간으루 이뤄진 정글…… 인철은 혼잣속으로 이렇
게 말하고는 또 술을 따라 마셨다. 그때야 홀 안이 다시 웅성거리기
시작했다.

여기서 인철은 현대인들이 상투적으로 쓰고 있는 말, 「군중 속의 고
독」을 경험하게 된다. 이날의 그와 같은 경험은 그에게 막연히 시간을
죽이기 위한 사람들과의 만남도, 술도 아무런 해결책이 될 수 없다는
것을 명백하게 해 준다. 거기다 기룡이 그에게 해 준,

　　"그런데 어째 저번에 만났을 때보담두 안색이 더 나쁜데. …… 무
리해서 술을 마실 필욘 없지 않을까. 술에다 외로움을 푼다는 건 가장
졸렬한 방법야. 물론 술이 그걸 받아주지도 않지만."

라 한 말은 그것을 더욱 분명하게 해 준다.

인철은, 자신은 그 어머니와 같이 어떤 종교에 몰입함으로써 고뇌와
방황에서 헤어날 수도 없다는 것을 안다. 그것은 그의 꿈이 잘 말해 준
다. 이 소설에는 모두 아홉 차례에 걸쳐 꿈 이야기가 나오고 있는데 千
二斗가 말했듯, 이들 꿈은 작중인물의 심리세계를 암시하는 상징이며
작품의 테마를 뒷받침하는 효과적인 표상이다.[10] 그 꿈들 중 벌판에 세
워진 T자가 등장하는 것은 인철의 종교에 대한 무의식 세계를 보여 주
는 것이다. 인철은 꿈속에서 뜨거운 태양 아래 목이 마른 채 거친 황토
밭을 지쳐서 걷고 있다가 저 앞에 세워진 T자를 발견하고 반가워하며
그것에 다가간다. 그러나 그는 이내 그것이 그에게 아무런 안식도, 갈
증의 해소도 주지 못할 뿐 아니라 도리어 또 다른 무거운 짐이 될 뿐이
라는 것을 알게 된다.

거기에 무엇이 탁 어깨를 내리치며 짓눌렀다. 보니 거대한 T자였
다. 그는 T자를 짊어진 채 그 무게에 허리를 굽히고 가까스로 일어섰
다. 줄을 지어 서있던 사람들은 어디로 가버렸는지 없어지고 자기 혼
자뿐이었다. 인철은 다시 황량한 황톳벌을 무거운 T자까지 짊어지고
비치적 비치적 걸어가는 것이었다.

꿈속의 T자는 십자가의 상징이 분명하다.[11] 꿈속의 T자가 목마르고
지친 그에게 더한 짐이 되고 있다는 것은 십자가가 상징하는 기독교는
물론이고 어떠한 종교도 인간에게 부담만 될 뿐 구원을 줄 수 없다는
것을 의미한다.
어디에서도, 어떤 출구도, 길도 찾을 수 없은 인철은 나는 누구인가,

---

10) 千二斗, "黃順元의 文學", 『新韓國文學全集』50(語文閣, 1984), p.209.
11) 張賢淑, 「황순원문학 연구」(시와 시학사, 1994), p.298.

인간이란 무엇인가 하는 근본적인 물음으로 되돌아온다. 그는 모든 문제의 해답은 거기서 찾지 않으면 안 된다는 것을 다시 한 번 깨달은 것이다. 그것을 일깨워 주고 있는 것이 인철이 꾸고 있는 몇 차례에 걸친 또 다른 꿈이다.

인철은 쉬지 않고 계단을 내려갔다. 저 아래에 무슨 문제가 씌어진 종이쪽지를 가지러 내려가는 길로 생각되기도 하고, 누구를 만나러 내려가는 길로 생각되기도 했다. 그는 마음을 재촉하여 걸음을 빨리 옮겨 놓았다. 그래도 계단은 아래로 아래로 잇따라 끝이 없는 것이다. ― 中略 ― 한 번은 이 어둠침침한 층계를 내려가며 누구인가를 꼭 만나야 한다고 생각했다. 그러나 그의 앞에는 한결같이 끝없는 층계가 뻗어있을 뿐인 것이다. 그러다가 그는 층계를 디디는 자기 발자국 소리가 갑자기 크게 울리는 것을 깨달았다. 그 소리가 한없이 뻗은 층계 위아래에서 메아리져 돌아왔다.

위의 꿈에서 주인공이 계단을 딛고 아래로 내려가는 것은 주인공이 자아의 심연을 찾아가는 것을 의미한다. 그러므로 그가 찾으려 하는 「종이쪽지에 씌어진 문제」도, 만나려 하는 「누구」도 모두 「참 자아」다. 아래의 꿈도 성질상 위와 비슷한 데가 있다.

또 꿈속에서 그는 어두운 동굴 속 같은 데를 걸어 들어가기도 했다. 들어갈수록 캄캄한 암흑이 앞을 가로막아 끝난 데를 알 수가 없었다. 그러면서도 그는 오히려 이 어둠을 다행으로 여겼고, 이 어둠을 찾으려 했던 것처럼 느끼는 것이었다. 이 어둠 속에 그대로 녹아버렸으면! 그는 자꾸만 동굴 깊숙히 걸어 들어갔다. 한결 마음이 편안했다. 인제 됐구나. 그때 별안간 뒤에서 부르는 소리가 들렸다. 인철아, 인철아! 그는 못 들은 체 그냥 안으로 발길을 옮겼다. 인철아, 내 목소리가 안 들리느냐. 그제야 인철은 걸음을 멈추고 뒤를 돌아다보았다. 아무도 보이지 않았다. 누구냐. 나다, 바루 네가 지금껏 찾아다니던 사람이다. 난 아무두 찾지 않았다. 거짓말 마라, 난 다 알구 있다. 이제 와서 겁을 내는구나, 어차피 넌 날 만나야 하니 어서 이리 나오너라. 좋다, 만나주겠다. 인철은 동굴 속을 걸어나오기 시작했다. 훤한 동굴 아가리가 저만치 보였다. 마침내 인철은 동굴을 벗어나 눈부신 햇살 속에 섰다. 그는 소리쳤다. 자 나왔다, 넌 어디 있느냐. 소리의 임자가 대답했다. 바루 네 옆에 있다. 인철은 주위를 살펴보았으나 아무도 없었다. 어디냐, 어디. 바루 네 곁에 있다, 아직두 네 눈은 두려움에 떨고 있기 때문에 보이지 않는 거다, 그런 눈을 하지 말구 똑똑히 보아라. 인철은 눈을 크게 뜨려고 하다가 잠이 깼다.

이 꿈에서 인철을 부르는 소리의 주인은 인철 자신이다. 이에 대해 한 논문은 여기서의 「어두운 동굴」과 암흑은 자궁의 이미지를 표상하는 것으로 꿈속의 인철이 거기에 안주하고파 하는 것은 그의 모체 속으로의 퇴행을 의미하고, 밝은 곳으로 그가 나오려 하는 것은 인간 조건을 극복하지 못하는 자기에 대해 그것을 극복하라고 하는 또 하나의 자기라고 하고 있는데[12] 이는 수용할 만한 견해라고 생각한다. 위와 같은 꿈은 이 소설의 實存主義文學的 성격과 관련지어서 해석할 수 있을 것 같다. 實存主義思想의 핵심에 닿으려면 「實存은 本質에 先行한다」는 명제에 접근하는 것이 첩경이다. 實存이란 現實存在의 준말이

---

12) 張賢淑, op. cit., pp.300~317.

다. 이는 현실적이며 구체적이고 진실하고 하나뿐인 개별적인 존재인 「제 각각의 나 자신」을 의미한다. 그런데 現實存在가 사물인 경우, 만물은 만물의 원형으로서의 이데아에서 파생된다. 이때의 존재는 밖으로 나타나 있는 구체적, 현실적인 것이다. 그러므로 사물의 경우, 존재에 앞서서 본질이 있다.

그러나 사물이 아닌 인간의 경우는 사정이 다르다. 인간은 인간이므로 물건들처럼 다른 것으로 대체할 수 없다. 사람은 단순한 존재나 생존에 그치지 않고 한 사람, 한 사람이 어느 누구와도 바꿀 수 없는 자기의 존재 의미를 의식하면서 그 존재의 방식을 스스로 선택해 갈 수 있는 現實存在다. 곧 사람은 現實存在로 개별성과 주체성을 가진 것이다. 인간의 본질이란 그 개별성과 주체성을 제거하고 일반화할 때 성립한다. 일반화되지 않은 인간의 現實存在는 본질의 밖으로 나와서 각자가 독자적인 방식으로 자기를 형성해 나간다. 개별적인 인간은 만들어진 것이 아니라 만드는 자요, 더구나 여러 대상을 만드는 자인 동시에 자기 자신도 만들어 가는 존재이다. 만일 신이 존재한다면, 신이 인간을 창조했다면 인간의 본질은 신의 마음 속에 이미 정해져 있었던 것이라 할 수 있다. 그러나 사르트르 등 무신론적 實存主義者에게는 신은 없다. 인간 존재는 개념에 의해 규정되기에 앞서 먼저 實存하고 다음에 스스로 생각하고 행위함으로써 자기 자신을 만들어간다. 이러한 사람에 있어서 인간은 본래 정해져 있는 것이 아니다. 그것은 스스로 정해 가는 것이다. 이와 같은 사상은 사르트르가 「사람은 스스로 만들어 가는 것 이외에 아무 것도 아니다」라고 한 말에[13] 담겨 있다.

그 전까지, 無明 속에 산 존재이던 인철은 그의 출신 성분을 둘러싸

---

13) 사르트르, 「實存主義는 휴머니즘이다(方坤 譯)」(文藝出版社, 1977), p.20.

고 주변에 파란이 일자 새로이 눈을 뜨기 시작했고 그것을 말해 주는 것이 위에 인용한 꿈들이라 할 수 있다. 이제 인철은 白丁의 자손, 대륙상사 사장의 아들로서 미리 정해진 삶을 살아서는 안 된다는 깨달음을 갖기 시작한다. 새로이 눈뜨기 시작한 인철은 實存主義에서 말하는 不條理를 느낀다. 카뮈에 의하면 不條理는 인간의 현상을 환경과 조화를 이루지 못하는 존재, 목적이 없는 존재로 보는 것, 문자 그대로 不調和의 뜻이다.[14] 그에 의하면 不條理感은 ① 자신이 자신의 존재 가치와 목적에 대해 의심을 일으켰을 때 ② 시간의 흐름에 대한 예리한 감정 혹은 시간이 파괴력이라는 것을 인식했을 때 ③ 자신이 낯선 세계에 남겨져 있다는 감정을 가지게 되었을 때 ④ 타인으로부터의 단절감을 느꼈을 때 중 어느 하나 또는 그들 몇이 중첩되어 갑작스럽게 일어난다.[15] 인철의 경우는 그 중 ② 시간에 대한 인식을 제외한 세 가지가 중첩되어 不條理感을 느끼게 되었다고 보아야 할 것 같다. 이와 같은 不條理 앞에서 인간은 존재론적인 嘔吐를 느끼게 된다. 존 러셀 테일러는 이 때의 嘔吐를 인간이 이성과 實存의 알력으로부터 비어져 나가는 경험이라고 했다.[16] 우리는 이 소설에서 인철이 사촌형 기룡을 찾으러 갔다가 한 도살장에서 소 잡는 광경을 보고 나서의 그의 모습에서 그가 위의 존재론적인 嘔吐와 흡사한 것을 경험하고 있음을 발견할 수 있다.

　　자기는 무엇하러 그 소 잡는 광경을 샅샅이 눈여겨 보고 있었을까.
　　현기증을 참아가면서. 그는 담배를 붙여 물었다. 입안이 쓰고 머리가

---

14) Arnold P. Hinchliffe, op. cit., p.1.
15) Ibid., pp.43~44.
16) Ibid., p.1에서 재인용.

핑 돌았다. 발밑에 떨구어 문질러 버렸다.

위의 인용문에서의 「현기증」「머리가 핑 돌았다」고 한 말들이 바로 그러한 嘔吐와 같은 현상이라고 보아도 될 것이다.

한편 現存在는 불안을 느낀다. 이 불안은 實存主義에 있어서의 또 하나의 개념이다. 이것은 現存在가 그 現存在의 가능성에 따라 살고 있지 않다는 것을 現存在에게 경고하는 일종의 바로미터 역할을 한다. 곧 불안은 實存主義的 원죄의 표현이다. 그것은 現存在를 現存在의 본래적인 존재 가능성의 실현에로 소환하는 양심의 소리이다. 이 불안은 現存在를 본래적인 데로 데리고 간다. 그리하여 그의 삶에 있어서의 일상적인 친숙성은 무너지게 되고 만다.

> 인철은 그 앞을 지나치면서 생각했다. 내일 아침 미아리 도수장에를 찾아갈 것인가. 대체 자기는 사촌을 만나 어쩌자는 것일까. 차라리 아버지가 노력해온 것처럼 그 세계와는 외면하고 사는 것이 현명한 일이 아닌가. 인철은 지난 며칠 동안 마음 속에서 싸워온 이 두 가지 생각에 또다시 말려들기 시작했다.
>
> 이제까지의 생활에 그냥 순응해서 살면 무난하고 마음 편한 것을 무엇하러 이러고 다니는지 자신도 모르겠다. 그렇다고 형 인호처럼 피해버려야 하는가 어쩌는가.

위의 두 인용문에 나타나 있는 바와 같은 인철의 심적 갈등은 그의 現存在의 불안을 보여 주는 것이다. 인철의 아버지, 그 형과 같은 사람은 있는 그대로의 존재 곧 卽自存在로 그들에게는 가능성이 없다. 그들은 그렇게 행동하도록 만들어진 대로 행동할 뿐이다. 인철은 그러한

존재에 안주하고자 하는 자기 내부로부터의 유혹을 뿌리친다. 그는 의
식이 있는 존재 곧 對自存在가 되려 하는 것이다. 對自存在에게는 본
질이 없다. 본질의 핵 대신에 그들은 無를 가진다. 그러한 존재는 자신
의 가능성, 자기가 되어 있지 않은 것, 또는 아직 되지 않은 것에 대해
서 알고 있다. 따라서 원하는 것이 무엇이든 된다고 주장할 수도, 되려
고 노력할 수도 있는 것이다.

對自存在가 되기로 한 인철은 낡은 자기의 허물을 벗고 새로운 자
기를 형성해 가려 한다. 그런 점에서 그가 건축설계학도라 한 것은 상
당히 함축성 있는 인물 설정이라 할 것이다. 그는 너무나 같은 분위기
— 그 집에, 그 술에, 그 사람에, 그 얘기에 불현듯 진력이 나는 것을 느
껴 대포집과 결별을 한다. 그리고 池 교수와 나미에게 스스로 자신이
白丁의 자식이라는 것을 밝힌다. 그의 이와 같은 행동은 그들과 이성
사이의 긴장 관계를 유지하고 있는 다혜·나미와 단절을 각오한 것으
로 일찍이 그 고모가 그녀의 남편에게 자신의 출신성분을 밝힌 것과
같은 성질의 것이라 할 수 있다.

한편 인철은 진정한 자기 탐색의 하나로, 그가 현실도피자도, 자기
기만자도 아닌 진실한 인간이라고 생각한 기룡을 여러 차례에 걸쳐 끌
리기라도 한 것처럼 찾아간다. 그는 기룡이, 자신이 해답을 찾지 못해
번민하고 있는, 인간이란 어떠한 존재인가 하는 의문에 대한 어떤 해
답을 줄 사람으로 기대한다.

그러한 인철에게 기룡은 아래와 같이, 인간 존재의 본질은 고독이며
이 세상의 비극들은 그 고독으로 인해서 빚어진다고 말한다.

"사람은 외롭게 마련야. 그래서 역사가 이뤄지구 사람을 죽이구 또
죽구 하는 게 아닐까. 본시 인간이, 그리구 땅과 하늘이 피를 요구하

구 있다구 봐. 어떤 외롬에서 벗어나려구 말야. — 下略 —"

그리고 기룡이 술집에서 들려주는 다음과 같은 이야기도 그의 그와 같은 생각을 담은 것이다. 장정 서넛이 바닷가 오막살이에서 사람 대여섯을 데리고 나와 구덩이를 파고 묻어 죽이고 돌아선다. 그 광경을 처음부터 끝까지 지켜보고 있던 한 병사가 이번에는 총으로 그 장정들을 모두 쏘아 죽여버린다는 것이 그 이야기의 줄거리였다. 그때 어떤 사람이 왜 그 병사는 어느 한 쪽만 죽게 하거나 죽이지 않고 양쪽 모두가 다 죽게 하고 있느냐고 묻자 기룡은 "그 병사는 외로웠을 뿐요."라고 짧게 끊어 답하고 있다. 태양이 뜨거워서 살인을 했다는, 카뮈의〈異邦人〉의 주인공 뫼르소를 연상하게 하는 이 이야기에서의 병사는 기룡 자신의 분신이다.[17] 김치수도 이에 대해, 이 이야기는 인간의 본질이 외로움이라는, 외로움 긍정의 그것이라고 말하고 있다.[18]

기룡은 또 인간의 본성을, 온기를 좋아해 따뜻한 곳이면 어느 곳이나 찾으면서 자신을 먹이고 재우는 등 돌보아 주던 주인에게는 한 푼어치의 정도 되돌려 주는 법이 없는 고양이에 비유하기도 한다. 기룡은 인간은 그 존재 조건 자체가 외로움이요 인간이 하는 행위는 거기에서 출발한 無常한 것이므로 생이란 그렇게 사는 것이라는 인생관, 세계관을 보여 준다.

인철은 기룡을 만나는 회수가 늘어가면서 그에게서 그러한 사상에 영향을 받게 된다. 그럴수록 그는 차디찬 인간이 되어간다. 그는 그에게 사랑을 보내오는 나미에 대해서 냉정하게 「너는 너, 나는 나」라는 거리를 둔다. 그리고 사람을 믿지도 않게 된다. 소외가 지배적이 되면

---

17) 張賢淑, op. cit., p.305.
18) 김치수, "외로움과 그 극복의 문제", 『黃順元 全集』12(文學과 知性社, 1993), p.115.

인간의 신뢰는 불신으로 바뀐다고 한 사람이 있는데[19] 이 때의 인철이 바로 그런 경우가 된 것이다. 그가 그 여동생 인주를 추잡한 이성 관계를 갖고 있다고 몰아붙여 그녀로 하여금 교통사고를 당해 한쪽 다리를 잃게 하는 비극도 그렇게 하여 일어난다. 작가는 여기서 기룡이 가지고 있는, 거기에 인철이 영향을 받은 인생관, 세계관은 필연적으로 인간을 허무주의에 굴러떨어지게 한다는 것을 보여 주고 있다. 그리고 그와 같은 허무주의가 가는 길은 절망의 나락밖에 없다.

그와 같은 위기에 처해 있는 인철에게 한 줄기의 밝은 빛이 비쳐온다. 나미의 새로운 접근이 그것이다. 인간사, 세상사 모든 것이 연극이라고, 냉소적이던 나미는 인철이 그의 출신 성분을 그녀에게 털어놓은 이후,

> 나는 그를 차지해야 돼. 그가 어떤 부류의 사람이건, 어느 누가 그를 둘러싸고 있건. 아버지의 반대고 뭐고, 다혜의 두꺼운 그늘이고 뭐고 다 문제삼을 것 없어.

라고 하면서 자신의 모든 것을 던져 온다. 이, 나미의 아무 조건 없는, 되돌려 받을 것을 전제하지 않은 사랑에 인철은 생각의 일대 지각변동을 일으킨다. 그는 기룡의 허무주의는 극복되지 않으면 안 된다는 것을 깨닫게 된 것이다.

인철은 이제 한나가 말한,[20] 不條理는 결말이 아니라 시작이라는 것을 알게 된 것이다. 그는 인간은 不條理한 존재, 소외되고 고독한 존재이나 그것을 딛고 넘어서야 한다는 것을 깨닫는다. 그러므로 다음과

---

19) 프리츠 하이네만, 「實存哲學(黃文秀 譯)」(文藝出版社, 1990), p.255.
20) Arnold P. Hinchliffe, op. cit., pp.53~54.

같은, 대단원은 이 소설의 주제를 담고 있는 매우 시사적인 것이라 할 것이다.

이대로 나는 관객의 입장에서 다혜와 나미를 대해야 하는가. 나는 나, 너는 너라는 인간 관계란 있을 수 없지 않은가. 인간이 소외당한 자기 자신을 도로 찾으려면 우선 각자에 주어진 외로움을 참구 견뎌 나가는 데서부터 시작해야 할 거야. 기룡의 말이었다. …… 그건 그렇다. 하지만 그 외로움이란 인간과 인간이 격리돼 있는 상태에서만 오는 게 아니지 않는가. 서로 부딪칠 수 있는 데까지 부딪쳐본 다음에 처리돼야만 할 문제가 아닌가. 기룡을 만나야 한다. 만나 얘기해야 한다.

그러고는 그는 머리에 쓰고 있던 고깔모자를 벗어서 나뭇가지에다 걸어두고 나미네 집 파티장을 빠져 나오고 있다. 이를 그가 가면(고깔)의 생활을 끝내고 새 생활을 시작하려 하는 것으로 본 글이 있는데[21] 이는 납득할 만한 견해라 할 것이다. 그러므로 이 소설을 통해 작가는 인간, 삶에 대한 사랑만이 구원의 길이라는 것을 말해 주고 있다고 볼 수 있다.

그리고 이 소설이 특히 돋보이는 점은 實存主義的인 성격을 띠고 있으면서도 그 사상이 육화되어 있어 작품이 미적 승화에 이르고 있다는 점이다.

黃順元의 장편 〈日月〉은 한국의 본격적인 정통 實存主義小說이라 할 수 있다. 작가는 이 소설에서 먼저 實存主義의 입장에서 보았을 때 거짓된 삶, 비겁한 삶, 無明, 迷妄의 삶을 보여 주고 있다. 주인공의 백부 본돌영감은 부당하게 천대받는 白丁으로, 노예로서의 삶에 자족하

---

21) 千二斗, op. cit., p.215.

는 인물로 그는 결국 혐오와 냉소 속에 죽고 만다.

주인공 인철의 아버지 상진영감은 白丁의 자식이라는 사실을 감추고 기품 있는 기업인 행세를 하나 어느날 그의 출신성분이 드러나는 바람에 사업이 망하게 되고 절망감을 이기지 못한 그는 스스로 죽음을 택한다. 그의 세상 속이기 곧 자기기만은 끝내 실패하고 만 것이다.

또 주인공의 어머니 홍씨는 가족들과 마음의 벽을 쌓고 기독교를 믿어 거기서 구원을 얻으려 하나 객관적으로 볼 때 그녀는 狂信에 빠져 끝없이 허우적거리고 있을 뿐이다.

이 소설은 그에 이어 주인공이 實存主義에서 볼 때 인간이 무엇인가를 깨닫고 참다운 삶을 찾아가는 과정을 보여 주고 있고 그러한 면에서 實存主義 문학작품이라고 할 수 있다.

자신이 白丁의 자손이라는 사실을 알게 됨과 동시에 위와 같은, 그의 주변 사람들의 허위와 가식의 삶을 보게 된 주인공은 인간이란 어떠한 존재인가, 나는 누구이며 어떻게 살아야 그것이 거짓 없는 삶이 될 것인가 하는 근본적인 의문에 부딪치게 된다. 인철은 몇 차례에 걸친 꿈의 암시를 받아 이제 자신은 白丁의 자손, 대륙상사 사장의 아들로서의 미리 정해진 삶 살기를 거부한다. 이것은 그가 누군가에 의해, 무엇인가에 의해 미리 만들어진 존재가 아닌, 자신을 스스로 만들어가는 인간이 되려함을 보여 주는 것이다. 이는 그가 實存主義思想의 기본 명제, 實存은 本質에 先行한다는 것을 알고 그에 입각한 삶을 살려하고 있음을 의미한다.

이 때 인철은 머리가 핑 도는, 현기증을 느끼게 되는데 이는 實存主義에 있어서의, 인간이 不條理를 느꼈을 때 경험하게 되는 존재론적인 嘔吐와 같은 것이다. 實存主義者들은 인간이 자신의 존재 가치와 목적에 대해 의심을 가졌을 때, 낯선 세계에 남겨져 있다는 감정을 갖게

되었을 때, 타인으로부터의 단절감을 느꼈을 때 不條理感을 느낀다고
하고 있는데 여기서의 인철이 바로 그런 경우에 있음을 알 수 있다.

또 인철은 그도 그 아버지나 형과 같이 생활에 순응해 살려는 자기
와 그럴 수 없다는 자기와의 내적 갈등을 의식하게 되는데 이것은 일
종의 實存主義的 원죄와 관련이 있는 것이다. 實存主義에 의하면 인
간은 그가 現存在의 가능성에 따라 살지 않을 때 現存在를 본래적인
데로 데리고 가려는 양심의 소리에 의해 일어나는 일종의, 불안에 의
한 갈등을 경험하게 되는데 이 때의 인철의 경우가 그런 것이다.

있는 그대로의 인간 곧 卽自存在이기를 거부하고 의식이 있는, 자신
이 원하는 그 무엇이 되려는 對自存在로 살기로 결심한 인철은, 세상
을 잊어버리려고 중독자처럼 매일 마시고 있던 술을 끊어버리고 사귀
던 여자 친구들에게 자신이 白丁의 자손이라는 것을 스스로 밝힌다.

인철은 그의 사촌형 기룡을 만나는데 그는 인간은 그 존재의 조건
자체가 외로움이며 거기서 벗어나기 위해서 서로 죽이고 죽는 비극이
빚어지게 되어 있다고 하고 인철은 거기에 크게 공감한다. 이 또한 不
條理라 할 수 있는데 인철은 여기서 허무주의의 나락으로 굴러 떨어질
위기에 처한다. 그러나 나미가 그에게 바쳐오는 아무런 대가를 바라지
않는 순수한 사랑에 인철은 그와 같은 허무주의를 극복한다. 그는 인
간은 서로 생명 있는 관계를 가짐으로써 고독·소외·단절을 뛰어넘
을 수 있으며 거기서 구원을 받을 수 있다고 확신한다.

이상과 같은 점에서 〈日月〉은 한 편의 본격 實存主義小說이라 할
수 있으며 그 사상이 肉化되어 미적 승화에 이르고 있어 한국의, 그러
한 소설 중 대표적인 작품이라고 해도 될 것이다.

神 없는 세상의 荒廢·混沌

　단편 〈五分間〉은 金聲翰이란 한 독특한 개성을 가진 작가의 특이한 소설이다. 흔히 전후소설의 면모에 큰 작용을 한 사람으로 불리는[1] 金聲翰은 그 이력을 살펴보면 알 수 있듯이 보통 작가와는 다른 면이 많다. 1919년 咸鏡南道 豊山에서 태어난 그는 1950년 『서울신문』 신춘문예에 단편 〈無明路〉가 당선됨으로써 작품 활동을 시작했다. 그가 1956년에 쓴 〈바비도〉는 그 해에 제1회 동인문학상을 받았고 1957년에는 이 글에서 다룰, 그가 1955년 『思想界』 6월호에 발표한 〈五分間〉으로 제5회 자유문학상을 받아 문명을 얻는 동시 주목받는 작가가 되었다. 초기에 단편소설만을 써 오던 그는 1960년대 이후 〈李成桂〉〈遼河〉〈壬辰倭亂〉 등의 장편소설을 잇달아 발표해 그의 문학세계를 넓혀 왔다.

　1944년 일본 東京帝大를 중퇴한 학력을 가지고 있던 그는 40이 넘은 나이로 영국에 유학하여 1963년 마흔 다섯 살의 나이로 그곳 맨체스터대학 사학과 석사과정을 수료하는 학문에의 정열을 보여 주었다.

　언론, 출판계에서의 그의 경력도 만만찮은 데가 있다. 1950년대에는 월간지 『思想界』의 주간을 맡은 바 있고 1970년대에는 한국의 유력 일간지 『東亞日報』의 논설위원, 편집국장을 역임했다.

---

1) 申東漢, "金聲翰 篇", 『韓國文學全集』 50(語文閣, 1984), p.395.

그의 소설도 자주 화제가 되었는데 무엇보다 작품 소재의 확장, 소재 영역의 공간적 확대는 사람들의 눈길을 끄는 것이었다. 〈바비도〉가 영국의 역사에서, 〈五分間〉이 그리스의 신화와 세계 곳곳의 정치·사회현실에서 재료를 취하고 있는 것이 그 예가 된다. 그는, 뜨거운 심장의 소유자가 아닌 두뇌가 차가운 작가라는 지적에서[2] 알 수 있듯이 지적인 면이 성한 것으로 알려져 있다. 그와 거의 같은 맥락에서 나온 말이지만, 그의 소설은 「관념의 구체화」라고 불리기도 한다.[3] 한 평문은 그의 소설을 주지적·관념적·철학적인 소설, 형이상학성의 소설이라고 부르고 있다.[4] 1960년대 이후에는 張龍鶴·崔仁勳·李淸俊에 이어지는 그러한 성격의 소설을 흔하게 대하게 되었지만 1950년대에 있어서의 그것은 하나의 이채라 할 만한 것이었다.

이제 한 편의 異邦의 신화를 패러디하고 있는 그의 단편 〈五分間〉은 무엇을 말하고자 한 소설인가를 살펴보기로 하겠다.

1. 權威에 맞선 抵抗의 化身

프로메테우스는 헤시오도스의 「神 族譜」에 실려 있는 그리스의 신이다. 그는 인류를 비참에서 구해 준 신으로, 아득한 옛날부터 그리스인들의 존경과 사랑을 받아 왔고 그리스의 비극시인들을 비롯한 세계의 많은 시인·작가들의 작품 소재가 되어 왔다.

그리스의 3대 비극시인의 한 사람인 아이스퀼로스의 3부작 비극 〈프

---

2) 김영화, "투명한 이성과 풍자", 『동서문학전집』 15(동서문화사, 1987), p.659.
3) 권영민, "金聲翰의 「바비도」", 「한국현대소설작품론(이재선·조동일 編)」(도서출판 문장, 1981), p.320.
4) 李浦植, 「韓國小說의 位相」(二友出版社, 1982), p.200.

로메테이아〉에 의하면 프로메테우스의 이야기는 다음과 같은 것이다.

올림포스 신들에게 제사를 올릴 때 음식을 나누어주는 역을 프로메테우스가 맡았다. 인간을 창조한 신으로도 알려진 그는 맛 좋은 살코기 위에는 지저분한 곱창 같은 것을 씌우고 뼈와 기름 같은 데에는 기름진 비계를 덮어놓은 다음 제우스신에게 아무것이나 먼저 선택하라고 했다. 겉모양만 보고 먹음직하게 보이는 비계 덮인 것을 가지고 간 제우스신은 그 내용물을 보고 속은 것을 알고는 크게 화가 났다. 그래서 인간들이 편안하게 살 수 없도록 하는 벌로 불을 빼앗아버렸다. 자신으로 인한 인간의 낭패를 본 프로메테우스는 제우스신 모르게 하늘의 불을 훔쳐서 인간에게 주었다.[5] 이 사실을 뒤늦게 안 제우스신은 대노하여 권력의 신 크라토스와 폭력의 신 비아를 시켜 프로메테우스를 붙들어 코카사스 산상의 큰 바위에 쇠사슬로 묶어 두게 했다. 그것으로도 화가 가라앉지 않은 제우스신은 낮이면 독수리가 날아와 간을 파먹게 하고 밤이면 간이 다시 돋아나게 해 프로메테우스로 하여금 죽음보다 더한 고통을 끝없이 당하게 했다. 한편 제우스신은 다른 신을 시켜 프로메테우스에게 굴복을 종용했으나 프로메테우스는 제우스신의 강압적인 태도에 끝까지 항거했다는 것이 그 줄거리다.[6]

그리스인들이 프로메테우스를 사랑하고 존경하는 것은 이 신이 인간에게 베푼 은혜 때문이다. 프로메테우스는 불을 훔쳐다 주기 전에 이미 인간에게 여러 가지 살아가는 방법을 가르쳐 준 것으로 되어 있다. 곧 그는 인간에게 집 짓는 법·기상 관측법·셈·글쓰기·짐승 길들이기·造船·항해술 등을 가르쳐 주었다니 그 이상 고마울 수 없는

---

5) 프로메테우스는 茴香(미나리과에 속하는 향기좋은 2년草) 가지에 불을 붙여다 준 것으로 되어 있는데 그 훔친 곳에 대해서는 제우스 왕궁의 부엌·제우스의 벼락·火神 헤파이토스의 대장간·太陽神의 마차바퀴 등 여러 설이 있다.
6) 이상 康鳳植 編譯, 「그리샤·로오마 神話」(乙酉文化社, 1962), pp.37~40에서 재인용.

신이었음이 분명하다.

　그리스뿐 아니라 세계의 많은 시인·작가들이 프로메테우스 이야기를 좋은 소재로 삼아 온 것은 인간에게 베푼 은혜에의 감사 차원과 다른 이유에서이다. 시인·작가들은 프로메테우스의 그 불굴의 저항정신을 높이 샀기 때문이다. 그의 제우스신에의 항거는 절대 권력·권위에의 저항을 표상한다. 그와 같은 가혹한 징벌에도 끝까지 굴하지 않은 프로메테우스의 저항은 어떠한 폭력이나 혹독한 형벌에도 굽히지 않는 인간 영혼의 존엄성을 상징해 시인·작가들은 여기에 끌려 온 것이라 할 수 있을 것이다.

2. 無力한 神 – 타락하고 傲慢한 人間

　〈五分間〉은 프로메테우스 신화의 속편과 같은 성격을 띠고 있다. 이 소설의 이야기는 프로메테우스가 코카사스산의 바위에 자신을 묶고 있던 쇠사슬에서 풀려나 자유의 몸이 되는 순간에서부터 시작된다. 어느 날 녹이 슬어 썩은 새끼처럼 된 쇠사슬을 끊어 버리고 자유를 되찾은 프로메테우스에게 제우스신이 보낸 천사가 찾아온다. 제우스신이 프로메테우스를 신의 나라로 올라오라고 한다는 것이다. 그러나 프로메테우스는 제우스신의 그와 같은 호출에 응하기를 거부하고 하늘과 땅의 중간, 중립 지대에서 만나자고 해 끝내 이를 관철한다. 프로메테우스와 마주한 제우스신은 무질서·타락으로 대 혼란에 빠져 있는 인간 세상을 가리키며 프로메테우스로 하여금 자신의 부하가 되어 함께 그와 같은 인간 세상을 구하자고 한다. 그러나 프로메테우스는 이미 大神으로서의 권능을 잃은 제우스의 부하가 되기를 거부하고 반대로 제우스가 자신의 부하가 되라고 한다. 회담은 5분만에 결렬되고 인간세상은 끝없는 혼란 속에 그대로 굴러가게 된다는 것이 이 소설의 경개다.

이 소설에 등장하고 있는 제우스와 프로메테우스는 신화에서의 성격과 함께 또 다른 성격을 보여 주는 양면성을 띠고 있다. 제우스의 경우 이 소설에서의 그는 여전히 신 중의 신, 곧 大神의 자리에 있다. 그러나 그에게 신화에서와 같은 카리스마는 없다. 한 번 툭 채어보니 끊어져버린, 프로메테우스를 바위에 묶어 두었던 썩은 새끼같이 酸化해버린 쇠사슬은 이미 징벌의 힘을 잃어버린 것으로 사실상 사라져버린 제우스신의 권능을 상징한다. 백발이 성성한데다 뚱뚱한 몸에 숨이 차 허덕이고 있는 그는 노쇠가 역연하다. 더욱 절망적인 것은 그에게서는 회춘의 기미가 전혀 보이지 않고 그를 향해 「당신의 종말이 가까웠다」고 한 프로메테우스의 말에 잘 나타나 있듯 죽음의 날이 멀지 않았다는 사실이다. 제우스는 프로메테우스의, 정도를 넘은 방자함에도 속수무책이다.

> 프로메테우스가 왼눈을 똑바로 뜨고 쳐다본다. 신은 질렸다. 예전 같이 젊어서 기운이나 팔팔하면 단박 내려가서 없애 버리겠지마는, 이젠 늙어서 그 힘이 없다. 더구나 지상에는 프로메테우스균(菌)이 우글우글하는 판이다.

위의 인용문에서 말한 프로메테우스균의 창궐은 19세기 이후 큰 세력을 얻어 널리 퍼진 무신론을 의미한다. 곧 니체의 신은 죽었다는 선언, 카뮈의 신은 의지의 인간 자신이라는 주장이 이 세계를 지배하게 되었음을 의미하는 것이다. 〈五分間〉의 세상은 신이 절대권력이나 威

光같은 것을 잃고 따라서 더 이상 인간을 징벌할 권위도, 힘도 없으며 求心的인 보편, 절대의 기준도 아닌, 곧 영원히 사라져버리게 되어 있는 세계인 것이다.

한편 프로메테우스의 경우, 그가 여전히 인간의 편에 서 있으며 제우스에 저항적이라는 점에서 그는 신화의 세계에서와 다름없는 성격을 보여 주고 있다. 그러나 여러 가지 면에서 이 소설에서의 프로메테우스는 지난날의, 신화에서의 그가 아니다. 무엇보다 그는 이제 더 이상 제우스 앞에 무력하기만 한 존재가 아니다. 이 소설에서의 그는 강한, 주체하기 힘든 힘을 가지고 있다. 그는 신화에서와 같이 신의 심경 변화로 헤라클레스의 손을 기다려 쇠사슬에서 풀려나게 되는 존재가 아니다. 소설에서의 그는 스스로의 힘으로 쇠사슬을 끊어 제 힘으로 자유를 얻고 있다.

신화에서와 마찬가지로 이 소설에서도 주인공이 되어 있는 그는[7] 신화에서 보여 주던 고집 위에 오만함을 보여 주고 있다. 제우스신의 권능에 항거하던 그는 이제 스스로 제우스의 자리에 서려 한다. 제우스가 프로메테우스에게 자신의 부하가 되어 시키는 대로 해 달라고 했을 때 그가 「영감히 한 번 내 부하가 되시구려!」라고 한 것은 그것을 단적으로 드러내 보여 주는 것이다. 프로메테우스는 스스로 자신을 묶고 있던 쇠사슬을 끊어 버리는데 이것은 자신의 자유를 제 손으로 찾은 것 이상을 의미한다. 이는 곧 자신과 인간을 감금하고 있던 제우스신의 목장의 금단·금기의 철망을 걷어 치워버린 행동이기도 하다.

---

7) 申東漢, "金聲翰 篇", 『新韓國文學全集』50(語文閣, 1984), p.396 은 이 소설의 주인공을 이 소설의 후반에 등장하고 있는 지식인 이정민이라고 하고 있으나 이는 잘못 본 것이라 생각한다. 이정민은 한 端役의 副人物일 뿐이다.

신은 깜짝 놀랐다. 프로메테우스란 놈이 쇠사슬을 끊었다. 이것은 일대사가 아닐 수 없었다. 여태까지는 제 아무리 수작을 부린다 하여도 내 사슬에 얽매여 있었거늘, 거기는 넘을 수 없는 제약이 있었다. 그러나 쇠사슬에서 풀려 나왔다는 것은 무한한 자유를 의미한다. 내 목장을 송두리째 약탈할 최대의 위기다.

프로메테우스가 자신의 자유를 자신의 손으로 찾고 인간들도 신의 속박에서 풀려나게 해 준 것까지는 나쁘다 할 수 없겠지만 문제는 거기서 멈추지 않은 데 있다. 프로메테우스는 한계를 넘은 오만에, 인간은 자유를 넘어 방종에 빠지게 되고 만 것이다.

먼저 인간의 경우부터 살펴보기로 하자. 신화에 있어서의 인간은 프로메테우스와 마찬가지로 고통 속에 살아감으로써[8] 제우스의 징벌을 감수하고 그의 질서에 따르고 있다.

그러나 프로메테우스가 제우스를 조롱하는 세상이 되자 그가 만들고 감싸고도는 인간도 덩달아 모든 속박에서 풀려나 아무런 두려움 없이 방종으로 치닫게 되었다. 프로메테우스가 쇠사슬을 푼 것을 안 순간 제우스가 내려다 본 인간 세상은 다음과 같다.

다가오는 검은 구름을 입바람으로 불어 버리고 유심히 내려다보았다. 지상은 날라리판이었다. 활개치는 프로메테우스의 아들딸들은 괴상한 곡에 맞춰서 룸바를 추고 있었다. 산과 들과 강과 바다, 앉아 돌아가고 거꾸로 돌아가고 서서 돌아가고, 입춤, 어깨춤, 팔춤, 다리춤

---

8) 인간이 받은 벌은 프로메테우스의 동생 에피메테우스가 제우스가 보낸 여성 판도라를 맞아들임으로써 받게 된다. 판도라가 여러 神의 선물을 담은 상자를 열므로서 인간은 질병과 재앙에 시달리면서 한시의 휴식도 없이 살아야 했다 한다. 康鳳植, op. cit., pp.38~40.

　－ 내일은 없고 오늘만이 존재하고, 자기만이 으뜸이고 남은 보잘것없
　고 긁어서 속여서 빼앗아 배만 채우면 그만이었다.

　이것은 인간들이 찰나적 향락, 방탕에 빠져 있고 이기와 탐욕에 눈
이 어두워 있음을 말해 주는 것이다. 그와 같은 세상은 필연적으로 소
돔과 고모라의 나라와 같은 타락과 부패로 굴러 떨어지게 마련으로 다
음의 인용문에 인간들의 그러한 모습이 뚜렷이 드러나 있다.

　　김 목사는 강 전도사와 교회 뒷간에서 키스하였다. 금산사 주지 박
　스님은 개고기에 약주 한 잔 얼근히 취해서 장 과부를 껴안았다. 유
　강도는 황 집사네 맏딸을 강간하는 중이었다. 뇌물을 받아먹고 예심
　으로 형무소에 갇힌 법관은 고물고물 생각하였다.

　위의 인용문은 이 세상은 강도가 인간이기를 거부하는 범죄를 저지
르고 있을 뿐 아니라 기독교, 불교 할 것 없이 종교계는 종교계대로 불
륜의 파계를 저지르고 있고 그들을 심판하는 소임을 맡은 판사마저 한
낱 파렴치범이 되어 있다 함을 보여 주고 있다.

　이 소설은 또 오늘날의 세상이 싸움으로 소란 속에 지새고 있다 함
을 보여 준다. 카톨릭과 장로교는 서로 자신들이 가는 길이 참 신앙의
삶이라고 고집하면서 종파 싸움을 그치지 않고 있다. 또 비구승은 대
처승을 가리켜 파계의 무리라고, 대처승은 비구승을 시대에 역행하는
거지 떼라고 서로를 욕한다. 정쟁도 곳곳에서 벌어지고 있으니 수상
자리에서 밀려난 吉田茂는 하토야마를, 바오다이는 고 딘 디엠을 저주
한다. 그 위에 세계 전체는 이데올로기로 양분되어 서로를 절대로 용
납할 수 없는 적으로 삼고 있다.

몰로토브는 프라우다지(紙)에 대서특기하였다.

「모든 종교는 아편이다. 가장 과학적인 유물변증법만이 진리다. 모든 종교를 타도하자. 부르조아적 지식 체계를 하루 바삐 청산하라. 지상에서 자본주의 국가를 말살하자.」

고 하고 있는 것은 공산주의의, 자본주의 세계에 대한 비판 공격이고,

덜레스는 성명서를 발표하였다.

「중공이 이 이상 한 걸음이라도 자유 세계의 영역을 침범할진대 대량 보복을 각오해야 할 것이다. 이것은 적당한 시기와 적당한 장소에서 원자탄을 포함하는 모든 무기에 의한 대량적 보복을 의미한다.」

고 한 것은 자본주의의, 공산주의 세계에 대한 위협 공격이다.

이 소설은 또 당시 사회를 소란과 혼란으로 몰아넣고 있는 것 중의 하나로 「知」를 꼽고 있다. 작가의 이 세상에 대한 비판 중에는 무지한 자가 아는 척 떠들고 있는 경우가 있다.

「애 정다산(丁茶山)이 어딨는 산이니?」

「전라도쯤 있겠지. 그까짓 건 그렇구, 엘라스무스란 게 무슨 뜻이냐?」

「엘라는 에로에 통하고, 스무스는 정확하게 발음하면 스무드니까 결국 연애가 잘 돼 간다는 뜻이지 뭐야!」

라고 한 대목은 그러한 젊은이들에 대한 조소다. 작가는 또 쓰잘데

없는 박식을 자랑삼는 당시 사회의 衒學風潮도 비웃고 있으니,

> 이 대학생, 김 대학생, 주 대학생, 안 여자대학생은 비밀 댄스 홀에
> 서 춤을 추다가 걸상에 걸터앉아 맥주를 마시면서 한숨 돌리고 재잘
> 거렸다.
> 「평론가 K는 돼 먹지 않았다. M은 그 따위로 소설가라고? T는 케케
> 묵은 지식이 데데해서. 그 원 참 사르트르, 카뮈, 카프카, 리처즈, 포오
> 크너, 헤밍웨이, 모리악, 리이드, 스펜더, 알벨레스, 무어니 무어니 해
> 도 한국에서는 우리가 제일이다. 이런 이름은 아무도 모를 게다.」

라고 한 대문이 그런 경우다. 여기에는 작품 당대의 외국, 특히 서양
것이면 무조건 좋은 것이고 동양, 그 중에서 우리 것은 초라하고 무가
치한 것이라고 생각하던 자기비하의 풍조에 대한 매질의 어조가 담겨
있다. 이 소설에는 단 한 사람 정말 지식다운 지식을 가진 것으로 보이
는 사람이 등장하고 있다. 사창가에서 창녀를 사 껴안았다가 그러한
자기 자신에 대한 혐오감을 견디지 못해 거기서 뛰쳐나오고 있는 이정
민이 그 사람이다. 그는 부정 부패와 모순 비리에 가득 찬 어지러운 이
세상을 섹스로 잊으려 하지만 그러려는 자기 자신을 용서하지 못한
다.[9] 그러나 그 역시 우리들에게 바람직한 지식인상은 아니다. 왜냐하
면 그는 끝없이 방황하고 절망하고 있기 때문이다.

프로메테우스도 소설 〈五分間〉에 「知」의 캐릭터로 등장하고 있는
데 그의 「앎」은 인간들의 그것과 다른 특별한 의미를 띤 것이다. 신화
에서의 그는 지성의 상징이다.[10] 이 소설 속에서 제우스는 이에 대해,

---

9) 그러므로 필자는 그를 희대의 색광이라고 한 전영태의, "김성한 문학과 沒意識의 세계"
　(새문사, 1990), p.580 에서의 견해에는 동의할 수 없다.

「— 前略 — 옛날 불을 훔쳐 가던 프로메테우스는 살금살금 내 지혜를 훔쳐서 이제 너는 이를테면 지의 로고스다. 그러나 지라는 것은 다양성, 분열대립성이 있어서 폭발은 되어도 용해는 안 된다는 것을 알아야 한다. 이제 너무 극한에 가까운 듯하구나.」

라고 해 知가 일방적으로 성했을 때의 위험을 크게 우려하고 있다. 그 위험은 인간이 원자탄을 손에 쥐게 되는 것으로, 그들로 하여금 자기파멸의 문턱에 서게 만드는 데까지 이르게 하고 있다. 원자탄이란 이, 知에 의한 최고 집적물은[11] 결국 폭발할 수밖에 없는 속성을 가졌기 때문에 제우스가 보았을 때 이를 손에 쥐고, 이것을 신을 대신하는 것으로 생각하고 자만에 차 힘 자랑을 하고 있는 인간들은 언제 파국에 이를지 모르는 累卵의 위험에 처해 있는 것이었다. 그런 의미에서 그는 과거는 물론 오늘을 알고 내일까지를 내다보고 있는 존재다. 그러나 인간들로 하여금 그것을 만들어 가지게 한 프로메테우스는 그러한 위험에 대해 맹목이다. 그는 한때 지성의 신으로, 특히 앞날을 내다볼 줄 아는 능력을 가지고 있었다. 신화에 있어서의 그는 이 점에서 「뒤에야 아는 者」인 그의 동생 에피메테우스와 달랐다.[12] 그러나 이 소설에서의 그는 현재를 제대로 인식하고 있지 못할 뿐 아니라 이 세상, 인류의 앞날에 대해서는 더욱 무지하다. 그리고 그에 대해서 알려고도 하지 않고 있다. 그는 자신과, 자신이 그렇게 만든 인간의 오만방자로 인해 그들 인간이 파멸하게 될 위험에 대해서도 모른다. 한 평문은 金聲翰 소설에 등장하고 있는 인물을 아웃사이더(outsider = 局外者)와

---

10) 康鳳植, op. cit., p.29.
11) 최현주, "〈五分間〉의 풍자 구현 양상 고찰", 『현대소설 연구』(한국현대소설연구회, 1994), pp.260~262.
12) 康鳳植, op. cit., p.38.

인사이더(insider = 內在者)로 2대별하고 있는데 그 의견은 〈五分間〉
의 해석에도 도움을 주는 것이다. 그 글은 아웃사이더를 본질적으로
현실 밖에 위치하고 현실과 자기 존재를 응시하며 實存의 고뇌를 감수
하는 자들이라고 하고 있다. 현실과 타협하지 않고 상황에 반항함으로
써 實存의 길을 모색하는 이 긍정적인 인간상은 金聲翰의 단편 중 모
순에 찬 敎權에 반항하다 火刑을 당하는 〈바비도〉의 주인공 바비도,
實存의 고뇌 속에서 헤매는 〈暗夜行〉의 주인공 한빈 같은 인물이다.
한편 그 글은 인사이더는 인생의 캐리커처(人間劇) 속의 주역으로 현
실에 타협하고 현실의 썩은 생활 습속에 젖어 있으면서 만족하는 부정
적 인간상이라고 하고 있다. 곧 그러한 인물은 태평하게 현실을 향수
하는, 사르트르가 말한, 「아무 근심도 없이 꼼짝달싹도 하지 않고 무감
각」한 돌(石)의 연기를 흉내내는 자라는 것이다. 이들은 편안히 자기
존재의, 혹은 행동의 정당성을 믿고 썩은 기성 윤리나 인습, 혹은 관습
에 동화되어 안이한 만족을 느끼는 속된 인간들로 金聲翰의 단편 〈金
可成論〉의 주인공 金可成 교수, 〈媒體〉의 주인공 한천옥과 같은 인
물이 이에 속한다.[13]

그런데 신화의 세계에서 제우스신에 반항하고 고통 속에서 자신의
신념을 굽히지 않은 아웃사이더, 프로메테우스는 소설 〈五分間〉에서
는 그 성격이 전과는 상반된 것으로 변해 있다. 이제 그는 자만에 차 있
고 현실에 만족하고 있으며 거기에의 안주를 즐기고 있는 인사이더인
것이다. 그는 여전히 이 소설의 주인공이되 사르트르가 '俗漢' 이라고
부른 부정적인 성격이다. 그러므로 그를 두고 인간의 존엄성을 지키고
자유와 정의를 수호하기 위해서 적극적으로 행동하는 인물이라고 한
말은[14] 납득하기 어렵다.

---

13) 이상 李浩植, op. cit., pp. 210~221 참조.

프로메테우스와 대조할 때 오히려 제우스가 훨씬 사려 깊은 긍정적인 캐릭터라 할 수 있다. 추악한 욕망이 들끓고 난마와 같은 싸움으로 지새는 인간세상을 내려다보면서 제우스와 프로메테우스는 다음과 같은 말을 주고받는다.

> 「저걸 좀 내려다보아라. 과거는 잊어버리자. 저걸 수습해야 할 거
> 아니냐? 요컨대 너와 나의 싸움이니 적절히 타협하잔 말이다.」
> 프로메테우스는 머리를 흔들었다.
> 「그게 역사죠. 역사는 당신과 나의 투쟁의 기록이니까.」
> 「그러나 이건 진전이 아니라 말세다.」

위의 대화에서 제우스가 자신이 완전히 무력해져버리고 말 때 도래할 말세를 우려하고 있음에 반해 프로메테우스는 끝없이 자기 고집만 부릴 뿐, 인간세상의 내일에 대해서는 마음 쓰고 있지 않다는 것을 느낄 수 있다.

그러므로 회담이 결렬되었을 때 제우스가 마지막으로 비장하게,

> 「아! 이 혼돈 이 허무 속에서 제3존재의 출현을 기다리는 수밖에 없
> 다. 그 시비를 내가 어찌 책임질소냐.」

라고 중얼거린 말을 바로 작가의 말이라고 본 견해는[15] 타당하다. 그렇게 볼 때 〈五分間〉은 단순히 '의식의 조작'에 불과한 제우스신과 방자한 프로메테우스 양쪽을 다 풍자의 대상으로 삼고 있다는 말은[16] 틀

---

14) 이용남, "김성한 論", 『동서문학전집』15(동서문화사, 1987), pp.650~651.
15) 李浩植, op. cit., p.202.

린 것은 아니지만 풍자의 주된 표적이 프로메테우스 쪽이라는 것은 의문의 여지가 없다. 따라서 이 소설에 대해 똑같은 목소리로 「인간과 인간사에 대한 비판」의 작품이라 한 임헌영[17] 과 김영화[18]의 말은 정확한 것이라 해야 할 것이다.

그러므로 이 소설의 주된 테마는 신과 프로메테우스의 대립이라고 한 말은[19] 적절치 못하다. 그러한 대립과 투쟁이 주 테마인 것은 신화의 경우다. 〈五分間〉의 경우는, 좀더 정독해 보면 거기서 이미 그들간의 힘 겨루기는 끝나 있음을 알 수 있다. 힘에 넘친 프로메테우스는 안하무인의 방자함으로 제우스를 농락하고 있고 이에 대해 제우스는 속수무책, 다만 그의 무엄을 한탄하고 있을 뿐이다.

이제 이 소설이 말하고자 한 것이 무엇인가를 생각해 보아야 할 것 같다. 사람에 따라서는 〈五分間〉이 허무주의로 일관한 소설이라고 말하기도 한다.[20] 제우스의 탄식의 목소리나, 의식이 깨어 있는 인텔리 이정민의, 이 소설 결말에서의,

> 「후 세상은 여전하구나. 찝차두 가구, 앗다 기생은 웃구, 하이야가
> 달리구, 사내자식은 휘청거리구, 더ー럽다 더ー러워, 관성의 법칙이
> 로구나.」

라 한 독백을 들으면 니힐리즘의 냄새를 맡을 수 있다.
또 제우스가 말하고 있는 제3존재란 것에 대해서 문제성을 제기하는

---

16) 辛卿得, 「韓國戰後小說研究」(一志社, 1988), p.96.
17) 임헌영, "김성한과 그의 작품", 『韓國文學大全集』27(學園出版公社, 1987), p.426.
18) 김영화, "투명한 이성과 풍자", 『동서문학전집』15(동서문화사, 1987), p.662.
19) 李浩植, op. cit., p.210.
20) 임헌영, op. cit., p.424.

사람도 있고 거기서 바로 이 소설의 니힐리즘을 발견할 수 있다고 한 사람도 있다. 한 평문은 작가가 생각하는, 이 위기의 세상을 구원할 존재라면 니이체가 말한 '超人(Übermensch)' 일텐데 이 소설은 그것이 구체적으로 어떤 존재인지 해명하지 않고 있다고[21] 불만스러워하고 있다. 또 한 평문은 제3존재는 절망과 니힐의 괴뢰일 뿐 이 소설에서는 니이체가 '超人' 을 내세운 것과 같은 예지는 찾을 수 없다고 말하고 있다.[22]

그러나 그렇게 보는 것은 지나친 일반적인 독법에 의한 속단이 아닐까 한다. 필자는 이 소설은 절대로 절망과 허무로 굴러 떨어지고 있는 인간과 세상에 대한 냉소라고는 생각하지 않는다. 그렇다면 작가가 진정으로 하고자 한 말은 소설 문면의 저 뒤 어디에서 엿들어야 할 것인데 그것이 무엇인가를 알아보아야 할 것 같다. 필자는 그에 대한 해답의 실마리를 千二斗의 견해에서 찾을 수 있다고 생각한다. 그는 작가가 이 소설에서 상황에 대한 삼단계의 분류를 시도하고 있다고 말한다. 그는 그것이 신과, 혼돈과, 「새로운 신」 곧 기존의 질서와 극한의 현실과 가능의 질서, 셋이라는 것이다. 그는 명확한 이 삼단계는 전자의 두 단계를 부정하는 제삼의 단계에 의지의 중량이 설정되어 있다고 말하고, 이를 가정의 단계라고 명명했다. 그는 이어 이는 곧 필연에의 의지의 소산이요 염원하는 미래에의 희망적 표백으로 하나의 명제를 상황에서 유도 전개하여 얻어진 테제가 아니라 얻어졌으면 하는 테제에의 희원이라고 부연하고 있다.[23] 이를 다시 한 번 풀이하면 제일단계는 무신론이 대두되기 전의, 종교가 지배하던 세계, 기성 질서의 세계

---

21) 전영태, op. cit., p.537.
22) 李洧植, op. cit., p.202.
23) 千二斗, 「韓國現代小說論」(螢雪出版社, 1983), p.307.

다. 제이단계는 신이 부정된 세계다. 그것은 선한 자에게 상을 주고 악한 자에게 벌을 주는 것으로 믿어 온 人格神의 존재가 부정된 세계로 그러한 세계는 혼돈에 빠져들 수밖에 없다. 그것은 바로 이 소설 당대의 현실이다. 중요한 것은 마지막 제삼단계로 「새로운 신」, 「가능의 질서」란 것이다. 이와 관련지어 들어 볼 만한 말이 있으니 그것은 이 소설이 무엇인가 「초월적인 신념」을 가져야겠다고 말하고 있다고 하고, 그것은 새로운 가치를 찾아야겠다는 의미라고 한 견해다.[24] 필자는 그것을 작가의, 새로운 가치관의 정립의 긴요함의 역설이라고 말하고 싶다.

〈五分間〉에 나타나 있는 인간들의 온갖 추한 욕망·다툼·혼란은 韓末 이후 일제시대와 6·25를 겪으면서 기존의 질서·가치 체계가 무너져 버린 세계를 보여 준 것이다. 마렌 그리제바흐는 가치에는 財貨價値(돈·돈이 되는 것)·活力價値(삶에 실용적인 것)·快感價値(유쾌한 것·즐거운 것)·倫理的 價値(善한 것)·認識價値(眞理·眞實)·美學的 價値(아름다운 것)의 여섯 범주가 있다고 말했다.[25] 인간다운 세상, 바람직한 세상이 되려 하면 그러한 여섯 범주의 가치 질서·가치 체계가 균형 잡혀 있어야 하고 인간이 한쪽에 치우치지 않게 이를 추구해야 할 것은 당연하다. 그런데 이 소설에 등장하고 있는 사람들은 財貨·活力·快感價値에만 치우쳐 倫理·認識·美學的 價値는 외면해 버리고 있다. 그런 사람들의 삶의 양태란 것은 필연적으로 욕망·탐리에서 오는 타락과 싸움일 수밖에 없다. 그리고 작가는 이 작품의 시대의 세상은 그런 사람들이 만든 살벌하고 추악한 것이라 함을 말하고 있는 것이다.

---

24) 전영태, op. cit., p.537.
25) 宋東準, "文藝學과 文藝批評", 『서울대 人文評論』8(서울대학교, 1982), p.50에서 재인용.

해방과 6 · 25를 젊은 나이에 체험한 작가들은 공통적으로 작품 속에 비판 정신을 드러냈는데, 그것은 당시의 사회현실이 그만큼 가치결핍이 심했다는 것을 알려 주는 것이기도 했다고 한 사람이 있다.[26] 이는 바로 이 소설의 작가 金聲翰에 그대로 해당하는 말이라 해도 될 것이다. 또 한 논문은 바로 이 소설을 지적하여 한국전쟁이라고 하는 세계와 인간의 절대적 폐허 속에서 참과 거짓의 가치를 상실한 인간들의 분열된 삶을 드러냄으로 인해 풍자를 구현하고 있다고 말하고 있다.[27]

여기서 우리가 유의해야 할 것은 이러한 그릇된 삶 · 잘못된 세상 · 무너진 가치 체계 · 질서를 보여 주는 것이 단순히 보여 주는 것에 그치고 있는 것이 아니라는 것을 잊어서는 안 된다는 사실이다. 다시 말하면 작가는 그러한 인간, 그러한 세상을 드러내 보여줌으로써 새로운 가치관의 정립이 긴요하다는 주장을 하고 있는 것이다.

그러니까 〈五分間〉은 어떠한 초월자도 없다는 것이 선언된 50년대, 6 · 25사변이란 비극으로 동족끼리 서로 살상을 하고 국토는 초토가 된 데다 인심의 피폐마저 극에 달한 대혼돈의 시대에 그 상처를 아물게 하고 인간 회복과 새로운 질서를 찾기 위해 한시 바삐 올바른 가치관을 정립해야 한다고 촉구하고 있고 그것이 이 소설의 주제인 것이다.

여기에 한 가지 더 덧붙일 것은 이 소설이 당시로는 보기 드문 한 가지 창작 테크닉을 보여 주고 있다는 것이다. 申東旭이 同時描寫의 수법이라고 부른 것이 그것으로, 작가는 같은 시간 단위 속에서 이질적

---

26) 申東旭, "〈遼河〉에 나타난 고구려인의 氣槪", 「한국소설의 문제작(白鐵 外)」(도서출판 一念, 1985), p.291.
27) 최연주, op. cit., p.260.

인 공간과 행동을 병치시켜 일시에 세계를 조망하고 있다. 지적인 편집 정신의 소산이라고 불리기도 한 이 기법은 이 소설로 하여금 신선하고 경쾌한 풍자미를 느끼게 해 주고 있다.

金聲翰의 단편 〈五分間〉은 그리스의 프로메테우스 신화를 패러디한 풍자소설로 1950년대의 무신론이 지배하는 세상, 6·25로 극도로 피폐해진 한국의 현실을 신랄하게 비판하고 있다. 이 소설이 공격하고 있는 것은 다음과 같은 것이다.

첫째, 이 소설은 당시 찰라적 향락과 방탕, 이기와 탐욕에 눈이 어두운 사회현실을 비판하고 있다.

둘째, 작가는 이 소설을 통해 자본주의와 공산주의로 양분되어 다투고 있는 세계의 현실이 어리석고 무의미한 것이라고 주장하고 있다.

셋째, 이 소설은 또 인류가 과학문명만 맹신하는 바람에 갈수록 인간성을 상실하고 있고 세상이 이대로 계속 치닫다가는 파멸을 면할 수 없을 것이라고 경고하고 있다. 그러면서 이 소설은 혼란과 무질서로, 극도로 어지러운 이 세상이 자기파탄을 면하려면 새로운 가치관의 정립이 시급하다고 주장하고 있다.

위와 같은 점에서 〈五分間〉은 1950년대 한국문학을 대표하는 우수한 풍자소설이라고도 할 수 있을 것이다.

상처받은 인간의 轉落과 自己救援

徐基源은 1930년 생으로 1951년 黃順元에 의해 『現代文學』에 단편 〈安樂死論〉과 〈暗射地圖〉가 추천되어 소설가로 등단한 작가다. 주로 60~70년대에 왕성한 작품활동을 한 그는 한 때 「문단의 총아」로 불릴 만큼 주목을 받은 작가다. 그는 다른 작가에 비해 그 이력이 화려하다. 서울상대를 중퇴하고 군에 입대한 그는 공군 대위로 예편한 다음 1956년 『同和通信』에 입사한 것을 출발로 『朝鮮日報』『서울신문』『中央日報』 등에서 저널리스트로 활약했다. 그는 그동안 위의 회사에서 경제부장·駐日特派員·논설위원을 거치는 등 중견 언론인으로서 명성을 얻었다. 그는 또 한 때 經濟企劃院 대변인, 國務總理 비서관 등 관직을 맡기도 했다. 그러니까 그는 군인·작가·언론인·관료로서 폭넓은 인생 경험을 했다 할 수 있다. 그 덕분이겠지만 그의 소설에서는 다양한 소재를 접할 수 있다. 그는 현대문학신인상 등의 이름 있는 문학상의 수상경력도 가지고 있어 과장 없이 60~70년대의 대표적인 한국 작가의 한 사람이라 할 수 있다.

이 글에서 다루게 될 〈이 成熟한 밤의 抱擁〉은 그가 1960년 『思想界』에 발표하여 이듬해에 제5회 동인문학상 후보상을 받은, 흔히 그의 대표작으로 불리고 있는 소설이다. 徐基源은 등단 이후 6·25사변이란 비극적인 전쟁이 우리들의 삶에 드리운 어두운 그림자를 자주 그려 전후파작가로 불리기도 했는데 〈이 成熟한 밤의 抱擁〉 역시 그러한 소설이다. 이 소설은 그러면서도 實存主義文學的 성격을 강하게 보여주고 있다. 그러나 비평계에서의 그와 같은 성격에 대한 고찰은 거의 전무하다. 필자는 이 글에서 왜 이 소설을 한 편의 괄목할 만한 實存主義 문학작품이라고 할 수 있는가를 규명하고자 한다.

이 소설은 잔혹한 전장에서 깊은 마음의 상처를 입고 그곳을 탈출한 한 젊은이의 육체적, 심적 방황을 기둥줄거리로 하고 있다. 사랑하는 여성에게로 가기 위해 탈영을 한 주인공은 환각과 같은 상태에서 강간, 살인을 저지르고 어둠 속을 헤맨 끝에 다시 인간다운 인간으로 되돌아온다는 것이 이 소설의 줄거리다.

1. 전장에서 입은 靈魂의 外傷

이 소설은 먼저 6·25사변이란 전쟁의 무의미함과 그것이 인간을 어떻게 파괴하고 있었는가를 말해 주고 있다.

갓 스물, 젊은 작가 徐基源의 눈에 비친 6·25전쟁은 참으로 무의미한 파괴와 살상이었을 것이다. 원래 전쟁이란 다 그런 것이겠지만 그 전쟁은 특히 더 그러한 것이었다. 이 소설의 창작 동기는 거기서 비롯된 것이 아닌가 한다. 작중의 한 등장인물은,

> "내가 알기엔 영국만 하더라도, 일단 국가의 유사시에 지원병으로 나가지 않는 놈은 친구는 물론 이웃의 규탄을 받을 뿐만 아니라 애인한테 버림받게 마련이야. 한데 여기선 입대하는 놈은 병신 취급이요, 기피해서 반지르르하게 머리를 붙이고 다니는 녀석들은 대환영이니, 도대체 자네는 지금까지 누구를 위해서 싸웠느냐 말이야!"

라고 하고 있는데 여기서 우리는 그 전쟁의 무의미성, 다른 전쟁과
의 차별성을 읽을 수 있다. 영국인들이 자진해 뛰어들어 독일 등 추축
국들과 싸운 제2차 세계대전과 같은 전쟁은 그들에게 큰 의미가 있는
싸움이었다. 그것은 그들의 조국과 민족의 사활이 걸린 외적과의 싸움
이었다. 그러므로 그것은 그 자체가 그들에 있어서 至上의 의미를 가
진 것이었다. 그것은 악을 퇴치하여 그들의 생존, 인간의 존엄성을 지
키려 한 전쟁이었기 때문이었다. 그런 의미에서 그 때의 영국인들의
싸움은 그들의, 공동선의 추구란 가치 있는 일이었다. 그러므로 그들
의 싸움은 實存主義에서 말하는 참여의 의미를 가진 것이었다.

그러나 6·25사변은 성질이 그와 많이 다른 것이었다. 그것은 세계
의 강국들이 공산주의와 자본주의로 갈라서서 한, 이데올로기의 충돌
이었다. 우리는 그 이념 충돌의 대리전으로 죽고 죽이고 파괴하고 파
괴당한 것이었다. 그런데 무엇보다 그 두 이데올로기는 자체 내에 모
순을 가진 것이었다. 일찍이 사르트르는 인간다운 세계로의 혁명을 방
해하는 부르조와지에 반대한다고 하고 그러면서 또 현실적으로 공산
당도, 반대한다고 한 바 있다. 왜냐하면 그들이 그 운동 전개 과정에서
사용하는 수단인 사회주의 혁명을, 궁극적 목적 곧 자유에 부합시켜나
가지 않기 때문이라는 것이었다.[1] 6·25전쟁에서 맞서 충돌한 두 이데
올로기도 바로 그런 것이었다.

거기다 이데올로기란 원래 개개 인간의 고유한 질을 等價化
(equivalence)해 결국 인간을 하나의 큰 체제 속의 기호로 편입시킨다.
그러니까 6·25란 전쟁은 잘못된 이데올로기가 직접 이해관계에 있지
도 않은 사람들(한국인)을 두 편으로 갈라 그들을 대신해서 서로 피 흘

---

1) 鄭明煥, "實存主義와 文學", 「20世紀 이데올로기와 文學思想(鄭明煥 外)」(서울大學校 出版
   部), 1982, p.62.

려 싸우게 한 것이었고 우리는 이유도 명분도 없이 그들 이념의 기호,
기계의 부품, 齒車와 같이 그 싸움에 동원된 것이었다. 주인공이,

"구태여 따지자면 나는 양쪽에 있는 나와 꼭 같은 전우들의 흉내를
냈다 뿐이지. 그렇지만 전쟁터에선 그것이 곧 나 자신을 위하는 행동
이며 결국은 우리 편 전체를 위하게 되는 것일세. 자네처럼 극단적인
얘기를 한다면 나도 한 마디 하겠네. 싸움터에선 모두가 단순해지는
거야. 적이 아니면 우리 편, 어중간한 방해물이 없어. 적이라면 대들
고 우리편은 서로 도와주는 그것뿐이야. 그 밖에 무엇이 또 필요해?"

라고 한 말에 그것이 잘 나타나 있다. 적과 우군이란 이 흑백논리에
따라 죽이고 죽은 한국인들이야말로 인간이 아닌 이데올로기, 전쟁의
꼭두각시 바로 그것이었다 할 것이다. 거기다 이 전쟁이 더욱 비극적
이었던 것은 편갈라 싸운 양쪽이 한 핏줄의 동족이란 사실 때문이었
다.
  그와 같이, 의미도 명분도 없는 이 전쟁은 인간을 어떤 짐승보다 더
잔인한 동물로 만들었다. 주인공의 한 전우는 다음과 같이 포로를 죽
인다.

  김 상사는 주먹밥을 먹다가 말고 밥풀이 붙은 손으로 총을 잡고는
적의 포로를 단방에 쏘아 죽였다. 그는 총구를 적병의 가슴에 바싹 붙
인 채 방아쇠를 당겼다. 둔탁한 폭발음과 함께 적병의 몸뚱이는 뒤로
뙹겨졌다. 그 몸이 땅 위에 떨어지기도 전에 상처에서 치솟은 핏덩어
리는 김 상사의 허리를 적시었다. 총을 잡은 손에도 피가 묻었다. 그
는 총을 부하에게 던져 주고는, 그 손을 군복 바지에 두어 번 문지른

다음, 배낭 위에 던졌던 주먹밥을 움켜쥐어 입 속에 틀어넣었다.

일찍이 파스칼은 그의 ≪명상록≫에서 인간은 아무런 이유 없이 권태를 느끼는 불행한 존재로 그들은 그것을 하찮은 오락에 몰두함으로써 잊는 허무한 존재라고 한 바 있다. 그런데 위의 등장인물은 그 권태를 떨쳐버리기 위해 살인을 저지르고 있는 것이다. 더구나 그는 갑자기 권태로움을 느끼자 아무 저항도 하지 못하는 상태에 있는 포로를 죽이고 피묻은 손을 옷에 문지른 다음 아무 일도 없었던 것처럼 던저 두었던 밥을 집어먹고 있다. 독자는 벌레 한 마리를 죽이고 느끼는 가책마저 느끼지 않고 있는 이 인물에게서 한 마리의 잔인한 야수를 볼 때보다 더 섬뜩스런 소름끼침을 느끼게 된다. 위의 장면은 전쟁이 인간을 얼마나 흉포한 동물로 만드는가를 보여 주는 것이다.

주인공은 그 무의미한 살육의 싸움터에서 또 한 가지 충격적인 체험을 한다. 그는 전투 중 죽은 전우의 시체를 수습하려 하는데 소대장의 명령으로 그 일을 하지 못 한다. 결국 그 전우의 시체는 적의 포탄을 맞고 산산조각으로 찢기어 흩어지고 만다. 주인공은 왜 소대장이, 전우의 주검이 그렇게 참혹한 일을 당하도록 버려 두게 했는가를 알게 된다. 군 상부에서 앞으로의 아군의 공세에 대비하여 소규모 전투에서 병력 손실을 최대한 적게 하라는 명령을 받고 있어 그 병사의 전사를 보고하지 않기 위해서였던 것이다. 곧 아군의 대공세가 시작되자 소대장은 비로소 그 병사의 전사를 보고하고 그는 상부로부터 뛰어난 지휘, 통솔력을 인정받아 훈장을 받고 중대장으로 승진을 한다. 지휘관의 공명심에 한 인간의 죽음이 이용 되고, 모욕당한 것이다. 숫자놀음을 하고 있는 군대라는 조직 안에서 인간은 이미 인간이 아닌 획일화, 기계화된 그 무엇이었다. 하이데거는 인간은 그 존재 자체가 하나의 사건으로 개별 존재는 보편 존재의 우위에 있어야 한다고 한 바 있다. 그런데 여기서는 그와 반대로 개별 존재는 그 존재 가치가 무시되어 하나의 기호, 기계의 부품이 되고 있는 것이다.

여기서 주인공은 군대라는 잔인한 미친 집단, 비정한 조직의 한 부속품이 되기를 거부한다. 그리하여 주인공은 그 비인간의 세계, 짐승의 세계에서 탈출한다. 그는 후방에 두고 온 사랑하는 여성, 상희를 찾아감으로서 참 인간으로 남아 있으려 한 것이다. 그러나 그는 이미 그전의 그가 아니었다. 그의 상관이 심심풀이로 포로를 사살하는 것을 보고 눈물을 흘리면서 분노하던 그도 어느새 전쟁의 광기를 옮아 미쳐 있었던 것이다. 군대에서 도망쳐 나온 그는 해질 녘 산 속에서 한 시골 처녀를 만나는데 삼년 동안 굶주려온 성욕을 참지 못해 그녀를 강간한다. 그리고 고발이 두려워 그녀를 살해하고 만다.

2. 타락한 日常人에서 本來的 自我로

주인공은 연옥과 같은 전장을 뛰쳐나와 후방으로 돌아오지만 거기서 어떤 구원도, 평안도 얻지 못한다. 살상은 없었지만 후방 역시 참 인간의 세계는 아니었다. 인간은 공동적 現存在와 완전히 분리하여 생각할 수 없다. 후방으로 돌아온 주인공은 비본래적 양식의 자아 아닌 본래적 자아가 되려 한다. 實存主義哲學에 의하면 現存在는 소외되고 구체화된 대상으로서의 존재의 수준과, 기획적이고 창조적인 초월적인 주체로서의 존재의 수준 사이의 어떤 영속적인 긴장 속에 존재한다. 군대에 있을 때의 주인공은 개성 없는, 대상으로서의 인간이었다. 이제 그는 그곳을 뛰쳐나옴으로써 군중과 대립되어 스스로를 특수화하여 본래적 양식의 자아를 실현하려 한 것이다. 다른 표현을 빌리자면 이때의 주인공은 비개성적, 익명의 세계의 존재, 갇힘과 닫힘의 존재에서 개성적, 깨어난 존재가 되려 한 것이다. 키엘케골은 인간이 군중 속에서 보편적인 존재가 되어버리면 「죽음에 이르는 병」에 이르게 되므로 그가 實存하는 인간이 되려면 그 군중으로부터 빠져나와 「단독자」가 되어야 한다고 했다. 그러니까 주인공은 군대란 군중, 집단을 뛰쳐나와 「實存하는 인간」, 「단독자」가 되려 한 것이다. 나는 타인에게, 타인은 나에게 영향을 주고받는 것이 인간 세상이다. 그런 「관계」가 있을 때 비로소 그 세상은 사람이 사는 곳일 수 있다. 그런데 그가 돌아온 후방은 철저한 단절의 세계였다.

내 옆을 지나는 인파 중에서 내게 한마디라도, 아니 짧은 시선이나마 부드러운 미소를 보내 주는 사람 하나 없었다. 그것은 정녕 신기하리만큼 놀랍고 섭섭한 일이었다. 우리들은 싸움터에서 피를 흘리고, 그로부터 불과 몇 십 마일 안 떨어진 이 도시에는 전혀 낯선 남들뿐이 이렇게나 많구나. 그들은 하나같이 굳어버린 얼굴에 초점을 잃은 시선으로 비실비실 지나쳐 갔다.

후방은 사람들이 서로 말도, 체온도 통하지 않는 냉랭하고 황량한 곳이었다. 사치스런 옷차림의 여인들과 땀에 젖은 군복차림의 군인들 사이에는 무관심과 증오가 교차하고 있어 거기서 어떤 사회를 하나로 결속시켜 주는 동질성은 찾아 볼 수 없었다. 여기서 주인공은 다시 한 번 조금 전까지 자신이 한, 목숨을 건 싸움의 무의미를 깨닫고 철저한 고독을 느낀다.

거기다 그는 비록 몸은 서로 죽고 죽이는 싸움터를 빠져나왔으나 자신이 여전히 진정한 탈출에는 성공하지 못하고 있음을 알게 된다. 자신이 저지른 강간과 살인이란 잔혹한 행위에서 오는 죄책감이 끝까지 그를 자유롭게 놓아주지 않은 것이다.

> 기생충은 기생충답게 꿈틀거리고 있어야 하는 것이다. 나는 지금까지 침대 밑 '창고' 속에 세워 두었던 오줌병과 꼭 같은 자격으로 이 방에서 살아왔다. 오늘 그 병들은 하나도 남김 없이 추방되었다. 그 병들도 선구의 배설물로 위를 채우면서 이 방에 기식하고 있었던 것이다.
>
> 나는 내가 사람이지 술병이 아니라고 중얼거리고 있었다. 그러나 그 술병들과 비유한 추잡한 망상이야말로 바로 내가 인간이 아니라는 반증일 것이었다. 그 여인을 겁탈하기 직전까지는 나는 사람이었는지도 모른다. 아니 그 행위가 끝나고 그녀의 목을 눌러 숨을 거두게 하기 직전까지는 아직 반쯤 사람이었는지도 모른다.

그는 그 처녀를 죽임으로써 탈영과 강간이란 범죄에 대한 고발을 당하지 않을 수 있었고 따라서 법이란 사회제도의 처벌을 받지 않을 수 있었지만 위에서 보는 바와 같이, 자기 자신으로부터 끝없이, 견딜 수 없는 징벌을 당해야 한 것이다. 그것은 實存主義에서 말하는 사디스트의 디렘마와 같은 것이다. 사디스트는 他者를 내 의식의 대상으로 물체처럼 규정하려 한다. 그는 설득이나 회유로 그 他者 소유가 이루어지지 않으면 상대에게 폭력을 행사해 항거가 불능하게 한다. 그러나 그의 그와 같은 기도는 실패할 수밖에 없다. 왜냐하면 그때, 상대가 자기를 쳐다보는 눈과 그것이 던지는 시선은 비록 상대의 육체가 물체처럼 되어 짓밟혔음에도 불구하고 그의 의식은 그대로 남아 존재한다는 것을 의미하기 때문이다. 그래서 그가 결코 포착할 수 없는 이 他者의 의식 속에서 그는 전락하고 만다. 그가 한 행위는 자신이 상대에의 지배자임을 강요하기 위한 것이었는데 상대가 쏘는 시선은 그를 사디스트란 卽自的 存在로 고정시켜 버리기 때문이다. 이 때부터 그가 저지른 가학행위는 그 자신에게 되돌아오게 된다. 살인의 경우 살인자는 그가 죽인 사람이 「존재했다」는 사실을 절대로 무시할 수 없을 뿐더러 피살자의 과거의 존재는 살인자의 머리 속에 영원한 현재의 존재로 들어앉아 버린다. 피해자가 마지막으로 던진 그 시선은 끝없이 그를 쏘아보고 그는 언제까지나 그 시선에 고문을 당해야 하는 것이다.[2] 피해자의 시선에 쫓기고 있는 주인공은 위의 인용문에서 본 바와 같이 자신이 인간이 아닌 벌레와 같은 존재라고 느낀다.

그는 또 자신이 한 마리의 본능에 움직이는 짐승과 같은 존재라는 것을 깨닫는다. 그는 그가 탄 기차가 굴속에 들어갔을 때, 그 어두운 굴에서 여성의 음부를 연상하고 갑작스런 성욕을 느낀다. 그리고 거기서 그는 자신의 동물적 속성을 보게 된다.

불쑥 치밀기 시작한 나의 욕정은 바늘 끝으로 관자놀이를 찔렀다. 나의 하복부는 긴장하고 온몸의 뼈의 관절이 서로 맞부딪치면서 음탕한 비명을 지르기 시작했다. 이토록 벅찬 나의 욕정이 이 곤비해 버린 육신에서 솟아날 수는 없다. 몇 천 몇 만 대를 이어 내려온 나의 조상들을 꿈꾸어 본다. 그들이 평생 연소시키지 못한 짐승의 본능이 필경은 나의 작은 몸뚱어리 속에 누적돼 있을 것만 같다. 나는 손톱을 날카롭게 갈아, 그 깊은 심연 속을 긁고 할퀴고 쥐어뜯고 싶었다. 나

---

2) 鄭明煥, op. cit., p.43.

는 나의 욕정에 혐오나 조바심을 버려야겠다. 나는 도리어 욕정이 싸늘히 식어 버릴까봐 두려워했다. 나는 온몸이 달아 오른 열기 속에서 생명의 지속력을 진득이 헤아려 보고 싶었다.

그는 또 자신의 땀 냄새에서도 자신의 獸性을 본다.

땀과 때기름이 쉬어 터진 냄새가 사뭇 친밀하게 나 자신의 체취를 깨닫게 했다.
이 냄새만은 분명히 내 것이다. 그것은 내가 눈 똥이 남의 것보다 더 구리다는 으례 자애심에서라기보다 이 내 피부가 따갑도록 강렬한 냄새야말로 바로 짐승의 삶을 깨우쳐 주었기 때문이었다.

죄책감에 시달려 자포자기 상태가 된 주인공은 이제 한 마리 동물로 살려한다.

차에서 내려 배가 고프면, 목판 위에 차린 백환짜리 상밥을 끝이 뭉툭하게 닳아버린 나무젓가락으로 군내나는 새우젓을 찬 삼아 한 그릇 다 먹으면 된다. 배를 채우고 나면 그 다음은 저 펨푸 소년을 뒤따라가면 된다. 레이션 상자로 벽을 친 최하급의 창가에서 아침에 눈이 뜨이면 물론 또 배부터 고플 것이다.

이제 주인공은 식욕과 성욕 등 동물적 충동에 따라 살려 한다. 그것은 하나의 자학, 자기모욕과 같은 것이다. 주인공의 분신이라 할 수 있는 그의 친구 선구는 일부러 매주 금요일을 골라 창녀를 품고 있는데 여기서도 그런 면을 볼 수 있다. 금요일은 예수가 십자가에 못 박혀 죽은 날로 천주교에서 肉食을 하지 않는 禁肉日이다. 그러니까 그는 세상이 금욕의 날로 삼고 있는 바로 그 날을 골라 동물적인 성교를 하고 있는 것이다. 이 때의 주인공과 그의 친구 선구는 卽自存在다. 卽自存在는 자기를 기만하는 인간이다.[3] 그와 같은 기만은 다음의 인용문에 잘 나타나 있다.

    "이게 유일한 나의 저항같은 것인지 모르지. 그밖엔 반항할래야 대상이 없어. 무얼 어떻게 하겠다는 세상인가. 누구에게 무얼 어떻게 반항하고 새로운 주장을 내세울 수 있단 말인가. 일선에선 동족끼리 서로 죽이고, 도시에선 식욕과 성욕과 그리고는 허영밖엔 남지 않았어. 오줌이라도 이런 데 누지 않으면 다른 축들과 다른 점이 무엇이 있나."

주인공과 같이 동물적인 하루 하루를 살고 있는 선구는 집에서 멀리 떨어져 있는 화장실에까지 가기가 싫어 자신이 마시고 비운 술병에 소변을 보아 방안에 세워 놓고는 그것을 저항이라고 하고 있는 것이다. 그리고 그 병들을 구두닦이 소년에게 주어 치우게 하고는 성가신 일을 하지 않아도 되었다면서 그것을 「천재적인 영감」이요 「천재적인 착상」, 「묘안」이었다고 즐거워한다.

    무엇이 그렇게도 우스웠는지 모른다. 나는 방바닥에 벌렁 나자빠져서 몸을 꼬아 가며 눈물이 눈 가장자리에 번지도록 웃음을 그치지 않았다. 선구는 처음으로 웃음 속에 도취되어 있는 나를 만족스럽게 내려다보며 나지막한 목소리로 따라 웃었다.

---

3) Arnold P. Hinchliffe, 「不條理文學(黃東奎 譯)」(서울大學校 出版部, 1986), pp.30~31.

이 때의 두 사람의 생은 아무 의미도 없는 공허하고 허무한 것이다. 한 마리 짐승으로 살려 한, 주인공의 위와 같은 시도도 성공할 수 없는 것이다. 그는 자신을 물체처럼 만들어버림으로써 卽自的 存在로 만들어 거기서 의식과 존재의 안정을 꾀하려 한 것인데 이는 실패할 수밖에 없게 되어 있다. 인간은 他者의 의식을 통해서 물체, 즉 卽自가 되는 것인데 그, 他者의 의식은 내가 어떻게 할 수 없는 것이다. 또 나의 물체성은 나를 물체라고 생각하는 나의 의식에 의해서 가능하다. 그러니까 나는 바라보는 주체와 보여지는 대상으로 나누어진다. 이때 나를 바라보는 의식 자체는 물체가 아니다. 그러므로 이 때 역시 나의 완전하고 편안한 물체화, 卽自化는 불가능한 것이다. 자신의 卽自化, 물체화에도 실패하여, 생의 의미도 의욕도 상실한 주인공은 다시 한 번 인간을 물체로 모욕하는 가학취미를 즐기려 한다. 그는 그의 친구, 선구의 단골 윤락녀가 외출하고 없는 선구를 찾아왔을 때 그녀가 윤락녀들이 하고 있는 화장을 지우고 있음을 본다. 그는 그녀의, 창녀 티를 내지 않으려 한 그와 같은 화장 지우기를 「건방진 사치」라고 생각한다. 그는 그녀가 창녀에서 탈출하여 인간이 되려는 그와 같은 짓이 어림도 없는 것이라고 생각하고 돈을 두 배 줄테니 자신과 관계하자고 한다. 이 때의 주인공은 먹고 살 길이 없어 몸을 팔고 있는 그 창녀보다 더 무가치한 인간이다. 선구의 창녀는 자살을 생각하고 있는 사람이라는 점에서 더욱 그렇다. 주인공은 살 이유도 없지만 죽을 이유도 없어 물 위의 거품처럼, 한 마리 짐승처럼 살아가고 있지만 그녀는 자신이 살아가고 있는 세상에 저항하고 있었기 때문이다. 그녀가 자살을 생각한 것은 몸을 팔아 목숨을 이어가고 있는 자신에게서 존재 가치와 목적을 찾을 수 없었기 때문이다. 그리고 선구, 주인공과 같은 사람에게서 인간을 느낄 수 없었기 때문에, 그런 사람들과 거래하며 살아야 하는 자신의 삶에 회의를 느꼈기 때문이었다. 자신의 존재 가치와 목적에 의심을 일으켰을 때, 타인으로부터 단절감을 느꼈을 때 인간은 不條理를 느낀다. 그리고 거기서 그에 대한 반항으로서의 죽음을 생각한다. 위에서의 창녀는 그런 의미에서 實存的 인간이라고 할 수 있다. 그런데 주인공은 그와 같은 實存的 인간을 의식적으로 모욕하고 있는 것이다.

그녀를 모욕하고 있는 주인공은 허무로 인해 「가축 떼」와 같이 「왜소해진」 인간이다. 모든 가치가 부정된 세계에서 인간은 인간성의 절대적 결핍에 이르게 되고 그렇게 되면 그는 야만적인 동물이 된다. 창녀를 짓밟는 주인공이 바로 그러한 인간이다. 그러나 처녀를 강간하고 살해했을 때와 마찬가지로 이번에도 그의 加虐은 상대를 他者化하는데 실패한다. 그 창녀가 그를 경멸의 눈으로 쏘아보고 일어서버렸기 때문이다. 그는 거기서 실패할 뿐 아니라 그녀에게 패배한다.

「화대를 두 배로 줄테니.」
나는 잔인스럽게 웃으며 말했다. 그녀는 치마를 쥐고 일어나 차라리 나를 가엾게 보는 눈으로,
「고마운 말씀이지만 사절합니다.」
하고는, 밖으로 나가는 것이었다. 나는 그녀의 뒷모습에서 그 여인을 연상했다. 그 여인은 잠시 질식했을 뿐 죽지 않았었는지도 모른다. 나는 갑자기 현기증을 일으켜, 비척비척 다시 침대 위에 쓰러졌다.

거기다 주인공은 또 한 가지 문제로 심각한 내적 갈등을 겪게 된다. 자신을 사랑하는, 결핵을 앓고 있는 상희를 찾아가야 한다는 「나」와 가지 않으려는 「나」의 싸움이 그것이다.

나는 상희 집을 향해서 발걸음을 돌렸다. ─ 中略 ─

그렇지만 나는 다시 목적지로 접어드는 골목 앞을 이번에는 분명
히 나 자신의 걸음걸이를 의식하면서도 그대로 지나쳐 버린 것이다.

그 골목 안으로 들어가기가 무서웠다, 그러한 공포의 질(質)은 두려
움이나 무서움이라기보다 밋밋한 정신의 집중을 강요하는 성질의 것
이었으며 이미 탕진해 버린 내 육신으로는 감당하기 어림도 없을 긴
장을 필요로 했다.

위에서 보는 바와 같이, 표면상 그가 상희를 찾아가지 못하는 이유
는 그가 저지른 강간, 살인이란 죄 때문인 것으로 되어 있다. 그의,「용
서해 다오. 너를 만날 자격을 잃었다.」고 하고 있는 독백이 그것을 말
해 준다. 그러나 이 또한 자기기만이다. 그가 그녀에게 가려 하지 않은
것은 그녀가 앓고 있는 폐결핵이란 강한 전염성의 惡疾에 옮을까 두려
웠기 때문이었다. 그가 어느 순간 자신도 모르게 차라리 그녀가 죽어
없어졌으면 하는 생각을 하게 되는 것도 그 때문이다. 그와 같은 주인
공에게서 우리는 사르트르가 1923년에 발표한 단편 〈병자의 천사〉를
연상하게 된다. 이 소설의 주인공은 위선 투성이의 속물이다. 그는 어
느 폐병환자 요양지에서 한 젊은 여성과 가까이 사귄다. 그러나 그는
그녀가 앓고 있는 결핵에 옮을까 겁이나 그녀를 버리고 도망쳐버린다.
〈이 成熟한 밤의 抱擁〉의 주인공 역시 그 병이 주는 공포로 엉뚱한 핑
계를 대고 도피하고 있는 것이다. 그러면서도 그는 그녀를 찾아가지
않으면 안 된다는 자기 내부의 또 다른 자기 목소리에 시달리게 된다.
그 목소리는 實存主義哲學에서 말하는 수치 · 불안과 같은 것이다.

수치는 공포 · 전율 · 負債 · 양심 · 죽음 등과 같은 實存的 근본경험
이다. 야스퍼스는「實存的 수치」는 자기 의식적 · 반성적 계기를 포함

하는 철학적 감정으로 그것은 實存的 기능 곧 인간을 깨우쳐 주며 그를 자신의 근본적인 양식으로 있게 하는 힘을 가지고 있다고 했다. 사람은 누구와도, 어떠한 간접적인 양식으로도 관계를 맺고 있지 않을 때는 수치의 감정을 경험하지 못한다. 타인과의 밀접한 유대관계를 경험할 때만 수치라는 감정현상이 일어나는데 이는 더 이상 존경할 수도, 존경받을 수도 없는 교제를 하지 않도록 인격의 거룩한 내면을 보호해 준다.[4]

이 소설의 주인공은 그가 찾아가려 한 상희가 자신에게 진정한 사랑의 감정을 가지고 있다는 것을 알고 있다. 그는 또 그와 그녀가 가지고 있는 사랑이란 감정이야말로 둘을 인간다운 관계로 맺어주는 것이라는 것도 알고 있다. 그리고 그에게 숙식을 제공해 주고 있는 선구는 물론, 그의 단골 창녀와의 사이도 참된 인간관계가 아니라는 것을 안다. 여기서 주인공은 實存的 수치를 느끼고 본래의 자기로 돌아가야 한다는 자기 내부의 목소리를 듣게 된다.

주인공은 또 무서운 강박의식에 잠을 이루지 못하고 있는데 그것은 實存的 불안, 實存的 공포다. 자연적 성정에 속해 있는 인간 곧 現存在 속에는 무시무시함이 있다. 그것은 불안, 공포의 감정으로 現存在가 그 現存在의 가능성에 따라 살고 있지 않다는 것을 現存在에게 경고하는 역할을 한다. 그것은 現存在를 그 본래적인 존재 가능성의 실현에로 소환하는 양심의 소리이다.

위와 같은 수치와 불안은 주인공을 일상적 인간에서 實存的 인간이 되게 한다. 음습한 골방에서 동물과 다름없는 생활을 하고 있을 때의 주인공은 내재적 · 비본래적 · 우발적 대상자아의 수준에 있는 인간이

---

4) 曺街京, 「實存哲學」(博英社, 1991), p.117.

었다. 그것은 卽自存在로, 잘못된 구조이다. 그런 인간에게는 어떤 본래적 변화도 없다.

그러한 그가 수치와 불안의 소환에 의해 미래 지향적 자아가 되려 한다. 그것은 對自存在다. 사르트르는 卽自存在와 對自存在는 한 쌍으로 어떤 연속적인 변증법 속에 갇혀 있다고 했다. 그에 의하면 전자는 후자에 의존해 있으면서 전자로 고정되기를 거부하는 하나의 연속적인 과정 속에 존재한다.

이 소설에서의 주인공의 내적 갈등이 바로 그런 것이다. 주인공은 그와 같은 갈등 끝에 비로소 對自存在가 된다. 인간은 본래 세계 안에 던저져 얽매여 있는 과거의, 被投性의 존재이면서 현재의 일상적 인간이기도 하며 또 그 속박을 벗어나 스스로를 계획하는 미래에의 投企의 존재이다. 과거, 현재의 인간, 던져진 채 일상을 살아가던 주인공은 이 소설의 후반부에서 자기를 새로이 형성해 가는 미래의 인간이 되려 하고 있다.

주인공은 昏懜한 잠에 빠져들어 거기서 자신의 주검을 본다. 그 잠과 죽음 체험은 바로 비본래적인 자기 죽이기이다. 그는 이윽고 잠에서 깨어나는데 그것은 곧 새 인간으로서의 재 탄생을 의미한다.

그를 참인간으로 소생케 한 것은 사랑이다.

나는 상희를 잃고는 살지 못한다. 죽을 때엔, 만일에 네가 죽을 때엔 그 적병의 가슴에서 피를 쏟듯이 내 가슴에 붉은 따뜻한 피를 뿌리고 숨을 거두리라. 내가 너에게 가기까지 살아 있어라. 너의 귀한 피한 방울이라도 뱉어 없애지 마라. 네 핏속에서 득실득실하는 폐균을 나는 증오하지 않는다. 차라리 우정 비슷한 친밀감마저 느껴지는 것이다.

세계는 끊임없이 변하고 있지만 그 속에도 변하지 않는 것들이 있다. 그 중 하나가 사랑이다. 이는 인간이 있는 한 영원히 불변하며 인간의 본성에 뿌리박고 있다. 시대에 따라 체험되는 양식은 다를 수 있어도 인간에 있어서 사랑은 언제나 동일한 것이다. 인간은 이 사랑에 의해서만 타인은 물론 자기를 구원할 수 있다.

사랑에 의해 본래적 자아에 눈뜬 주인공은 이제 그 전의 그와는 판이하게 다른 사람이 된다. 이제 그녀의 병은 더 이상 그에게 공포를 주지 못한다. 그리고 이제 그는 비겁한 도피자가 아니다. 위의 인용문에서의 주인공에게서 우리는 팔을 걷고 페스트균에 감연히 맞서 싸우는 저, 카뮈의 〈페스트〉의 주인공 의사 류의 모습을 볼 수 있다. 그리하여 주인공은 마침내,

> "상희야, 너한테 가서 내가 지닌 모든 것을 털어놓겠다. 너의 뚫어진 허파에서 마지막 핏덩이가 쏟아져 나오기 전에 모든 것을 애기해 주마."

라고 외친다. 이 소설은,

> 음식점과 창가가 꽉 들어찬 이 거대한 도시 위에 비가 쏟아지기 시작했다. 나는 얼굴을 하늘로 쳐들고 혓바닥으로 빗방울을 받아 마셔 가며 걸음걸이를 재촉하는 것이었다.

고 하고 끝나고 있는데 이 때의, 娼家가 밀집한 도시 위에 쏟아지는 비는 한 인간의 참 인간으로서의 재 탄생을 상징하고 있다.[5]

이 소설을 두고 꿈도 희망도, 삶의 가치도 상실한 젊은 세대의 황폐

한 마음의 풍경을 그린, 그러면서도 끝에 가서 무엇인가 구제에의 가
능성이 암시되어 있는 작품이라고 한 것도 그 때문이다.[6]

그런 의미에서 이 소설은 6·25가 휩쓸고 간, 심신이 다 같이 황량한
전후의 한국인에게 어떤 가능성, 빛을 비쳐준, 하나의 계시로서의 의
미를 가진 작품이라 할 수 있을 것이다.

---

5) 비는 새로운 세상을 열게 하는 매개체, 생명력을 상징한다. 韓國文化象徵辭典編纂委員會,
「韓國文化상징사전」(東亞出版社, 1992), '비' 項.
6) 홍사중, op. cit., pp.430~431.

女性들을 향한 自己解放 促求

이남희가 1989년에 발표한 단편소설 〈허생의 처〉는 한 편의 페미니즘적 實存主義 소설이다. 이 소설은 또 패러디 소설로 작가 당대 사회의 잘못된 면을 비판할 의도에서 쓰여진 것이 분명하다. 그럴 경우 그 소설은 패러디를 창작 기법으로 구사하고 있지만 정작 그것이 속하는 장르는 풍자이기 마련이다. 다시 말하자면 그러한 소설은 당대 사회의 모순을 비판 공격할 뿐 원천이 된 텍스트를 꼬집지는 않는 것이 보통이다.

그런데 이 〈허생의 처〉는 경우가 달라서 오늘날 우리 사회의 잘못된 일면을 들추어내어 그 개선을 부르짖으면서 한 편으로 우리의 지난날의 한 문학작품에 대해서도 마땅찮다는, 비평적 발언을 하고 있다.

또 한 가지 보통 패러디 소설은 원천 텍스트를 모방하면서 일부를 변환하고 있기 마련인데 이 작품은 모방과 변환을 보여주되 그 前代 작품의 속편의 성격을 띠고 있어 이채롭다.

마지막으로 이 소설이 우리의 시선을 끄는 면은 그 시간적 배경을 수 백년 전 과거로 하고 있으면서도 현대적 사상성을 강하게 가지고 있다는 것이다.

1. 절반만의 改革意志 – 무시된 女權

　　이남희가 〈허생의 처〉의 착상을 얻은, 〈許生〉을 쓴 燕巖 朴趾源 (1737~1805)은 조선조의 소설가이자 실학자의 한 사람이다. 朴趾源 당 대의 실학자는 農本主義的인 성격을 강하게 띤 廣州 계통과 상공업의 필요성, 통상의 촉진, 새 문물의 보급을 주장한 北學派로 나누어 볼 수 있는데 그는 후자에 속하는 사람이었다. 그는 〈許生〉 외에 〈虎叱〉 〈兩 班傳〉 등 뛰어난 사실주의적 한문소설들을 발표하여 한국 문학사에 있어서 하나의 큰 이정표가 되어 있는 사람이다. 燕巖은 44세 때 명 황 제에의 進賀使로 燕京에 간 그의 三從兄을 수행한 바 있는데 〈許生〉 은 이 때의 紀行錄 〈〈熱河日記〉〉 중 「玉匣夜話」에 실려 있다. 이 소 설은 그가 당시 명 황제가 있던 熱河에 머물고 있던, 1780년 8월에 쓴 것이 아닌가 추측되고 있다.

　　「玉匣夜話」에 실려 있는 ‘許生後識 其二’에 의하면 이 소설은 燕巖 이 스무 살의 나이로 奉先寺에서 글을 읽고 있을 때 한 노인으로부터 들은 이야기를 오랜 세월 뒤에 쓴 것으로 되어 있다. 한 異人을 소재로 하고 있는 이 소설이 실제로 그러한 노인으로부터 듣고 쓴 것인지, 그 것은 그냥 둘러댄 이야기이고 당시 유포되고 있던 설화를 소설로 개작 한 것인지 알 수 없다. 이 소설은 부패한 정치와 피폐한 사회, 경제에 대한 燕巖의 정치적, 경제적 포부의 일단을 보여 주는 작품으로 평가 받고 있다.[1] 이 소설은 작가의 실학정신이 가장 잘 나타난 작품으로, 문학적으로 보나 사상적으로 보나 높이 평가받아야 할 작품으로 받아 들여지고 있다.[2]

---

1) 朴晟義, 「韓國古代小說論과 史」(集文堂, 1986), p.352.
2) 金起東, 「韓國古典小說研究」(敎學社, 1981), p.662.

이 소설의 주인공 許生은 과거에도 응시하지 않으면서 공부만 한다. 가난에 시달리다 못한 그의 처가 무엇이든 먹고 살길을 찾아야 할 것이 아니냐고 하자 그는 비로소 책을 덮고 일어선다. 장안의 부자 卞씨로부터 돈을 빌린 그는 과일, 말총 등을 매점하여 큰돈을 만든 다음 도둑 떼를 교화하여 그들을 데리고 빈 섬으로 들어가 농사를 짓는다. 거기서 거둔 쌀을 일본의 한 섬에 실어다 팔아 거금을 손에 쥔 그는 단신 서울로 돌아와 卞씨에게 원금과 이자를 갚고 자신은 다시 적빈한 옛날로 돌아간다. 그는 당시 왕이 총애하던 대감 李浣의 무능함을 꾸짖고는 어디로 사라져 버리고 다시는 세상에 나오지 않는다는 것이 〈許生〉의 줄거리다.

이 소설은 고루한 유교 전통사회의 폐습을 씻고 새 세상을 열어가야 한다는 것을 강도 높게 주장하고 있다. 작가는 먼저 실학자답게 공리공론만을 농하고 있는 당시의 유학자들을 비판하고 있다. 許生이 마지막으로 空島를 떠나오면서 "이 섬에서 화근을 뽑아버려야지.(爲絶禍根此島)"라고 하면서 글을 아는 사람들(知書者)을 데리고 나와버리는 것도 그런 뜻을 담고 있다. 朴趾源은 또 규칙, 예절, 절차 등이 너무 형식적이고 번거롭고 까다로운 점 곧 煩文縟禮를 철폐해야 한다고 주장해 왔는데 〈許生〉에서도 그러한 목소리를 들을 수 있다. 우선 주인공이 일차로 돈을 늘이기 위해 매점한 물건들을 보면 작가의 의도를 알 수 있다. 許生이 모조리 사버리고 있는 것은 과일과 말총인데 과일은 모두 祭床에 오르는 것이었고 말총은 갓을 만드는데 쓰이는 필수 재료였다. 그러니까 작가는 지나치게 형식을 찾아 헛되고 번거로운 祭祀와 불편하기 짝이 없는 衣冠整齊 등의 허례를 비판하고 있는 것이다. 또 許生이 空島를 떠나면서 그곳에 남아 살 사람들에게 마지막으로 당부한 말도 유심히 들을 필요가 있을 것 같다. 그는 아이를 낳거든 오른 손으로 숟가락을 잡게 하고 하루라도 먼저 난 사람이 먼저 먹게 하라고 하고 있다. 이는 곧 온갖 번거러운 禮, 다 헛된 짓이니 그것은 그저 숟가락 바로 쥐고 어른 알아 볼 만하면 그것으로 족하다는 것을 의미하고 있다.[3]

〈許生〉은 또 18세기 조선 지배층의 무능에 대해서도 매질을 가하고 있다. 소위 時事三難 화소가 그런 것이다. 許生은 나라를 위한 좋은 견해를 물어온 御營大將 李浣에게 세 가지 시책을 제시하는데 李浣은 그 모두가 시행하기 어렵다고 한다. 그러자 許生은 신임받는 신하(信臣)라는 것이 고작 이 따위란 말이냐고 하고 이런 자는 베어야겠다고 하면서 칼로 치려 한다. 이것은 작가 당대의 위정자들이 국록을 축내면서 말만 앞세우고 나라를 위해 하는 일이 없음을 빗대어 꼬집고 있는 이야기로 보아야 할 것이다.

작가는 또 이 소설에서 백성들의 고달픔은 돌아도 보지 않고 자신의 致富만을 도모하고 있는 지배층의 부패도 공격하고 있다. 李浣과 마주 앉은 許生은 李浣에게 勳戚 金瑬·張維 등의 집을 빼앗아 나라 일에 요긴하게 써라고 하는데 이는 바로 당시 정치 담당층의 致富를 문제삼고 있는 대목이라 할 것이다.[4]

한편 許生이 도둑 떼를 이끌고 空島로 들어가 그곳을 낙원으로 만든다는 이야기에는 작가의 실학사상의 알맹이가 담겨 있다고 할 수 있다. 이는 나라에서 정치를 잘 해 몸을 움직여 일하면 먹고 살 수 있게 해 주기만 하면 백성은 모두가 양민이라 함을 말해 주는 것이다. 이에

---

3) 金義淑의 아래의 논문은 위의 구절을 禮度만을 가르치는 것을 교육의 전부로 하라고 명한 것으로 새기고 있는데 필자로서는 이에 동의하기 어렵다.
　金義淑,"燕巖 朴趾源의 유토피아 思想考," 『人文學研究』第20輯(江原大學校, 1984), pp.30~31.
4) 李東歡, "燕巖의 思想과 小說", 「古典文學을 찾아서」(文學과 知性社, 1978), p.213.

는 務實 곧 힘써 일하면 생활이 豊厚해지고 생활이 豊厚해지면 德이
바로 선다(利用然後 可以厚生 厚生然後 德可以正矣)고 한 작가의 사
상이 담겨 있다.

한 마디로 〈許生〉은 朴趾源 당대 조선 사회의 일대 개혁의 필요성
을 역설한 소설이라 할 것이다. 〈許生〉이 오늘날까지 우리 문학사에
흔하지 않은 수작 소설로 평가받고 있는 것은 그 뛰어난 예술성과 함
께 거기에 위와 같은 사회참여, 비판의식이 담겨 있기 때문이 아닌가
한다.

오늘의 소장 여류작가 이남희는 여느 독자들과는 달리 〈許生〉을 비
판적 시각에서 읽은 것이 분명하다. 무엇보다 그녀에게는 朴趾源도,
그의 소설 〈許生〉도 여성을 경시하고 있다기보다 무시하고 있는 것이
못마땅했던 것 같다. 〈許生〉에 주인공의 처가 직접 등장하는 것은 이
소설의 도입부에서 그 남편을 먹고 살 도리를 찾으라고 다그치는 장면
한 번 뿐이다. 그 뒤로는 단 한 번, 許生의 집을 찾은 卞부자에게 한 노
파가 "許生이 가난하되 글읽기를 좋아하더니 어느 날 아침 집을 떠나
고는 안 돌아온 지 벌써 다섯 해나 된답니다. 홀로 그 아내가 집을 지키
고 살면서 남편이 나간 날에 제사를 지내고 있지요.(許生 - 中略 - 貧
而好讀書 一朝出門 不返者已五年 獨有妻在 祭其去日)"라고 한 말
에 간접적으로 언급되고 있을 뿐이다. 그러고 나서 그녀는 이 소설의
작중에 다시는 나타나지 않는다. 이 소설의 결말은 許生이 칼을 뽑아들
고 호통을 치는 바람에 황급히 도망쳤던 李浣이 「이튿날 다시 그를 찾
아갔으나 이미 집을 비우고 어디론지 가버리고 없었다.(明日復往 已空
室而去矣)」고 하고 있다. 이 글은 許生이 떠났으니 그 처는 그의 일개
소지품처럼 따라 간 것이 아니겠느냐는 뜻을 암시하고 있을 뿐이다.

그 후 許生의 처 이야기는 朴趾源의 〈許生〉에 관한 여담에 다시 한

번 나타난다. 前記 ‘許生後識 其二’는 작가가 17년 전 許生 이야기를 들려 준 노인을 다시 만나게 되었는데 그 노인이 "안됐어, 許生 처 말이야. 필경 다시 굶게 될 거야.(可哀 許生妻竟當復飢也)"라 했다고[5]하고 있다.

이남희는 이 한 마디에서 소설 〈허생의 처〉의 착상을 얻었다 한다.[6] 여기서 이남희는 소설 〈許生〉은 사회 개혁을 부르짖고 있는 것이 사실이지만 그것은 남성들만의 것으로 여성들과는 아무런 상관이 없다는 것을 눈여겨보았다. 이것은 분명히 페미니즘적인 시각에서 본 것이라 할 수 있다. 그것은 마치 19세기 후반 수잔 앤터니가 미국을 민주주의 국가라고 하나 모든 가정에서 남성은 군주이자 주인이고 여성은 종이자 노예이므로 미국의 정치는 「혐오스런 성에 의한 소수 독재정치」라고 규정한 것과[7] 같은 눈으로 본 것이라 할 것이다.

2. 廢棄된 足鎖 - 婦德

〈허생의 처〉는 朴趾源의 〈許生〉에서 그 주인공이 空島에서 돌아온 후의, 어느날로부터 이야기를 시작하고 있다. 집을 나간 지 5년 만에 돌아온 許生은 그 아내에게 그동안 어디에서 무엇을 했는지 말하지 않는다. 그리고 여전히 아내를 돌보지 않는다. 불의에 강간을 당해 임신을 해 정신적으로 큰 상처를 입은 데다 또 다시 굶주릴 형편이 된 許生

---

5) 이남희는 〈허생의 처〉 첫머리에 이 ‘許生後識 其二’ 거의 全文을 한글로 번역하여 轉載하고 있다. 작가는 거기서 이 구절을 "허생의 아내 말씀이오, 참 가엾더군. 그러고도 그 여잔 여전히 굶주렸던거요."라고 번역하고 있는데 이를 과거시제로 본 것은 잘못인 것 같다.
6) 최인훈 외, 「내가 훔친 소설」(갑인출판사, 1991), p.140.
7) 조세핀 도노번, 「페미니즘 이론(김익두 · 이월영 옮김)」(文藝出版社, 1994), p.45.

의 처는 양식이라도 얻기 위해 친정을 다녀오려 한다. 노자을 빌리러 이복 여동생에게 들린 그녀는 거기서 남편이 엄청난 돈을 벌어 왔으나 그것을 卞부자에게 돌려주어 여전히 빈손이 되어 있다는 것을 안다. 그녀는 또 남편이 자신을 큰댁에 맡게 두고 집을 처분하여 어딘가로 떠나려 한다는 것도 알게 된다. 거기서 너무 큰 충격을 받은 許生의 처는 남편에게 결별을 선언하고 새 삶을 찾아 나선다는 것이다.

〈허생의 처〉는 패러디 소설의 보편적 속성을 따라 먼저 원천이 된 텍스트, 〈許生〉의 상당 부분을 본따고 있다. 許生의 처가 굶주리다 못해 남편에게 따지고 드는,

> "당신은 밤낮없이 글을 읽는데, 과거에 응시하지 않으니 어찌된 것입니까?"
>
> 남편은 여전히 책에 시선을 둔 채 가볍게 대꾸했다.
>
> "공부가 미숙한 때문이오."
>
> "그럼 장사라도 하여 먹고살아야지요."
>
> "장사는 밑천이 없는데 어찌 하겠소."
>
> "그럼 공장이 일이라도 하지요."
>
> "공장이는 기술이 없으니 어찌 하겠소."
>
> "당신은 주야로 독서하더니 배운 것이 고작 어찌하겠소 타령입니까?"

라 한 대문은 〈許生〉의,

> 『子平生 不赴擧 讀書何爲』許生 笑曰 『吾讀書未熟』妻曰 『不有工乎』生曰 『工未素學 奈何』妻曰 『不有商乎』生曰 『商無本錢 奈何』其

妻　　且罵曰『晝夜讀書 只學「奈何」 - 下略- 』

라 한 부분을 거의 그대로 번역한 것이다.
또 許生의 5년 동안의 행적도,

> 아니예요. 애 아비가 사역원에 다니는데 변 부자네는 원래 역관 집안 아니예요? 그래서 좀 알아요. 한양에선 아는 사람은 다 아는 일이예요. 형부가 무턱대고 변 부자에게 가서 통성명도 않고 만금을 꾸어 달라고 했대요. 변 부자는 두말 않고 내주었대요. 어음도 안 받고, 이름조차 묻지 않았대요. 그런데 지난 여름에 나타나 십만금을 가져다 갚았다는 거예요. 오년동안의 이자까지 셈한 거라고 하고선."

라고 해 〈許生〉의 이야기를 요약해 옮겨 싣고 있다. 그밖에도 대사동의 이 대감이 조정에 중용하려고 許生을 찾자 許生은 이 대감을 피하기 위해 유람을 떠나는 것도, 〈許生〉에서 李浣이 다시 찾아가니 許生이 사라지고 없더라는 이야기 거의 그대로이다. 그러나 이 모방의 부분은 그렇게 심각하게 받아들일 필요가 없다. 그것은 어디까지나 소설 창작상의 기교에 해당하는 것이다. 패러디 소설이 으레 그렇듯 〈허생의 처〉에도 〈許生〉에서의 변환이 뚜렷하게 나타나 있고 그 부분이 이 소설에서 중요한 의미층을 구성하고 있다.

이남희는 〈허생의 처〉에서 朴趾源이 〈許生〉에서 외면하고 무시했던, 짓밟히고 있는 女權에 소설의 많은 분량을 할애하고 있다.

그 중 독자에게 가장 큰 충격을 던저 주는 것은 남성들의 여성을 상대로 한 정절 강요와 여성들의 이에 대한 순종과 殉死다. 이남희는 이 소설 에서 許生의 처의 친정어머니가 어떻게 죽었는가를 보여 주고 있

다. 丙子胡亂이 일어나 적병이 도성에 이르렀을 때 피난할 차비를 하면서 그녀의 아버지는 그 어머니에게,

"만일 무슨 일이라도 있으면 당신은 자살하는 게 좋겠소."

라고 말한다. 마치 어디 잠깐 다녀오라고 하기나 하는 것 같은, 아무렇지도 않게 말하는 이 담담한 어조가 독자로 하여금 소름이 끼치게 한다. 이에 대한 그 어머니의 대답은 "알고 있습니다." 한 마디이고 그녀는 실제로 胡兵의 손에 끌려가 욕을 당할 처지가 되자 주춧돌에 머리를 짓찧어 스스로 목숨을 끊는다. 이것은 유교에 있어서의 節烈觀을 보여 주는 것으로 그것이 남성 일방의 잔인한 희생 강요라 함을 말해 주는 것이다. 유교에 있어서 여성의 정절은 처음부터 반드시 지켜야 할 것이었는데 특히 宋代의 朱子學에 와서 더욱 강조되었다. 굶어 죽는 것은 아무 것도 아니요 정절을 잃는 것은 더 없이 큰 일이다(餓死事極小 失節事極大)라 한 당대의 말이 이를 웅변하고 있다. 〈허생의 처〉는 주인공 어머니의 위와 같은 죽음을 보여줌으로써 그러한 婦德 강요의 잔혹성을 고발하고 있는 것이다.

〈허생의 처〉는 또 조선시대의 班常嫡庶 차별과, 거기서 희생되는 여성에 대해서도 언급하고 있다. 주인공의 아버지는 자신의 첩에서 난 딸을 中人에게,[8] 주인공은 正室의 몸에서 났다 하여 선비에게 시집을 보낸다. 그러나 中人에게 시집간 딸은 별 불만 없이 살고 있고 이상적 배우자라 하여[9] 선비에게 시집간 딸은 버림받다시피 한 불행한 삶을

---

8) 조선시대의 中人은 宗親 · 國舅 · 附馬 · 兩班 다음의 계급으로 사회적으로 비교적 낮은 신분 계급이다.
9) 이 때의 許生은 歐美에서 흔히 말하는 prince charming(신데렐라와 결혼하는 왕자)과 같은 존재이다.

살고 있다. 주인공의 여동생이 주인공에게 한,

> "원 언니두. 그런 뜻으로 한 소리가 아닌데. 그저 아버진 당신 생전
> 에 밤낮 선비타령만 하셨구, 덩달아 나도 그랬다는 거죠. 실속도 없
> 이 말이죠."

란 말은 班常과 함께 嫡庶 차별의 모순성을 비웃고 있는 것이다.

페미니스트 월스톤 크래프트에 의하면 歐美의 여성들이 오랫동안 감금 당한 채 살아 무기력해지지 않을 수 없었다고 한다.[10] 동양, 특히 한국의 경우는 그 감금 사정이 歐美의 그것과 비교할 수 없을 만큼 심했던 것 같다. 조선시대에는 婚喪과 같은 대사 때와 떳떳이 허용된 출입 이외에는 여자는 內房과 內庭에나 있을 일이지 대문 밖 출입은 고사하고 外庭에도 나가지 못 했다.[11] 昭惠王后가 쓴 조선 여성의 修身書 《內訓》은 여자는 집안에서 날이 저물어야 한다(女 及日乎閨門之內)고[12] 하고 있다. 《內訓》은 부모의 상을 당했을 때에 대해 여러 가지 엄격한 喪禮를 이르고 있으면서도 여자는 백리가 넘는 거리이면 친상을 당해도 갈 수 없다(不百里而犇喪)고 하고 있는데[13] 이것만 보아도 조선시대의 남성들이 여성의 바깥출입을 얼마나 엄격하게 금했던가를 알 수 있다. 그것은 가히 감금이라 해도 좋을 만한 것이 아니었나 한다.

남성에 의한 여성의 속박은 〈허생의 처〉에서 주인공이 덮어쓰고 있

---

10) 로즈마리 통, 「페미니즘 사상(이소영 옮김)」(한신문화사, 1995), p.20.
11) 申貞淑, "韓國傳統社會의 內訓에 대하여,"『국어국문학』10(太學社, 1982), p.106.
12) 昭惠王后,《內訓》「婚禮章」. 《內訓》은 昭惠王后가 《小學(宋 劉子澄 著)》《烈女傳(前漢 劉向 撰)》《女誡(後漢 曹昭 撰)》《明鑑(高麗 忠烈王代 秋適 撰)》을 토대로 여성의 삶의 규범을 쓴 책이다.
13) 1bid.

는 쓰개치마가 상징적으로 말해 주고 있다. 페미니스트 조세핀 도노번은 인도의 수트(sutte : 남편을 火葬하는 장작더미에 미망인이 스스로 몸을 던져 殉死하는 의식)·중국 여성의 纏足·아프리카 여성의 陰核切除·유럽의 魔女 火刑·미국의 부인과의학과 같은 잔학한 의식은 여성에 내재해 있는 신성한 섬광을 파괴하고자 하는 심각하고도 보편적 의도가 있는 것이라고 말했다.[14] 그녀는 또 아랍 여성들의 베일도 纏足과 함께 여성에 대한 잔학행위라고 말하고 있다.[15] 〈허생의 처〉의 주인공이 쓰고 있는 쓰개치마는 바로, 위에서 말한 한국 여성의 纏足이요, 베일이요, 속박인 것이다. 라이트는 종교가 여성의 종속을 유지시켜 주는 주요한 힘들 중의 하나라고 했다는데[16] 조선에 있어서는 유교가 바로 여성의 손발을 묶는 잔인한 힘이었던 것이다. 작가는 위와 같은 이야기에서 여권이 유린된 조선사회의 모순성을 들추어내 보여 주고 있다. 그러나 그것을 단지 그 사회만 나무라고 있는 것이라고 보는 것은 너무나 단순한 해석이라고 해야 할 것이다. 위와 같은 이야기에는 작가의 양날(兩刃) 칼의 주장이 숨겨져 있다. 곧 작가는 한편으로 그러한 인간 이하의 삶을 아무런 비판이나 저항 없이 받아들이고 있는 당시의 여성들에 대해서도 질타를 가하고 있는 것이다. 足鎖에 매여 살던 남성의 노예, 주인공은 어느 해 가을의 되풀이되는 凶夢 이후 자아에 눈뜨기 시작한다.

  가을로 접어들면서 똑 같은 꿈을 되풀이 꾸고 있었다. 돌아가신 어머님이 하얗게 소복을 입고 아버지 무덤 가에 서 계신 꿈이었다. 거

---

14) 조세핀 도노번, op. cit., p. 286.
15) 1bid., p. 269.
16) 1bid., p. 33에서 재인용.

기서도 어머님은 온전한 몸이 아니어서 머리 한쪽이 으깨어져 피가 흘렀고 다리의 상처로 기울어져 보였다. 얼굴엔 이상스런 웃음을 띠시며 나를 향해 손짓하시는 것이었다.

"여그 오니라. 여그는 먹을 것도 많은께. 여그는 아주 편타. 어서 오니라."

아주 느리고 구슬픈 음성으로 재촉하셨는데, 나는 공포로 굳어버려 부들부들 떨기만 할 뿐이었다. 어머님이 등지고 계신 하늘은 누랬고, 그 해 겨울처럼 까마귀 떼가 자욱히 날았다.

누른 하늘, 까마귀 떼가[17] 자욱히 날고 오래 전 사별한 어머니가 등장하고 있는 곳은 저승세계다. 꿈에서 亡母가 그녀로 하여금 자신이 있는 곳으로 오라고 하는 것은 그녀가 무의식 세계에서 죽음을 願望하고 있었다는 것을 말해 주고 있다. 죽음의 유혹은 그녀가 꿈을 깨어 있을 때도 엄습해 온다. 그녀는 그와 같은 무서운 꿈에서 깨어났을 때 날이 밝기를 기다리면서 자투리 헝겊을 모아 끈을 꼬곤 하는데 그때 갑자기 덮쳐 오는 느낌에서 그러한 것을 볼 수 있다.

그러다 하루는 문득 등뒤로 오싹 한기가 타고 지나가며 끈을 꼬는 자신에 섬짓한 두려움을 느꼈다.

'실제로 목 매달 끈이 없어서 못 죽었다는 사람은 없지 .....'

보이지 않는 곳에 끈을 치워두고 범연하려고 애썼다. 끈은 어느 구석엔가 숨어 독사처럼 달려들어 무는 순간을 기다리고 있었다.

---

17) 한국의 풍습에서 까마귀의 울음소리는 죽음의, 불길한 징조로 받아들여지고 있다. 韓國文化象徵辭典編纂委員會, 「韓國文化상징사전」(東亞出版社, 1992), '까마귀' 項.

흉가와 같은 삼간 집에 홀로 버려져 굶주림과 고독에 시달리면서 한마디 항변도 하지 못하고 살아가고 있은 그녀는 차츰 그러한 삶이 죽음보다 나을 것이 조금도 없다는 사실에 눈뜨기 시작하고 있다. 스텐턴은 여성 각자를 그녀 자신의 충실한 종 프라이데이(Friday)와[18] 함께 있는 상상의 로빈슨 크루소라고 말한 바 있는데[19] 〈허생의 처〉의 주인공은 그러한 從僕 하나 없는 절대고독 속의 인간이다.

그녀는 어느 날 밤, 예의 그 凶夢에서 깨어났을 때 문득 꿈속에서 울부짖던 까마귀의 울음소리가 집 부근의 은행 고목을 울리고 지나가는 세찬 바람 소리였다는 것을 알게 된다. 이 때의 바람은 그녀를 부대끼게 하고 있는 남성 중심 세상에서의 시련이기도 하고 동시에 그러한 노예적 삶을 떨쳐 버리고 인간다운 삶을 찾아야 한다는 각성의 촉구이기도 하다.

이후 許生의 처는 달라지기 시작한다. 우선 달라지기 전의 그녀의 삶, 그녀의 의식부터 살펴보고 들어가기로 하겠다.

바가지를 긁는다고 분연히 책을 덮고 나가버린 후 오년동안 나는 남편이 죽었는지 살았는지조차 모르고 지냈었다. 굶기를 밥먹듯 하며 무작정 기다렸었다. 들어오면 밥이라도 한 술 해주려고 입쌀을 구해 두기도 했고, 매일 사랑방을 청소하고 간간이 불을 때었고, 장마철 전후로 서책을 바람 쐬어 말려두고, 의복도 금방이라도 입을 수 있게 매만져 두었었다. 내년까지 소식이 없으면 제사를 지내야겠다고 하면서도 남편이 집에 있을 때나 다름없이 해두었다.

---

18) 디포의 〈로빈슨 크루소〉에 나오는 인물. 식인종 출신의 이 인물은 로빈슨 크루소의 忠僕이 된다.
19) 조세핀 도노번, op.cit., p.43.

다 어머님이 가르치신 바였다. 어쨌든 남편이었고, 살아 있다면 언
제가 돌아올 것이었고, 난 기다릴 도리밖에 없었다.

위와 같은 그녀의 삶은 유교세계가 강요한 婦德에 따른 것이었다.
유교에 있어서 여성관의 주를 이루는 내용은 크게 두 가지로 볼 수 있
다.

첫째가 夫婦有別觀으로 우주 만물에는 하늘과 땅이 있듯 남자와 여
자는 음양의 법칙에 의한 것이라는 것이다. 그래서 남자는 外業, 여자
는 內業에 종사해야 하고 남자는 剛, 여자는 柔해야 했다. 이에 따라
〈〈內訓〉〉은 남편은 하늘인지라(夫乃婦天) 오직 순종하되 감히 그 뜻을
거슬러서는 안 된다(不敢違背)고 하고 또 공경함은 순함과 함께 아내
의 큰 예(敬順之道 婦之大禮)라고 하고 있는 것이다. 이 책은 이어 공
경함은 다름 아니라 오래 견딘다는 것(夫敬 非他 持久之謂之)이라고
하고 있다.[20] 〈〈內訓〉〉은 또 여성은 가난해도 그 가난함을 편히 여겨야
(貧者 安其貧) 한다고 하고[21] 그 속에서도 婦功을 행해야 한다고 요구
하고 있다. 婦功이란 여성이 길쌈에 몰두하여, 쓸 데 없이 놀고 웃지
않으며 술과 밥을 정갈히 마련하여 손님을 극진히 대접하는 것(專心紡
績 不好戱笑 潔齊酒食 以奉賓客)이다.[22]

許生의 처가 굶주리면서도, 남편으로부터 버림받고 있으면서도 그
를 하늘 같이 떠받들고 있는 것은 바로 위와 같은, 조선의 여성에게 강
요된 婦德의 실행이다.

유교 여성관의 주요 내용의 다른 하나는 節烈觀이다. 남자는 새로이

---

20) 昭惠王后, op. cit., 「夫婦章」
21) 1bid., 「言行 章」
22) 1bid.

부인을 맞을 수 있으나 여성은 새로이 남편을 맞을 수 없다(夫再娶可 婦再嫁不可)고 한 節烈觀은 朱子와 程子 대에 와서 더욱 강조되었고 조선조도 남자가 다시 장가드는 것은 당연한 일이나 여자가 다시 시집 갔다는 말은 들은 적이 없다(夫有再娶之義 婦無二適之文)고 하여[23] 이를 철저히 지켜야 하는 것으로 삼았다. 許生의 처가 그 남편이 살아 있다면 돌아오기를 가다릴 뿐이고 죽었다면 제사를 지내면서 살겠다 고 한 것은 그녀가 바로 그러한 節烈觀에 따르려 하고 있었음을 말해 주는 것이다.

許生의 처는 연달아 뒤숭숭한 꿈을 꾸고부터 자신의 삶에 대해 회의 를 시작한다. 처음 무의식중에 자살을 머리 속에 떠올린 그녀는 다음 에는 「죽든지 도망치든지」 해야겠다는 생각을 하게 된다. 隷從 이외의 다른 길로는 죽음밖에 모르던 그녀가 「도망」을 생각하게 된 것은 그녀 에게 상당히 큰 변화가 왔다는 것을 의미한다.

그러던 그녀가 결정적으로 심경 변화를 일으키게 된 것은 그녀의 남 편이 집을 나가 있은 5년 사이에 10만금을 벌어와 그 돈을 모두 卞 부 자에게 주어버렸다는 사실을 알고부터다. 더 정확하게 말하자면 그녀 는 그러한 사실을 漢陽 사람들이 거의 다 알고 있는데도 자신만이 모 르고 있었다는 사실에 큰 충격을 받아 사람이 변하게 된 것이다.

5년 동안 굶주림과 고독 속에 기다려온 남편이 돌아온 날 그녀가 그 에게 집을 나가 무엇을 했느냐고 물었을 때 그는 "조그맣게 한 가지를 시험해 봤소."라고 일축해버리던 일을 새삼 머리 속에 떠올린 그녀는 비로소 거기서 더 할 수 없는 배신감과 모욕감을 느끼게 된다. 그녀는 남편으로부터 그에게 종속된 하찮은 물건 취급밖에 받지 못하고 있는

---

23) 1bid., 「夫婦 章」

자신이나, 자신을 그와 같이 비인간적 대접을 하면서 그것을 당연한
양 생각하고 있는 남편의 삶이 모두 참다운 인간의 삶이 아니라는 것
을 깨닫는다.

사람들은 남편은 뛰어난 인재라고 했다. 능히 천하를 경영할 재주
가 있다고 하는 이도 있었다. 그러나 남편이 죽는지 사는지 아내가
모르고, 아내가 죽는지 사는지 남편이 몰라야만 뛰어난 인재가 되는
거라면 그 뛰어난 인재라는 말은 분명 이 세상에서 쓸모 없는 존재라
는 뜻이리라. 이 세상이 돌아가는 법칙이란 성현들이 주장하는 것처
럼 그렇게 복잡하고 어려운 것은 아닐 것이다. 사람이 행복하게 살
며, 자식을 낳고, 그 자식에게 보다 좋은 세상을 살도록 해주는 것,
그것말고 무엇이 있을 수 있겠는가?

許生의 처가 한, 위와 같은 말은 그녀가 이제 새로운 사람으로 다시
태어났음을 말해 주는 것이다. 그녀의 남편은 이 세상, 이 우주를 두고
'一言而蔽之曰'하고 말할 수 있는 것을 찾고 있다고 했는데 그것은
참다운 인간이 되고 참다운 삶을 사는 길이라 해도 될 것이다. 그녀는
남편은 그것을 찾지 못했고 어쩌면 영원히 찾지 못하게 될 것이나 자
신은 그것을 터득했다고 말하고 있는 것이다.
그녀의 節烈觀도 달라진다. 丙子胡亂 때 그녀의 어머니는 胡兵들
에게 짓밟힐 위기에 처하자 스스로 목숨을 끊지만 그녀의 서모는 자살
하지 않고 그들에게 끌려간다. 그 서모가 뒷날 贖還 되어 왔을 때, 그
녀는 그것이 서모의 허물이 아니라는 것을 알고 있었지만 편한 마음으
로 그녀를 대하지 못한다. 이때까지만 해도 그녀는, 失節은 곧 죽음보
다 큰 일이라는 貞節觀을 가지고 있었던 것이다. 그러나 세상에, 인간

에 새로이 눈뜬 그녀는 그러한 節烈觀에 대해서도 근본적인 회의를 느
낀다.

> 어머니는 죽고 서모는 살아남았다. 난 판단할 수는 없다. 어머니
> 는 죽어 잠시 칭송받았는지 모르나 서모는 살아남아 자식들을 키우
> 고 집안을 돌보았다. 지금도 청안에서 윤복이의 뒤를 봐주고 있는 것
> 이다.

말은 「판단할 수 없다」고 하고 있지만 이제 그녀는 貞節을 지켜 목
숨을 버리고 그것으로 듣게 되는 한 때의 칭송 따위는 참으로 하찮은
것이라는 생각을 하고 있는 것이 분명하다.

그런 그녀에게 마지막으로, 또 한 번 남편으로부터의 모욕이 가해진
다. 그녀는 남편이 자신과는 의논도 없이 집을 처분한 다음 자신을 큰
댁에 맡겨두고 어딘가로 떠나기로 결정했음을 알게 된 것이다. 「도망
치든지」 하려는 데까지 의식변화를 일으키고 있던 그녀는 드디어 여기
서 「팔자를 고치기로」 결심한다.

그녀가 남편과 결별하고 집을 떠나기에 앞서,

> 그래요. 당신은 붕새예요.[24] 그러나 난 참새여서 당신의 높은 경지
> 를 따를 수가 없어요. 그렇지만 나는 단 한 가지를 알고 있는데 난 앞
> 으로는 그걸 따라 살 것이예요. 나는 열 살 때 전란을 겪었고 그 와중
> 에서 뼈저리게 느꼈어요. 당신은 무엇 때문에 십년이나 기약하고 독
> 서했지요? 당신은 대답할 수 없으시지요! 난 말할 수 있어요. 그건 사

---

24) 《莊子》「逍遙遊」에 등장하는 새. 그 등은 泰山과 같고 날개는 하늘에 드리운 구름과 같이
크다고 한다. 흔히 작은 것과 큰 것을 대조할 때 寓意的으로 쓰인다.

람이 살고 자식을 낳고 그 자식들을 보다 좋은 세상에서 살게 하려는 때문이라고요. 난 그렇게 하고 싶고, 꼭 그렇게 할 거예요……."

라고 한 말은 바로 그녀의 인간선언이라 할 수 있을 것이다.

〈허생의 처〉는 한 편의 페미니즘 문학작품이라 할 수 있다. 페미니즘 문학은 성과 깊은 관련을 가진 문학이다. 우리가 심상히 쓰는 성이란 용어는 섹스(sex)와 젠더(gender)란 상이한 두 의미를 내포한다. 섹스란 타고난 생물학적 차이에 의한 구분이고 젠더란 각각의 성에 부여된 사회 문화적 성 역할로서의 의미를 가진다. 성의 의미를 섹스에 한정하려는 남성 중심의 세상에서 젠더의 개선과 재정립을 주장하며 운동을 통해 이를 실천하려 하는 것을 페미니즘이라 할 수 있다. 이 때 여성의 현실과 상황을 고려하여 여성해방운동과 관련된 여성의 시각을 중요시하는 사상의 문학을 페미니즘문학이라고 부르고 있다.[25]

한국은 家父長制가 아주 강한 사회인데 그러한 사회에서의 한국 여성의 불합리한 현실을 개선하는 것을 주된 과제로 삼는 문학이 특히 한국의 페미니즘문학이라고 할 수 있을 것이다.

학자들은 흔히 페미니즘을 계몽주의적인 것, 문화적인 것, 맑시즘적인 것, 프로이트주의적인 것, 급진적인 것과 함께 實存主義的인 것으로 분류하는데 〈허생의 처〉는 이 중 實存主義的 페미니즘문학이라 할 수 있을 것 같다.

實存主義는 철학사상으로 헤겔에서 출발하여 하이데거, 사르트르에 이어져 내려와 오늘에 이르고 있다. 하이데거는 現存在(Dasein) 곧 자아를 소외되고 구체화된 대상으로서의 존재의 수준과 기획적이고

---

25) 송지현, 「다시 쓰는 여성과 문학」(평민사, 1995), p.141.

창조적이고 초월적인 주체로서의 존재의 수준 사이의 어떤 영속적인 긴장 속에 존재한다고 보았다. 이 때 대상으로서의 존재 곧 존재의 대상수준(object-level)은 일상인(das Man)의 수준 곧 대중의 수준이다. 그는 개성이 없는 인간이요 비본래적인 양식 속에 사는 인간이다. 이러한 존재는 자신의 現存在를 他者들의 존재와 같은 것으로 분해해버린다. 이와 같은 타락된 비본래적인 일상적 자아(they-self)와 대립되는 것이 본래적 자아(authentic-Self)다. 이는 자기 자신의 방법으로 포착되어진 자아다. 이는 군중과 대립되어 스스로를 특수화하는 자아 곧 본래적인 양식을 거쳐 자기 자신을 실현하거나 확립하는 자아이다. 자아는 現存在 속에 놓여 있는 무시무시함의 느낌으로부터 벗어나려고 한다. 자아는 틀에 박힌 식으로 전개되는 아이덴티티의 일상적, 부르주아적 친숙성 속에서 자기 자신을 상실해 버림으로써 평온을 얻는다. 이 평온해진 조건 속에서의 現存在는 自己最善의 존재를 위한 잠재력이 그 모습을 감추어버린 소외 쪽으로 표류한다. 이 소외는 現存在로부터 그것의 본래성과 가능성을 차단해 버린다.

사르트르는 하이데거의 위와 같은 이론에 바탕을 두고 자아는 即自와 對自란 두 차원 속에 존재한다고 말한다. 이 때 即自는 내재적, 비본래적, 우발적인 對象自我(object self)의 수준이고 對自는 非存在(non being), 「무(無)」의 수준이다. 即自는 他者意識에 의해 구성되는 고정된 아이덴티티로 거기에는 어떤 본래적인 변화도 따르지 않는다. 그러므로 그것은 잘못된 구조이다. 한편 對自는 초월적, 창조적, 미래지향적인 자아다. 對自는 자아의 내재성에서 물러나 여러 가지 계획을 수립할 수 있는 반성적 의식, 반성적 능력으로, 어떤 변화나 성장의 가능성도 없는 고정된 자아를 초월한다. 그런데 사르트르에 의하면 이 即自와 對自란 한 쌍은 어떤 영속적인 변증법 속에 갇혀 있다. 對自는

卽自에 의존해 있으면서 卽自 혹은 존재로서 고정되기를 거부하는 하나의 연속적인 과정 속에 존재한다. 인간의 자유 창조, 인간의 해방을 구성하는 것은 바로 이 과정 속에 포함되어 있는 자아 창조의 존재 가능성이다. 여기서 한 가지 더, 사르트르가 말한 他者 개념에 대해서 말해 둘 필요가 있겠다. 他者(the Other)는 일종의 실체화된 공적인 의견이다. 그것은 어떤 비본래적인 태도 속에 우리를 고정시킬 수 있는, 우리로 하여금 어떤 본래적이고 독립적이고 분리된 의식으로 존재하도록 허락하지 않는 하나의 강력한 凝視(gaze)를 투사한다. 이 凝視 혹은 他者意識은 卽自를 형성하는 데 도움을 준다.

實存主義의 입장에서 페미니즘 이론을 전개한 사람은 드 보부아르다. 사르트르의 철학에서 영향을 받은 그녀는 여성이란 존재에 대해서 다음과 같이 말하고 있다. 곧 주체는 자기 스스로를 他者 곧 비본래적인 것, 대상과 대립되는 본질적인 것으로 규정짓는데 남성 쪽의 주체의 관점에서 他者, 비본질적인 것, 주체의 대상, 주체와 대립되는 것으로 규정된 것이 여성이라는 것이다. 사르트르에 의하여 對自와 卽自로 묘사된 그 투쟁 속에서 남성은 對自의 독립적이고 초월적인 입장을 취하는 반면 여성은 卽自의 역할 속에 내던져진다는 것이다. 드 보부아르는 여성의 초월은 본질적이고 자주적인 또 다른 자아(남성)에 의해 가리워 지고 영원히 초월 되도록 되어 있기 때문에 남성은 여성을 대상으로 고정시키고 내재성으로 운명 지우려고 획책한다고 말한다. 그녀는 그러므로 여성은 對自의 충동을 느끼면서도 卽自의 상태에 고정된 채 영원한 딜렘마 속에 붙잡혀 있게 된다고 주장한다.

〈허생의 처〉에서 그 남편의 폭거, 모욕에 인종하고 있는 주인공은 하이데거가 말한 틀에 박힌, 일상적, 부르주아적 친숙성 속에서 자기 자신을 상실해 버린 자아다. 이 때의 許生의 처는 現存在 속에 놓여 있는 무시무시함 속에 있기를 거부한다. 그녀는 사르트르의 용어로 말하자면 유교 전통사회란 강력한 凝視 곧 他者에 의해 만들어진 卽自存在라 할 것이다.

한편 現存在는 본래성과 가능성을 차단 당한 상태, 상실한 상태에서 불안을 느낀다. 이 불안이나 공포는 實存主義 윤리학에 있어서의 또 하나의 근본적인 개념이다. 이것은 現存在가 그 現存在의 가능성에 따라 살고 있지 않다는 것을 現存在에게 경고하는 일종의 바로미터 역할을 한다. 곧 불안은 實存主義의 원죄의 표현이다. 그것은 現存在를 現存在의 본래적인 존재 가능성의 실현에로 소환하는 양심의 소리다. 이 불안은 現存在를 본래적인 데로 데리고 간다. 그리하여 일상적인 친숙성은 무너지게 되고 만다.

〈허생의 처〉의 주인공이 남편으로부터 사실상 모욕적으로 버려진 상태에서 악몽에 시달리면서 살 때「여름[26] 내내 불안하기 짝이 없었다」고 하고 있는 것이 바로 現存在가 現存在의 가능성에 따라 살고 있지 않다는 것을 現存在에게 경고하는, 實存主義의 원죄로서의 불안이다. 이 경고에 의해 卽自人間 許生의 처는 초월적, 창조적, 미래지향적 자아 곧 對自人間으로 이행해 간다. 남편에게 일방적으로 결별을 선언하고 있는 許生의 처가 바로 그런 사람이다. 곧 비인간적, 모멸적인 대접을 받고 살던 그녀가 집을 뛰쳐나오는 것은 드 보부아르가 말한, 卽自 상태의 딜렘마에서 헤어나 對自存在가 되고 있음을 의미한다. 그녀는 그럼으로써 現存在 속에 놓여 있는 무시무시함을 느끼게 되겠지만 그러나 기획하고 창조하는 초월적 존재, 주체로서의 존재에로 나아가게 되는 것이다. 다시 말하면 그녀는 하이데거가 말한「자

---

26) 여기서의 「여름」은 「가을」이 되어야 옳을 것 같다. 왜냐하면 작가는 그 앞에서 가을로 접어 들면서 그러한 악몽을 되풀이 꾸고 있다고 하고 있기 때문이다.

기-최선의 존재를 위한 존재 가능성(own-most potential-for-Being)」을 향한 일종의 自己投企的(self-projective) 존재가 된 것이다.[27]

그런데 여기서 한 가지 생각해 보아야 할 것이 있다. 유교 전통사회가 무너진 것은 까마득히 오래 전이다. 그리고 許生도 許生의 처도 이미 지나간 시대의 인물이다. 그런데 무엇 때문에 새삼 오늘에 와서 그러한 과거의 이야기를 꺼내며 그것은 무슨 의미가 있겠는가 하는 것이 문제인 것이다.

이 소설은 과거를 배경으로 하고 과거의 인물을 등장시켜 그를 통해 오늘날 한국 여성이 처한 부당한 현실의 개선을 주장하고 있다는 점에서 의의를 지닌다 할 것이다.

한국은 家父長制(partriarchy)가 특히 강한 나라다. 家父長制란 말의 뜻은 가족에 대한 아버지의 지배를 의미하지만 보편적으로 「남성의 지배」를 뜻한다. 이 家父長制, 父權的 이데올로기는 남성 우월성의 이데올로기다. 그것은 여성이 남성에게 봉사하는 행동을 보일 것과 남성에게 봉사하는 역할을 수용할 것을 조건으로 한다. 이러한 사회는, 모든 인간에게는 그 내면에 남성성과 여성성이 함께 잠재하는데도 이들에게 어느 한 성향에 고착되기를 강요하며 이같은 강요에 의해 性差에 의한 성 역할은 결코 변화 될 수 없는 것처럼 고정화한다.[28] 이와 같은 고정화는 개인이 성 역할을 익히는 최초의 단위인 가정에서부터 시작된다. 가족들은 남아에게는 자립성, 공격성을 키워주고 勝者가 되기를 요구하며 강인성, 적극성을 강조한다. 반대로 여아에게는 의존적, 수

---

27) 이상 조세핀 도노번, 「페미니즘 이론(김익두, 이월영 옮김)」(文藝出版社, 1994), pp.217
　　～260 참조.
28) 송지현, op. cit., p.19.

동적이 되기를 요구하며 나약한 성품이 되게 한다.

어린이가 성장해감에 따라 가정 다음으로 경험하게 되는 중요한 사회는 학교다. 그런데 이 학교라는 사회도 性差를 존속시킬 뿐 아니라 고정된 성 역할을 강화하는 훈련에 기여한다. 교과서들은 남성은 성취인으로 묘사하는 한편 여성은 어머니, 아내로만 묘사하여 남편에 종속되어 남편과 자식의 뒷바라지를 하는 사람으로 그리고 있다. 곧 전통적인 현모양처를 이상으로 그리고 있는 것이다. 오늘날의 현실세계에는 많은 취업여성이 있고 여성들에 의해 값진 일들이 많이 이루어지고 있는데도 교과서들은 그러한 면은 외면해버리고 여성을 남자에의 봉사, 인내, 희생의 미덕을 가진 사람으로만 그리고 있는 것이다.

우리 사회의 대중매체도 여성에의 편견을 이미지화하여 현대화된 현모양처를 강조하고 취업여성을 부정적으로 묘사하며 여성을 상품화하는 데 앞장서고 있다.

이 소설은 그러한 성의 고착으로 억압당하고 부림당하고 차별당하는 여성이 다시 한 번 해방되어 기획하고 계획하는 존재가 되어야 하며 그러한 일은 우리 사회의 여성 스스로가 하지 않으면 안 된다는 것을 강조하고 있다.

그러니까 이 소설의 첫머리에 싣고 있는 '許生後識 其二'는 독자에게 이 소설이 〈許生〉의 패러디라는 예비지식을 제공하는 머리말(foreword)인 동시에 위와 같은 것이 주제라는 것을 암시하는 에피그라프(epigraph)의 성격을 띠고 있다.

여러 가지 의미에서 이남희의 소설 〈허생의 처〉는 독특한 착상에서 쓰여진 수준급의 패러디적 풍자소설이라 할 수 있을 것이다.

한국 실존주의 소설 연구

인쇄일 초판 1쇄   2003년 04월 28일
         2쇄   2015년 03월 23일
발행일 초판 1쇄   2003년 05월 10일
         2쇄   2015년 03월 25일

지은이 장 양 수
발행인 정 진 이
발행처 새미
등록일 1994.03.10, 제17-271호

서울시 강동구 성내동 447-11 현영빌딩 2층
Tel : 442-4623~4 Fax : 442-4625
www. kookhak.co.kr
E- mail : kookhak2001@hanmail.net
ISBN 978-89-5628-060-8 (93810)
가 격 17,000원